DUMONT

Langsam wird es Winter in Cornwall. Doch nachdem der letzte Heiligabend mit der Enthüllung eines schrecklichen Familiengeheimnisses einherging, sind Scarlett und ihre Schwester Ellie alles andere als in festlicher Stimmung. Das Einzige, was sie sich zu Weihnachten wünschen, ist ein wenig Ruhe vor all den Problemen.

Während Ellie sich von ihrem neuen Nachbarn Aaron trösten lässt, landet Scarlett auf ihrer Suche nach sich selbst in den Armen von Jude, der äußerst charmant ist und dafür sorgt, dass ihre Gefühle Kopf stehen. Doch schnell stellt sich heraus: Zwischen ihnen beiden wird es kompliziert. Als wäre das nicht genug der Aufregung, steht auch noch Porthmellows großes Wintersonnwend-Festival kurz bevor …

Wird Weihnachten ein Fest der Liebe für die beiden Schwestern? Und wird ihre Familie wieder zusammenfinden? Eines ist sicher: Nirgendwo weihnachtet es schöner als in Porthmellow!

Phillipa Ashley studierte Anglistik und arbeitete als Werbetexterin und Journalistin. Seit 2005 veröffentlicht sie Romane und wurde dafür mit dem ›Romantic Novelists Association New Writers‹-Award ausgezeichnet. Sie lebt mit ihrer Familie in Staffordshire. Bei DuMont erschienen die Romantrilogie ›Hinter dem Café das Meer‹, ›Weihnachten im Café am Meer‹ (beide 2017) und ›Hochzeit im Café am Meer‹ (2018) sowie zuletzt ›Ein Sommer in Porthmellow‹ und ›Weihnachten in Porthmellow‹ (beide 2020).

Phillipa Ashley

Weihnachten in Porthmellow

Roman

Aus dem Englischen
von Sibylle Schmidt

DUMONT

Für John, Charlotte und James

1

Weihnachten 2018
Smuggler's Inn

Im Schneegestöber las Scarlett Latham blinzelnd den Aushang an der Tür des Pubs am Hafen.

An Weihnachten einsam und alleine?
Komm einfach rein,
hier gibt es ein schönes Festmahl gratis.
Keine Reservierung nötig,
JEDER ist willkommen!

Zähneklappernd schlang Scarlett die Arme um sich. Sie trug nur ein dünnes Partykleid und fror entsetzlich.

Die Straßen des kornischen Fischerdörfchens Porthmellow waren wie ausgestorben an diesem Tag, an dem alle Einwohner mit Freunden und Familien Weihnachten feierten.

Behagliches warmes Licht drang aus den Fenstern des Smuggler's Inn, Musik und Gelächter waren zu hören. Zögernd starrte Scarlett auf das einladende Plakat. Sollte sie wirklich da reingehen? Tränen strömten ihr übers Gesicht, und die Buchstaben verschwammen vor ihren Augen.

... einsam und alleine?

Scarlett schluchzte auf. Noch vor zwei Stunden war alles wunderbar gewesen, doch jetzt fühlte sie sich tatsächlich so mutterseelenallein wie noch nie zuvor in ihrem Leben ... Sie betrachtete ihr Spiegelbild im dunklen Glasfenster der Tür. Schwarze Mascara-Bäche rannen über ihre Wangen. Was würden die Leute denken, wenn sie am helllichten Tag in diesem Zustand in den Pub kam?

Scarlett wischte sich über die Augen und las die letzten Worte noch einmal.

Keine Reservierung nötig,
JEDER ist willkommen!

Zwar war es irgendwie absurd, den Weihnachtstag mit wildfremden Menschen zu verbringen, aber das Fest bei ihrer Familie war schrecklich schiefgelaufen. Dabei sollte Weihnachten doch ein Anlass sein, bei dem die Menschen zumindest für ein paar Stunden ihre Probleme vergaßen und das Zusammensein genossen.

Doch Scarlett fürchtete allmählich, hier draußen zu erfrieren, und sie wollte nun wahrhaftig nicht am verschneiten Hafen tot neben Hummerreusen aufgefunden werden. Entschlossen fasste sie sich ein Herz und schob die schwere knarrende Eichentür auf.

Als sie das Lokal betrat, fand sie sich in einer behaglichen Welt voller Licht und Wärme wieder. Menschen mit Partyhütchen und Tröten feierten ausgelassen. Die Tische waren festlich gedeckt, Lametta glitzerte im Feuerschein. Aus den Lautsprechern war die schmeichelnde Stimme von Michael Bublé zu hören, das Weihnachtsalbum.

Eine heftige Windböe schlug mit lautem Knall die Tür hinter Scarlett zu, worauf sich die Blicke aller Gäste auf sie richteten. Jetzt gab es kein Zurück mehr. Man würde ihr bestimmt Fragen stellen. Was um alles in der Welt sollte sie antworten?

Ein älterer Mann, der eine mit Glitzergirlanden verzierte Fischermütze trug, trat zu ihr. »Guten Tag, junge Frau. Willkommen zum Weihnachtsessen im Smuggler's Inn. Auch wenn Ihr Schuhwerk ein bisschen eigenartig ist.« Er lachte gackernd und wies auf ihre Füße.

Scarlett blickte an sich herunter. Ihre neuen Hasenpantoffeln, ein Geschenk von ihrer Schwester Ellie, waren ein so erbärmlicher Anblick, als hätten die bedauernswerten Häschen im Schnee ein übles Ende genommen. Die rotgrüne Strumpfhose hatte ein riesiges Loch am Knie, und der mit Pailletten bestickte Saum ihres Kleids hing tropfnass herunter.

»Ihnen muss doch eiskalt sein«, sagte der Mann freundlich. »Hier, ziehen Sie meine Strickjacke über.«

»Ich …« Scarlett wollte ablehnen, aber ihre Zähne klapperten so heftig, dass sie kaum sprechen konnte. »D-die … s-sieht so neu aus … Sie b-brauchen sie d-doch …«

Der Mann verzog das Gesicht, während er sich aus der Jacke schälte. »Nee, nee. Kann das Ding eh nicht ausstehen.

Geschenk von meinem Cousin. Schenkt mir jedes Jahr die gleiche, und immer in der falschen Größe.«

Er legte ihr die beige Wolljacke mit Zopfmuster um die Schultern. Die Wärme war sofort spürbar, und einen Moment lang fühlte Scarlett sich getröstet. Doch dann fiel ihr auf, dass sowohl Tröten als auch Musik verstummt waren und sie nun komplett im Mittelpunkt der Aufmerksamkeit stand.

Ein Mann in ihrem Alter kam auf sie zu. Er war groß und trug einen grün schillernden Pulli und eine Elfenkappe mit spitzen Ohren. Auch eine junge Frau mit Weihnachtsmannschürze und eine ältere Frau mit Glitzerbluse und Rentiergeweih traten zu Scarlett und lächelten sie mitfühlend an. Die ältere Frau stützte sich auf einen mit bunten Girlanden umwickelten Stock.

Jetzt rückte der alte Knabe mit der Fischermütze an einem der Tische einen Stuhl zurecht. »Setzen Sie sich, Liebes«, sagte er. »Ich bin übrigens Troy.«

»Ja, und du solltest unbedingt einen Becher heißen Punsch trinken«, schlug die junge Frau vor, auf deren Schürze der Name »Sam« stand. »Ist übrigens alkoholfrei.«

Scarlett wurde schlagartig klar, dass man sie für betrunken hielt. »I-ich h-hab nur ein paar G-gläser Sekt getrunken«, stotterte sie. »Und b-bisschen Eierpunsch … aber d-der schmeckte wie K-kotze, hab ihn in die K-kamelien geschüttet.«

Die junge Frau grinste breit. »Wir beschaffen dir mal ein Paar trockene Schuhe, ja?«

Der Elfenmann hatte inzwischen eine Fleecedecke geholt und legte sie jetzt über Scarletts Beine, als sei sie eine gebrechliche alte Dame. »Auch ein überflüssiges Geschenk, die Decke«, erklärte er lächelnd und hielt Scarlett die Hand hin. »Ich bin Jude.«

»Ich …« Scarlett fühlte sich zu schwächlich für Antwort oder Händedruck.

Jude ließ die Hand sinken. »Ah, schlechter Zeitpunkt. Wir stellen uns später vor, wenn du dich ein bisschen aufgewärmt hast, ja?«

Scarlett nickte. Sie zitterte noch immer am ganzen Körper und fühlte sich so benommen, dass sie kaum verstand, was die Leute sagten. Als sie den Mund aufmachte, brachte sie kein Wort hervor.

»Ich bin Sam«, sagte die liebenswürdig wirkende junge Frau und deutete lächelnd auf ihre Schürze. »Aber das hast du dir sicher schon gedacht.« Sam ging vor Scarlett in die Hocke. »Was ist dir denn zugestoßen?«

»K-kann i-ich jetzt nicht e-erzählen«, brachte Scarlett mühsam hervor. Auf keinen Fall wollte sie von dem grauenhaften Desaster berichten, das sich heute bei ihrer Familie abgespielt hatte.

»Vielleicht solltest du erst mal was essen«, sagte Jude sanft und setzte die Elfenkappe ab. Schulterlange blonde Haare, im Nacken zusammengebunden, kamen darunter zum Vorschein.

»Ja, Liebes, nimm mal was Warmes zu dir.« Die ältere Frau lächelte fürsorglich. »Ich bin Evie. Du musst nichts erzählen, was du nicht möchtest. Aber vielleicht kannst du uns sagen, wer du bist?«

Wer ich bin … eine Reihe von Bildern lief vor Scarletts innerem Auge ab wie ein Film. Ihre Mutter, die sich in der Speisekammer einschloss. Ihr Vater, der vor der Tür stand und lautstark zu wissen verlangte, was das alles zu bedeuten hatte. Ihr Bruder Marcus, der brüllte, sie und ihre Schwester Ellie hätten Weihnachten kaputt gemacht. Und Ellie, die normalerweise gelassen blieb, dann aber schrie, sie könnten doch nichts dafür. Geschrei, Tränen, Vorwürfe, Schuldzuweisungen … und mittendrin die beiden kleinen Söhne von Marcus, erschrocken und verstört.

Seine Frau Heidi verkündete, sie wolle die Jungs aus dieser »toxischen Situation« wegbringen, jammerte dann jedoch: »Aber ich hab zu viel Eierpunsch getrunken.«

»Der war so eklig«, erwiderte Scarlett.

Und dann ging zu allem Überfluss auch noch der Feuermelder los.

»Großer Gott, der Herd brennt!«, schrie Marcus. »Bringt die Jungs weg!«

Er stürmte in die Küche und riss die Backofentür auf. Schwarzer Qualm von den verkohlten Kartoffeln und Würstchen im Schlafrock quoll heraus.

Dann versuchte Ellie alle zu beruhigen, aber ihre Mutter wimmerte nur hinter der Tür.

Was Scarlett vollkommen gleichgültig war. Sollte ihre Mutter doch leiden. Wie hatte sie der Familie das nur antun können?

Scarlett verließ das Haus, kippte sich beim Rausgehen noch ein Glas Sekt in den Rachen. Was für ein grauenhaftes Desaster. Dabei hatte sie sich nach der Trennung von ihrem

Freund Rafa in diesem Jahr ganz besonders auf das tröstliche Zusammensein mit Eltern und Geschwistern an Weihnachten gefreut. Und mit ihrem ganz besonderen Geschenk für alle hatte sie ihre Verbundenheit und Liebe zum Ausdruck bringen wollen.

Doch stattdessen hatte genau dieses Geschenk alles zerstört. Plötzlich waren Menschen, die Scarlett zu kennen geglaubt hatte, Fremde für sie. Und damit nicht genug – alle schienen ihr auch noch die Schuld an diesem Zerwürfnis zu geben. Als sei sie diejenige, die gelogen und betrogen hatte.

Während der Feuermelder lärmte und ihre Geschwister lautstark in der Küche stritten, hastete Scarlett durch die Terrassentür von Seaholly Manor in den Garten. Der eisige Wind peitschte ihr ins Gesicht, aber sie kümmerte sich nicht darum, sondern rannte die Zufahrt entlang und flehte innerlich, dass niemand ihr folgen würde.

Binnen Minuten war ihr Kleid vom Schnee durchnässt, und als sie endlich die Straße erreichte, brannte ihre Lunge. Ein Pick-up fuhr zunächst langsamer, als wolle er sie mitnehmen, raste aber dann weiter. Wahrscheinlich hatte der Fahrer sie mit ihrem klatschnassen Partykleid und den durchweichten Hasenpantoffeln für eine Verrückte gehalten.

Als sie endlich den Hafen von Porthmellow erreichte, wo die funkelnden Weihnachtslichter gegen die Düsterkeit ankämpften, fühlte sie sich halb erfroren und völlig kraftlos.

Sie musste entweder in ein Lokal gehen oder Ellie anrufen, damit sie ihr trockene Sachen aus dem Haus brachte. Aber in der Hast hatte Scarlett weder Tasche noch Handy mitgenommen, war also darauf angewiesen, irgendwo ein Telefon zu finden. Mit ihrer Mutter wollte sie aber auf keinen Fall sprechen. Und dem Vater konnte sie wohl kaum noch unter die Augen treten.

»Wie fühlt sich denn das Knie an, Liebes?« Die sanfte mütterliche Stimme von Evie löste neuen Schmerz aus bei der Erinnerung an alles, was Scarlett nun verloren hatte. Sie schaute auf ihr Knie. Es war aufgeschürft und blutig.

Ach ja, vor dem Fischerhaus war sie auf dem Kopfsteinpflaster ausgerutscht und gestürzt. Wie in ihrer Kindheit spürte sie den Schmerz erst jetzt richtig, als jemand sich um die Wunde kümmern wollte. Das Knie pochte und tat gemein weh. Und plötzlich tat ihr auch alles andere weh, als ihr in vollem Ausmaß klar wurde, was zu Hause in Seaholly Manor geschehen war. Das Geschenk von Ellie und Scarlett, geplant als schöne Überraschung für die ganze Familie, hatte statt Freude und Begeisterung Wut und Schmerz ausgelöst.

Wortlos starrte Scarlett auf die Gesichter von Troy, Sam, Evie und Jude, die vor ihren Augen verschwammen.

Evie tätschelte ihr die Hand. »Wer bist du denn nun, Liebes?«

»Ich weiß es nicht mehr«, antwortete Scarlett.

2

Zwei Stunden vorher
Seaholly Manor, Porthmellow

Scarlett blickte sich im Wohnzimmer von Seaholly Manor um. Alles lief wie am Schnürchen. Der Boden war mit Geschenkpapier übersät, überall standen leere Kaffeebecher und Sektgläser herum.

Gleich würde die monatelange Vorarbeit belohnt werden.

Ellie erschien mit dem Laptop neben Scarlett und murmelte: »Tante Joan hätte es doch bestimmt gut gefunden, oder?«

»Auf jeden Fall«, antwortete Scarlett.

»Ich hol uns noch einen Drink, während du alles vorbereitest«, sagte Ellie.

Als Scarlett den Laptop einschaltete, spürte sie einen Anflug gespannter Vorfreude. Dieses Geschenk würde die Krönung des Weihnachtsfests sein, und Joan wäre sicher stolz gewesen auf ihre beiden Großnichten. Leider war sie im Sommer verstorben, aber die Lathams erwiesen ihrem Andenken größte Ehre, indem sie sich an Weihnachten hier in Seaholly Manor, Joans einstigem Anwesen, versammelten.

Joan war eine glamouröse Bestsellerautorin gewesen, deren Liebesromane sich so gut verkauft hatten, dass sie sich in den sechziger Jahren dieses Herrenhaus aus dem achtzehnten Jahrhundert hatte leisten können. Sie hatte gerne Menschen um sich versammelt, und ihre Feste in den prachtvollen Gärten oder am Privatstrand waren noch heute legendär. Nach Joans Tod hatte Anna, Scarletts Mutter, das Haus geerbt.

Die gesamte Familie Latham lebte im Umkreis von Birmingham, aber alle waren ständig so eingespannt, dass man sich nicht oft sah. Scarletts Vater Roger war zwar nicht sonderlich erpicht auf Festivitäten, verbrachte aber Weihnachten gerne mit der Großfamilie in Cornwall.

Scarlett freute sich immer besonders auf ihre sechs Jahre ältere Schwester Ellie. Sie war achtunddreißig und jahrelang durch die Welt gereist, wobei sie sich durch Jobs in Cafés und Bars finanziert hatte. Im Frühherbst war sie, sozusagen als Verwalterin des Anwesens, in Seaholly Manor eingezogen.

Scarlett fand es erstaunlich, wie schnell sich Ellie nach ihrem Globetrotter-Dasein in Porthmellow eingelebt hatte. Sie arbeitete im Hafencafé und als Köchin auf einem historischen Ausflugsschiff für den Segelverein.

Dieses Jahr war für Scarlett bislang sehr unerfreulich verlaufen. Seit der Trennung von ihrem Freund Rafa war ihr Selbstvertrauen erschüttert. Damit nicht genug, hatte sie als freiberufliche Werbetexterin auch noch einen wichtigen Kunden verloren. Seit einigen Jahren hatte sie regelmäßig für ein großes Unternehmen gearbeitet, das Schrauben herstellte.

Die Arbeit war nicht besonders spannend gewesen, aber Scarlett hatte regelmäßig Aufträge bekommen, von der Gestaltung der Website bis zu Pressetexten. Doch dann war die Firma von einem amerikanischen Konzern übernommen worden, der viele Angestellte entließ und das Budget drastisch kürzte. Weshalb Scarlett nun in wirtschaftlich unsicheren Zeiten nach neuen Kunden Ausschau halten musste.

Sie hatte sich aber fest vorgenommen, zuversichtlich ins neue Jahr zu gehen. Und ein schönes Weihnachtsfest mit ihren Lieben war bestimmt eine gute Voraussetzung dafür.

Ellie kehrte aus der Küche zurück, ein breites Grinsen auf dem sommersprossigen Gesicht. »Überraschung!«, verkündete sie schwungvoll und reichte Scarlett ein Glas mit einer quietschgelben Flüssigkeit.

Scarlett beschnüffelte skeptisch die zweifelhafte Substanz und verzog das Gesicht. »Was ist das denn?«

»Heidis selbst gemachter Eierpunsch.«

»Heidi hat Eierpunsch fabriziert?«, rief Scarlett verblüfft aus.

»Pst, sie könnte dich hören«, sagte Ellie kichernd.

»Ich wundere mich nur, dass die Gesundheitsfanatikerin überhaupt irgendwas mit Alkohol anrührt, von Eiern ganz zu schweigen.«

»Sie meint, ihr Eierpunsch sei besonders gesund und proteinreich. Und sie hat wohl ein paar geheime Zutaten reingemixt.«

»Was denn zum Beispiel?«, fragte Scarlett argwöhnisch und probierte vorsichtig.

»Braunalgenpulver.«

»Igitt!«, rief Scarlett angewidert aus.

Ellie trank auch einen Schluck und schüttelte sich. »Gott, schmeckt das eklig.«

»Kann man wohl sagen. Aber wir sollten Heidi nicht kränken. Komm, schütten wir das Zeug in einen Pflanzentopf.« Scarlett steuerte auf eine große Schusterpalme in der Ecke zu.

»Nein, lass das lieber«, sagte Ellie warnend. »Am Ende versickert es nicht richtig. Und die Palme welkt garantiert sofort. Lieber in den Garten damit.«

Ellie riss die Verandatür auf, und Scarlett trat mit beiden Gläsern in den Garten. Es war eisig kalt draußen, und auf der Terrasse lag Schnee. Scarlett ging ein paar Schritte, kippte das Gebräu rasch in ein Beet und lief ins Haus zurück.

»Brr. Von wegen kornische Riviera. Schau mal, meine armen Häschen.« Scarlett hob einen Fuß an.

Ellie lachte. »Gib her, ich stell sie ans Feuer, während du den Laptop vorbereitest.«

»Danke. Muss gestehen, dass ich in jeder Hinsicht ein bisschen kalte Füße kriege, jetzt, wo's gleich losgeht.«

»Bestimmt wird alles super«, sagte Ellie beruhigend und stellte die tropfnassen Pantoffeln vor den offenen Kamin.

Scarlett dachte an die Bescherung zurück. Obwohl alle drei Kinder der Lathams über dreißig waren, bekamen sie von den Eltern noch traditionelle Weihnachtsstrümpfe. Die Geschenke passten allerdings schon lange nicht mehr in die Socken – Parfums, Bücher, Pralinen und immer auch irgendwas Witziges. In diesem Jahr hatten alle Tierhausschuhe bekommen. Marcus hatte gequält aufgestöhnt, als er Dachspantoffeln in Größe 44 auspackte.

Ellie tappte in Alpakas umher, Scarlett mit ihren Hasen. Die Teile waren furchtbar unpraktisch und auf dem polierten Parkett wahrscheinlich lebensgefährlich. Aber die Hausschuhe waren immer noch um Längen besser als die Gaben von Marcus und Heidi: ein Abo für eine Fitness-App und eine Fitness-Zeitschrift.

»Ihr wollt doch bestimmt im neuen Jahr richtig durchstarten«, hatte Heidi strahlend verkündet. »Aber an Weihnachten lassen wir's mal ruhig angehen.« Sie klopfte sich auf den Bauch. »Heute genehmige sogar ich mir ein Stück Plumpudding. Morgen können wir ja einen schönen langen Lauf auf dem Küstenweg machen, um Fett und Zucker wieder abzutrainieren, nicht, Marcus?«

Der verschluckte sich beinahe an seinem Bailey's. »Ähm … aber nicht damit, Heidi, ja?« Er hielt seine Dachsfüße hoch, und alle lachten, sogar seine Frau, bevor sie hinzufügte: »Aber deine neuen Laufschuhe solltest du morgen *auf jeden Fall* ausprobieren, Schatz.«

Während Marcus Zuflucht zu dem Bieratlas nahm, den Scarlett ihm geschenkt hatte, umarmte sie zum Dank ihre Schwägerin und wechselte dabei einen verständnisinnigen Blick mit ihrem Vater. Der Ärmste hatte einen Fitnesstracker bekommen. »Danke euch beiden«, sagte Scarlett. »Das Abo wird mir im neuen Jahr bestimmt gute Dienste leisten. Willst du deine Ferkelpantoffeln nicht anziehen, Heidi? Mum und Dad haben sich ewig den Kopf darüber zerbrochen, welches Tier zu wem passt. Ich hab das Ferkel vorgeschlagen. Sind die nicht süß?«

Heidi lächelte gezwungen. »Lustig … aber wieso Ferkel für mich?«

»Ähm, na ja … weil du so gar nicht rundlich und schweinchenartig bist … sondern so schlank und fit«, stotterte Scarlett, »und … weil Ferkel so niedlich und rosa sind.«

»Niedlich und rosa?« Heidi zog ihre perfekt gezupften Augenbrauen hoch.

Marcus blickte von seinem Buch auf. »Ich möchte ja mal wissen, wer bei mir auf den Dachs kam.«

»Dad, glaube ich«, sagte Scarlett und ließ sich auf der Armlehne des Sessels nieder, in dem ihr Vater saß.

»Du solltest nicht beleidigt sein, Heidi«, bemerkte Roger trocken und wackelte mit den Füßen. »Zumindest bist du kein Elefant wie ich.«

»Immerhin etwas«, murmelte Heidi mit pikiertem Blick auf ihre rosa Plüschgebilde.

Ellie hatte von ihren Eltern einen Spielzeugporsche bekommen, zusammen mit einer Geldsumme für die Reparatur ihres altersschwachen Autos. Und der neue Laptop, der jetzt neben dem Fernseher stand, war Scarletts Geschenk von ihren Eltern, das sie bereits vorab finanziert hatten.

Alle hatten ihre Gaben mit Sorgfalt ausgesucht – sogar Heidi, die wahrscheinlich hoffte, die Schwägerinnen von ihrer Vorliebe für guten Gin und Edelschokolade erlösen zu können.

Wahrscheinlich konnte sie von Glück sagen, dachte sich Scarlett, dass niemand ihr einen Beziehungsratgeber geschenkt hatte. Obwohl der womöglich hilfreich gewesen wäre, da sich seit ihrer Trennung von Rafa im vergangenen Jahr in Liebesdingen überhaupt nichts mehr tat. Wollte Heidi mit dem Abo etwa dezent zum Ausdruck bringen, dass Scarlett mehr Sport treiben sollte, als nur zweimal die Woche mit ihrer Schwimmgruppe ins Hallenbad zu gehen?

Eines stand jedenfalls fest: Unter keinen Umständen würde sie an dieser verrückten örtlichen Tradition teilnehmen, an Weihnachten ins eiskalte Meer zu springen. Wer das machte, musste doch wahnsinnig sein.

Jetzt öffnete Ellie die Flasche Karamelllikör, die sie von Scarlett bekommen hatte, und füllte die leeren Eierpunschgläser.

Als Scarlett den Laptop mit dem Fernseher verkabelte, merkte sie, dass ihre Hände ein bisschen zitterten. Von ihren Präsentationen vor Kunden war sie den Umgang mit der Technik gewöhnt, spürte jetzt aber ihre Nervosität. Das Päckchen mit den Ergebnissen des DNA-Tests hatte Scarlett zwei Monate lang ungeöffnet aufbewahrt und war jetzt irrsinnig gespannt.

Ihr Vater, Bauingenieur im Ruhestand, interessierte sich sehr für die Herkunftsgeschichte der Familie und sagte oft im Scherz, die Lathams hätten sicher Wikinger unter ihren Vorfahren. Auch Marcus wollte mehr über die Abstammung der Familie erfahren. Deshalb hatten Scarlett und Ellie heimlich den Test gemacht, der auf der Website der Firma als »ideales Weihnachtsgeschenk« beworben worden war.

Nachdem sie ihre Speichelprobe abgegeben hatten, waren vier Wochen später die Ergebnisse eingetroffen, die online abgerufen werden konnten. Und jetzt würden Ellie und Scarlett in wenigen Minuten erfahren, woher ihre Vorfahren stammten und wo sie auf der ganzen Welt weitere Verwandte finden konnten.

»Hey, ihr zwei.« Ihr Vater, der eine gestreifte Küchenschürze trug, kam hereinspaziert. »Ist die ›tolle Überraschung‹ jetzt bereit?«

Seine Frau folgte ihm, rot im Gesicht vom Kochen. »Wir sind ja schon so gespannt. In der Küche ist so weit alles unter Kontrolle, können wir loslegen?«

Ellie nickte. »Dad, kannst du noch die ganze Mannschaft zusammentrommeln?«

Er verdrehte die Augen. »Stressiger Job, aber ich werd's versuchen. Die Jungs auch?«

»Ach, lass die ruhig weiterspielen«, warf Scarlett ein. Man würde die beiden sowieso nicht von ihrer Xbox weglocken können.

Wenige Minuten später saßen alle bis auf die Zwillinge mit einem Glas Sekt in der Hand im Wohnzimmer und blickten erwartungsvoll auf Scarlett, der ein wenig flau im Magen wurde. Wenn das Ergebnis nun nach dem ganzen Wirbel, den sie veranstaltet hatten, ganz uninteressant war?

»Dieses Geschenk«, begann sie, »ist vor allem für Mum, Dad und Marcus. Aber für dich, Heidi, könnte es auch interessant sein.«

Roger und Anna wechselten einen Blick.

»Du wirst es toll finden, Dad«, fuhr Scarlett fort. »Du hast doch immer behauptet, du hättest Wikingerblut in den Adern, nicht wahr?«

»Ähm ... ja ...«, antwortete Roger etwas verwundert. Er war seit jeher ein eher zurückhaltender Mann, der seine Gefühle nicht so deutlich zeigte.

Marcus schnaubte. »Ist das Geschenk ein Wikingerhelm, oder was?«

Heidi kicherte. »Hast du vielleicht vor, Porthmellow zu plündern, Roger?«

»Nein, kein Helm«, erklärte Scarlett. »Viel aufregender und für alle faszinierend. Denn gleich werden wir erfahren, ob du wirklich ein Wikinger bist, Dad. Bist du bereit, Ellie?«

»Jawoll.« Ellie hielt ihr Handy hoch, weil sie damit gleichzeitig die Ergebnisse aufmachen wollte.

Scarlett rief auf dem Laptop die Website der Firma auf, TreeFynder. Das Logo erschien, ein verästelter Baum und der Slogan: *Finde deine Wurzeln mit TreeFynder.*

Als Profi fand Scarlett die Texte und das ganze Design der Webseite ziemlich missglückt und hätte sie gerne umgestaltet. Doch das ging ihr häufig so.

Ihre Eltern starrten auf den Fernseher, und sogar Heidi schien gebannt.

Scarlett klickte weiter, und als Nächstes war zu lesen: *Glückwunsch! Sie erhalten den Stammbaum der Familie Latham!*

»Vor drei Monaten haben Ellie und ich unsere DNA testen lassen«, erklärte Scarlett, »um zu erfahren, ob wir tatsächlich von Wikingern abstammen, wie Dad immer glaubt.«

Marcus pfiff anerkennend. »Hey, das wollte ich auch immer mal machen.«

»Na, dann passt das ja super«, erwiderte Scarlett. »So, und jetzt tief Luft holen. Ellie und ich kennen die Ergebnisse nämlich auch noch nicht, wir wollten uns zusammen mit euch überraschen lassen.«

»Mussten uns aber mühsam beherrschen«, warf Ellie ein.

»Und jetzt lernen wir unsere Ahnen kennen. Ta da!« Scarlett klickte weiter, und Ellie öffnete die Seite auf ihrem Handy.

Die Stille war nur kurz, erschien Scarlett aber viel länger, weil sie so aufgeregt war.

Ihre Mutter sprach als Erstes. »Ähm … das ist ja bestimmt sehr aufschlussreich … aber ich verstehe es nicht.«

Scarlett hatte sich bereits intensiv mit der Deutung von Ergebnissen beschäftigt und dabei aus den Augen verloren, dass andere sie nicht auf den ersten Blick interpretieren konnten.

»Also, aus der DNA von Ellie und mir kann man rückschließen auf unsere Herkunft und weitere Verwandte in aller Welt«, erklärte sie.

»Ah.« Marcus beugte sich vor.

»Toll«, murmelte Heidi und griff nach einer Zeitschrift.

»Das gilt natürlich nicht für Heidi, aber für eure Jungs schon«, fuhr Scarlett fort, womit sie Heidis Aufmerksamkeit zurückgewann.

»Bitte erklär doch mal alles haarklein für Menschen aus der Steinzeit«, verlangte Roger.

»Okay. Also, Ellie und ich haben eine Speichelprobe eingeschickt und dann diese Ergebnisse der Analyse erhalten. Man sieht hier die Regionen der Welt und die Herkunft unserer Ahnen. Ich habe demnach sechzig Prozent iberische Anteile, 20 Prozent irische und zwanzig Prozent andere ethnische Wurzeln. Also keine Wikinger …«

»Aber bei mir!« Ellie war auf ihrem Handy schon eine Seite weiter. »Ich hab siebzig Prozent skandinavische Wurzeln, fünfzehn Prozent irische und fünfzehn andere.«

»Komisch. Ihr habt doch die gleiche Herkunft, wie können die Wurzeln da verschieden sein?«, fragte Marcus.

»In den Hinweisen heißt es, dass Geschwister sehr unterschiedliche Gene haben können. Dad ist der Wikinger, Mum kommt aus dem Mittelmeerraum. Ich habe eben einen anderen Genmix als Ellie.«

»Du siehst Mum ja auch viel ähnlicher«, bemerkte Marcus.

»Und Mum fühlt sich bei Spanienreisen immer so wohl«, bemerkte Roger trocken. »Dann wissen wir jetzt, weshalb.«

Anna lächelte. »Was mich daran erinnert, dass ich mal nach den Kartoffeln schauen muss.«

Die Geschwister sahen sich verblüfft an, weil ihnen der Zusammenhang zwischen Kartoffeln und Spanien nicht einleuchtete. Als Anna aufstand, sagte Ellie: »Ach, komm schon, Mum. Die Kartoffeln können noch ein bisschen warten.«

»Wenn sie angebrannt sind, sagst du das bestimmt nicht mehr.«

»Ich geh schauen«, verkündete Heidi, sichtlich erleichtert, entkommen zu können.

»Bist du sicher?«, fragte Anna besorgt. »Sie werden in Gänsefett geröstet, weißt du …«

»Das kriege ich schon hin.« Heidi klopfte ihr beruhigend auf die Schulter. »Genieß du dein Überraschungsgeschenk.«

Anna lehnte sich zurück und knetete das Geschirrtuch in ihren Händen.

»Und jetzt wird's erst richtig spannend«, verkündete Scarlett und bewegte den Cursor zu dem Button *Finde deine Verwandten*. »Hier entdecken wir vielleicht noch entfernte Cousins und Cousinen. Womöglich gehören wir einer Königsfamilie an.«

»Gott, ich hoffe nicht«, stöhnte Marcus.

Roger lachte.

»Thronfolger sind wir bestimmt nicht, Dad«, witzelte Scarlett. »Ah, schau, eine direkte Verwandte. Das ist ja keine große Überraschung.«

»Na klar, das bin ich«, sagte Ellie und tippte auf ihr Handy. »Weil wir jetzt beide in deren Datenbank registriert sind. Schauen wir mal … oh … ah ja …« Sie verstummte.

»Was ist?«, fragte Scarlett.

»Ich helfe Heidi doch lieber mit den Kartoffeln.« Anna sprang auf und steuerte zur Tür.

»Mum! Bleib hier!«, rief Scarlett enttäuscht. Aber ihr Vater war immer schon mehr an Geschichte interessiert gewesen als ihre Mutter.

»Muss den Rosenkohl aufsetzen!«, rief Anna beim Rausgehen.

»Ist doch viel zu früh«, wandte Marcus ein. »Komm schon, Ellie, zeig uns die Seite.«

»Ist … irgendwie verschwunden.« Ellie warf Scarlett einen warnenden Blick zu.

»Macht nichts, ich hab das ja hier auch«, erwiderte sie munter.

»Warte!«

Doch Ellies Aufschrei kam zu spät. Auf dem großen Bildschirm erschien die Mitteilung:

Sie haben 1 Halbgeschwister bei TreeFynder.

Marcus beugte sich stirnrunzelnd vor. »Halbgeschwister? Was soll das bedeuten?«

»Das muss ein Irrtum sein«, antwortete Scarlett kopfschüttelnd. »Wir haben keine Halbgeschwister.«

»Das kann sich doch nur auf dich und Ellie beziehen«, bemerkte Roger.

Halbgeschwister. Halbschwester. Scarlett wurde eiskalt, als ihr klar wurde, was das bedeutete. Ellie starrte sie mit zusammengepressten Lippen an.

»Ach, da ist sicher was schiefgelaufen.« Scarlett seufzte genervt und rief die Seite ein zweites Mal auf, obwohl sie schon ahnte, dass es nichts ändern würde. Und prompt erschien der schreckliche Satz ein zweites Mal.

Sie haben 1 Halbgeschwister bei TreeFynder.

Scarlett wurde flau im Magen. Ihr Vater starrte noch immer auf den Bildschirm. »Ich verstehe nicht …«

»Scarlett hat recht. Da muss was schiefgelaufen sein.« Entschlossen stand Ellie auf und schaltete den Fernseher aus. »Die haben sicher im Labor unsere DNA mit der von jemand anderem verwechselt. So was kommt leider vor.«

»Das bezweifle ich«, wandte Marcus ein. »Ich hab gehört, dass in diesen Laboren äußerst sorgfältig gearbeitet wird.«

»Ich hab gelesen, dass sehr häufig Fehler passieren«, widersprach Ellie. »Kommt sogar richtig oft vor.«

»Warum habt ihr das dann überhaupt gemacht?«, fragte Marcus scharf und sah seine Schwestern prüfend an.

»Weil wir dachten, das Ergebnis würde uns allen Spaß

machen«, antwortete Scarlett. »Oder, Ellie? Und weil Dad immer diese Wikingergeschichte im Kopf hatte. Wir dachten, das sei ein tolles Geschenk für uns alle.«

»Offenbar nicht«, erwiderte Marcus finster.

»Gut, lassen wir das jetzt«, sagte Ellie. »Nach Weihnachten machen wir der Firma Stress und verlangen unser Geld zurück.« Sie schnüffelte. »Mhm, was riecht hier so lecker? Das Essen ist bestimmt gleich fertig.«

»Mum hat doch grade erst den Rosenkohl aufgesetzt«, murmelte Marcus und starrte auf den Laptop.

»Ich hol uns noch eine Flasche Sekt, ja?«, flötete Scarlett, obwohl ihr speiübel war. Sie wollte keinen Sekt mehr und hatte keine Ahnung, wie sie auch nur einen einzigen Bissen runterkriegen sollte.

»Aber ich verstehe das nicht«, beharrte Roger, als Scarlett mit zitternden Händen ihren Laptop vom Tisch nahm, um ihn oben in ihrem Zimmer unterm Bett zu verstecken. Doch das würde nun wahrlich auch nichts mehr nützen. Die Katze war aus dem Sack, es gab kein Zurück.

»Wenn bei diesem DNA-Test rausgekommen ist, dass ihr Halbschwestern seid, du und Ellie, dann bedeutet das ja …« Ihr Vater schaute zwischen ihnen beiden hin und her.

Scarlett drückte ihren Laptop an die Brust. Oh Gott, plötzlich ergab alles Sinn. Das mangelnde Interesse ihrer Mutter, die Flucht in die Küche. Welches Unglück hatten die Schwestern nur über ihre Familie gebracht?

»Es bedeutet gar nichts, weil da irgendwo ein Fehler passiert ist, Dad«, wiederholte Ellie. »So eine elende Abzocke! Wahrscheinlich besteht TreeFynder aus einem Haufen Kids mit einem Chemiebaukasten. Lasst uns den ganzen Blödsinn vergessen und noch was trinken. Wer will was?«

Roger nickte stumm, wirkte aber bedrückt. Marcus dagegen war nicht zum Schweigen zu bringen.

»Ich weiß nicht, Ellie …«, beharrte er.

Scarlett liebte ihren Bruder zwar von Herzen, hätte ihn jedoch in diesem Moment gerne auf den Mond geschossen.

»Marcus, das bringt doch nichts«, erwiderte sie.

Doch als sie ihn jetzt ansah, fiel es ihr wie Schuppen von den Augen. Marcus und Ellie hatten beide Rogers dichte dunkle Locken. Anna war brünett. Scarlett hatte als Einzige aus der Familie glatte blonde Haare, die im Sommer fast weißblond wurden. Und die Nase von Ellie und Marcus war markant, »römisch«, wie Tante Joan einmal bemerkt hatte. Marcus hatte das nicht witzig gefunden, vor allem als Ellie dann auch noch »Salve, mächtiger Cäsar« gekreischt hatte. Beide hatten Roger immer ähnlich gesehen, Scarlett jedoch kein bisschen.

Wenn der Test wirklich korrekt war … ihr stockte der Atem, und ihr Magen krampfte sich zusammen. Sie musste unbedingt raus hier, aber Heidi stand jetzt in der Tür, die Hände in Kochhandschuhen. Und offenbar hatte sie schon eine ganze Weile zugehört, ohne dass jemand sie bemerkt hatte.

»Das ist ganz bestimmt ein Irrtum, Roger«, sagte sie und warf ihm einen mitleidigen Blick zu. »Denn wenn der Test nicht fehlerhaft ist, heißt das ja, dass Ellie und Scarlett unterschiedliche Väter haben. Dann wäre eine von den beiden nicht deine Tochter.«

3

Neun Monate später
1. Oktober 2019

»Hey, Ellie, Marcus hier. Ich hab fünf Minuten Zeit zwischen zwei Sitzungen und dachte, ich ruf dich rechtzeitig an wegen Weihnachten. Damit du nicht schon Pläne machst.«

»Hi, Marcus.« Im Hintergrund hörte Ellie Telefone klingeln. Die Hektik im Büro ihres Bruders in Birmingham stand in krassem Gegensatz zur Stille von Seaholly Manor. Weihnachten. Beim Gedanken daran wurde ihr ganz anders.

»Ich weiß, es ist erst Oktober«, fuhr Marcus fort, »aber Scarlett plant ja immer frühzeitig. Spielt aber sowieso keine Rolle, denn wir werden in diesem Jahr auf keinen Fall dabei sein. Was du dir nach dem Desaster letztes Jahr sicher schon gedacht hast. Mum und Dad werden wohl auch nicht nach Cornwall kommen, vermute ich.«

Ellie hielt einen Moment den Hörer vom Ohr weg, um sich zu fassen. Die ganze Familie war erschüttert von den Ereignissen im vergangenen Jahr, aber Marcus schien es am schwersten zu nehmen. Dann sagte sie möglichst ruhig: »Ich weiß nicht, was die Eltern vorhaben.«

»Okay, also wir haben jedenfalls eine Skihütte in Courchevel in Frankreich gebucht, zusammen mit Freunden. Heidi findet, die Jungs sollten Sport machen an Weihnachten, anstatt nur rumzugammeln. Und die sind jetzt auch schon in einem Alter, in dem sie lieber mit Gleichaltrigen Zeit verbringen, als in einem zugigen alten Gemäuer mit der Familie festzusitzen. Außerdem ... ganz ehrlich ... Heidi hat diese Ereignisse vom letzten Jahr noch nicht verkraftet. Wir alle nicht.«

Marcus klang gereizt und angespannt, und Ellie sah unwillkürlich wieder Heidis Miene vor sich, als Scarlett ihr gesagt hatte, der Eierpunsch schmecke eklig.

»Ähm, Ellie ...«, sprach Marcus mit weicherem Tonfall weiter, »hast du Mum in letzter Zeit mal gesehen? Ich mache mir Sorgen um sie.«

Marcus hatte ihrer Mutter immer sehr nahegestanden und war zutiefst schockiert darüber, dass sie eine Affäre gehabt hatte und es nicht einmal zugab.

Das ging Ellie nicht anders, aber sie versuchte dennoch, zu beiden Eltern zu halten, deren Ehe bis zum vergangenen Weihnachten ja offenbar glücklich gewesen war. Doch das Familienzerwürfnis bereitete Ellie oft schlaflose Nächte.

»Ellie?«

»Entschuldige, ich war in Gedanken woanders. Ich hab Mum zuletzt gesehen, als sie vor ein paar Wochen hier war. Aber ich hab öfter mit ihr telefoniert. Mit Dad auch.«

»Und? Haben sie irgendwelche Entscheidungen getroffen?«

»Scheinbar nicht«, antwortete Ellie. »Sie schlafen wohl

immer noch in getrennten Zimmern. Scarlett hat die beiden vor ein paar Tagen besucht.«

»Wundert mich ja, dass die Eltern sie überhaupt ins Haus gelassen haben.«

Ellie musste sich beherrschen, um nicht die Geduld zu verlieren. »Dad hatte sie eingeladen. Aber Mum und sie reden immer noch nicht miteinander. Marcus, wie oft soll ich dir noch sagen, dass Scarlett nicht schuld ist an dieser ganzen Misere?«

»Schon klar, aber wenn sie nicht diesen verdammten DNA-Test gemacht hätte, wäre das alles nicht passiert«, wandte Marcus ein. »Sie hat schon als Kind immer irgendwie für Stress gesorgt.«

»Bitte gib nicht ihr die Schuld. Sie leidet am meisten unter allem. Außerdem haben wir den Test doch beide gemacht.«

Ihr Bruder schnaubte hörbar. »Ich glaub ja immer noch, dass irgendein Fehler vorlag.«

»Was denn, bei *zwei* Tests?« Zur Sicherheit hatten die Schwestern das Ganze wiederholt, doch das Ergebnis war gleich gewesen. Ellie war Scarletts Halbschwester, daran gab es keinerlei Zweifel. Dennoch behauptete ihre Mutter weiterhin hartnäckig, es müsse sich um einen Irrtum handeln.

»Aber wenn es wirklich stimmen sollte«, fuhr Marcus aufgebracht fort, »also wenn Mum wirklich … was mit einem anderen Typen hatte … warum gibt sie es dann nicht zu, um Himmels willen?«

»Ich hab nicht die geringste Ahnung, Marcus. Vielleicht,

weil es für sie noch viel schmerzhafter ist als für uns. Wir wissen doch nicht das Geringste über die Hintergründe.«

»Stimmt schon«, murmelte Marcus verdrossen. Er hatte nach der Enthüllung der Testergebnisse seiner Schwestern ebenfalls einen DNA-Test gemacht, der ergeben hatte, dass zumindest Ellie und er von denselben Eltern abstammten.

Als ältestes von den drei Geschwistern fühlte Ellie sich verpflichtet, für den Zusammenhalt der Familie zu sorgen. Ihre Erfahrungen bei ihren Reisen kamen ihr dabei zugute. Sie hatte in den vielen Jahren Abstand gewonnen von ihrer Verwandtschaft und ihren Horizont erweitert. Und hatte Probleme in anderen Familien erlebt, die ihr verdeutlicht hatten, dass es eine heile Welt nur in den seltensten Fällen gab.

Die alte Standuhr schlug, und Ellie zuckte unwillkürlich zusammen. »Marcus, hör mal, können wir ein andermal weiterreden? Ich muss los zur Arbeit. Im Café hat sich jemand krankgemeldet, die brauchen mich fürs Mittagsgeschäft.«

»Café? Ich dachte, du arbeitest auf einer Jacht.«

»Auf einem historischen Segelschiff, aber die Saison ist zu Ende, ich helfe beim Seglerverein nur zwei Tage die Woche im Büro aus. Deshalb arbeite ich zusätzlich im Hafencafé.«

»Klar, du brauchst ja auch Kohle, selbst wenn du in Seaholly Manor wohnst und keine Miete zahlen musst.« Sein Unterton war leicht vorwurfsvoll.

»Mum und Dad sind froh, dass ich auf das Haus aufpasse«, entgegnete Ellie. »Solche alten Gebäude sollten nicht leer stehen, schon gar nicht im Winter. Und um die Gärten kümmere ich mich auch.« Was viel Arbeit machte und viel Zeit kostete, aber für solche Dinge hatte Marcus überhaupt kein Gespür.

»Aber sollten die beiden sich scheiden lassen, müssen sie das Haus verkaufen, und du musst ausziehen.«

Plötzlich war Ellie stinksauer auf ihren Bruder. Er gab sich überhaupt keine Mühe, versöhnlich zu sein und gelassen zu bleiben.

»Wie war das? Hab dich nicht verstanden.« Sie hielt den Hörer von sich weg und rief: »Ganz schlechter Empfang gerade! Ich hör nichts mehr! Wir reden demnächst!« Dann unterbrach sie die Verbindung.

Ellie fluchte lautstark, schnappte sich ihre Autoschlüssel von der Ablage am Eingang und verließ das Haus.

Während der Fahrt zum Café kreisten ihre Gedanken um die verfahrene Situation. Für ihre Schwester war sie besonders übel, denn Scarlett hatte ja erfahren, dass ihr vermeintlicher Vater nicht ihr leiblicher Vater sein konnte. Und weil ihre Mutter sich weigerte, über das Thema zu sprechen, steckte Scarlett seither in Ungewissheit fest.

Als Ellie in dem geschäftigen Hafencafé ankam, war sie froh, eine Zeit lang von ihrem Familiendrama abgelenkt zu sein. An trüben Herbsttagen wie diesem, wenn der Kirchturm im Nebel verschwand und hohe Wellen an die Kaimauer donnerten, war es in dem Café mit den niedrigen Decken und Holzbalken besonders behaglich. Und durch die freundlichen Gäste und vor allem Tina, ihre nette Chefin, herrschte immer eine angenehme Atmosphäre. Sie stürzte sich in den Trubel und dachte für ein paar Stunden an nichts anderes mehr als Kaffee, Mince Pies und Ingwertee.

Es wurde schon dunkel, als Ellie abends das Café verließ und nach Hause fuhr. Die kahlen Äste der Bäume ragten wie knöcherne Finger vor dem finsteren Abendhimmel auf. Wahrscheinlich hätte so mancher auch Seaholly Manor als gruselig empfunden, aber Ellie hatte auf ihren Reisen so viel erlebt, dass sie sich nicht vor Geistern fürchtete. Weil sie die spannenden und witzigen Geschichten über berühmte Schriftsteller vermisste, hätte sie sogar gar zu gern einmal mit Tante Joans Geist geplaudert.

Ihre Großtante hatte einst keinerlei Hemmungen gehabt, sich über ihre zahlreichen Amouren auszulassen. Anna wäre entsetzt gewesen, hätte sie gewusst, welche pikanten Details ihre Töchter durch Joan erfahren hatten. Sie hatten sogar heimlich die erotischen Romane mit schwarzrotem Einband gelesen, die Joan unter Pseudonym geschrieben und in einer Truhe in ihrem Schlafzimmer versteckt hatte.

Ellie hatte so viele schöne Erinnerungen an ihre Aufenthalte in Seaholly Manor, dass sie sich in dem alten Haus niemals fürchten würde. Einbrecher würden es ohnehin kaum finden, weil es abgelegen und nicht ausgeschildert war. Und abgesehen von Büchern gab es dort ohnehin nichts zu klauen.

An finsteren Abenden wie diesem freute Ellie sich immer besonders darauf, gemütlich vor einem prasselnden Feuerchen am Kamin zu sitzen. Heute wollte sie später auch Scarlett anrufen, um zu hören, wie es ihr ging.

Kurz vor dem Abzweig zu Seaholly Manor wurde die Straße schmaler, und ganz plötzlich sauste pfeilschnell ein Schatten aus der Hecke. Ellie schrie auf und wich aus, um den Fuchs nicht zu überfahren, den sie im Scheinwerferlicht erkannte. Im nächsten Moment kollidierte der Wagen mit der Hecke.

Einen Moment lang hörte Ellie nur ihr eigenes Keuchen und ihren hämmernden Herzschlag. Als sie wieder Luft bekam, drehte sie vorsichtig den Kopf hin und her und bewegte Finger und Handgelenke. Dank des Sicherheitsgurts schien sie unverletzt zu sein. Aber das Auto war bestimmt beschädigt. Etwas hatte furchtbar geknirscht und geknallt. Hecken befanden sich in Cornwall meist auf einem mit Steinen verstärkten Erdwall.

Die Tür ließ sich zum Glück problemlos öffnen. Ellie ging nach vorne und beleuchtete mit ihrem Handy die Kühlerhaube. Die Stoßstange hing herunter, ein Kotflügel war völlig verbeult und drückte auf den Reifen.

»Oh nein!«, rief Ellie aus. Das sah übel aus, und womöglich würde die Versicherung die Reparatur nicht bezahlen. Außerdem musste sie den Wagen abschleppen lassen, er war eindeutig nicht manövrierfähig und versperrte die Straße. Das hatte ihr gerade noch gefehlt, zu dem ganzen Familienchaos.

Sie seufzte tief und begann im Handy nach der Nummer der Autowerkstatt zu suchen, als sie einen Wagen näher kommen hörte.

Es handelte sich um einen fensterlosen Kleintransporter von der Art, die Scarlett mit ihrer lebhaften Fantasie immer als »Kidnapper-Kutsche« bezeichnete. Ellie lief es kalt den Rücken hinunter. Sie überlegte gerade, ob sie sich in ihrem Wagen einschließen sollte, als das Fahrzeug auch schon anhielt und ein Mann ausstieg, der im Dunklen ausgesprochen bedrohlich wirkte. Er war an die eins neunzig groß, enorm breitschultrig und trug eine schwarze Lederjacke. Ellie stockte der Atem. Was hatte der hier auf dieser abgelegenen Straße verloren?

»Hallo? Ist alles okay mit ihnen?«, rief er und kam auf sie zu. Weil die Stimme besorgt klang, entspannte sich Ellie ein bisschen.

»Ja«, antwortete sie. »Aber mit meinem Auto nicht. Ich bin einem Fuchs ausgewichen und auf die Hecke geprallt.«

»Sind Sie sicher, dass Sie nicht verletzt sind?«, fragte der Mann, als er bei ihr ankam. »Oder unter Schock stehen?«

»Nein, ich glaube, es ist alles okay.« Ellie betrachtete das Gesicht des Mannes. »Haben Sie sich verfahren? Diese Straße ist eine Sackgasse.«

Er lächelte. »Nein, ich wollte tatsächlich hierher. Ich bin gerade ins Cove Cottage gezogen. Aaron Carman mein Name.«

»Ach, im Ernst? Sie wohnen jetzt im Cove Cottage? Das wusste ich gar nicht.« Ellie fragte sich, weshalb sie noch nicht mitbekommen hatte, dass jemand in das einzige andere Haus im Umkreis von zwei Kilometern ziehen würde. Normalerweise sprach sich so etwas in Porthmellow im Nu herum, man erfuhr so gut wie alles äußerst verlässlich durch den Dorftratsch. »Ich bin Ellie Latham«, fügte sie hinzu. »Ich wohne in Seaholly Manor.«

»Freut mich, Sie kennenzulernen, Ellie. Wenn auch die Umstände etwas merkwürdig sind. Ich bin übrigens gestern Abend erst eingezogen. Hatte meine ganzen Sachen in dem Wagen da. Ich besitze nicht viel.« Er ging um Ellies Ford Fiesta herum und beäugte den Schaden. »Oje, das sieht nicht gut aus.«

»Ich weiß«, sagte Ellie kläglich.

»Soll ich Sie abschleppen?«

Ellie sah auf die Uhr. In der Werkstatt würde sie wahrscheinlich niemanden mehr erreichen, es war schon nach Feierabend.

Ganz wohl fühlte sie sich nicht, aber eine andere Lösung, ihren Wagen nach Hause zu bekommen, fiel ihr auch nicht ein.

»Das wäre echt nett, danke.«

»Kein Problem.« Der Mann trat zu ihr und stützte eine Hand auf die Kühlerhaube.

Als Ellie ihn aus dieser Nähe ansah, ging ihr ein Licht auf. Das eindrucksvolle Gesicht, die hellbraune Haut, die aufrechte Haltung, die muskulöse Statur … »Hatten Sie gesagt, Sie heißen Aaron *Carman*?«

»Ja, warum? Ist mein schlechter Ruf mir bis hierher gefolgt?«

Ellie lachte. »Nein, ganz im Gegenteil. Dann sind Sie der Sohn von Troy und Evie Carman, oder? Ich dachte, Sie seien beim Militär.«

Aaron lächelte. »War ich, bin ich aber nicht mehr. Lange Geschichte. Also, sollen wir den Wagen dann mal in Bewegung versetzen?«

Da Ellie jetzt ziemlich sicher davon ausging, es nicht mit einem Serienkiller oder Entführer zu tun zu haben, entspannte sie sich. »Haben Sie so was schon mal gemacht?«

»Könnte man so sagen, ja. Ich habe bis vor Kurzem bei der Armee Panzermechaniker ausgebildet und Panzerfahrzeuge aus Gräben gehievt. Ich sollte schon imstande sein, Ihren Kleinwagen bis zum Haus zu ziehen.«

»Oh. Okay.« Ellie war es etwas peinlich, dass sie so zweifelnd geklungen hatte. »Vielen Dank für Ihre Hilfe, sehr nett.«

Gemeinsam schoben sie den Wagen aus der Hecke, dann holte Aaron ein Seil aus seinem Wagen, und kurz darauf stand der demolierte Fiesta schon vor Seaholly Manor.

Ellie schloss die Haustür auf, und als sie beide im Vorraum standen, kam sie endlich dazu, Aaron eingehend zu betrachten. Er musste etwa Mitte vierzig sein, strahlte eine ruhige Gelassenheit aus und sah umwerfend aus. Jetzt bemerkte Ellie auch, wie sehr er seiner Mutter Evie ähnelte, die sie aus dem Ort kannte.

»Ich ruf dann morgen gleich die Werkstatt an«, sagte Ellie, etwas unsicher, wie sie sich jetzt verhalten sollte. Sie wollte sich gern erkenntlich zeigen für seine Hilfe. »Ähm, möchtest du vielleicht einen Kaffee?«

»Sehr gern. Aber vorher sollte ich mir die Hände waschen.«

»Ich wohl auch«, sagte Ellie lachend und hielt ihre schmutzigen Hände hoch. »Da vorne ist eine Toilette, und durch die Tür gegenüber geht's zum Wohnzimmer. Mach's dir schon mal bequem. Kaffee kommt sofort.«

In der Küche wusch sich Ellie die Hände und machte dann einen starken Kaffee. Dabei merkte sie, wie sie nach der ganzen Aufregung etwas ruhiger wurde. Eigentlich war ihr nach einem Whisky zumute, aber dann entschied sie sich doch dagegen.

Kurz darauf saßen Aaron und sie sich mit Kaffeebechern in den Händen auf den beiden Sofas gegenüber. Aaron hatte jede Menge heiße Milch und einen Löffel Zucker in seinen Kaffee gerührt.

Der muss sicher keine strenge Diät halten, so eindrucksvoll, wie er gebaut ist, dachte Ellie, die sich beherrschen musste, um ihr Gegenüber nicht förmlich mit Blicken zu verschlingen. Er war komplett durchtrainiert, und bei der kleinsten Bewegung gab es irgendwo ein imposantes Muskelspiel zu bewundern.

Aaron trank einen Schluck Kaffee und lächelte Ellie an. »Ehrlich gesagt, war ich mir etwas unsicher, ob ich da im Dunkeln wirklich anhalten und aussteigen sollte.«

»Wieso denn?« Ellie lachte ein bisschen peinlich berührt, als sie an ihre erste Reaktion dachte. »Dachtest du, ich sei gefährlich?«

Aaron grinste. »Nee, aber ich habe befürchtet, du könntest das von mir denken. Manche Leute haben Angst vor mir.«

Das konnte sich Ellie mühelos vorstellen. »Ich hätte eigentlich gleich bei deinem Namen schalten müssen«, sagte sie. »Deine Mum hat öfter mal von dir gesprochen. Aber ich war so durcheinander wegen dem Unfall. Seit wann bist du nicht mehr bei der Armee?«

»Seit ein paar Monaten. Und erst vor Kurzem kam mir

die Idee hierherzuziehen. Ich will eine Firma gründen und mein eigener Chef sein. Kennst du meine Eltern gut?«

»Ich sehe sie jetzt öfter, weil ich beim Wintersonnwend-Festival mitmache. Und deine Eltern sind ja im Komitee.«

»Ja, die reden fast nur noch von der Festivalvorbereitung. Seit wann lebst du hier?«, fragte Aaron.

»Seit letztem Herbst. Seaholly Manor gehört aber nicht mir. Meine Eltern haben das Anwesen geerbt. Ich hüte das Haus sozusagen nur, bis sie wissen, was sie damit machen wollen. Vielleicht haben deine Eltern dir schon davon erzählt?« Ellie fragte sich, wie viel im Dorf über die Situation der Lathams getratscht wurde. Sie selbst hatte nur Tina vom Café davon erzählt und einigen Leuten beim Segelverein. Aber die Geschichte von Scarletts dramatischem Auftritt im Pub hatte sich damals bestimmt schnell herumgesprochen.

»Nein, das wusste ich nicht«, antwortete Aaron lächelnd.

Ellie hoffte, dass das stimmte – die Vorstellung, dass ihr Familiendrama Dorfklatsch sein könnte, fand sie schrecklich. Evie Carman allerdings wirkte nicht wie eine Klatschtante, sondern wie eine sehr freundliche, diskrete Person, also entschied Ellie, ihm zu glauben und sich zu entspannen. »Deine Mum ist zauberhaft. So humorvoll und lieb. Sie hat dich bestimmt furchtbar vermisst all die Jahre.«

»Vielleicht mehr, als sie zugibt, ja. Ich bin mit achtzehn zum Militär gegangen und war den größten Teil der Zeit für die Fahrzeuge zuständig. An ziemlich … interessanten Orten.«

»Kann ich mir denken.« Ellie zog den Kopf ein. »Ist mir

echt peinlich, dass ich dir indirekt unterstellt habe, dass du nicht besonders viel von Autos verstehst.«

Aarons braune Augen funkelten amüsiert. »Kein Problem, das konntest du doch nicht wissen.«

Ah, Humor hat er auch, dachte Ellie und beeilte sich, das Thema zu wechseln. »Wir haben übrigens einiges gemeinsam.«

»Nun bin ich aber gespannt.« Seine Stimme war tief und samtig, und jetzt meinte Ellie, einen leichten kornischen Akzent herauszuhören.

»Ich bin auch viel in der Welt herumgereist und habe spannende Sachen erlebt. Nicht in Kriegsgebieten natürlich. Seit meinem Studium war ich vor allem in der Karibik, in Thailand und Australien unterwegs.«

Ellie erwähnte nicht, dass sie ihr Studium abgebrochen hatte. Das war alles schon lange her, aber seit sie in Porthmellow war, musste sie wieder öfter an die katastrophale Beziehung denken, die zu dieser Entwicklung geführt hatte.

Vor achtzehn Jahren war Ellie auf der Flucht vor einem Mann aus Cornwall in die Welt hinausgezogen, um ihren Schmerz zu vergessen. Und manchmal fragte sie sich, ob sie nicht innerlich noch immer auf der Flucht war. Seit damals hatte sie sich auf keine längere Beziehung mehr eingelassen.

Aaron berichtete, dass er in Afghanistan und Sierra Leone gewesen war. Er ging zwar nicht weiter darauf ein, aber Ellie vermutete, dass er allerhand Schreckliches erlebt hatte. Jetzt wollte er in Porthmellow eine Firma für Sicherheitsdienste gründen.

Im Nu war fast eine Stunde um, was ihnen auch auffiel, als die Standuhr achtmal schlug.

»Ich will dich nicht weiter aufhalten«, sagte Aaron. »Sag mir Bescheid, wenn ich mich um dein Auto kümmern soll. Ich könnte die Reparatur selbst machen, in der Werkstatt von einem Freund hier. Und ich würde mich übrigens freuen, wenn man sich öfter mal sieht. Ich komme bestimmt gelegentlich vorbei, um mir eine Tasse Zucker zu borgen, wie Mum immer sagte.«

Ellie lachte. Das passte absolut zu Evie. »Sehr gerne. Du kannst dir jederzeit so viel Zucker borgen, wie du brauchst.«

Sie brachte Aaron zur Tür und sah seinem Wagen nach, als er in Richtung Cove Cottage davonfuhr. Dann kehrte sie ins Wohnzimmer zurück, goss sich jetzt doch einen Drink ein und sank aufs Sofa.

Der Whisky rann warm durch ihre Kehle, und nach dem anstrengenden Tag mit dem krönenden Unfall setzte die Erschöpfung ein. Aber zugleich war Ellie auch irgendwie aufgekratzt. Ihre Gedanken kehrten immer wieder zu dem Mann zurück, der ihr gerade noch gegenübergesessen hatte.

Sie fühlte sich angenehm hingezogen zu Aaron, und das lag nicht nur an seinem eindrucksvollen Äußeren. Auch die ruhige Selbstsicherheit, die er ausstrahlte, gefiel ihr sehr. In ihrem Wohnzimmer hatte er völlig entspannt gewirkt. Vielleicht, weil er es durch die Armee gewöhnt war, sich überall zu Hause zu fühlen, sinnierte Ellie.

Sofort hielt sie sich vor Augen, dass sie selbst vielleicht nicht mehr lange in Seaholly Manor wohnen würde. Und dass Aaron möglicherweise auch nicht für immer hierbleiben würde, je nachdem, wie seine Pläne sich entwickelten.

Diese Gedanken fand Ellie erstaunlich schmerzhaft angesichts der Tatsache, dass sie den Mann gerade erst kennengelernt hatte. Schließlich kannte sie in Sachen Liebe kaum etwas anderes als kurze Begegnungen. Vielleicht war das nun ihr Schicksal, seit der einzige Versuch, sich fürs Leben zu binden, in Kummer und Chaos geendet hatte.

Und sich in Seaholly Manor heimisch zu fühlen war auch keine langfristige Lösung, denn nicht mal in ihren kühnsten Träumen würde Ellie dieses Haus behalten können. Sollten ihre Eltern sich trennen, würden sie das Haus verkaufen müssen. Sie wäre also gut beraten, ihr Herz nicht an dieses romantische Anwesen zu hängen und schon gar nicht an ihren umwerfend attraktiven neuen Nachbarn.

Das Telefon klingelte, und Ellie rappelte sich schwerfällig vom Sofa hoch. Ach herrje, sie hatte ihre Schwester anrufen wollen. Das war sie nun bestimmt.

»Ellie? Hab ich dich geweckt?«, fragte Scarlett. »Du klingst irgendwie schläfrig.«

»Nein, alles gut. Ich wollte dich auch anrufen.« Ellie überlegte, ob sie von ihrem demolierten Auto und von Aaron berichten sollte, entschied sich aber dagegen.

»Ach, echt? Dann passt es ja. Hör mal, ich muss dich um einen Gefallen bitten.«

»Was denn?«

»Kann ich eine Weile bei dir wohnen?«

»Na klar!«, antwortete Ellie. »Ich freu mich, dich zu sehen! Wann willst du denn kommen? Schon vor Weihnachten?«

Ein kurzes Schweigen entstand, und Ellie hörte draußen den Wind heulen.

Dann sagte Scarlett: »Also, es ist ein ziemlich großer Gefallen, und ich weiß nicht recht, wie du darauf reagieren wirst. Nachdem meine Idee mit dem DNA-Test ja so ein krasser Reinfall war.«

Angesichts dieser Ankündigung beschloss Ellie, sich lieber zu setzen, und ließ sich wieder auf dem Sofa nieder. »Schieß los. So schlimm kann's ja nicht sein, oder?«, sagte sie leichthin. Sie würde eigentlich alles tun, um ihrer Schwester zu helfen. Ob es etwas mit ihrer Mutter zu tun hatte?

»Okay. Ich nehm mal meinen ganzen Mut zusammen. Und du kannst auch wirklich ablehnen. Also … kann ich bei dir einziehen?«

Ellie unterdrückte ein erschrockenes Keuchen. Heute war wirklich ein Tag voller Überraschungen.

»Ellie? Bist du in Ohnmacht gefallen?«

»Nein, natürlich nicht. Na klar, du bist jederzeit willkommen. Ich freu mich, dich hier zu haben«, sagte Ellie, obwohl ihr bewusst war, dass sie sich daran gewöhnt hatte, alleinige Herrin des Hauses zu sein. »Aber was ist denn passiert? Ich dachte, du liebst deine Wohnung in Birmingham.«

»War ja auch so. Aber seit der Trennung von Rafa fühlt sich hier alles falsch an.«

»Du bist ganz schön aus dem Tritt geraten, wie?«

»Kann man so sagen.« Scarlett hörte sich ziemlich bedrückt an. »Nachdem ich letztes Jahr meinen wichtigsten Kunden verloren hatte, sah es eine Zeit lang so aus, als würde ich Ersatz finden. Aber jetzt hat diese Firma auch beschlossen, Personal einzusparen, daraus wird also nichts.«

»Ach Gott, das tut mir leid, Süße«, sagte Ellie mitfühlend.

»Na ja, gehört halt zu den Risiken der Selbstständigkeit«, erwiderte Scarlett mit einem tiefen Seufzer. »Ich sollte es ja allmählich wissen.«

»Bestimmt findest du bald was anderes«, sagte Ellie beruhigend. »Du bist eine tolle Werbetexterin, du hast das voll drauf. Aber in letzter Zeit ging es eben ziemlich drunter und drüber bei dir, da kann's schon mal passieren, dass man aus der Spur gerät.«

Wieder entstand ein Schweigen. Schließlich sagte Scarlett: »Ja, du hast recht, wie immer. Seit diesem Desaster an Weihnachten fühle ich mich allgemein total verunsichert. Als könnte ich meinem eigenen Urteil in gar nichts mehr trauen. Klingt das albern?«

»Natürlich nicht, Liebes. Das würde jedem so gehen, der so was Erschütterndes erfährt. Aber du musst dir trotzdem klarmachen, dass du immer noch die gute alte Scarlett bist, die wir alle lieben.«

»Ja, aber das ist genau der Punkt ... die alte Scarlett zu sein reicht nicht mehr aus ...«

Sie klang so kläglich, dass Ellie sich wünschte, ihre Schwester in den Arm nehmen zu können.

»Aber eine Sache könnte wirklich was werden«, fuhr Scarlett jetzt etwas heiterer fort. »Ein Schraubenhersteller aus Exeter will mich vielleicht beauftragen, da ich ja nicht mehr an seinen Konkurrenten gebunden bin. Sie haben nicht so viel Arbeit wie die alte Firma, aber es würde trotzdem passen, weil ich mich mit der Materie schon auskenne. Und Exeter ist ziemlich weit weg von Birmingham ... eher in deiner Nähe ...«

Porthmellow war zwar auch über hundert Kilometer von Exeter entfernt, aber Ellie wollte ihrer Schwester nicht den Wind aus den Segeln nehmen.

»Und mein blöder Vermieter erhöht natürlich genau dann die Miete, wenn ich ohnehin wenig Einnahmen habe ... Dann kam auch noch dazu, dass ein PR-Kunde von mir jemanden braucht, der eine Kundenzeitschrift für ein Modelabel in Cornwall gestaltet. Da hab ich schnell gesagt, ich würde ohnehin dorthin ziehen. Verrückte Idee natürlich, aber ich muss zurzeit wirklich jede Chance ergreifen, und Mode ist immerhin spannender als Schrauben ...«

»Na klar«, warf Ellie ein.

»Also, jedenfalls würde ich dann weniger verdienen als vorher, aber genug, um meinen Teil der Lebenshaltungskosten zu übernehmen. Irgendwie fand ich, die Zeichen weisen nach Cornwall ...«

Was neue Kunden mit »Zeichen« zu tun haben sollten, leuchtete Ellie nicht ein, aber sie fragte nicht nach. Stattdessen sagte sie: »Auf jeden Fall finde ich gut, dass du nicht mehr mit Rafa zusammen bist. Der hatte dich gar nicht verdient.«

»Findest du? Das hast du mir nie gesagt ...«

»Ich wollte nicht noch Öl in die Wunden gießen. Mir kam er immer so eitel und selbstgefällig vor. Er passte einfach nicht zu dir. Und ich verstehe gut, dass du jetzt einen Neuanfang machen willst, aber du solltest eines nicht vergessen:

Mum und Dad müssen Seaholly Manor vielleicht bald verkaufen.«

»Weiß ich«, erwiderte Scarlett. »Deshalb hab ich vorhin Dad angerufen und ihn gefragt, was sie mit dem Haus vorhaben. Er sagte nur, sie hätten nicht darüber gesprochen. Wahrscheinlich reden die beiden auch nicht mehr miteinander. So wie Mum und ich.«

»Oje.«

»Aber Dad meinte, selbst wenn sie Seaholly verkaufen wollten, würde es sicher ewig dauern, es loszuwerden. Er sagte, ich könnte ruhig einziehen. Unter uns: Ich glaube, Mum hofft, dass Dad irgendwann vergisst, was vorgefallen ist. Wird er aber nicht. Und ich auch nicht.« Scarletts Stimme klang rau.

Ellie hatte auch den Eindruck gewonnen, dass eine Versöhnung bei ihren Eltern nicht in Aussicht war. »Hört sich echt nicht gut an, wenn sie nach so langer Zeit noch immer getrennte Zimmer haben. Als ich Dad letztes Wochenende am Telefon gefragt habe, wie es so geht, hat er sich angehört, als wolle er mir den Kopf abreißen.«

»Hat er was von Scheidung gesagt?«

»So weit kamen wir gar nicht. Ich habe nur vorsichtig vorgeschlagen, dass sie vielleicht mal über eine Mediation nachdenken sollten. Da hat er geknurrt, das ginge mich nichts an, und Mum und er würden ihre Angelegenheiten alleine regeln. Marcus hat ihnen wohl auch was in die Richtung nahegelegt und die gleiche Reaktion bekommen.«

»Ja, genau das hat Dad mir auch gesagt, als ich letzte Woche mit ihm Kaffeetrinken war. Er meinte, dass er mir keine

Schuld gibt an der Sache mit dem Test. Aber ich hatte trotzdem den Eindruck, dass er sich irgendwie anders verhalten hat. Da war plötzlich eine Distanz zwischen uns, die es früher nicht gab.«

»Das bildest du dir bestimmt nur ein!« Ellie fand die Vorstellung entsetzlich, dass zwischen ihrem Vater und Scarlett eine Kluft entstehen könnte.

»Er sagte, ich sei genauso seine Tochter wie früher, der leibliche Vater spiele keine Rolle. Aber dann hat er mich beim Abschied so hastig geküsst, als könne er gar nicht schnell genug wegkommen.«

»Das hat sicher nichts mit dir zu tun«, wandte Ellie ein, hatte aber das Gefühl, sich auf sehr dünnem Eis zu bewegen. »Denk nicht zu viel darüber nach, Süße. Dad liebt dich genauso wie früher.«

»Weiß nicht. Mum verzeiht mir jedenfalls offenbar nicht, dass ich dieses Chaos ausgelöst habe.«

»Ja, aber wahrscheinlich vor allem, weil sie ein schlechtes Gewissen hat«, gab Ellie zu bedenken. »Hat sie dir denn immer noch nicht gesagt, wer dein …« Ellie verstummte. Unter keinen Umständen würde sie für diesen Mann das Wort »Vater« benutzen. Sie räusperte sich. »Also, wer … *er* war?«

»Nein. Mit mir redet sie ja gar nicht. Und auch Dad gegenüber behauptet sie anscheinend immer noch hartnäckig, keine Affäre gehabt zu haben«, antwortete Scarlett.

»Das kann einen echt zum Wahnsinn treiben. Sie muss euch endlich die Wahrheit sagen. Wenn sie es eingestehen würde, könnte man zumindest versuchen, damit klarzukommen und es irgendwann zu verzeihen. Aber jedenfalls, zurück zu deinem Vorschlag: Natürlich kannst du hier wohnen.«

»Danke, das ist lieb von dir. Und falls die Eltern sich trennen sollten und Seaholly verkauft wird, könnten wir zwei uns ja auch in Porthmellow zusammen eine Wohnung oder ein Haus suchen. Falls du überhaupt dortbleiben willst …«, fügte Scarlett hinzu.

Vielleicht hatte ihre Schwester doch recht mit ihren »Zeichen«, dachte sich Ellie. Zurzeit jedenfalls verspürte sie keinerlei Drang, wieder in die Welt hinauszuziehen. »Ich weiß noch nicht, was ich langfristig vorhabe. Aber ich muss sagen: Ich fühle mich wohl in Porthmellow. Und du musst vielleicht erst mal schauen, ob der Ort durch dieses Katastrophenweihnachten nicht ungute Erinnerungen heraufbeschwört.«

Scarlett schnaubte. »Also, in diesen Pub geh ich so schnell nicht wieder, das steht fest. Klar, kann zu Anfang vielleicht schon komisch sein. Aber ich bin mutig genug, es auszuprobieren.«

»Na dann«, sagte Ellie lächelnd und schüttelte staunend den Kopf. »Wann willst du herkommen?«

»Ähm … in zwei Wochen?«

»In zwei Wochen?«

»Na ja, oder früher, wenn das geht. Nächsten Donnerstag? Ich kann mir erst mal das Auto vollpacken mit dem Nötigsten. Und ein Nachbar könnte mir am Wochenende die restlichen Sachen bringen. Er hat einen Lieferwagen und besucht einen Freund in St Ives.«

Scarlett schien alles bereits generalstabsmäßig geplant zu haben. Offenbar hatte sie den Plan schon länger ausgeheckt.

»Okay … ist ja ein bisschen kurzfristig«, sagte Ellie. »Aber es geht schon. Sag einfach an, was du brauchst.«

Nachdem sie noch ein paar Vorbereitungen besprochen hatten, ging Ellie in die Küche, um Abendessen zu machen. Sie hatte Hunger, und außerdem konnte sie sich beim Kochen immer gut entspannen, selbst wenn sie tagsüber schon im Café im Einsatz gewesen war. Sie schnitt Pilze, rieb Greyerzer und schlug Eier für ein Omelette.

Dabei kreisten ihre Gedanken um die aufregenden Ereignisse dieses Tages. Es würde sicher Spaß machen, mit ihrer Schwester zusammenzuwohnen, aber den Alltag sehr verändern.

Ellie lebte gerne allein, und manchmal gab es auch Streit zwischen den Schwestern. Aber Scarletts Leben war völlig aus den Fugen geraten. Ihr Verhältnis zu den Eltern war vollkommen gestört, sie hatte keine Beziehung und war finanziell bedroht. Vermutlich war der Umzug nach Porthmellow ihre Methode, mit all den verunsichernden Erlebnissen zurechtzukommen.

Dennoch bezweifelte Ellie, dass dieser Plan wirklich sinnvoll war. Und sie wurde auch das intensive Gefühl nicht los, dass es Gründe für den Umzug gab, die ihre Schwester ihr verschwiegen hatte.

4

»Hallo!«, begrüßte Ellie ihre Schwester strahlend. »Wie war die Fahrt? Ich hatte schon befürchtet, dass du wegen der Bauarbeiten auf der Autobahn im Stau steckst.«

Die Fahrt war tatsächlich anstrengend gewesen, aber beim Anblick ihrer Schwester besserte sich Scarletts Stimmung sofort. »An sich okay, bis der Nebel kam. Schau dir das mal an, ist doch wirklich wie im Horrorfilm!«

Haus und Bäume waren in dem weißen Dunst des trüben, nebligen Oktoberabends nur schemenhaft zu erkennen, und die klamme Feuchtigkeit haftete an allem, auch an Scarletts Teddymantel.

»Ja, echt eine heftige Suppe, seit heute Mittag schon«, sagte Ellie. »Soll wohl auch die ganze Nacht so bleiben.«

Scarlett fröstelte, und nicht zum ersten Mal, seit sie die Schlüssel zu ihrer Wohnung abgegeben und sich von den Nachbarn verabschiedet hatte. Sie hatte auch ein paar Tränen vergossen, als sie an ihrem indischen Lieblingsrestaurant vorbeigefahren war, wo immer alle gleich wussten, was sie bestellen wollte. Das viktorianische Schwimmbad würde sie auch vermissen, in dem sie zweimal die Woche ihre Bahnen gezogen hatte, und den Park, wo sie sich mit Freunden im Sommer zum Picknick und im Winter im Café getroffen hatte.

Und bei der Anreise hatte sie wieder festgestellt, wie abgelegen Seaholly Manor war und wie weit entfernt von Marcus und den Eltern. Plötzlich wäre Scarlett am liebsten umgekehrt und in die hell erleuchtete Stadt zurückgefahren. Was, um Himmels willen, hatte sie sich bei dieser idiotischen Entscheidung gedacht?

Ellie schien die Stimmung ihrer Schwester zu erspüren und umarmte sie herzlich. »Komm, lass uns deine Sachen reintragen. Ich hab gleich Feuer im Kamin gemacht, und in der Küche ist es auch behaglich warm.«

Scarlett brachte ein Lächeln zustande. »Ist dein Auto inzwischen repariert?«, fragte sie auf dem Weg ins Haus.

»Nee, ist noch ... in der Werkstatt. Die warten auf ein Ersatzteil.«

»Oje, wie lästig. Und wie kommst du jetzt zur Arbeit?«

»Ich geh zu Fuß, über den Küstenweg. Bei solchem Nebel würde ich allerdings die Straße nehmen, da ist der Weg zu gefährlich.«

Sie stellten Scarletts Gepäck im Vorraum ab und ließen sich in der Küche an dem rustikalen alten Eichentisch nieder. Der Aga-Herd strahlte eine intensive Wärme aus, und unwillkürlich musste Scarlett an den Weihnachtstag zurückdenken, als sie in den Pub geflüchtet war.

Doch während Ellie heiße Schokolade zubereitete und dabei den neuesten Klatsch aus dem Dorf erzählte, besserte sich Scarletts Laune.

Die Menschen, die sie damals kennengelernt hatte, waren

ausgesprochen nett zu ihr gewesen. Was durchaus hilfreich sein konnte für Scarletts Vorhaben: nämlich die Wahrheit über ihren leiblichen Vater herauszufinden.

Da Scarlett eine sehr aufrichtige Person war, hatte sie ein ziemlich schlechtes Gewissen, weil sie ihrer Schwester diesmal etwas vorenthielt. Zwar war die Miete ihrer Wohnung in Birmingham wirklich erhöht worden, und Scarlett hatte tatsächlich Sehnsucht nach einem Neuanfang. Aber ihr wahres Motiv für den Umzug nach Porthmellow war ein anderes: Sie hatte eine Spur entdeckt, der zufolge ihr leiblicher Vater möglicherweise von hier stammte. Und Scarlett war fest entschlossen herauszufinden, wer er war.

Diese Frage ließ ihr seit dem Ergebnis des DNA-Tests keine Ruhe mehr. Anhand eines alten Familienalbums hatte Scarlett festgestellt, dass Anna etwa zum Zeitpunkt der Empfängnis mehrere Wochen bei Tante Joan gewesen war. Das hieß, »es« musste hier passiert sein.

Und Scarlett hatte sich inzwischen an etwas erinnert, was diese Theorie untermauerte. Bei der Durchsicht von Joans Sachen nach ihrem Tod war Scarlett eine Postkarte in die Hände gefallen, deren Text sie schon damals als merkwürdig empfunden hatte. Sie hatte ihre Mutter danach fragen wollen, aber dann war das Vorhaben in dem ganzen Tohuwabohu in Vergessenheit geraten. An die Worte konnte sich Scarlett nicht genau erinnern, aber sie hoffte, dass diese Postkarte ihr Aufschluss über die Identität ihres leiblichen Vaters geben konnte. Vielleicht hatte sie ja Glück, und die Postkarte war noch an Ort und Stelle.

Nachts lag sie oft wach und versuchte sich vorzustellen,

was für ein Mensch ihr Vater wohl war. Besonders aufrichtig konnte er nicht sein, wenn er eine Affäre mit einer verheirateten Frau gehabt hatte ... aber vielleicht hatte er das gar nicht gewusst? War es eine längere Affäre gewesen oder nur ein One-Night-Stand? Hatte er eine eigene Familie? Falls ja, hatte Scarlett womöglich weitere Halbgeschwister, von denen sie bislang nichts wusste.

All diese Fragen ließen ihr keine Ruhe. War er groß, klein, kräftig oder dünn? Sah er ihr ähnlich oder eher nicht? Und lebte er überhaupt noch? Die Vorstellung, dass er vielleicht gestorben sein könnte, versetzte Scarlett in Angst und Schrecken. Denn dann würde sie ihren Vater nie mehr kennenlernen.

Vielleicht wollte Anna deshalb nicht mit der Wahrheit herausrücken? Weil sie wusste, dass der Mann tot war? Oder aber sie wollte ihn und seine Angehörigen schützen, weil die Lathams ihn kannten?

Nacht für Nacht wurde Scarlett von diesen Fragen gequält und konnte sich einfach nicht damit abfinden, dass sie vielleicht niemals Antworten bekommen würde.

Wenn sie zwischendurch einmal weniger wütend war über die ganze Situation, versuchte sie zu verstehen, wie ihrer Mutter wohl zumute war. Wie fühlte sich das an, wenn man jahrzehntelang so ein Geheimnis bewahren musste? Andererseits war es natürlich auch möglich, dass Anna – trotz einer Affäre – selbst Roger für Scarletts Vater gehalten hatte. So oder so: Dass ihre Mutter sich komplett in Schweigen hüllte, fand Scarlett absolut unerträglich.

Also hatte sie die Sache selbst in die Hand genommen. Zum

Glück hatte Ellie kaum gezögert, Scarlett in Seaholly Manor aufzunehmen. Irgendwann würde sie ihre wahren Motive für den Umzug offenbaren müssen. Aber solange ihre Idee noch so vage war, wollte sie keine weitere Unruhe verbreiten.

»Komm, setzen wir uns an den Kamin.« Ellie reichte Scarlett zwei Becher heiße Schokolade mit Zimt und Schlagsahne und folgte ihr ins Wohnzimmer, in der Hand einen Teller voller Mince Pies, dem mit Früchten gefüllten Weihnachtsgebäck.

»Ich finde, die kann man ruhig auch schon im Oktober essen«, sagte Ellie. »Wir hatten im Café noch ein paar übrig, weil der Nebel ab Mittag die Kunden ferngehalten hat. Sonst sind die immer im Nu ausverkauft.«

Scarlett nahm sich eines der mit Puderzucker bestreuten Küchlein. »Ja, Mince Pies sind total lecker. Könnte ich auch das ganze Jahr über essen.«

Nachdem die Schwestern sich bei den Köstlichkeiten ein wenig entspannt hatten, trugen sie gemeinsam das Gepäck nach oben.

»Ich hab dich in Tante Joans ehemaligem Schlafzimmer einquartiert, weil es das größte Zimmer ist«, erklärte Ellie und öffnete die Tür. »Es ist ein bisschen renoviert worden, und das Bett ist neu. Aber einige von ihren Sachen stehen noch drin, ich hoffe, das stört dich nicht.«

»Im Gegenteil, ich finde es schön, von ihren Schätzen umgeben zu sein. Ich bin froh, dass die Eltern ihre Frisierkommode und einen Teil von dem Sammelsurium behalten haben. Aber warum bist du denn nicht selbst in das größte Zimmer gezogen?«

»Meines ist auch ziemlich geräumig. Außerdem nah beim Badezimmer, und an klaren Tagen sehe ich das Meer«, antwortete Ellie.

»Na, das ist natürlich auch nicht schlecht.«

»Ich mach uns was zu essen, während du auspackst«, verkündete Ellie.

»Du musst mich aber nicht wie einen Gast behandeln, wir sind doch jetzt Mitbewohnerinnen.«

Ellie setzte eine strenge Miene auf. Dabei sah sie witzigerweise Tante Joan ziemlich ähnlich – nur eben ohne Dauerwelle und Perlenkette. »Keine Sorge. Morgen ist die Schonfrist um. Du wirst dich noch wundern, wenn ich dir die Liste deiner Haushaltspflichten zeige.«

»Okay, also genieße ich heute Abend noch den Luxus«, erwiderte Scarlett grinsend. Ihre Schwester wirkte so froh und zufrieden, das Leben in Porthmellow schien ihr wirklich gut zu bekommen.

Die alten Treppenstufen knarrten, als Ellie wieder nach unten eilte. Dann begann sie in der Küche mit Töpfen und Pfannen zu klappern und dabei fröhlich vor sich hin zu singen.

Nachdem Scarlett die Vorhänge zugezogen hatte, setzte sie sich aufs Bett und sah sich im Zimmer um. Die Schubladen der Mahagoni-Frisierkommode aus den fünfziger Jahren waren noch mit Erinnerungsstücken an Tante Joan angefüllt. Die meisten Bücher befanden sich in den wand hohen Regalen unten in Tante Joans Arbeitszimmer, aber ein paar waren auch hier in einer Nische untergebracht.

Scarlett stand auf, trat zu den Regalen und ließ den Blick

über die Reihen schweifen. In einem dieser Bücher steckte die Postkarte, die ihr im letzten Sommer aufgefallen war. Sie war an ihre Mutter adressiert, und es war die Rede von einer »ganz besonderen Nacht« oder so ähnlich. Und das Wort »Liebe« hatte auch auf der Karte gestanden. Hoffentlich war auch ein Absender drauf.

Mit klopfendem Herzen strich Scarlett über die Buchrücken und hielt Ausschau nach dem alten Taschenbuch mit dem Titel *Schätze der Küsten von Cornwall.* Auf dem Einband waren Muscheln und ein Seestern abgebildet, und die Postkarte aus St Ives hatte in der Mitte gesteckt.

Es hatte in der untersten Reihe gestanden, doch da konnte Scarlett es beim besten Willen nicht entdecken. Sie überprüfte die anderen Titel im Regal und runzelte dann die Stirn. War sie zu müde von der Fahrt, übersah sie das Buch? Doch nach dem dritten sorgfältigen Durchgang musste sie kapitulieren. Es gab hier allerlei Werke über Blumen, Vögel, Steine und Mineralien, aber nichts über die Küsten. Das Buch befand sich eindeutig nicht mehr in diesem Regal.

Scarlett war extrem enttäuscht. Sie wollte gerade jedes Buch einzeln aus dem Regal ziehen – vielleicht war das gesuchte ja nach hinten gerutscht –, als sie hörte, wie unten die Haustür geöffnet wurde und Ellie sagte: »Hi! Komm schnell rein, das Wetter ist ja schrecklich.«

Scarlett ging zur Tür und horchte, erstaunt über Ellies lebhaften Tonfall. Die Tür wurde geschlossen, dann eine Männerstimme. »Ich will nicht bleiben, du hast ja Besuch, hab das Auto gesehen. Wollte nur Bescheid sagen, dass das Ersatzteil für dein Auto eingetroffen ist.«

Wow, die beiden hörten sich an, als brenne zwischen ihnen mächtig die Luft. Da schien sich irgendwas anzubahnen.

»Scarlett!«

Schritte auf der Treppe, Scarlett flitzte rasch zu ihren Taschen und zerrte Kleidungsstücke heraus.

»Kann ich reinkommen?«, rief Ellie an der Tür.

»Klar, bin nur am Auspacken!«, rief Scarlett und warf die Sachen aufs Bett.

Ellie kam herein und verkündete: »Aaron ist grade gekommen. Magst du ihn kennenlernen?« Etwas leiser fügte sie hinzu: »Keine Sorge, den hast du damals nicht im Pub getroffen. Er ist vor Kurzem erst hergezogen, wohnt weiter hinten im Cove Cottage.«

»Klar, gerne. Ich zieh mich noch schnell um«, sagte Scarlett, die alte Jeggings und ein Hoodie trug.

»Ach, Quatsch, nicht nötig.« Ellie spähte über Scarletts Schulter. »Viel ausgepackt hast du ja noch nicht.«

»Nee, ich hab gerade erst angefangen. Ehrlich gesagt, war ich so fertig von der Fahrt, dass ich mich kurz hinlegen musste.« Scarlett fühlte sich ziemlich schlecht, weil sie ihre Schwester anschwindelte. »Kann ich ja morgen in Ruhe machen.«

»Na klar. Möchtest du dich lieber noch ausruhen?«

»Auf keinen Fall! Ich will deinen neuen Nachbarn unbedingt kennenlernen.«

Ellie strahlte. »Na, dann komm.«

Scarlett wusste nicht genau, was sie erwartet hatte, aber gewiss nicht diesen Gladiator, der es sich auf dem Zweisitzer bequem gemacht hatte. Er wirkte so lässig und entspannt, als sei er schon öfter hier gewesen. Aha, dachte Scarlett amüsiert, man kennt sich also bereits. Aber bislang war von diesem Aaron noch nicht die Rede gewesen.

»Das ist meine Schwester Scarlett. Aaron«, stellte Ellie die beiden vor.

»Hi! Ich bin Ellies gefährlicher neuer Nachbar.« Aarons Augen funkelten vergnügt, als er aufstand und Scarlett die Hand hinhielt. »Deine Schwester hat mich erst mal für einen Serienkiller gehalten. Weil wir uns nachts auf der Straße kennengelernt haben und mein Ford Transit keine Fenster hat.«

»Hätte ich dir das bloß nicht erzählt!«, platzte Ellie heraus. »Außerdem dachte ich eher, du seist ein Einbrecher oder Kidnapper.«

Scarlett lachte und schüttelte Aaron die Hand. »Und ich bin Ellies gefährliche kleine Schwester. Ist meine Schuld, dass sie jeden fensterlosen Wagen für eine Kidnapper-Kutsche hält. Mit mir geht schnell mal die Fantasie durch«, fügte sie hastig hinzu, damit Aaron nicht glaubte, sie sei womöglich einmal selbst entführt worden.

Er grinste und setzte sich wieder. »Na ja, Ellie wusste ja auch nicht, dass ich in Cove Cottage wohne. Und du ziehst jetzt hier ein?«

»Ja«, sagte Scarlett lächelnd.

»Mutige Entscheidung«, bemerkte Aaron.

»Ach ja? Wieso denn?«, fragte Scarlett.

»Wegen der Einheimischen.«

»Sind die so bedrohlich?«

»Manche schon«, antwortete Aaron schmunzelnd. »Ich

bin selbst hier geboren und aufgewachsen. Bin dann mit achtzehn zur Armee gegangen, als Fahrzeugingenieur.«

»Ah, dann reparierst du also Ellies Auto?«, schlussfolgerte Scarlett.

»So sieht's aus. Stand jetzt allerdings fast zwei Wochen lang in der Werkstatt von einem Freund. Aber jetzt ist endlich das Ersatzteil eingetroffen. Morgen sollte der Wagen wieder fit sein.«

»Dann musst du nicht mehr Taxi für mich spielen«, sagte Ellie.

»War mir aber ein Vergnügen. Ich fahre ohnehin jeden Tag ins Dorf runter«, erwiderte Aaron. »Apropos: Bist du nächste Woche bei der Sitzung des Festivalkomitees dabei?«

»Ja, bin ich.«

»Mum und Dad haben mich nämlich überredet, beim Wintersonnwend-Festival mitzumachen«, erklärte Aaron. »Und da die beiden ja zu den Mitbegründern des Streetfood-Festivals gehören, konnte ich schlecht ablehnen.«

»Was ist denn das Wintersonnwend-Festival?«, erkundigte sich Scarlett.

»Wir feiern die Wintersonnwende, die wenige Tage vor Weihnachten stattfindet«, erklärte Ellie. »Ist eine neue Idee von den Machern des Porthmellow Streetfood-Festivals, findet zum ersten Mal statt.«

»Klingt spannend«, bemerkte Scarlett.

»Ja, es soll ein buntes, rauschendes Fest werden, bei dem die Wiederkehr des Lichts gefeiert wird. Das historische Boot vom Segelverein wird mit Lichterketten geschmückt, und die Vereinsmitglieder werden als Piraten verkleidet auftreten. Du musst unbedingt an Bord kommen«, sagte Ellie zu Aaron.

Er schien den Blick nicht von ihr lösen zu können. »Das lasse ich mir auf keinen Fall entgehen.«

Ellie strahlte ihn an, und für Scarlett gab es keinen Zweifel mehr, dass es zwischen den beiden funkte wie verrückt. Und ausgerechnet jetzt kreuzte sie hier auf und war in Hörweite für das junge Liebesleben. Ob Ellie das wohl so toll fand?

Aaron gelang es jetzt, sich von Ellies Anblick loszureißen, und sagte zu Scarlett: »Kennst du meine Eltern, Troy und Evie Carman? Beide sind hier geboren und aufgewachsen und haben nie anderswo gelebt. Mein Dad trägt immer eine Fischermütze und arbeitet noch stundenweise für die Hafenleitung, obwohl er schon über achtzig ist. Meine Mum hat vor einem Jahr ein neues Kniegelenk bekommen und ist mit einem rosa Gehstock unterwegs.«

»Scarlett ist nicht so oft hier«, warf Ellie ein.

»Ach so. Ich gehe immer davon aus, dass jeder meine Eltern kennt, die sind so was wie Porthmellow-Urgestein«, erklärte er Scarlett.

Und tatsächlich fiel bei Scarlett jetzt der Groschen. Troy und Evie waren damals im Smuggler's Inn so nett zu ihr gewesen. Nachdem Scarlett sich aufgewärmt und gestärkt hatte, hatten sie Ellie angerufen, die ihre Schwester dann abholte. Scarlett hatte sich noch für ihren Auftritt entschuldigt und erklärt, Spannungen in der Familie und zu viel Sekt auf nüchternen Magen seien der Grund für ihren Zustand gewesen.

»Doch, kann tatsächlich sein, dass ich den beiden schon begegnet bin«, sagte sie.

»Die vergisst man nicht so leicht. Echt kauzige Gestalten.«

Scarlett lächelte. »Da ich jetzt erst mal hier wohne, lerne ich sie bestimmt noch näher kennen.«

»Wie lange wirst du denn bleiben?«

»So lange Ellie es mit mir aushält. Und du?«

»Ein paar Monate auf jeden Fall, vielleicht auch länger. Ich will hier mit einem Freund von der Armee eine Firma für Sicherheitsdienste gründen. Ein paar Aufträge haben wir schon, darunter das Wintersonnwend-Festival.«

»Glaubt ihr etwa, da gibt es Probleme?«

»Ach, die Möwen keilen sich hier bestimmt heftig.« Er grinste. »Nein, Security ist einfach Vorschrift bei jedem Festival, selbst wenn wir dann bestenfalls nur rumstehen und uns langweilen.«

»Ihr werdet auch ohne Keilereien mehr Arbeit haben, als ihr jetzt glaubt«, gab Ellie zu bedenken.

»Schon möglich. Und meine Eltern halten mich garantiert auf Trab.« Aaron warf einen Blick auf seine Uhr, ein wuchtiges Gummigerät mit jeder Menge Anzeigen.

»Ich muss los, hab einen Termin mit einem potenziellen Kunden. Vielleicht sehen wir uns morgen Abend im Tinners'? Ich treff mich dort mit ein paar Leuten aus dem Dorf. Da könnte Scarlett gleich mal ein paar Einheimische kennenlernen.«

»Gern«, antwortete Ellie. »Hast du Lust mitzukommen?«, fragte sie ihre Schwester.

Scarlett nickte. Sie war nicht versessen darauf, die Leute

wiederzusehen, die damals ihren peinlichen Auftritt miterlebt hatten, wollte aber auch nicht gleich als Eigenbrötlerin dastehen. »Klar.«

»Prima, dann sehen wir uns morgen.« Aaron stand auf, und Scarlett beschloss, das Feld zu räumen, damit die beiden sich ungestört verabschieden konnten.

»Ich pack mal weiter meine Sachen aus«, verkündete sie rasch. »War schön, dich kennenzulernen, Aaron. Bis morgen.«

Oben schloss Scarlett die Zimmertür, hörte die beiden aber unten noch ein Weilchen reden und lachen, bevor die Haustür hinter dem Gast zufiel.

Sie lächelte in sich hinein. Ellie war sichtlich vollkommen verknallt in Aaron. Und ihr selbst kam die Einladung auch gelegen. Gerade die alten Einheimischen würden sich vielleicht noch an Annas Aufenthalte hier erinnern können. Deshalb war der Pub bestimmt genau der richtige Ort, um mit der Suche nach ihrem wahren Vater zu beginnen.

5

Das Tinners', ein rustikaler Granitbau, war der jüngere der beiden Pubs von Porthmellow – nur zweihundert Jahre alt, im Gegensatz zum vierhundert Jahre alten Smuggler's Inn, dem weiß getünchten Steinhaus auf der anderen Hafenseite. Beide Lokale waren bei den Einheimischen sehr beliebt und auch an einem düsteren Oktoberabend wie diesem erstaunlich gut besucht.

»Oh, schau, das Festivalkomitee ist vollständig versammelt«, stellte Ellie fest, als sie das Tinners' betraten. »Super, dann kannst du gleich alle auf einmal kennenlernen.«

»Was?«, sagte Scarlett entsetzt. Beim Kamin saßen an mehreren Tischen etliche Leute, deren Blicke sich jetzt auf sie richteten, genau wie damals bei ihrem Auftritt an Weihnachten. »Oh Gott! Wenn ich gewusst hätte, dass so viele Leute da sein würden!«

Scarlett wollte das Weite suchen, aber Ellie hielt sie am Arm fest.

»Mach dir keinen Kopf«, sagte sie beruhigend. »Das sind nur Sam Lovell, ihre Schwester Zennor und deren Verlobter, Ben. Die sind alle total lieb. Genauso wie mein Chef vom Segelverein, Drew, und seine Partnerin Chloe. Und Aarons Eltern natürlich auch.«

»Aber das sind furchtbar *viele*!«, insistierte Scarlett. »Außerdem hast du den Elf vergessen!«

»Den was?«

»Diesen Mann da mit der Surfer-Mähne. Er war auch in dem Pub damals an Weihnachten. Und Sam und Aarons Eltern.«

Ellie bestellte Drinks. »Na und?«

»*Na und?* Hast du etwa vergessen, dass ich durchnässte Hasenpantoffeln trug und mich aufgeführt hab wie aus der Irrenanstalt entflohen? Der Elfmann hat mir eine Decke über die Beine gelegt ... wie einer Greisin oder so ...« Scarlett wäre bei der Erinnerung noch immer am liebsten im Erdboden versunken.

»Das ist Jude Penberth«, erwiderte Ellie. »Surfer ist der nicht, soweit ich weiß, aber dass er hilfsbereit ist, kann ich mir gut vorstellen. Der ist total sympathisch. Und wie ich schon sagte, du musst dich nicht schämen, weil du Hilfe gesucht hast. Diese Menschen denken nicht schlecht über dich. Abgesehen davon haben die ihre eigenen Probleme. Sam zum Beispiel.«

»Sie hat bestimmt nicht erfahren, dass ihr Vater nicht ihr Vater ist.«

»Viel schlimmer«, erwiderte Ellie ruhig. »Sams Vater hat die Familie verlassen, als Sam noch klein war. Die Mutter kam kurz darauf bei einem Autounfall ums Leben, und Sam war mit Zennor und ihrem Bruder Ryan ganz alleine. Der ist später kriminell geworden und eine Zeit lang im Knast gelandet. War zehn Jahre verschwunden, aber jetzt kommt er auch wieder nach Porthmellow. Wenn der sich das traut, schaffst du das ja wohl auch. Du hast schließlich nichts verbrochen.«

Scarlett warf einen Blick auf Sam und sagte kleinlaut: »Okay, wenn ich das so höre ... schäme ich mich tatsächlich, dass ich mich so anstelle.«

»Und jetzt guck mal«, raunte Ellie. »Gabriel Mathias ist auch da. Wir bleiben, auf jeden Fall.«

»Was, Gabriel Mathias, der Starkoch aus dem Fernsehen?«

»Genau der. Er ist mit Sam zusammen.«

Scarlett sah den superattraktiven dunkelhaarigen Mann, der sich gerade bei der Komiteerunde niederließ und alle herzlich begrüßte.

Ellie reichte ihrer Schwester ein Glas Pinot Grigio. »Komm schon, den willst du doch bestimmt kennenlernen. Gabe ist auch total nett.«

»Wie anscheinend alle in Porthmellow«, murmelte Scarlett und trank einen Schluck Wein.

»Ähm, na ja, nicht unbedingt. Aber die Runde hier ist wirklich sehr sympathisch. Sei ganz entspannt. Die wissen alle, dass du nicht plemplem bist.«

Scarlett verschluckte sich beinahe. »Na toll, schönen Dank auch!«

Obwohl ihr immer noch etwas mulmig war, beschloss sie, den Sprung ins kalte Wasser zu wagen und die Vorstellungsrunde hinter sich zu bringen. Immerhin war es dann so gut wie erledigt, und sie musste nicht wochenlang allen einzeln erklären, dass es ihr wieder besser ging. Und um etwas über ihren Vater in Erfahrung zu bringen, brauchte sie den Kontakt zu den Einheimischen. Also setzte sie tapfer ein Lächeln auf und folgte ihrer Schwester.

Zennor Lovell und ihr Verlobter Ben waren mit ihren lila gefärbten Haaren, Goth-Make-up und schwarzen Biker-Klamotten ein sehr interessanter Anblick. Die beiden saßen neben Troy und Evie. Gabriel Mathias hatte seiner Freundin den Arm um die Schultern gelegt, die beiden wirkten sehr glücklich. Der Mann mit Pferdeschwanz war Drew vom Segelverein, die zierliche elegante Frau neben ihm musste also Chloe sein. Ellie hatte erzählt, sie sei Eventmanagerin und schon über fünfzig, aber das sah man Chloe tatsächlich nicht an.

Der Elfmann trug seine schulterlange blonde Mähne heute offen und hatte natürlich auch keine Elfenohren mehr. Bei seinem Anblick nahm Scarlett sich fest vor, allen zu beweisen, dass sie eigentlich ein ganz normaler Mensch war.

Aaron kam gerade zur Tür herein, als sie den Raum durchquerten, und als Ellie ihn sah, leuchteten ihre Augen auf. Er lächelte und bedeutete ihnen mit einer Kopfbewegung, dass sie sich zu der Runde setzen sollten.

Am Tisch angekommen, verkündete Aaron: »Ich habe Ellie und ihre Schwester Scarlett dazu gebeten, damit ihr euch kennenlernen könnt. Scarlett wohnt jetzt auch in Seaholly Manor. Wenn ihr richtig nett zu ihr seid, könnt ihr sie vielleicht fürs Festivalteam gewinnen.«

»Ähm, ich weiß nicht, ob ich euch nützlich sein kann …«, stotterte Scarlett und hoffte, angesichts ihrer Retter von damals nicht rot anzulaufen.

Alle lächelten und riefen Begrüßungsworte, die Stimmung war warm und herzlich.

Troy, der dieselbe alte Fischermütze trug wie an Weihnachten, diesmal aber ohne Glitzerkram, beäugte Scarlett. »Aha, das Mädel, das an Weihnachten beim Smuggler's reingeschneit ist. Wir haben uns ja ordentlich Sorgen um dich gemacht, bis Ellie dich abgeholt hat.«

Evie stupste ihren Mann mit dem Ellbogen an. »Das ist doch ewig her, Troy. Scarlett möchte bestimmt nicht daran erinnert werden. Sie hatte eben einen schlechten Tag, das geht doch jedem mal so.«

Scarlett fand das sehr einfühlsam und lächelte dankbar. »Ich kann euch beruhigen. Es geht mir wieder gut, und ihr könnt euch gerne davon überzeugen, dass ich heute keine Hasenpantoffeln trage.«

Alle lachten schallend.

»Schön, dass du so viel Humor hast«, bemerkte Troy. »Den kann man hier in Porthmellow gut gebrauchen. Rückt ein bisschen zusammen, Leute, damit die beiden Damen noch Platz finden.«

»Nicht nötig, wir gehen sowieso gerade«, erklärte Drew und stand auf.

»Ich muss nämlich auf meine Enkelin aufpassen«, fügte Chloe fröhlich hinzu. »Man sieht sich!«

Nachdem die beiden verschwunden waren, unterhielt sich Scarlett mit Sam, die sie witzig und liebenswürdig fand, und mit Gabriel Mathias. Sie dachte daran, was ihre Freunde aus Birmingham wohl sagen würden, wenn die sie im Gespräch mit dem berühmten Starkoch sehen könnten.

Nach einer Weile wurde in der großen Runde über Festivalthemen geredet, und Scarlett war froh, dass sie nicht mehr im Mittelpunkt der Aufmerksamkeit stand und sich ihren eigenen Gedanken hingeben konnte.

Erst jetzt wurde Scarlett in vollem Ausmaß bewusst, welchen Schritt sie gewagt hatte. Bis auf die Suche nach ihrem leiblichen Vater hatte sie keine Pläne, und dabei hatte sie doch in ihrem bisherigen Leben nichts dem Zufall überlassen.

Aber durch die schockierende Unklarheit über ihre wahre Herkunft würde Scarlett wohl auch lernen müssen, mehr im Moment zu leben. Denn wie es schien, hatte das Leben eigene Pläne.

Sie hörte sich an, was über das Wintersonnwend-Festival besprochen wurde. Die traditionellen Weihnachtsbräuche sollten dabei mit heidnischen Elementen der Vorfahren kombiniert werden. Es würde Straßenmusiker und einen Kostümumzug mit Feuerschluckern geben. Die Dorfkapelle würde auftreten, an Ständen und Buden würde man Geschenke und Leckereien kaufen können. Gabe sollte eine Kochshow mit einem Weihnachtsmenü machen. Scarlett liebte Weihnachtsmärkte und fand das Konzept wunderschön.

»Wir suchen immer nach Freiwilligen«, sagte Evie zu ihr. »Falls du mitmachen möchtest …«

Troy schnalzte mit der Zunge. »Du kannst doch das Mädel nicht gleich einspannen!«

»Kein Problem«, sagte Scarlett. »Ich übernehme sehr gern ein paar Aufgaben, falls ihr mich brauchen könnt.«

»Da finden wir auf jeden Fall was«, warf Sam ein. »Wenn

du dich ein bisschen hier eingelebt hast, sag einfach Bescheid.«

Als Troy in Richtung Toilette verschwand, rückte Evie näher zu Scarlett und murmelte: »Geht es dir denn so weit gut? Ich hab gehört, dass es zwischen deinen Eltern wohl ein paar Probleme gibt.«

Scarlett zuckte innerlich zusammen, sagte sich dann aber, dass sie das unangenehme Thema zu ihren eigenen Zwecken nutzen konnte.

»Ja, das stimmt«, gab sie zu. »Unsere Eltern haben leider gerade eine schwierige Phase. Kennst du die beiden näher?«

»Nein, nur mit deiner Großtante Joan hatte ich öfter zu tun. Sie war eine fantastische Person, und ihre Bücher habe ich geliebt. Von jedem neuen habe ich ein signiertes Exemplar bekommen. Sogar von den besonders flotten ...« Evie zwinkerte vielsagend.

Scarlett grinste. »Joan wusste das nicht, aber wir haben die heimlich gelesen, schon vor ihrem Tod.«

»Ja, sie war schon besonders, die gute Joan. Sehr kultiviert und damenhaft, dabei aber mit einem deftigen Sinn für Humor und sehr aufgeschlossen.«

»Hmm ...« Scarlett fragte sich, ob wohl allgemein bekannt war, dass Joan eine Beziehung mit ihrem Hausmeister gehabt hatte. »Wir haben sie auch alle sehr geliebt, vor allem meine Mutter. Die hat ja früher viel Zeit hier verbracht.«

»Kein Wunder. Seaholly Manor ist ein wunderbares Anwesen.«

»Meine Mum fand es hier immer so friedvoll und entspannend. Weil mein Vater damals so viel gearbeitet hat, war sie mit uns Kindern oft hier.« Scarlett tastete sich an die fragliche Zeit heran. »Hast du meine Mutter damals mal getroffen? Sie hat erzählt, dass bei Joan immer eine Menge los war.«

»Oh ja, ich erinnere mich gut an die Partys, obwohl ich bei den wilderen nicht dabei war. Troy und ich hatten ja genug mit unseren Kindern zu tun, Aaron und Gemma. Joan war etwa so alt wie ich, das heißt, ich bin ein ganzes Stück älter als deine Mum.«

»Wilde Partys?« Scarlett lachte. »Klingt spannend. Was war denn da so los?«

»Ah, da kam dann die Bohème aus London zu Besuch, Künstler und Schriftsteller und so. Joan hat aber immer auch Leute aus dem Dorf eingeladen. Wir hätten schon mal hingehen können, aber das war nicht so Troys Stil, wie du dir bestimmt vorstellen kannst. Joans Hausmeister und Gärtner, Lawrence Guise, hat mir mal erzählt, dass im Sommer oft bis in die frühen Morgenstunden gefeiert wurde, auch unten an ihrem Privatstrand.«

»Da scheint ja echt was los gewesen zu sein.«

»Manchmal ging's wohl ziemlich ausschweifend zu … so mit Kräuterrauchen, Nacktbaden und Stelldicheins in den Dünen …« Evies Augen funkelten verschmitzt. »Aber wie gesagt: Ich weiß das nur durch den Dorftratsch. Wenn du mehr wissen willst, solltest du lieber deine Mum fragen. Wundert mich ja, dass sie euch nichts davon erzählt hat.«

»Vermutlich fand sie, das sei nichts für Kinderohren«, sagte Scarlett rasch. Insgeheim dachte sie allerdings, dass ihre Mutter vielleicht andere Gründe dafür gehabt hatte.

Evie kicherte. »Na, du hast doch bestimmt in deiner Jugend auch Sachen gemacht, die du deinen Eltern verheimlicht hast.«

Scarlett grinste. »Klar, ein paar Geheimnisse hat wohl jeder.« Insgeheim fragte sie sich aber, ob sie womöglich bei einem solchen »Stelldichein in den Dünen« entstanden war.

»Tschuldigung, dass ich so lange weg war.« Troy setzte sich wieder zu ihnen. »Hatte eingelegte Heringe zum Mittagessen, die machen sich immer bei meiner Verdauung bemerkbar.«

»So genau will das hier keiner wissen, Troy!«, stöhnte Evie. »Wir sollten auch nach Hause gehen, muss mein Knie bewegen. Hab im Sommer ein neues Gelenk bekommen«, fügte sie zu Scarlett gewandt hinzu und erhob sich mühsam. »Komm, alter Strolch, bring mich nach Hause.«

Ben und Zennor schlossen sich den beiden an, und kurz darauf gingen auch Sam und Gabe, sodass die beiden Schwestern mit Aaron und Jude alleine zurückblieben. Ellie und Aaron unterhielten sich lebhaft, Jude dagegen war eher zurückhaltend. Scarlett betrachtete ihn verstohlen.

Auch ohne Elfenaufmachung wirkte Jude Penberth alles andere als gewöhnlich. Seine schulterlangen Haare schimmerten golden, und seine Augen waren nicht nur leuchtend grün, sondern auch bernsteingelb gefleckt. Vielleicht war er also doch in Wirklichkeit ein Elf … Als Scarlett diesen Gedanken hatte, musste sie sich das Lachen verkneifen.

»Alles okay mit dir?«, fragte Jude.

»Ja, wieso?«

»Du schienst grade ganz woanders zu sein.«

»Ach, ich hab nur dran gedacht, wie seltsam es ist, jetzt

hier in Porthmellow zu sein«, sagte Scarlett. »Nach dem, was damals an Weihnachten passiert ist.«

Jude ließ sich Zeit mit der Reaktion. Dann erwiderte er: »Ja, muss eine ziemliche Feuerprobe für dich gewesen sein heute Abend. Die ganzen Wohltäter von damals auf einmal.« Er lächelte verständnisvoll, und Scarlett war erleichtert über die einfühlsame Bemerkung.

»Ehrlich gesagt konnte ich mir erst mal nicht vorstellen, mich hier jemals wieder blicken zu lassen«, gestand sie.

»Aber es ist doch nichts peinlich daran, wenn man Hilfe braucht. Ellie hat erzählt, dass ihr damals eine große Familienkrise hattet. Du musst mir natürlich nichts weiter darüber erzählen. Nur wenn du möchtest. Aber ich vermute mal, du willst das alles lieber vergessen?«

»Dass ich in tropfnassen Hasenpantoffeln in einen Pub gegangen bin auf jeden Fall. Alles andere ist wesentlich komplizierter.«

»So ist das öfter im Leben.« Jude sah einen Moment ernst aus, dann fügte er hinzu: »Dein Glas ist leer. Möchtest du noch was?«

»Ich nehm einen Gin Tonic. Aber lass mich die Drinks zahlen. Ich bestehe darauf.«

Jude nickte. »Okay, wenn du willst.«

Scarlett ging zur Bar, und nachdem sie mit ihrem Gin und Judes Bier zurückgekehrt war, unterhielten sich die beiden über Scarletts Beruf und ihre Pläne.

»Hat Ellie dir schon erzählt, dass Zennor und Ben eine Grafikfirma haben?«, fragte Jude. »Vielleicht können sie ja eine Werbetexterin brauchen. Fragen schadet nicht.«

»Wäre mir aber trotzdem peinlich, sie gleich nach Arbeit zu fragen«, erwiderte Scarlett. »Ich hab die beiden doch gerade erst kennengelernt.«

»Das stört sie ganz bestimmt nicht. Und von Werbetextern deines Kalibers wimmelt es nicht gerade in Porthmellow.«

Scarlett betrachtete Jude prüfend, weil sie nicht sicher war, ob er das ironisch gemeint hatte. »Danke für den Tipp jedenfalls. Ich werd mich mal bei den beiden melden, wenn ich mich ein bisschen eingelebt habe.«

Jude lächelte. »Ich denke, sie würden sich freuen.«

Er musste etwa in ihrem Alter sein, schätzte Scarlett. Von seinen Augen abgesehen wirkte er aber nicht wie eine Fantasy-Figur. Er trug ein langärmliges T-Shirt über dunklen Chinos und ein Lederarmband mit einem Silberverschluss. Jude war nicht so ein umwerfender Hingucker wie Gabe Mathias, Aaron oder Rafa, sondern besaß eher eine Art stille Attraktivität. Scarlett kam es vor, als leuchte er von innen heraus. Vielleicht brachte sie aber auch nur der Gin auf solche seltsamen Gedanken. Sie nahm sich vor, keinesfalls mehr Alkohol zu trinken, damit sie nicht in Versuchung geriet, Jude ihre ganze Lebensgeschichte zu erzählen.

»Und was machst du so?«, fragte sie.

»Nicht viel. Das denken zumindest die meisten Leute.« Er lächelte. »Aber wir beide haben tatsächlich etwas gemein. Ich habe auch mit Schreiben zu tun.«

»Bist du etwa auch Texter?«

»Nein, ich schreibe für Zeitschriften. Über Naturthemen. Tiere und Pflanzen. Ich bin ein Wildbeuter.«

»*Wildbeuter?* Ist das so was wie ein Wilderer?«

Jude lachte. »Nein, ich sammle Wildblumen, Kräuter, Algen, Pilze. Alles, was man zu einer Mahlzeit oder einem Getränk verarbeiten kann. Ich gebe auch Kurse über Kochen mit Wildblumen, Wildkräutern und -früchten und habe ein paar Bücher zu dem Thema veröffentlicht. Und ich unterrichte an der Uni.«

»Das ist ja faszinierend. Wie bist du denn dazu gekommen?«

»Ich hab einen Doktortitel in Botanik und eine Zeit lang auch in London an der Uni gearbeitet, aber ...«, er zögerte einen Moment, »... sagen wir mal, irgendetwas hat mich hierher zurückgezogen. Ich stamme aus Porthmellow, meine Eltern leben auch noch hier. Wahrscheinlich werde ich alt, weil ich mich plötzlich nach Natur und einem ruhigeren Leben sehne.«

»Aber so alt kannst du doch gar nicht sein!«, platzte Scarlett heraus.

»Der sechsunddreißigste liegt hinter mir«, erklärte Jude trocken.

»Aber das ist doch jung«, wandte Scarlett ein. Irgendwie hatte sie das Gefühl, dass hinter seiner Rückkehr in den Heimatort etwas anderes steckte. Aber sie würde Jude jetzt ganz sicher nicht aushorchen. »Dann bist du also Dr Jude Penberth«, sagte sie, um das Thema zu wechseln. »Klingt beeindruckend.«

»Ja, und eigentlich erwarte ich auch, von Leuten, die mich nicht näher kennen, so angesprochen zu werden«, sagte er.

Scarlett war bestürzt. Als so aufgeblasen hatte sie Jude

nicht eingeschätzt. »Ähm ... okay ...« Sie hatte keine Ahnung, wie sie reagieren sollte.

Ein breites Grinsen trat auf Judes Gesicht. »Blödsinn. Ich benutze meinen Titel nur in der akademischen Welt, mach dir keine Sorgen.«

»Uff, also ...« Scarlett brach in Gelächter aus. »Du hast mich echt hinters Licht geführt, ich war ganz schockiert.«

»Tut mir leid, wirklich. Das war albern.«

»Ach, macht nichts. Ich hätte es ja wirklich merken können.«

Auch von Ellie und Aaron am anderen Ende des Tischs war jetzt lautes Lachen zu vernehmen. Die beiden schienen sich prächtig zu verstehen.

Jude trank einen Schluck Bier. »Apropos Arbeit ... wundere dich bitte nicht, wenn du mich plötzlich im Garten von Seaholly Manor siehst. Deine Tante hat mir netterweise gestattet, dort Pflanzen zu pflücken, und das habe ich nach ihrem Tod fortgesetzt. Ellie hat es mir auch erlaubt, solange das Anwesen noch eurer Familie gehört.«

»Vorerst gibt es keine konkreten Pläne, es zu verkaufen«, sagte Scarlett. »Dann bist du also bei uns im Garten als ... Wildbeuter unterwegs? Klingt gefährlich.« Das war möglicherweise ein bisschen zweideutig rübergekommen, und sie musste ein Kichern unterdrücken. Irgendwie bekam sie in Judes Nähe Lust zu lachen, was schon lange nicht mehr so gewesen war.

»Oh ja.« Er grinste bedeutungsvoll und legte den Kopf schief, und nun musste Scarlett tatsächlich lachen. »Ich hoffe, das macht dir nichts aus?«

»Nein, nein, gar nicht. Du kannst da so viel erbeuten, wie du willst. Außerdem gehört das Anwesen schließlich gar nicht Ellie und mir, sondern unserer Mutter. Aber die hätte bestimmt auch nichts einzuwenden. Kanntest du Joan eigentlich näher?«

»Nee, das nicht, aber ich bin ihr bestimmt mindestens einmal pro Woche begegnet, wenn ich in den Gärten am Sammeln war.«

Scarlett musste unwillkürlich wieder kichern. »Bitte entschuldige, das ist total albern, aber … das Wort ›Wildbeuter‹ klingt einfach so komisch.«

»Ich versteh schon, was du meinst. Du solltest dich besser vor mir in Acht nehmen.« Judes Augen funkelten amüsiert.

»Ähm, möglicherweise schon.«

»Ja, aber im Ernst – ist auch ziemlich speziell, seinen Lebensunterhalt durch das Sammeln von Wildpflanzen zu verdienen. Ich bin sicher, dass einige Einheimische mich für eine Art Druiden halten, der magische Tränke aus Hexenkräutern braut oder so. Aber du würdest dich wundern, was für fantastische und nützliche Pflanzen man an Küsten, in Wäldern und im eigenen Garten finden kann.«

»Das glaube ich dir gern. Auf meinem Rasenstückchen in Birmingham gab's aber sicher nichts zu holen.«

»Oh, da irrst du dich gewaltig«, widersprach Jude leidenschaftlich. »Auch in kleinen Gärten und in Parks lässt sich ganz viel entdecken. Vogelmiere zum Beispiel. Die wächst das ganze Jahr über und schmeckt hervorragend in Salaten oder Dips.«

»Im Ernst jetzt? Das hätte ich nie gedacht ...« Scarlett dachte daran, wie kahl die Gärten und die Landschaft um diese Jahreszeit aussahen. »Aber jetzt gibt es doch sicher kaum was Essbares draußen, oder?«

»Jede Menge Nüsse und Pflanzen, vor allem an der Küste«, antwortete Jude lächelnd. »Man muss nur wissen, wo man suchen muss. Soll ich dir mal zeigen, was man auf dem Gelände von Seaholly Manor findet? Ellie kann natürlich auch mitkommen«, fügte er hastig hinzu.

Scarlett zögerte einen Moment. Sie war seit Ewigkeiten nicht mehr mit einem Mann verabredet gewesen. Wobei eine Gartenführung jetzt nicht gerade ein Date war, deshalb konnte sie das vielleicht auch locker nehmen. »Ja, sehr gern. Ellie hat aber sicher zu viel um die Ohren.«

Judes Augen leuchteten. »Schön. Ich geb dir meine Handynummer, dann können wir einen Termin vereinbaren.«

Sie plauderten noch eine Weile über Cornwall, und Scarlett spürte, wie sehr Jude seine Heimat liebte und sie während seiner Zeit in London vermisst hatte. Als Ellie aufbrechen wollte, war Scarlett überrascht, dass sie sich nur äußerst ungern von ihm trennte.

Beim Verabschieden sagte er: »Wir hören voneinander, ja?«

»Machen wir.«

»Schön.« Er strich sich das Haar aus den Augen, und Scarlett registrierte ein eigenartiges Gefühl in ihrem Bauch. Irgendwie hatte Jude Penberth eine ganz besondere Ausstrahlung.

6

»Du musst mir wirklich sagen, wenn ich dich störe. Oder wenn du möchtest, dass ich ausziehe«, sagte Scarlett, während sie im Café die Stühle hochstellte. Sie half Ellie beim Aufräumen, weil ihre Chefin einen Termin hatte.

Ellie musste sich ein Lächeln verkneifen. »Nachdem du erst eine Woche hier bist?«, fragte sie, gerührt über die Rücksichtnahme.

Sie war während der ganzen Schicht alleine gewesen, und da Herbstferien waren, hatte es von Gästen nur so gewimmelt. Sie war völlig erledigt und sehr froh, dass Scarlett ihr zur Hand ging.

»Na ja, ich fühle mich ziemlich wohl, aber ich meine … wenn du mal einen Abend mit Aaron alleine sein willst oder so … dann sag es mir einfach, ja?«

Ellie war etwas schockiert darüber, dass Aaron und sie offenbar bereits wie ein Paar wirkten. »Wir kennen uns ja erst ein paar Wochen.«

»Komm schon, ihr seid doch wie zwei Turteltauben. Wahrscheinlich hat Aaron sogar den Schaden am Auto übertrieben, damit er mehr Zeit mit dir verbringen kann.«

»Ach, du spinnst«, entgegnete Ellie. Sie musste sich allerdings eingestehen, dass sie seit ihrer Studienzeit nicht mehr solche Gefühle für einen Mann gehabt hatte. Aber damals war das gar nicht gut ausgegangen …

Scarlett stellte den letzten Stuhl hoch. »Du magst ihn doch«, widersprach sie.

Ellie beschloss, ihrer Schwester nichts vorzumachen. »Ja, klar. Sehr sogar. Ich meine … er ist ein toller Typ, in jeder Hinsicht.«

»Und hat auch noch seinem Land gedient. Ein echter Held.« Scarlett grinste durchtrieben.

»Ja, aber ich weiß noch nicht viel über ihn. Das Militär war wohl früher das Wichtigste in seinem Leben.«

»Trotzdem muss er doch Beziehungen gehabt haben. Hat er nie was von Frauen erzählt? Oder … von Männern?«

»Doch, er hat gesagt, dass er ein paar Jahre mit einer Offizierin von einem anderen Regiment zusammen war. War wohl aber zu schwierig, eine Beziehung aufrechtzuerhalten, weil beide ständig anderswo auf der Welt stationiert waren.«

»Kann ich mir vorstellen«, bemerkte Scarlett. »Aber jetzt will er sich ja wohl hier ansiedeln.«

»Wer weiß? Er hat dieses Vorhaben mit der Firma. Aber heutzutage ist so was immer ein Risiko.«

»Schon klar. Ich bange ja auch, ob ich wieder Aufträge kriegen werde. Aber dass Aaron sich hier niederlassen will, ist doch ein gutes Zeichen. Bist du so vorsichtig, weil du Angst hast, er könnte Porthmellow wieder verlassen?«

Ellie lachte unbehaglich, weil ihre Schwester den Finger auf die Wunde gelegt hatte. »Weiß nicht. Kann schon sein. Dabei weiß ich ja selbst noch nicht, wie lange ich hier leben werde.« Sie verstaute einen Kinderstuhl in einer Nische.

»Und wir kennen uns noch nicht gut. Klar, er ist charmant und supernett und, ja, enorm attraktiv. Aber ansonsten weiß ich so gut wie nichts über ihn.«

»Also, Aaron ist der Sohn von Troy und Evie, der kann gar kein schlechter Mensch sein. Oder gibt es irgendwelche Gerüchte über ihn?«

»Ich hab nichts dergleichen gehört. Aber wir haben ja selbst erlebt, wie plötzlich manchmal Geheimnisse zum Vorschein kommen. Wenn man nicht mal seine eigene Familie kennt …«

Scarlett seufzte tief, und Ellie strich ihr über den Arm. »Entschuldige, Süße. Komm, wir kaufen was Leckeres ein und machen es uns vor dem Kamin gemütlich. Ich hab heute Hunderte von Halloween-Keksen an Scharen von Kindern verkauft und bin fix und fertig.«

Nach dem Einkauf chauffierte Scarlett sie nach Hause. Ellie versuchte, sich nicht panisch am Türgriff festzuklammern, als ihre Schwester mit einem Affenzahn in die scharfe Kurve hinter Porthmellow fuhr und danach losbretterte, als fahre sie ein Rennen. Dann bog sie so abrupt auf die schmale Straße nach Seaholly Manor ein, dass Ellie unwillkürlich aufkreischte.

»Was denn?«, protestierte Scarlett. »Ich hab doch rechtzeitig geblinkt!«

Ellie kniff die Augen zusammen und flehte innerlich, dass Aaron ihnen nicht entgegenkommen würde, weil Scarlett raste wie bei einer Verfolgungsjagd. Als sie endlich vor ihrem Haus parkten, atmete Ellie innerlich auf.

Während sie in der Küche gemeinsam die Einkäufe ausräumten, stellte Ellie fest, wie wohltuend es doch war, an diesen dunklen Tagen abends nicht alleine zu sein.

Das Zusammenleben mit ihrer Schwester gestaltete sich sehr erfreulich. Scarlett hatte sich in Tante Joans Arbeitszimmer ihr Büro eingerichtet, und Ellie freute sich aufrichtig, abends mit ihrer Schwester zusammenzusitzen und einfach mal wieder mehr Zeit miteinander zu verbringen.

Nachdem sie eine von Scarlett zubereitete Gemüsepfanne verspeist hatten – ein weiterer Bonus der Mitbewohnerin: Ellie musste nicht immer selbst kochen –, setzte sie sich an ihren Laptop und las eine Mail vom Segelverein. Es ging um die Planung für den Stand beim Wintersonnwend-Festival. Man wollte Werbung für die mehrtägigen Törns im Südwesten und die Tagesausflüge mit den beiden historischen Segelschiffen machen.

Im Frühling und Sommer war Ellie oft auf den Schiffen unterwegs gewesen und hatte für Gäste und Mannschaft gekocht. Die nächsten Touren wurden erst ab Ostern angeboten, aber man wollte jetzt bereits versuchen, Geschenkgutscheine unter die Leute zu bringen. Und Ellie sollte an einem Stand auf einem der beiden Schiffe Glühwein, heiße Schokolade und Truthahn-Pies verkaufen.

Als sie ihrer Schwester von den geplanten Aktivitäten berichtete, sagte Scarlett: »Evie und Sam haben übrigens durchblicken lassen, dass sie mich als freiwillige Helferin für das Fest gut gebrauchen könnten. Ich weiß nur nicht so recht, was ich da machen soll.«

»Melde dich doch bei den beiden, dann findet sich bestimmt was«, erwiderte Ellie. Es würde Scarlett bestimmt guttun, neue Aufgaben zu bekommen. »Du könntest doch zum Beispiel Werbung und PR fürs Festival machen.«

Scarlett horchte auf. »Super Idee ... Jude hat erzählt, dass Zennor und Ben eine Grafikagentur haben.«

Das Festnetztelefon klingelte draußen im Flur.

»Ich geh schon«, sagte Scarlett und schloss die Tür hinter sich, damit es im Zimmer schön warm blieb. Ellie hörte nur Gemurmel, und als Scarlett zurückkam, wirkte sie bedrückt.

»Das war Mum«, sagte sie.

»Was ist mit ihr?«, fragte Ellie besorgt.

»Sie will uns besuchen kommen.«

»Uh.« Ellie verzog das Gesicht. »Hat sie gesagt, warum?«

»Nur, dass sie mit uns beiden persönlich reden will.«

»Oh Gott, hoffentlich will sie Seaholly nicht verkaufen!«, rief Ellie aus. »Und hoffentlich haben sich die beiden nicht getrennt!«

»Aber ganz ehrlich – könntest du Dad nicht verstehen, wenn er das will?«

»Bitte sag so was nicht, Scarlett.«

Ellie machte sich schreckliche Sorgen um ihre Eltern. Sie hatten bestimmt Krisen gehabt, weil ihr Vater ein eher stiller, zurückhaltender Mann war, der früher auch viel auswärts gearbeitet hatte.

Roger hatte zwar nie Zweifel daran gelassen, dass er seine Frau und seine Kinder von Herzen liebte, war aber ansonsten nicht sonderlich gefühlsbetont. Anna dagegen war eine sehr lebhafte und patente Frau, die den Alltag mit drei Kindern neben ihrem Beruf als Kunstlehrerin immer gut bewältigt hatte. Dennoch hatte es den Anschein gehabt, als seien die beiden ein perfekt eingespieltes Team, und obwohl es manchmal Streit gab, schienen sie sich zu lieben und zu achten.

Doch offenbar hatte es auch in der Ehe ihrer Eltern Ereignisse gegeben, die man vor den Kindern verborgen hatte.

»Aber wenn die beiden sich scheiden lassen wollen, können wir ohnehin nichts dagegen tun«, fügte Ellie hinzu. »Wann will Mum herkommen?«

»Anfang des nächsten Monats. Sie sagt, Dad und sie bräuchten mal Abstand voneinander. Und sie will wohl länger bleiben.« Scarlett taperte ruhelos durchs Zimmer. »Ich weiß nicht, ob ich das aushalten kann, ohne sie nach ... *ihm* auszufragen.«

»Kann ich verstehen, aber du solltest nicht vergessen, dass Seaholly Manor Mum gehört«, wandte Ellie ein. »Wenn sie eine Zeit lang hier wohnen will, ist das ihr gutes Recht. Dann müssen wir uns damit arrangieren.«

»Du kriegst so was immer leichter hin. Weil du so ausgeglichen bist.« Scarlett ließ sich so verdrossen aufs Sofa plumpsen wie früher als Teenager. »Manchmal denk ich, du bist eine Heilige.«

Eine *Heilige*? Das war ja wohl eine kolossale Fehleinschätzung, dachte sich Ellie. »Das stimmt doch gar nicht, Scarlett. Ich bin nicht so ausgeglichen, wie du vielleicht glaubst, ich muss mich auch bemühen, mit anderen Menschen zurechtzukommen. Das geht gar nicht anders, wenn man ständig mit Gästen und Kunden zu tun hat. Mir ist aber bewusst, dass es nicht immer gut ist, Konflikten auszuweichen.«

Sie dachte daran zurück, wie sie vor all den Jahren ihr Studium abgebrochen hatte und auf Reisen gegangen war.

Für Scarlett und ihre Eltern war das sicher schlimm gewesen. Marcus hatte es wahrscheinlich leichter verkraftet, weil er immer sehr mit Sport und Autos beschäftigt gewesen war.

»Ich habe nicht den Eindruck, dass du ausweichst«, widersprach Scarlett. »Du ziehst dein Zeug doch durch, auch gegen Widerstände.«

»Aber ich habe vieles gemacht, worauf ich nicht stolz bin.«

Scarlett betrachtete ihre Schwester forschend, und Ellie bereute ihre Bemerkung sofort.

»Was denn?«, fragte Scarlett auch prompt.

»Dinge, über die ich nicht sprechen möchte.«

Scarlett legte grinsend den Kopf schief. »Hast du dunkle Geheimnisse?«

Ellie wandte den Blick ab. »Es ist nichts Illegales«, sagte sie leise und wünschte sich inständig, den Mund gehalten zu haben.

Scarlett setzte sich kerzengerade auf. »Oh mein Gott, was hast du denn da in Thailand gemacht?«

»Als Barkeeperin gejobbt, weiter nichts.« Ellie blieb einen Moment still. Dann fügte sie hinzu: »Aber wir machen eben alle Fehler. Auch Heilige.« Sie lächelte, um die Bitterkeit in ihrem Tonfall wettzumachen.

Scarlett hatte nun das Geheimnis gewittert und ließ nicht mehr locker. »Was waren das für Fehler?« Sie beugte sich vor und berührte Ellies Arm. »Du kannst mir doch alles erzählen, Süße.«

Ellie blieb stumm und überlegte. Vielleicht war es wirklich an der Zeit, sich diese Last endlich einmal von der Seele zu reden. Und Scarlett hatte es wahrhaftig verdient, dass zumindest ein Mitglied der Familie ehrlich zu ihr war. »Ich habe etwas getan, von dem ich eigentlich wusste, dass es falsch war. Aber ich war eben sehr jung und hatte noch zu wenig Lebenserfahrung.«

Scarlett nagte an ihrer Lippe. »Jetzt fange ich an, mir Sorgen zu machen.«

»Musst du nicht. Aber vielleicht sollten wir beide wirklich mal offen miteinander sprechen.«

Scarlett sah sie abwartend an und legte ihr wieder die Hand auf den Arm. »Ellie?«

Ellie fasste sich ein Herz. »Kannst du dich daran erinnern, wie ich damals mein Studium abgebrochen habe?«, begann sie.

Ihre Schwester runzelte die Stirn. »Na, und ob. Mum und Dad waren völlig außer sich. Und ich konnte das gar nicht verstehen, weil du immer so fleißig warst. Und so literaturbegeistert …«

Ellie dachte daran, wie eifrig sie sich zu Anfang in ihr Studium gestürzt hatte. Und dann hatte sie alles aufgegeben, um irgendwo auf der Welt in Bars und Küchen zu jobben.

»Ihr habt wahrscheinlich alle geglaubt, ich hätte den Verstand verloren. Mum und Dad glaubten, ich sei an irgendwelche Aussteiger geraten.«

»Und ich war echt wütend auf dich, weil du mein Bild von dir zerstört hattest. Die vernünftige Ellie. Aber dann hab ich mir gesagt, dass du wahrscheinlich irgendwie durchgedreht bist und auf diese Art gegen die ganze Büffelei und den Leistungsdruck rebelliert hast.«

»Ich konnte niemandem den wahren Grund erzählen«,

gestand Ellie. »Schon gar nicht Mum und Dad.« Sie sah ihre Schwester an und holte tief Luft. »Ich hatte ein Verhältnis mit meinem Professor. Einem verheirateten Mann.«

Scarlett starrte sie mit aufgerissenen Augen an. »Großer Gott, Ellie!«

Deshalb hatte Ellie all die Jahre mit niemandem über diese Sache geredet. Untreue löste sogar heutzutage noch so ein Entsetzen aus. Kein Wunder, sie verursachte ja auch schlimme Wunden, die niemals mehr heilten.

Sie zwang sich, zurückzudenken an die Zeit, als sie an der Uni in Plymouth studierte. Schließlich sagte sie: »Professor Mallory – Julian – war viel älter als ich, kultiviert und geistreich, aber auch wahnsinnig gut aussehend … und ich fühlte mich von ihm so *verstanden*. Ich hatte mich entschieden, eine Hausarbeit über angelsächsische Lyrik zu schreiben, und wir trafen uns privat, um darüber zu sprechen.«

»War das üblich?«, fragte Scarlett.

»Ich fand das ganz normal. Danach tranken wir Kaffee und unterhielten uns über alles Mögliche. Er ist in der Nähe von Porthmellow aufgewachsen, und wir kamen auf Tante Joan zu sprechen. Er kannte ihre Bücher und auch einige Autoren und Autorinnen aus ihrem Freundeskreis. Ich hatte eigentlich erwartet, dass er ihre Werke als Schund abtun würde, aber er hat sich erstaunlich dezent geäußert.«

Ellie fiel wieder ein, dass Julian gesagt hatte, sie solle doch selbst einmal einen Roman schreiben. Das hatte sie damals schmeichelhaft gefunden. Doch dann hatte ihr Leben eine ganz andere Wendung genommen, und die Literatur war in jeder Hinsicht in Vergessenheit geraten.

»Und wie ging es dann weiter?«, fragte Scarlett behutsam.

Ellie seufzte. »Damals hab ich mir eingebildet, Julian und ich seien füreinander bestimmt. Wahrscheinlich, weil da so eine starke innere Verbindung war. Ich war jedenfalls bis über beide Ohren in ihn verliebt. Aber dann wurde ich krank, in den Semesterferien, weißt du noch? Und ich hab den Anfang vom Sommersemester versäumt und kam danach kaum noch hinterher.«

»Na klar weiß ich das noch. Du hattest Pfeiffersches Drüsenfieber, und Mum hat gesagt, wir müssten uns von dir fernhalten wegen der Ansteckung. Ich war aber trotzdem immer bei dir im Zimmer. Nur Marcus hat die Panik geschoben. Er sagte, das sei die Kusskrankheit, und bestimmt hättest du mit mehreren Leuten rumgeknutscht.«

»Nur mit einem. Und erst, nachdem ich wieder gesund war. Julian hat mich sehr unterstützt, gab mir Aufschub für Abgabetermine, weil ich immer noch so oft müde war.«

»Wie alt war der damals eigentlich?«

»Neununddreißig.«

»Und du warst grade erst zwanzig. Das ist schon komisch!«

»Wir haben uns eben ineinander verliebt, weißt du«, entgegnete Ellie. »Er war ein toller Mann – und ich war zwar jung, aber auch nicht völlig naiv. Ich hatte vorher schon ein paar Erfahrungen gesammelt.«

»Aber nicht mit jemandem, der fast zwanzig Jahre älter und verheiratet war!«

Ellie zögerte, als die schmerzhaften Erinnerungen wieder hochkamen. »Er hatte damals auch ein kleines Kind. Aber er sagte, seine Frau und er würden sich demnächst auf Probe trennen, sie hätten nur geheiratet, weil sie schwanger war.«

»Ich find's trotzdem komisch.« Scarlett schnaubte angewidert.

»Julian sagte, sie würden überhaupt nicht zueinander passen und seine Frau hätte außerdem was mit einem Kollegen von ihm. Ich hab sie tatsächlich mal heftig flirten sehen. Weil ich so verliebt in ihn war und er sich so vertrauenswürdig verhalten hat, habe ich ihm geglaubt. Oder vielmehr: Ich *wollte* ihm glauben. Ich war kein Opfer, ich übernehme einen Teil der Verantwortung, damals wie heute.«

»Solltest du aber nicht, weil der Typ offenbar ein manipulativer Arsch ist. Wie konnte er dich in so was reinziehen?«, fauchte Scarlett.

Ellie fand es rührend, dass ihre Schwester sie schützen wollte, obwohl das alles schon so lange zurücklag. »Tante Joan würde bestimmt sagen, es gehören immer zwei dazu. Deshalb möchte ich auch nicht so hart über Mum urteilen. Sie bereut diese Affäre – wenn es so war – vielleicht genauso sehr wie ich meine Beziehung damals.«

Ellie erwog, ob sie ihrer Schwester den Rest der Geschichte auch noch offenbaren sollte. Den Teil, bei dem heute noch Tränen drohten, wenn Elie daran dachte. Und an den sie fast täglich denken musste.

Sollte sie gestehen, dass sie heute ein erwachsenes Kind haben würde, wenn damals alles anders gelaufen wäre? Aber Scarlett wirkte ohnehin schon so erschüttert. Dass Ellie ein Kind verloren hatte, behielt sie lieber für sich, vielleicht sogar für immer und ewig.

Dennoch dachte Ellie jetzt wieder daran zurück, was für ein Schock es für sie gewesen war, als sie herausfand, dass sie schwanger war. Und wie gedemütigt sie sich gefühlt hatte, als Julian ihr dann Geld für einen Abbruch und eine größere Summe für ihre »Diskretion« anbot. Sie war am Boden zerstört gewesen, als ihr klar wurde, dass er nicht die geringste Absicht hatte, Ellie zu unterstützen, sondern lediglich fürchtete, seine Frau könne davon erfahren.

Ellie hatte den Schwangerschaftsabbruch durchgezogen, weil sie es damals für richtig hielt, für ihre eigene Zukunft und für Julians. Das Erlebnis war traumatisch gewesen, aber Studienfreundinnen hatten sich um sie gekümmert und auch die Geschichte geglaubt, sie habe betrunken mit irgendeinem Typen einen One-Night-Stand gehabt.

Körperlich hatte sie alles gut überstanden, die seelischen Wunden jedoch waren bis zum heutigen Tag nicht verheilt. Julian hatte sie seit damals nicht mehr wiedergesehen und ihm auch nichts von dem Abbruch erzählt.

Ihrer Familie hatte Ellie dann nur mitgeteilt, sie hätte mit dem Studium den falschen Weg eingeschlagen und wolle jetzt etwas von der Welt sehen.

Die Reisen hatte sie tatsächlich genossen, hatte wunderbare Erlebnisse gehabt und war faszinierenden Menschen begegnet, was nicht möglich gewesen wäre, wenn sie wie geplant Lehrerin geworden wäre.

In letzter Zeit jedoch hatte Ellie sich oft gefragt, wie ihr Leben wohl heute aussähe, wenn sie das Kind behalten hätte. Sie ging auf die vierzig zu und konnte zwar noch Kinder bekommen, aber die Zeit wurde knapp … Ellies Kehle war plötzlich wie zugeschnürt, und Tränen stiegen ihr in die Augen.

»Ellie.« Scarlett setzte sich zu ihr und nahm sie in die Arme. »Du hättest das öffentlich machen sollen. Sein Verhalten war komplett unverantwortlich und hat dazu geführt, dass du dein Studium abgebrochen hast. *Er* hätte gehen müssen, nicht du!«

»Ich habe mich aber so geschämt. Und selbst wenn er gegangen wäre – ich hätte mich doch an der Uni nicht mehr blicken lassen können. Die hätten sich alle das Maul über mich zerrissen. ›Schau mal, das ist die, die mit Professor Mallory gevögelt hat.‹« Ellie zitterte am ganzen Körper. Sie verstand nicht, weshalb diese ganze Bitterkeit plötzlich aus ihr herausbrach. Aber das passierte wohl, wenn man an Themen rührte, die zu lange im Verborgenen geblieben waren.

Ellie wischte sich die Tränen vom Gesicht. Sie war völlig erschöpft. »Entschuldige«, murmelte sie. »Du bist der einzige Mensch, dem ich bislang davon erzählt habe. Und ich finde es total lieb, dass du so mitempfindest, aber können wir jetzt bitte das Thema wechseln?«

Auch in Scarletts Augen standen Tränen. »Danke, dass du es mir erzählt hast. Ich hatte doch keine Ahnung. Das tut mir so leid für dich.«

»Weißt du, es liegt schon lange zurück, und ich hatte ein fantastisches Leben, das sicher viel spannender war, als wenn ich weiter studiert hätte. Lass uns in die Zukunft schauen. Wir sind doch beide bereit für neue Horizonte, oder?« Ellie lächelte ihre Schwester an, dankbar für deren Nähe und Mitgefühl.

Scarlett schniefte. »Ja, ich glaube schon. Und hier fühle ich mich so wohl, dass ich gerne erst mal bleiben würde.«

»Ich auch«, sagte Ellie. »Porthmellow und dieses Haus sind mir sehr ans Herz gewachsen.«

»Und dann ist da ja noch Aaron …«

»Schauen wir mal.« Ellie lächelte in sich hinein.

»Der ist bestimmt ganz anders als dieser Professor Mallory«, sagte Scarlett.

»Glaube ich auch, ja. Ich habe ein gutes Gefühl bei ihm. Aber was wünschst du dir denn hier so, Scarlett? Welche Horizonte oder Abenteuer?«

»Keine amourösen, falls du das meinst.«

»Auch nicht, falls Jude Penberth dabei ins Spiel käme?«

»Na ja, ich muss gestehen, dass ich ihn sehr anziehend finde. Hat irgendwie hypnotische Augen.«

Ellie lachte. »Klingt ein bisschen unheimlich.«

»Nee, das nicht. Netter Typ, aber darum geht's jetzt erst mal nicht. Sondern darum, Aufträge ranzuschaffen. Und … ich hoffe auch sehr, irgendwann zu erfahren, wer mein leiblicher Vater ist. Meinst du, Mum kommt, um es uns zu erzählen?«

»Mal sehen«, antwortete Ellie. »Vielleicht will sie sich auch einfach nur erholen.«

»Hm, ich bin gespannt …«

Ellie glaubte eher nicht, dass ihre Mutter Geheimnisse offenbaren würde. Und weiter in der Vergangenheit zu wühlen war vielleicht auch gar keine gute Idee. Wie man am Beispiel Julian Mallory sehen konnte, geriet das oft extrem schmerzhaft …

7

»Hallo. Immer noch Lust auf eine Exkursion zu den wilden Pflanzen?« Jude Penberth strahlte Scarlett an, als sie ihm einige Tage später die Tür von Seaholly Manor öffnete.

Scarlett hatte gar nicht mehr erwartet, dass er sich melden würde, doch am Abend vorher hatte sie eine WhatsApp-Nachricht von ihm bekommen. Jude schrieb, es habe länger gedauert, weil er letzte Korrekturen an seinem neuen Buch, *Wilde Köstlichkeiten der Natur*, machen musste. Und dann schlug er für heute den Ausflug vor. Er wollte mit ihr die Zutaten für eine komplette Mahlzeit sammeln und anschließend für sie kochen.

Wow, dachte Scarlett, als sie feststellte, dass Jude bei Tage ganz anders wirkte als in dem schummrigen Pub. Seine Haare schimmerten honigfarben im Herbstlicht, seine sonnengebräunte Haut war fast karamellfarben. Er sah zum Anbeißen aus.

In der Hoffnung, dass Jude nicht Gedanken lesen konnte, sagte Scarlett hastig: »So ein Angebot kann man sich doch nicht entgehen lassen.«

Sie hatte sich mit Jeans, ihrer grünen Allwetterjacke und Ellies Gummistiefeln ausstaffiert. Jude trug Wanderstiefel, eine dunkelblaue abgewetzte Öljacke und einen riesigen Rucksack.

»Echt großes Teil«, sagte Scarlett.

»Bitte was?«, fragte Jude verdattert.

»Ähm ... dein Rucksack, meine ich«, stotterte Scarlett. »Was ist denn da drin?«

»Wart's ab«, erwiderte Jude ernsthaft. »Jede Menge Ausrüstung. Wir hätten natürlich auch mit dem Wagen fahren können, aber ich hatte mehr Lust, zu Fuß zu gehen. Ich wohne nahe am Hafen, da bietet sich der Küstenpfad an.«

»Wo wohnst du denn?«, fragte Scarlett schnell, um ihre unfreiwillig zweideutige Bemerkung zu überspielen.

»In dem hellblauen Fischer-Cottage neben dem Net Loft.«

»Ah, ich glaube, das kenne ich.« Scarlett sah das schöne Häuschen neben dem stilvollen Restaurant von Gabe Mathias vor sich. Das Cottage passte gut zu Jude: bescheiden, aber ein wunderbarer Anblick.

»Treiben dich die köstlichen Düfte nicht zum Wahnsinn?«, fragte sie. »Ich möchte unbedingt mal im Net Loft essen gehen.« Vielleicht konnten Ellie und sie mit ihrer Mutter dorthin gehen, falls sich die Stimmung zwischen ihnen gebessert haben sollte. Scarlett wurde zusehends nervöser wegen des Besuchs und war dankbar für die Ablenkung durch den Ausflug.

»Ich liefere Gabe manchmal Algen und Kräuter, wenn ich was Passendes finde«, berichtete Jude. »Bei seiner Klientel ist so was sehr angesagt.«

»Stimmt, liegt voll im Trend. Soll ich übrigens auch irgendwas mitnehmen?«

»Nein, nicht nötig.« Er beäugte ihre Schuhe. »Allerdings wären Wanderstiefel besser, falls du so was hast. Auf jeden Fall lieber festes Schuhwerk als Gummistiefel, wir werden auch klettern müssen.«

»Klettern?«

»Nur ein bisschen Rumkraxeln, nichts Gefährliches, das verspreche ich dir.« Er lächelte sie beruhigend an.

Nachdem Scarlett die Schuhe gewechselt hatte, marschierten sie über das große Grundstück zu dem Bach, der sich hangabwärts schlängelte und unten in der Bucht mündete. Krähen krächzten in den Bäumen, Möwen segelten durch die Luft und stießen schrille Schreie aus. Obwohl es Anfang November war, strahlte die Sonne am Himmel, und man konnte sich kaum vorstellen, dass in wenigen Wochen Weihnachten sein würde.

Scarlett dachte daran, wie es jetzt in Birmingham zuging: Menschenmassen, Hektik, gigantische Weihnachtsbäume, Musikbeschallung überall. Hier war es wunderbar still. Im Dorf war noch nicht mal die Weihnachtsbeleuchtung angebracht worden, wenn auch die charmanten kleinen Läden bereits hübsch dekoriert hatten.

Scarlett bedauerte zwar, dass sie sich nicht wie jedes Jahr mit ihren Freunden in ihrem Stammlokal treffen konnte. Aber das Festival hier hatte sicher auch seinen Reiz.

»Warte mal.« An einer Hecke bückte sich Jude und schob Blätter beiseite.

»Hast du was entdeckt?«

»Nein, doch nicht. Ich dachte, da sei ein Zinnoberroter Prachtbecherling.«

Scarlett kicherte. »Lustiger Name.«

»Ein sehr schmackhafter Pilz, aber leider …«, Jude hob eine Chipstüte hoch, »ist es nur Müll. Muss der Wind hergeblasen haben.« Er steckte die Tüte in die Jackentasche und ging weiter.

»Aber ist es nicht schwer, um diese Jahreszeit etwas Essbares in der Natur aufzuspüren?«, fragte Scarlett. »Gibt es überhaupt irgendwas außer Pilzen?«

»Natürlich ist die Auswahl im November nicht so üppig«, antwortete Jude. »Aber man findet trotzdem jede Menge essbare Gewächse.«

»Und woher wissen wir, was essbar ist und was nicht? Wenn wir jetzt giftige Beeren futtern oder ein tödliches Nachtschattengewächs?«

»Dann werden wir irgendwann von Spaziergängern mit Hunden entdeckt«, antwortete Jude mit Grabesstimme, »und das ganze Dorf kommt zu unserer Beerdigung.«

»Argggh!«, kreischte Scarlett. »Nicht dein Ernst, oder?«

»Na ja, auszuschließen ist das nicht. Es gibt immer mal Vergiftungen, weil Leute was Falsches erwischen …« Er klang immer noch düster, lächelte aber jetzt. »Deshalb sollte man mit jemandem unterwegs sein, der sich auskennt. Zu Anfang zumindest.«

»Ich werd mich bestimmt nie trauen, irgendwas außer Brombeeren im Wald zu pflücken«, gestand Scarlett.

Jude zog einen kleinen Führer aus seiner Jackentasche. »Das hilft fürs Erste weiter. Den benutzen die meisten Wildbeuter.« Das Buch mit dem Titel *Gratismahlzeit: essbare Wildpflanzen* hatte sichtlich schon einiges durchgemacht.

»Ich hoffe, dass mein neues Buch rechtzeitig zum Wintersonnwend-Festival erscheint«, sagte Jude. »Wenn du möchtest, bekommst du auch ein Exemplar.«

»Das musst du mir aber dann signieren.«

»Mach ich. Wollen wir mit der Suche auf dem Anwesen beginnen?«

Scarlett lächelte. »Klar. Ich möchte schon gern wissen, welche mysteriösen Sachen in unseren Gärten wachsen.«

Jude lachte lauthals, und Scarlett entspannte sich zusehends. Das versprach ein angenehmer Tag zu werden.

»Also, zuerst mal die goldenen Regeln des Wildpflanzensammelns«, begann Jude. »Auf Privatgelände vorher Erlaubnis der Eigentümer einholen. Nur so viel mitnehmen, wie man auch verbrauchen kann. Und unbedingt nur das sammeln, was man kennt. Da drüben sehe ich zum Beispiel ein paar prächtige Alisander.«

Fasziniert folgte Scarlett ihm zu einem sonnigen Fleckchen, auf dem hellgrüne, krautige Pflanzen wuchsen. Scarlett hätte sie nicht von Unkraut unterscheiden können, aber er zog ein kleines Messer aus der Seitentasche des Rucksacks und schnitt einen Stängel ab. Sie ging neben Jude in die Hocke, während er erklärte: »Alisander oder Pferdeeppich ist eine in Vergessenheit geratene Nutzpflanze, die nur in Küstennähe gedeiht. Herrliches Wintergemüse.«

Jude grinste, als er Scarletts skeptisches Gesicht sah. Er schnitt ein Stück von dem Stängel ab, schälte es und reichte es ihr. »Die Blätter kann man als Salat essen, der Stängel schmeckt zum Beispiel prima in einem Eintopf. Probier mal.«

Scarlett, die es gewohnt war, ihr Gemüse abgepackt im

Supermarkt zu kaufen, beäugte das unbekannte Häppchen misstrauisch.

»Es ist lecker, glaub mir.«

Sie nahm ihren ganzen Mut zusammen und biss in das grüne Pflanzenstück. Es war auf angenehme Weise knackig und schmeckte leicht pfeffrig. Vorsichtig kaute Scarlett und stellte fest, dass der Geschmack frisch und würzig war.

»Mmm«, machte sie. »Schmeckt wie Sellerie, nur intensiver.«

Jude lächelte. »Ganz genau. Bevor man Sellerie im Laden kaufen konnte, haben die Leute hier immer Alisander verwendet. Die Pflanzen wachsen das ganze Jahr über, sind aber jetzt, vor der Blüte, am schmackhaftesten.«

Er entnahm seinem Rucksack einen Leinenbeutel, in den er einige Alisanderblätter steckte. »Komm, gehen wir weiter. Oberhalb der Bucht finden wir bestimmt Meermangold.«

Jude wanderte an Hecken entlang, den Blick immer aufmerksam zu Boden gerichtet, und als sie zu den Klippen kamen, steuerte er zielstrebig auf ein unscheinbares Gewächs zu. Scarlett konnte jetzt schon verstehen, was Jude an seiner Tätigkeit so attraktiv fand: Man erlebte die Natur viel achtsamer, wenn man nach bestimmten Pflanzen Ausschau hielt.

»Aha!«, rief er so begeistert aus, als hätte er gerade einen Goldklumpen entdeckt. »Wusste ich's doch! *Beta vulgaris subspecies maritima*!« Er schnitt das Büschel glänzender smaragdgrüner Blätter ab und hielt es ihr hin. »Die wilde Urform des Mangold. Kann man roh essen, schmeckt aber besser gekocht, so ähnlich wie Spinat.«

Scarletts Magen knurrte, und sie bereute, nur eine Scheibe

Toast gefrühstückt zu haben. Das ständige Reden über Essen machte sie hungrig. »Hm, sieht gesund und verlockend aus. Aber brauchen wir nicht noch ein bisschen mehr Grundlage für unsere Mahlzeit?«

»Deshalb gehen wir nachher noch runter zum Strand.« Doch zunächst stapfte Jude weiter den Klippenpfad entlang. Er kraxelte immer wieder Hänge hinauf und winkte Scarlett dann zu sich. Sie verbrachte in ihrem Alltag viel Zeit mit dem Laptop am Schreibtisch oder auf dem Sofa, was die Gelenke nicht gerade geschmeidiger machte, wie sie jetzt feststellte. Ihre Knie schmerzten bei dem ständigen Auf und Ab, und sie musste sich zusammenreißen, um nicht zu ächzen wie eine alte Oma.

»Wow, Wildpflanzensammeln hält einen auf jeden Fall fit«, bemerkte sie.

»Ja, hat ganz viele Vorteile«, bestätigte Jude. »Man ist an der frischen Luft zu Fuß unterwegs und muss beweglich bleiben. Und kommt an extrem gesunde Lebensmittel, die nicht tagelang in der Kühlung gelegen haben oder durch die Welt geflogen sind.«

»Sofern man nicht den falschen Pilz erwischt.«

»Klar.« Jude grinste. »Aber im Herbst kann man fantastische Pilze finden. Ich zeig dir gleich mal die schönsten Arten. Die gehören übrigens ohnehin zu der Mahlzeit, die ich für dich kochen will.«

Als sie ganz oben auf der Klippe ankamen, war Scarlett völlig außer Atem. Von hier aus hatte man Aussicht auf die Insel St Michael's Mount im Westen und die pastellfarbenen Cottages an den Hängen von Porthmellow im Osten. In dem kleinen hufeisenförmigen Hafen tummelten sich jede Menge Fischerboote.

Jude war stehen geblieben, damit Scarlett Luft holen konnte. »Wenn wir vorsichtig sind, können wir eine Abkürzung zur Bucht nehmen«, erklärte er. »Es gibt einen schmalen Pfad am Rand der Klippe. Bisschen steil hie und da, aber kein großes Sicherheitsrisiko.«

Scarlett beschloss, dem Wildbeuter zu vertrauen, und folgte ihm hangabwärts durch die Ginsterbüsche, die ihr immer wieder ins Gesicht schlugen. Als der Pfad an einem fast drei Meter hohen Felsen endete, ließ sich Scarlett dankbar von Jude hinunterhelfen und seufzte erleichtert auf, als ihre Stiefel ins steinige Geröll der Bucht sanken.

Dann musste noch der mühsame Marsch zum Strand bewältigt werden, nach dem Scarlett die Beine wehtaten. Doch sie wurde belohnt mit dem herrlichen Anblick des silbrig glitzernden Sandes in der Herbstsonne. Es war Ebbe, und Austernfischer suchten mit ihren leuchtend orangen Schnäbeln am Meeressaum nach Futter.

Jude setzte den Rucksack ab und nahm einen Topf und eine Flasche Weißwein heraus, die er zum Kühlen in einen Felstümpel legte.

»Es ist wunderschön hier«, sagte Scarlett. »Kein Wunder, dass Tante Joan so lange hier gelebt hat.«

»Ja, sie sagte immer, sie habe Cornwall im Blut. Das merkt man ihren Büchern auch an.«

»Du hast ihre Liebesromane gelesen?«

Jude runzelte die Stirn. »Erstaunt dich das?«

»Ähm, nein. Oder ganz ehrlich: doch. Ihre Leserschaft ist

vorwiegend weiblich, und ihre Bücher werden gern als Kitsch oder Schund bezeichnet.«

»Also, ich hab die Landschaftsbeschreibungen geliebt und hatte Freude daran, Orte aufzuspüren, die sie beschreibt«, sagte Jude. »Und die Bücher hatten irgendwie einen Suchteffekt. Ich wollte immer wissen, wie's weitergeht.« Er schmunzelte. »Muss allerdings sagen, dass ich ihren Figuren in Porthmellow nie begegnet bin.«

»Kann ich mir vorstellen. Ich glaube trotzdem, dass es Vorbilder aus dem realen Leben gab. Aber einige würde ich auch nicht kennenlernen wollen. Dirk Masterson zum Beispiel oder den Schürzenjäger Earl of Trewarren. Denen würde ich eins auf die Nase hauen, so hübsch sie auch sein mögen.«

Jude lachte lauthals. »Um so wie die zu werden, müsste man sich echt anstrengen.«

»Ich hoffe, das lässt du bleiben«, erwiderte Scarlett mit Nachdruck.

»Na schön, einverstanden.« Jude grinste breit. »Außerdem würden die Heldinnen nicht ihr eigenes Essen an Hecken und Felsen pflücken müssen. So, jetzt sammeln wir uns mal ein paar Muscheln. Oder bist du allergisch gegen Meeresfrüchte?«, fügte er hinzu.

»Ich mag mein Obst zwar lieber etwas weniger glibberig, aber was soll's«, antwortete Scarlett.

»Ha, ha«, sagte Jude.

»Tut mir leid, schlechter Witz.«

»Macht nichts, Hauptsache, du magst meine Muscheln.«

Scarlett verkniff sich die nächste doppeldeutige Bemerkung, die ihr auf der Zunge lag.

Jude zeigte ihr die besten Stellen zum Sammeln, und bald war der Topf mit glänzenden schwarzen Miesmuscheln gefüllt. Dann holte Jude Gaskocher, Schneidebrett, Messer und Plastikschalen aus dem Rucksack. Scarlett stellte alles auf einen flachen Felsen, der sich gut als Tisch eignete.

»Dein Rucksack ist wie die Tasche von Mary Poppins«, bemerkte sie, als Jude auch noch einen Becher Crème fraîche zutage förderte.

Als Erstes putzte Jude die Pilze, schnitt sie, briet sie mit einigen der gesammelten Kräuter an und gab einen Schuss Wein und etwas Crème fraîche dazu. Das Ergebnis verteilte er dann auf die beiden Schalen. Gemeinsam säuberten Scarlett und er die Miesmuscheln und überprüften, ob sie fest geschlossen waren. Jude gab sie mit Wein in den Topf und verschloss ihn mit dem Deckel. Anschließend goss er den restlichen Wein in zwei robuste Gläser, die auch noch aus dem Rucksack zum Vorschein kamen.

Dann verspeisten sie das Pilzgericht. Scarlett fragte sich kurz, ab wann man wohl eine Vergiftung spüren würde. Aber der Wein trug bald zur Entspannung bei, und die beiden unterhielten sich angeregt.

»Hast du immer in Porthmellow gelebt?«, fragte Scarlett.

»Zwischendurch mal eine Weile in London, aber die meiste Zeit war ich hier. Meine Eltern leben auch noch immer hier, im alten Getreidespeicher am Dorfrand.«

»Den kenne ich nicht.«

»Relativ weit oben am Hang. Früher hatten sie eine Zeit lang ein Restaurant in St Ives, gewohnt haben sie aber immer hier. Jetzt sind sie quasi im Ruhestand, betreiben nur noch ein kleines Streetfood-Unternehmen mit Fisch und Meeresfrüchten. Du wirst sie beim Wintersonnwend-Festival erleben.«

Die Familie Penberth gehörte also auch zu den Alteingesessenen. Wenn sie mit Joan befreundet gewesen waren, kannten sie vielleicht Anna und hatten mitbekommen, mit wem sie in den späten achtziger Jahren in Porthmellow Kontakt gehabt hatte.

»Dann hast du deine Liebe zum Kulinarischen quasi von Haus aus mitbekommen?«, fragte Scarlett.

»Zum Teil, ja, aber mich hat auch immer fasziniert, wo denn unser Essen herkommt. Meine Mutter meinte, ich müsste eigentlich Schwimmhäute haben, weil ich so viel Zeit im Meer oder in Felstümpeln verbracht habe. Ständig habe ich irgendwelche Lebewesen in Eimerchen nach Hause geschleppt.«

Scarlett sah Jude als kleinen Jungen vor sich, mit Eimer und Netz gerüstet, bis zu den Knien im Wasser watend.

Jetzt hob er den Deckel des Topfs an, und ihr Magen gab ein lautes Knurren von sich.

»Tschuldigung«, murmelte sie.

»Ist doch schön, wenn man Appetit hat. Zum Glück scheinen die Muscheln fertig zu sein. Wir dämpfen nur noch das Gemüse an.« Er legte Meermangold, Alisander und Breitwegerich auf die Miesmuscheln und verschloss den Topf erneut. Als er ihn kurz darauf wieder öffnete, stieg ein aromatischer Duft nach Wein, Meer und Kräutern auf, und Scarlett lief das Wasser im Munde zusammen.

Gemeinsam verteilten sie das Gericht auf die Schalen und

sortierten alle Muscheln aus, die sich nicht geöffnet hatten. Als Letztes zauberte Jude ein frisches, knackiges Baguette von der Bäckerei in Porthmellow aus seinem Wunderrucksack.

Scarlett setzte sich auf einen flachen Felsen, die Schale auf den Knien, und ließ sich die köstliche Mahlzeit schmecken. Zuletzt wischte sie mit Brot die Reste der Soße aus der Schale. »Oh mein Gott, war das lecker. Zum Reinlegen, ganz ehrlich.«

Jude lächelte zufrieden. »Freut mich. Hier ist eine der besten Stellen an der ganzen Küste für Miesmuscheln. Ich weiß noch, dass ich zum ersten Mal als Kind hier war, mit deiner Tante Joan und meinem Dad. Deine Mum machte damals auch grade Urlaub hier. Ich schätze, ich war so vier oder fünf.«

Scarlett verschluckte sich beinahe an einem Stück Brot. »Ach … echt?«, krächzte sie.

»Ja, es war sehr heiß, und ich planschte in den Felsentümpeln rum. Joan hatte mir nämlich einen neuen Kescher geschenkt, und ich war ganz aufgeregt …«

»War mein Dad auch da?«, erkundigte sich Scarlett beiläufig.

»Daran kann ich mich, ehrlich gesagt, nicht erinnern.«

»Vermutlich auf Geschäftsreise. Er war früher Ingenieur und viel unterwegs.« Während Scarlett Jude ansah, dachte sie, dass er wohl einer von diesen Peter-Pan-Typen war, die ewig jungenhaft blieben.

»Ich war völlig auf diesen Kescher fixiert«, fuhr Jude fort. »Wenn ich was gefangen hatte, konnte ich ihn kaum hochheben. Dad half mir, eine Krabbe zu fangen. Wir schauten sie genau an und ließen sie dann wieder frei. Ich seh heute noch vor mir, wie sie davonwuselte …« Jude lächelte. »Wahrscheinlich wurde mir damals schon klar, dass ich mein Leben in der Natur verbringen wollte.«

»Ja, das kenne ich«, erwiderte Scarlett. »Ich wusste auch schon früh, dass ich mit Sprache arbeiten will. Ich war eine totale Leseratte und hab immer gerne geredet. Falls ich also mal zu viel quassele oder mich in irgendwelchen abstrusen Gedanken verliere, weißt du, warum.«

Er grinste. »Manche Leute finden meine Begeisterung für Pflanzen und Natur völlig versponnen.«

»Ich finde sie wunderbar«, platzte Scarlett heraus. »Du erinnerst mich an Dickon aus *Der geheime Garten*.«

»Dickon?«

»Das ist der Junge mit den zwei Eichhörnchen in den Taschen.«

»Aha …« Jude blickte etwas ratlos.

Scarlett lief rot an und redete hastig weiter. »Ja, die heißen Nuss und Schale. Ist sicher nicht gerade der beste Umgang mit Eichhörnchen, aber ich fand das als Kind immer faszinierend.«

Jude lachte. »Ich kenne das Buch nicht, aber klingt interessant, jetzt werd ich es sicher mal lesen.«

»In Seaholly Manor gibt es eine alte Ausgabe, falls du die ausborgen willst. Wunderschönes Kinderbuch.«

»Ja, gern, mach ich mal.«

Er wirkte aufrichtig interessiert, und Scarlett fühlte sich immer wohler in Judes Nähe.

»Ich hab dich ja grade schon gewarnt, dass ich manchmal wild drauflosrede«, fügte sie aber noch hinzu.

»Das mag ich total gern«, sagte Jude. »Ich hab eine Schwäche für Menschen mit Eigenheiten. Und eine Frau als Erstes in die Wildnis zu schleppen ist nun auch nicht gerade üblich.«

Scarlett lachte. »Na, bis jetzt hab ich's ja überlebt.«

Jude war so erfrischend anders als Rafa und die anderen Männer, mit denen sie bislang zusammen gewesen war.

Und da er Tante Joan und Anna erwähnt hatte und vielleicht noch mehr berichten konnte, fasste Scarlett sich ein Herz und erzählte mehr über sich. »Hör mal, Jude ... vielleicht ist dir schon zu Ohren gekommen, dass ... wir eine ziemliche Krise haben in der Familie. Meine Eltern vor allem. Deshalb bin ich damals an Weihnachten so verstört im Pub aufgetaucht. Ich möchte jetzt nicht ins Detail gehen, aber ich bin teilweise schuld an dieser Krise.«

Sie verstummte und fragte sich unwillkürlich, ob sie gerade die schöne Stimmung ruiniert hatte.

»Keine Familie ist perfekt, glaub mir.« Jude stand auf. »Meine auch nicht. Ich habe mich schon oft gefragt, weshalb meine Eltern überhaupt noch zusammen sind. Aber vielleicht ist das bei langen Beziehungen eben so. Wer weiß, was sich da alles abspielt.« Er rieb sich die Arme. »Wollen wir los? Weiß nicht, wie's dir geht, aber mir wird langsam kühl.«

Scarlett spürte, dass Jude das Gespräch beenden wollte. Vermutlich war ihm das zu persönlich. Sie nahm sich fest vor, diese Themen künftig nicht mehr anzuschneiden.

Dennoch dachte sie auf dem Rückweg über seine Äußerung nach, während sie sich über ihre Berufe unterhielten. Was war denn wohl in seiner Familie los? Doch bald war die Stimmung wieder unbeschwert, und Jude erzählte von den Street Food Festivals in Porthmellow.

»Ich habe sie ein paarmal erlebt, wenn wir gerade bei Joan zu Besuch waren«, sagte Scarlett. »Aber im letzten Jahr nicht.«

»Da war es richtig riesig, wegen des zehnten Jubiläums, und ein gigantischer Erfolg. Deshalb entstand auch die Idee für das Wintersonnwend-Festival.«

»Ja, ich hab schon einiges darüber gehört. Das wird wohl ganz anders.«

»Auf jeden Fall, das ist was echt Spezielles. Ich geh auch gern zum Montol Festival in Penzance. Da wird wild gefeiert, und die Kostüme sind grandios.«

»Wie denn?«

»Absolut bizarr und fantastisch. Die Leute verkleiden sich als Tiere, Teufel, Edelleute, allerlei mythische Gestalten. Das Festival in Porthmellow wird nicht so groß werden, aber Feuerschlucker, Jongleure und ein Umzug gehören bei uns auch dazu.«

»Das Montol Festival kenne ich nicht, aber ich fand es in der Vorweihnachtszeit immer schön in der Region«, berichtete Scarlett. »Wir waren oft hier, weil meine Eltern sich die geschmückten Gärten und Villen anschauen wollten. Und in der großen Markthalle in Truro haben wir Geschenke eingekauft.«

»Da hatte ich mal einen Stand, um für meine Bücher und Führungen zu werben«, sagte Jude. »Ähm, mal was ganz anderes: Kannst du surfen? Das Meer ist noch warm, weißt du.«

Scarlett kicherte. »Ich kann echt gut von einem Surfboard fallen.«

Jude lachte. »Verstehe.«

»Als meine Geschwister und ich klein waren«, fügte Scarlett hinzu, »haben wir Bodyboarding gemacht, aber das ist ewig her. Ich schwimme gern. In Birmingham war ich zweimal pro Woche im Schwimmbad. Hier muss ich auch irgendwas machen, sonst setzt das leckere Essen an.«

Jude sah sie interessiert an. »Komm doch zu den Wildwasserschwimmern. Das ist eine bunt gemischte Gruppe, nette Leute. Wir gehen einmal wöchentlich ins Meer, auch im Winter.«

Scarlett schauderte. »Was, im November? Da möchte ich nicht mal einen Zeh ins Meer stecken!«

»Hat aber die gleiche Temperatur wie im Mai und ist eigentlich ganz angenehm. Das Rauskommen ist eher das Problem, aber du kannst einen Neoprenanzug tragen«, erklärte Jude. »Wir organisieren übrigens auch das Event am zweiten Weihnachtsfeiertag.«

»Ah, ja. Ich hab schon oft die Plakate gesehen. Hatte aber immer zu viel Truthahn im Bauch.« Scarlett stellte sich vor, dass sie selbst wie ein gerupfter Truthahn aussehen würde, wenn sie ins eisige Wasser sprang.

Jude grinste. »Das macht so einen Spaß. Danach gehen alle zum Aufwärmen in die Pubs, vor dem Mittagessen. Ist immer superlustig, und wir spenden die Einnahmen dem Fischerhaus. Letztes Jahr waren an die hundert Leute dabei, am Strand unterhalb vom Clifftop House, wo Gabe Mathias wohnt. Meld dich doch schon mal an. Du wirst es bestimmt toll finden.«

»Kann ich mir das noch überlegen?«, fragte Scarlett.

»Na klar. Aber ich bin wirklich sicher, dass es dir gefallen wird.«

Danach verfielen sie eine Weile in Schweigen, weil Scarlett wieder in Erinnerungen an das letzte Weihnachtsfest versank.

Ellie hatte damals trockene Kleider in den Pub gebracht und ihre Schwester abgeholt. Danach verkroch sich Scarlett in ihrem Zimmer, während ihre Eltern unten stritten. Marcus war mit seiner Familie schon abgereist. Am nächsten Tag fuhren auch die Eltern nach Hause und hatten seither getrennte Schlafzimmer und wohl auch weitgehend getrennte Leben.

Scarlett überlegte jetzt, ob Anna über Weihnachten in Seaholly Manor bleiben wollte – oder womöglich für immer? Das würde garantiert alles andere als angenehm sein, und Scarlett beschloss, sich dann nach einer anderen Bleibe in Porthmellow umzuschauen.

Sie waren in den Gärten von Seaholly angekommen. Jude bückte sich, um ein Insekt mit vielen Beinen zu studieren, das über die Zufahrt krabbelte. Als er sich wieder aufrichtete, scharrte er etwas verlegen mit den Füßen und sagte schließlich: »Du musst natürlich nicht dem Club beitreten, wenn du schwimmen willst … ich könnte dich auch begleiten. Aber zu zweit sollte man schon sein, aus Sicherheitsgründen.«

»Ähm, weiß nicht …«, stammelte Scarlett.

»Entschuldige. Vielleicht eine komische Idee.«

»Würde ich schon gerne, aber …« *Ist mir peinlich, ich habe nicht so einen perfekten Körper, und dann noch mit Gänsehaut …* So unangenehm es ihr auch war, musste Scarlett sich doch eingestehen, dass ihr Selbstbewusstsein seit der Trennung von Rafa erheblich gelitten hatte. Mit ein paar Mädels im Schwimmbad zu sein war nun mal etwas ganz anderes, als neben einem coolen Typen wie Jude spärlich bekleidet zu sein. »Ich habe keinen Neoprenanzug«, sagte sie schließlich etwas lahm.

»Daran soll es nicht scheitern. Ich treib schon einen für dich auf. Kann man hier auch beim Surfclub ausleihen. Die sind mir eh noch was schuldig.« Seine Augen leuchteten so freudig, dass Scarlett sich von seiner Begeisterung anstecken ließ.

»Ich denke, wenn ich einen Taucheranzug tragen kann, wäre es okay.«

»Wirklich, ich bin ganz sicher, dass du es genießen wirst. Und ich weiß auch schon, wo das erste Mal stattfinden wird.«

Scarlett musste kichern. »Okay, wenn du meinst …«

»Uff!« Jude schlug erschrocken die Hand vor den Mund. »Sorry, um Himmels willen! So hab ich das nicht gemeint! Ich wollte nicht zweideutig sein!«

Jetzt lachte Scarlett lauthals. »Macht nichts, ich hab dich schon richtig verstanden, glaub ich.«

»Also, wir können auch zum Hauptstrand, da sind immer Leute unterwegs. Obwohl mir eigentlich ein geheimes Fleckchen vorschwebte, wo wir nur zu zweit wären.«

Scarlett zog die Augenbrauen hoch.

»Au Mann, ich reite mich immer mehr rein, was?« Jude verzog das Gesicht. »Okay, lass uns einfach einen Termin ausmachen, und dann entscheidest du selbst, wo du hinmöchtest. Einen Anzug bring ich dir mit, ich denke, ich weiß, welche Größe du trägst.«

»Ach ja?«, fragte Scarlett belustigt.

»Meine Güte!«, rief er bestürzt aus. »Ganz ehrlich, ich verzieh mich lieber, bevor ich vor Scham im Boden versinke. Ich melde mich dann mit Details.«

»Gern. Danke für das tolle Essen«, sagte Scarlett, die mit dem nächsten Lachanfall rang.

»War mir ein Vergnügen!«, rief Jude ihr über die Schulter zu, während er Richtung Küstenweg davonhastete.

Scarlett ging ins Haus und schaute aus dem Fenster. Eine Zeit lang sah sie Judes Kopf immer mal wieder hinter einer Hecke auftauchen, bis er schließlich ganz verschwand. Scarlett kicherte in sich hinein. Sie fand es lustig, dass zur Abwechslung nicht sie, sondern jemand anders ins Fettnäpfchen trat.

Aber sie spürte auch ein sehr schönes Gefühl in sich, das lange verschwunden gewesen war. Jude war ein superattraktiver und interessanter Mann, und sie hatte nicht das Geringste dagegen einzuwenden, ihn zu einem »geheimen Fleckchen« zu begleiten. Das war eine perfekte Gelegenheit, ihn näher kennenzulernen und vielleicht noch mehr über die Vergangenheit zu erfahren – auch wenn das mit einem Sprung ins kalte Wasser verbunden war …

8

Als Ellie ihren Tischkalender umklappte, wunderte sie sich, wie schnell die erste Woche des Monats vergangen war. Das gesamte Jahr schien förmlich dahingerast zu sein.

Sie erledigte gerade einige Schreibarbeiten im Büro des Segelvereins, als Aaron plötzlich hereinkam. Schlagartig war Ellie bester Laune und konnte sich nicht davon abhalten, zu grinsen wie ein Honigkuchenpferd.

Lächelnd legte Aaron ihre Autoschlüssel auf den Schreibtisch. »Ms Latham, ich kann Ihnen berichten, dass Ihr Fahrzeug wieder offiziell einsatzfähig ist.«

Ellie seufzte erleichtert auf. »Vielen Dank, Mr Carman. Das nenne ich mal eine Meisterleistung.«

»Haben Sie etwa immer noch an meinen technischen Fähigkeiten gezweifelt?«, fragte er mit gespielter Enttäuschung, und Ellie kicherte.

»Nein, ganz und gar nicht. Ich hab nur befürchtet, dass der Patient vielleicht nicht mehr zu retten ist. Du hast offenbar Wunder gewirkt. Was bin ich dir schuldig?«

»Gar nichts.«

»Wie bitte?« Ellie schüttelte entschieden den Kopf. »Ausgeschlossen. Ich will bezahlen.«

»Okay, ich kann dir die Rechnung für die Ersatzteile zeigen. Die habe ich aber auch günstiger bekommen. Und für die Arbeit nehme ich nichts.«

»Komm schon, du hast doch x Stunden mit meiner Rostlaube zugebracht.«

»Na schön, wenn du darauf bestehst ... wie wär's mit einem Tauschhandel?« Aarons Augen funkelten schelmisch.

Obwohl sie alleine waren, senkte Ellie die Stimme. »Wie darf ich das verstehen?«

»Wie wär's mit Abendessen?«

»Du möchtest, dass ich für uns koche?«

»Nicht unbedingt, aber wenn du dich erkenntlich zeigen willst ... war nur so eine Idee.«

»Eigentlich eine gute Idee«, sagte Ellie langsam. Wie aufregend, sie hatte wohl plötzlich ein Date. Wenn auch eines, bei dem sie selbst kochen musste.

Aaron blickte jetzt ernsthafter. »Schau, ich will nicht um den heißen Brei herumreden. Ich würde dich gerne öfter sehen. Wie wär's, wenn du zum Abendessen zu mir kommst? Und du musst auch nicht kochen. Ich bin kein Profi, aber ich kriege schon eine schmackhafte Mahlzeit zusammen.«

»Hmm.« Ellie rieb sich das Kinn. »Wie wäre halbe-halbe? Du sorgst für den Hauptgang, ich bringe Dessert und Wein mit?«

»Du kannst echt hart verhandeln. Abgemacht. Also, bis nächste Woche irgendwann!« Vergnügt vor sich hin pfeifend, verließ Aaron das Büro.

Danach gelang es Ellie für den Rest des Tages kaum, sich auf ihre Aufgaben zu konzentrieren.

Als sie abends nach Hause kam, vertraute sie sich Scarlett an, die gerade mit Kochen fertig war.

»Ich hab natürlich zugesagt, aber trotzdem denke ich … weißt du, total attraktiver Typ wird neuer Nachbar, und sofort bahnt sich da was an? Schon ein bisschen zu schön, um wahr zu sein, oder?«

»Aber so ergibt sich das doch immer, Ellie«, erwiderte Scarlett. »Durch Zufälle und Fügungen. Und dann haben zwei Menschen ein glückliches Leben zusammen. Das kommt vor, wirklich und wahrhaftig.« Sie verteilte Nudeln und Huhn auf zwei Teller. »Nur manchmal läuft halt was schief, wie bei unseren Eltern …« Scarlett verstummte, und Ellie spürte, dass ihre Schwester wieder ins Grübeln geriet.

Natürlich war es absurd, in diesem Stadium über eine feste Beziehung nachzudenken, sagte sich Ellie. Aber es gelang ihr dennoch nicht, sich davon abzuhalten, weil sie sich inzwischen gut vorstellen konnte, für immer in Porthmellow zu leben. Es war ein wunderbarer Ort, um Kinder großzuziehen, und Aaron strahlte so eine Freundlichkeit und Gelassenheit aus, er wäre bestimmt ein guter Vater …

Ellie schüttelte den Kopf, um sich von diesen Spekulationen abzuhalten, während sie das Tablett ins Wohnzimmer trug. Sie wollten am Kamin essen. Ellie war so hungrig, dass sie sich gleich aufs Essen stürzte, aber Scarlett schien zu zögern. »Bisschen komische Frage«, sagte sie, »aber was weißt du so über Jude Penberth?«

Nachdem Ellie ihren Bissen runtergeschluckt hatte, antwortete sie: »Nicht so viel … warum?«

»Ach, nur so. Wir waren heute zusammen unterwegs, und

er erwähnte, dass er Tante Joan öfter gesehen hat, schon seit seiner Kindheit.«

»Ja, das wusste ich«, sagte Ellie. »Tante Joan mochte ihn, weil er so naturverbunden ist, wie sie es auch war. Ich glaube, sie kannte auch seine Eltern ganz gut. Was aber nicht weiter erstaunlich ist, wenn Menschen seit Ewigkeiten an einem Ort leben. Hier ist doch jeder mit jedem bekannt.«

»Stimmt«, sinnierte Scarlett. »Hörte sich an, als sei Joan mit Judes Vater befreundet gewesen. Und Mum war offenbar auch mal hier zu Besuch, als Jude noch ein Kind war. Von dir und Marcus und Dad war nicht die Rede.«

»Wann war das?«, fragte Ellie.

»Jude meint, er war etwa vier oder fünf.«

»Dann müsste Dad sich ja zu Hause um uns gekümmert haben«, sagte Ellie. »Ähm … worum geht's denn bei deiner Frage?«

»Offengestanden, frage ich mich, ob mein leiblicher Vater vielleicht aus Porthmellow kommt.«

Elllie horchte auf. Woher kam denn diese Idee plötzlich? »Wie kommst du darauf, Süße?«

Scarlett zuckte die Achseln. »Na ja, ich hab wahrscheinlich zwei und zwei zusammengezählt und kam dabei auf hundert. Nein, es hat was mit einer Bemerkung von Mum zu tun, während der Streitereien über den DNA-Test. Erst mal hatte das nicht viel zu bedeuten, aber dann fiel mir noch etwas ein, worauf ich gestoßen war, als wir Tante Joans Sachen sortiert haben …«

Ellie zwang sich zur Geduld, obwohl ihr mulmig wurde. »Was für eine Bemerkung war das?«

»Mum sagte, Dad sei alles andere als unschuldig und solle mal sein eigenes Gewissen überprüfen. Aber näher erklären wollte sie das nicht. Als ich nachfragte, hat sie gemauert und behauptet, ich hätte was falsch verstanden.«

»Na ja, das kann ja alles Mögliche bedeuten«, erwiderte Ellie.

»Schon, aber dann fiel mir das Buch wieder ein.«

»Welches Buch?«

»Schätze der Küsten von Cornwall.«

»Und was hat es nun damit auf sich?«

»Es stand damals im Regal in meinem jetzigen Zimmer. Und eine Postkarte steckte zwischen den Seiten«, erklärte Scarlett. »Aber jetzt ist das Buch verschwunden.«

»Na und? Vielleicht hat Mum es mitgenommen. Was stand denn auf der Karte?«

»Den genauen Wortlaut weiß ich nicht mehr. Aber es ging um eine ganz besondere Nacht ...«

Ellie zog die Augenbrauen hoch. »Wer hatte das geschrieben?«

»Weiß ich nicht. Die Karte war an Mum gerichtet und mit einer Initiale unterzeichnet. M oder vielleicht H.«

»Na, das gibt aber nicht viel her«, meinte Ellie.

»Kann schon sein.« Scarlett spießte ein paar Nudeln auf. »Ich seh wahrscheinlich Gespenster. Komm, lass uns essen, bevor es kalt wird.«

Ellie wandte sich dem Essen zu und überlegte, ob sie es noch mal aufwärmen sollte. Der Tag, der mit Aarons Einladung so schön begonnen hatte, endete eher beunruhigend, vor allem, da in wenigen Tagen Annas Ankunft bevorstand.

Ellie witterte Stress. Und sie wusste ganz genau, dass Scarlett nicht so leicht lockerließ, wenn sie sich etwas in den Kopf gesetzt hatte.

9

»Wie findest du meinen Slogan für den Jumbo-Nagel, die neue superstabile Nagelsorte meines Auftraggebers?«, fragte Scarlett, als sie in die Küche kam, wo Ellie einhändig wie wild den Zeitschriftenstapel auf der Fensterbank durchwühlte. In der anderen Hand hielt sie ein Stück Toast. »Ist der größte, der da je produziert wurde.«

Das geplante Schwimmabenteuer mit Jude und weitere Recherchen nach ihrem leiblichen Vater hatte Scarlett vorerst auf Eis legen müssen, da ihr neuer Kunde aus Exeter etliche Werbetexte benötigte. Seit einer Woche arbeitete Scarlett schon an der Kampagne.

»Hmm? Verflixt, wo ist mein Schlüsselbund?«, rief Ellie aus.

»In der Schale auf dem Flurtisch?«, schlug Scarlett vor.

»Da *sollte* er sein. Ist er aber nicht.«

»Ich hätte da eine Idee«, bemerkte Scarlett. »Wenn du mir zuerst zuhörst und Feedback gibst.«

Ellie fuhr herum. »Schieß los. Ich brauch meine Schlüssel.«

Scarlett las von ihrem Laptop ab: »Jumbo-Nagel noch nie wurden Sie so gut genagelt.«

Ihre Schwester starrte sie verblüfft an und brach dann in Gelächter aus. »Das ist witzig, geht aber überhaupt nicht.«

»Wieso denn nicht?«

»Scarlett. Wenn du dem Kunden das verkaufen kannst, fress ich Troy Carmans Mütze.« Ellie schüttete sich aus vor Lachen. Als sie wieder atmen konnte, fragte sie: »Und wo sind jetzt meine Schlüssel?«

Scarlett kicherte zufrieden, weil sie diese Reaktion erwartet hatte. »Auf dem Couchtisch im Wohnzimmer. Ich hol sie dir.«

Als sie mit dem Schlüsselbund zurückkehrte und ihn Ellie überreichte, sagte die: »Danke, Süße. Mir ist gerade was eingefallen. Gestern war Zennor Lovell im Café und hat mich gefragt, ob du vielleicht einen Auftrag für sie übernehmen könntest. Ben und sie sollen die Website für einen Surf-Shop entwerfen.«

»Surf-Shop? Oh Mann, das würde ich ja gerne machen.«

»Super, dann ruf Zennor doch gleich mal an. Ich hatte den Eindruck, dass es eilt.«

»Klar. Ich wollte mich ja ohnehin bei den beiden melden.«

»Gut.« Ellie warf ihrer Schwester einen forschenden Blick zu. »Und du bist sicher, dass du klarkommst, den ganzen Tag alleine in dem großen Haus? Es ist schon was anderes, hier zu arbeiten, als in einer Großstadtwohnung.«

»Doch, alles okay. Heute hab ich noch mit den Nägeln zu tun, und wenn das mit dem Surf-Shop klappt, baue ich mir schon einen kleinen Kundenstamm auf.«

»Schön. Aber wenn du ins Dorf gehst, sieh dich vor, es soll eine Springflut geben, da werden die Wellen extrem hoch. Halt dich von der Hafenmole fern, ja?«

»Ja, Tante Ellie«, erwiderte Scarlett gespielt artig und duckte sich rasch, als plötzlich der Toast angeflogen kam.

Später rief sie Zennor an und vereinbarte einen Termin bei ZenBen Graphics. Danach telefonierte Scarlett mit ihrem Vater und fragte, wie es ihm damit ging, dass Anna eine Weile bei ihnen wohnen würde. Doch Rogers Antwort fiel ausgesprochen knapp aus – Anna sei für sich selbst verantwortlich –, worauf Scarletts optimistische Stimmung einen gewaltigen Dämpfer bekam.

Dieses Gespräch verlief genauso wie alle anderen seit Weihnachten. Roger war nie sonderlich redselig gewesen, aber Scarlett hatte früher schöne Unterhaltungen über Geschichte, Bücher oder seine neuen Holzprojekte mit ihm geführt und sich auch immer geliebt gefühlt. Jetzt dagegen spürte sie ganz deutlich seine Zurückhaltung, und den Grund dafür konnte sie sich denken.

Sie wischte sich ein paar Tränen vom Gesicht, nahm sich zusammen und fuhr zu ZenBen Graphics. Als sie in der Nähe vom Kai parkte, wurde ihre Stimmung angesichts der hübschen pastellfarbenen Cottages an den Hängen Porthmellows und des malerischen Hafens etwas heiterer. Es war ein Privileg, an einem so idyllischen Ort leben zu können. Und in Birmingham hätte sie wohl auch eher keinen Auftrag von einem Surf-Shop ergattert.

Als sie ausstieg, war der Wind so heftig, dass die Autotür aufflog und Scarlett ihre Bommelmütze festhalten musste.

Das Studio von Zennor und Ben befand sich in einer Seitenstraße in einer ehemaligen Autowerkstatt. Die beiden zeigten sich sehr beeindruckt von Scarletts beruflicher Vita, und man ging gleich dazu über, die Website für den Surf-Shop zu erörtern. Scarlett versprach, bis zum Abend erste Vorschläge zu liefern. Es wurde deutlich, dass die beiden nicht das Honorar zahlen konnten, das sie von ihren Stadtkunden gewohnt war. Aber es war gut, überhaupt einen neuen Auftraggeber zu haben, und noch dazu einen, der wesentlich spannender war als ein Nagel- und Schraubenhersteller.

Als Scarlett zu ihrem Wagen zurückging, sah sie, dass Eisenbahnschwellen den Zugang zur Hafenmole versperrten und dass die Wellen tatsächlich schon über die Kaimauer schlugen. An einem Wellenbrecher warnte ein gelbes Schild: *Hafenmole geschlossen. Lebensgefahr durch Hochwasser!*

Ellie hatte nicht übertrieben.

Scarlett zog den Kragen ihres Mantels höher, als ihr eisiger Regen ins Gesicht schlug, und ärgerte sich, dass sie keine Handschuhe mitgenommen hatte. Sie hastete weiter, kam aber mit ihren Schuhen auf dem Kopfsteinpflaster ins Rutschen. Wegen des Termins hatte sie keine festen Stiefel tragen wollen. Als sie am Net Loft vorbeieilte, schüttete es wie aus Eimern, und sie war im Nu durchnässt.

»Scarlett!« Sie drehte sich um und blinzelte. Jude winkte ihr an seiner Haustür. »Möchtest du reinkommen?«

Das überlegte sie sich nicht zweimal. Sie flüchtete ins Haus und blieb keuchend im Flur stehen. Wo ihr dann allerdings bei Judes Anblick erst so richtig der Atem stockte. Von dem kurzen Moment an der Tür war sein T-Shirt so nass geworden, dass es an seinem muskulösen Brustkorb haftete.

Scarlett musste sich beherrschen, ihn nicht mit Blicken zu verschlingen. »Danke! Ich bin klatschnass«, sagte sie.

Jude lachte. »Zieh den Mantel aus, ich häng ihn zum Trocknen auf. Und deine Schuhe stellen wir ans Feuer.«

Scarlett entledigte sich der Sachen und tappte ins Wohnzimmer. Die weiß getünchten Steinwände und das behagliche Feuer im Kamin erinnerten sie an das Smuggler's Inn. Kaum zu glauben, dass schon ein Jahr vergangen war, seit man sie dort so warmherzig empfangen hatte.

Jude kam herein. Im Feuerschein glitzerten Regentropfen in seinem Haar. Er war barfuß, und Scarlett starrte auf seine Füße. Sie waren schlank und sonnengebräunt, und an einem Zeh steckte ein Ring.

»Möchtest du Kaffee?«, fragte Jude. »Oder was anderes?«

Scarlett hatte Mühe, den Blick von seinen Füßen abzuwenden. »Wie bitte?«

»Kaffee? Oder etwas anderes?«, wiederholte Jude.

»Was wäre denn das andere?«

»Fichtennadeltee.«

»Bitte was? Du veräppelst mich doch. Fichtennadeltee gibt es nicht. Es sei denn bei Hobbits.« Oder bei einem Elf, dachte sie.

»Vielleicht bin ich ja einer.« Er lächelte. »Wart's ab. Ich koche den Tee, du kannst ja mal probieren. Mach es dir einstweilen am Kamin gemütlich.«

Während Jude in der Küche zugange war, wärmte sich Scarlett die Hände am Feuer und sah sich im Zimmer um. Das Cottage war so klein, dass es fast an ein Puppenhaus erinnerte, aber sehr behaglich und stilvoll eingerichtet. Bunte

Teppiche auf den Dielen, Schieferkamin, moderne, schlichte Naturholzmöbel. Bücherregale in den Nischen seitlich des Kamins. Aus der Küche zog ein köstlicher Duft herein.

Als Scarlett das Pfeifen des Teekessels hörte, schlenderte sie zu einem der Bücherregale. Auf einem kleinen Tisch standen ein paar Familienfotos, und sie nahm eines hoch, auf dem Jude mit einem älteren Paar abgebildet war, zweifellos seinen Eltern.

Der Vater sah aus wie eine ältere, etwas kräftigere Version von Jude. Die Mutter war zierlich und hatte feine Gesichtszüge und blondes Haar wie ihr Sohn. Scarlett wurde von Wehmut und Neid erfasst. Jude wusste, dass er von diesen beiden Menschen abstammte, während sie ihre Geschichte nur zur Hälfte kannte.

»Da bin ich wieder.«

Scarlett zuckte zusammen und hätte das Foto fast fallen gelassen.

»Entschuldige, ich wollte dich nicht erschrecken.« Jude hielt ein Tablett mit zwei Bechern und einem Teller Kekse in Händen.

Scarlett lief rot an. »Ich hoffe, es macht dir nichts aus, dass ich mir das Foto von dir und deinen Eltern angeschaut habe.«

»Quatsch, natürlich nicht.«

»Wann ist das aufgenommen worden?«

»An Mums fünfundfünfzigstem Geburtstag. Ist übrigens am Strand bei Seaholly Manor entstanden. Wir hatten unterwegs deine Tante besucht. Es ging ihr schon damals nicht mehr so gut.«

»Arme Joan.« Scarlett stellte das Foto zurück und dachte wehmütig an ihre Tante.

»Tut mir leid, ich wollte dich nicht traurig machen«, sagte Jude.

»Schon okay. Ich hab Tante Joan einfach sehr geliebt, sie fehlt mir.«

Jude stellte das Tablett auf den Tisch. »Ich habe noch ein sehr schönes Foto von ihr, als sie jung war, möchtest du es sehen?«

»Oh ja, gern.«

Jude öffnete einen kleinen Schrank, nahm ein Fotoalbum heraus und setzte sich neben Scarlett auf die Couch.

»Die altmodische Variante«, sagte er lächelnd und schlug das Einsteckalbum auf.

Scarlett hätte gerne alle Bilder angeschaut, aber Jude blätterte rasch durch und reichte ihr dann das aufgeschlagene Album.

Ergriffen starrte Scarlett auf das Bild. Tante Joan vor etwa dreißig Jahren, in ihren Fünfzigern, noch immer schön und glamourös. Judes Vater mit seinem markant geschnittenen Gesicht wirkte wie eine der Figuren aus Joans Büchern. Er hatte den Arm um Judes Mutter gelegt, die einen Sonnenhut und ein Strandkleid trug. Sie hielt den strahlenden kleinen Jude an der Hand, der seinen Kescher umklammerte. Das blonde Haar leuchtete in der Sonne wie ein Heiligenschein.

Neben Mrs Penberth stand lächelnd Anna. Scarlett kannte alte Fotos von ihrer Mutter, aber auf diesem sah sie wie ein französischer Filmstar aus. Sie trug Jeansshorts und ein weißes Bikini-Oberteil und war gertenschlank, obwohl sie schon zwei Kinder geboren hatte. Vor ihren Füßen stand eine gestreifte Strandtasche.

»Wer hat das Bild gemacht?«, fragte Scarlett.

»Mein Dad. Er fotografierte gern und hat oft mit Selbstauslöser gearbeitet. Damals gab's noch keine Selfies.« Jude betrachtete das Bild. »Gott, wie sahen meine Haare nur damals aus!«

»Ist doch süß. Und schau mal die coole Shorts. Postbote Pat, oder?«

Jude versuchte, ihr das Album wegzuziehen, aber Scarlett hielt es fest, und er zuckte ergeben die Achseln. »Ich war damals fünf oder sechs. Postbote Pat war eben cool.«

Scarlett kicherte. »Wenn du das sagst ... Jedenfalls ein schönes Foto, und es hat mich gefreut, Tante Joan zu sehen. Danke, dass du's mir gezeigt hast. Ist das der Tee?« Scarlett legte das Album auf den Tisch.

»Ja. Kannst ja mal probieren, ob er dir schmeckt. Ist ein sehr spezielles Aroma.«

Scarlett pustete auf die hellgelbe Flüssigkeit und nahm vorsichtig einen Schluck. Hmm, schmeckte ein bisschen wie grüner Tee mit Badezusatz.

Jude grinste. »Ich bin nicht beleidigt, wenn du ihn nicht magst.« Er schob ihr den Teller hin. »Nimm dir einen Ingwerkeks, die passen gut dazu. Oder überdecken den Geschmack, je nachdem, was man möchte ...«

»Danke. Selbst gebacken?«

»Nee, aus der Dorfbäckerei. Die kriegen das besser hin als ich. Ich koche lieber.«

Scarlett trank aus Höflichkeit noch ein paar Schlucke und genehmigte sich mehrere Kekse dazu, um den seltsam schmeckenden Tee leichter runterzukriegen. Jude dagegen schien ihn regelrecht zu genießen.

Unvermittelt fragte er: »Also, ich hatte so eine Idee … sag mir bitte, wenn du es blöd findest … hättest du vielleicht Lust, beim Wintersonnwend-Festival an meinem Stand mitzuarbeiten?«

Scarlett verschluckte sich fast an ihrem Keks. »Was, ich?«

»Ich versteh schon, wenn du nicht stundenlang bei Kälte – und wahrscheinlich Winterstürmen – draußen stehen willst …«

Er schaute sie so ernsthaft an, dass Scarlett beinahe laut gelacht hätte.

»Du hast es ja echt drauf, einem die Sache schmackhaft zu machen.«

Jude zog den Kopf ein. »Tja, den Eindruck gewinne ich auch grade …«

Scarlett unterdrückte ein Kichern. So selbstsicher Jude im Allgemeinen wirkte, manövrierte er sich auch locker mal ins Abseits. Seine Selbstironie gefiel ihr aber gut; ihr Ex Rafa hatte sich lediglich mal verletzlich gezeigt, wenn es seinen Zwecken diente. Auch aus ihrer Arbeitswelt kannte sie das nicht anders, da ging es vor allem um Fassade und Selbstdarstellung. Dieser Teil ihres Berufslebens hatte Scarlett noch nie gefallen.

»Wenn du für mich Verwendung hast, würde ich sehr gern bei deinem Stand helfen«, sagte sie. »Ich müsste nur fairerweise vorher Ellie fragen, ob sie beim Festival irgendwelche

Pläne mit mir hat. Was ich aber eher nicht glaube, die haben beim Segelverein ja bestimmt genug Leute.«

»Schön! Wäre toll, ein bisschen Gesellschaft zu haben. Ist, ehrlich gesagt, ziemlich langweilig, da so einsam und alleine am Stand rumzustehen. Vorträge zu halten und Exkursionen zu leiten liegt mir total. Aber meine eigenen Sachen zu verhökern macht mir immer gar keine Laune«, gestand Jude.

»Na ja, ich bin zwar gut darin, Texte zum Verkauf von Waren zu verfassen. Aber im direkten Umgang mit Kunden habe ich auch so meine Probleme. Honorarverhandlungen fallen mir zum Beispiel noch immer nicht leicht, obwohl ich jahrelange Berufserfahrung habe.«

»Okay, wenn wir dann beide die Kundengespräche satthaben, können wir uns zumindest gemeinsam in den Pub verdrücken«, meinte Jude. »Das hab ich auch mal nach einem Markt gemacht, bei dem meine gesamte Kundschaft aus drei Rentnern und einem Labrador bestand.«

»Das ist hier bestimmt anders. Also, abgemacht. Ich sag dir Bescheid, wenn ich mit Ellie gesprochen habe.«

»Und wollen wir den Schwimmausflug weiter ins Auge fassen? Falls das Wetter in dieser Woche noch besser wird?«

»Klar, gern.« Scarlett stellte den Becher ab und fand sich ungeheuer tapfer, weil sie ihn immerhin zur Hälfte leer getrunken hatte. »Ich muss mich jetzt zu Hause wieder an die Arbeit machen. Außerdem läuft mein Parkschein ab.«

»Ja, da musst du ein Auge drauf haben. Auch bei solchem Wetter. Foxy Seddon, die Verkehrspolizistin, ist aus dem Mutterschaftsurlaub zurück. Und die lässt sich von keiner Witterung abschrecken.«

Scarlett grinste. »Ellie hat mich schon vor ihr gewarnt. Sie muss ja der reinste Drachen sein.«

In diesem Moment klopfte es laut am Fenster, und zwei in Öljacken gehüllte Gestalten spähten herein.

»Oh«, sagte Jude und stand hastig auf. »Meine Eltern.«

»Dann geh ich jetzt«, sagte Scarlett, obwohl sie die beiden eigentlich gerne kennengelernt hätte. Und es war ohnehin zu spät zum Aufbrechen, denn Jude war schon hinausgelaufen und kehrte mit den unerwarteten Gästen zurück.

»Scarlett, das sind meine Eltern, Fiona und Hayden. Scarlett Latham, Joans Großnichte«, stellte er sie vor. Judes Stimme klang angespannt, und Scarlett hatte das Gefühl, als sei die Atmosphäre im Haus schlagartig abgekühlt.

Hayden war sonnengebräunt und sah mit seinem vollen grauen Haar trotz seiner bestimmt sechzig Jahre sehr gut aus. Und Fionas Lächeln war noch immer so herzlich wie auf dem Foto.

»Scarlett!«, sagte Hayden und ergriff ihre Hand. »Ich hab viel von dir gehört und dich im Dorf schon gesehen. Ich muss sagen, du bist genauso eine Schönheit wie deine Namensvetterin.«

Einen Moment lang fürchtete Scarlett, er wolle ihr die Hand küssen, was sie grässlich gefunden hätte.

Fiona verdrehte die Augen. »Lass das doch, Hayden. Du machst die beiden verlegen.«

»Ach, Quatsch. Welche Frau hat denn was dagegen, mit Scarlett O'Hara verglichen zu werden?«

»Freut mich, dich kennenzulernen«, sagte Fiona. »Beachte meinen Mann einfach gar nicht. Das mache ich auch so.«

Scarlett zwang sich zu einem Lächeln. »Schön, euch kennenzulernen. Ich muss jetzt leider los.«

»Was, jetzt schon?«, fragte Hayden indigniert. »Na, ich hoffe, man sieht sich bald wieder. Jude hat erzählt, dass du jetzt in Seaholly Manor wohnst. Sicher laufen wir uns häufiger über den Weg. Wenn's nach Jude geht, ganz bestimmt.«

»Hayden«, sagte Fiona schneidend.

Er hob die Hände. »Was denn? Ich sag doch nur, wie's ist.«

Scarlett wollte jetzt unbedingt die Flucht ergreifen. »Holst du mir meine Sachen?«, fragte sie Jude, und es gelang ihr nicht ganz, den bittenden Unterton zu vermeiden.

»Ja, natürlich. Setzt euch, ich bringe Scarlett zur Tür«, teilte Jude seinen Eltern in entschiedenem Tonfall mit.

Scarlett verabschiedete sich hastig und eilte in den Flur hinaus, wo Jude mit ihrem Mantel und den Schuhen erschien. »Zumindest ein bisschen trockener als vorher.«

An der Haustür fügte er hinzu: »Tut mir leid wegen Dad. Er klopft leider immer gern komische Sprüche.«

»Mach dir keine Gedanken. Eltern müssen wohl immer irgendwie peinlich sein.«

Jude nickte. »Das schafft mein Vater mit links. Ich schreib dir wegen dem Schwimmen, ja?«

»Super. Danke für Tee und Kekse. Bis bald!«

Es regnete noch immer, und Scarlett hastete zu ihrem Auto. Sie wurde zwar wieder klatschnass, aber das war immer noch besser, als die unangenehme Stimmung in der Familie Penberth zu ertragen.

Auf der Rückfahrt wurden die Scheibenwischer kaum mit den Wassermassen fertig, und die Straße war übersät mit Blättern und Zweigen. Einmal musste Scarlett sogar anhalten und aussteigen, um einen großen Ast aus dem Weg zu räumen. Als sie endlich im warmen, trockenen Haus angelangt war, schrieb sie Ellie, das Treffen bei ZenBen sei gut gelaufen und sie solle auf der Straße vorsichtig sein.

Mit ein paar gebutterten Crumpets verzog sich Scarlett ins Arbeitszimmer, um für eine Fachzeitschrift einen Artikel über die Jumbo-Nägel zu schreiben. Aber wegen des tosenden Sturms fiel es ihr schwer, sich zu konzentrieren, und sie musste immer wieder an den ungeplanten Besuch bei Jude denken. Das war sehr schön gewesen, und dafür hatte es sich allemal gelohnt, den Fichtennadeltee zu ertragen. Jude hatte entspannt und lebhaft gewirkt – bis seine Eltern erschienen waren und die Stimmung verdorben hatten. Scheinbar war ihre eigene Familie nicht die einzige, in der es Spannungen gab.

10

Am Nachmittag wurde Annas Ankunft in Seaholly Manor erwartet, und Scarlett war ins Dorf gefahren, um einzukaufen. Ellie beschloss auf den Hausputz zu verzichten und Aaron erst einmal das Geld für die Ersatzteile vorbeizubringen. Dabei wollte sie auch gleich einen Termin für das gemeinsame Abendessen vereinbaren.

Sie entdeckte ihn beim Holzhacken im Schuppen. Dem hohen Stapel Scheite nach zu schließen, war Aaron schon eine ganze Weile am Werk, und obwohl es kühl war, trug er nur ein khakifarbenes T-Shirt, vermutlich aus Armeebeständen. Schweißtropfen glitzerten auf den muskulösen Armen, und Ellie genoss ein Weilchen unbemerkt diesen Anblick.

Ein Verlangen regte sich in ihr. Sie wünschte sich so sehr, dass sich etwas zwischen ihnen tat. Vielleicht wartete er darauf, dass sie den ersten Schritt machte? Bei ihren Reisen früher war sie auch nicht schüchtern gewesen – weshalb zögerte sie jetzt? Vielleicht weil sie ahnte, dass es hier um mehr ging als um flüchtigen Sex? Und dass es deshalb auch schmerzhafter sein würde, wenn etwas schieflief?

Schließlich sagte sie: »Hi. Das sieht nach harter Arbeit aus.«

Aaron drehte sich um, die Axt in Händen. »Oh, hi. Ja, ich hatte kein Feuerholz mehr.«

Ellie ging auf ihn zu, wie magisch angezogen. Stäubchen tanzten im Sonnenlicht, das durch die Fenster fiel. Etwas in ihr hatte sich entschieden, es gab kein Zurück mehr.

Aaron runzelte die Stirn. »Stimmt was nicht?«, fragte er, und seine samtige Stimme klang dunkler als sonst.

»Du hast Holzspäne in den Haaren.«

Er zögerte einen Moment, legte dann die Axt ab. »Und wie willst du das ändern?«

»Wie *ich* das ändern will?«

Er wartete also darauf, dass sie handelte. Und Ellie wollte nicht mehr warten. Als sie bei ihm war, hob sie die Hand und strich die Späne von seinen kurzen krausen Haaren.

Aaron zog Ellie behutsam an sich, und sie ließ die Hände über seinen Rücken gleiten, spürte die Hitze seines Körpers durch das T-Shirt. Sein männlicher Duft, vermischt mit den Aromen der Hölzer, war berauschend, und beide ließen ihrem Begehren freien Lauf, küssten sich lange und leidenschaftlich, zärtlich und wild zugleich.

»Wow«, flüsterte Aaron danach. »Das war ja eine Überraschung.«

»Lag wohl in der Luft«, murmelte sie an seiner Schulter. »Äh … Eigentlich wollte ich mal mit dir reden.«

»Das klingt ernst …«

Ellie beugte sich ein wenig zurück und sah ihn an. »Weißt du, vielleicht sind wir beide gar nicht mehr so lange in Porthmellow. Bei dir hängt es vom Erfolg deiner Firma ab. Und … ich bin einfach nicht der sesshafte Typ.«

Sein Lächeln verblasste. »Versuchst du mir grade zu sagen, dass du bald von hier weggehst?«

Ellie löste sich aus seinen Armen, blieb aber dicht vor ihm stehen. »Nein, ich hab keinerlei Pläne in die Richtung. Aber heute Nachmittag kommt meine Mutter zu Besuch, und sie hat angekündigt, dass sie mit mir und meiner Schwester reden will. Es ist nicht auszuschließen, dass sie Seaholly Manor verkaufen möchte.«

»Ich bin auf Veränderungen und Ungewissheit vorbereitet«, erwiderte Aaron. »Wer beim Militär war, kennt kaum etwas anderes. Aber ich würde gerne in Porthmellow bleiben. Zum einen, weil meine Eltern nicht jünger werden, zum anderen, weil ich auch in der Nähe meiner Schwester und ihrer Familie sein möchte. Aber es kommt tatsächlich auf die finanzielle Perspektive an.« Er zögerte einen Moment, bevor er betont beiläufig fragte: »Falls das Haus verkauft wird – hast du dir dann vorgenommen, wieder auf Reisen zu gehen?«

»Ich habe mir gar nichts vorgenommen«, antwortete Ellie, dachte aber bei sich: *Außer Sex mit dir.* Dabei spürte sie ein derart wildes Verlangen nach Aaron, dass sie beinahe über sich selbst erschrak. »Ich … ich versuche nur zu verhindern, dass wir uns allzu große Hoffnungen machen.«

Aaron zog sie wieder in seine Arme. »Ich hab nur die Hoffnung, dich so oft wie möglich zu küssen. Das mit uns fühlt sich so gut an wie schon lange nichts mehr.«

»Gab es denn in letzter Zeit viele Küsse in deinem Leben?«, fragte Ellie möglichst leichthin, obwohl ihr vor der Antwort bang war. Bislang hatte sie gar nicht daran gedacht, dass es vielleicht jemand anderen geben könnte. Dann würde sie sich niemals mit Aaron einlassen, nicht nach diesem furchtbaren Drama mit Julian Mallory.

»Kann man nicht behaupten. Hatte keine Lust auf Knutschereien mit den Soldaten in meiner Einheit«, antwortete Aaron grinsend, strich ihr sachte mit dem Daumen über die Wange und löste mit dieser leichten Berührung einen Wirbelsturm in Ellies Körper aus.

Ihr Handy summte.

»Entschuldige, ich muss rangehen. Ist vermutlich meine Mutter.«

Aaron ließ sie sofort los und nickte. »Na klar.«

Nach einem kurzen Gespräch sagte Ellie: »Tut mir leid, ich muss los.«

»Alles okay?«

»Ja, aber meine Mutter ist schon angekommen und steht vor der Haustür, weil Scarlett noch unterwegs ist. Entschuldige, ist echt keine Ausrede.«

»Schon klar. Trotzdem sehr schade.« Aaron legte ihr die Hände auf die Schultern und küsste sie leicht auf die Lippen. »Und jetzt solltest du lieber aufbrechen, bevor deine Mutter merkt, was du grade gemacht hast.«

»Das wird sie vielleicht ohnehin wittern. Eltern sehen einem ja immer alles an der Nasenspitze an.«

»Kann natürlich passieren.«

Ellie löste sich widerstrebend von Aaron. Der Abschied fiel ihr schwer, und auf dem ganzen Rückweg spürte sie noch den Rausch der Berührungen. In der Nähe des Hauses musste sie erst einmal haltmachen und tief durchatmen. Sie strich sich übers Haar und versuchte, in die Wirklichkeit zurückzukommen, was aber nicht gelingen wollte … und zu allem Überfluss hatte sie auch noch vergessen, Aaron das Geld fürs

Auto zu geben. Obwohl das der eigentliche Anlass ihres Spontanbesuchs gewesen war.

»Du bist ja so rot im Gesicht, Ellie«, sagte Anna prompt bei der Begrüßung. Ellie hätte darauf erwidern können, dass ihre Mutter völlig fertig aussah, unterließ das aber natürlich. Für diesen Besuch war höchste Diplomatie nötig, und nicht nur von Scarlett.

Ellie lächelte ihre Mutter herzlich an. »Ist ziemlich kalt hier, Mum. Ich hab einen Spaziergang zur Bucht gemacht, die schöne frische Luft genossen.«

Ihre Mutter beäugte sie forschend. »Du siehst wirklich gesund aus. Scheint dir gut zu bekommen, das Leben hier.«

»Gefällt mir prima, ja.« Ellie fiel plötzlich ein, dass sie mit Aaron auch noch keinen Termin für das Essen vereinbart hatte.

»Das kann ich verstehen. Porthmellow macht was mit einem ... man fühlt sich gestärkt und kommt auf andere Ideen ...« Anna verstummte. Dann fragte sie: »Wo ist Scarlett?«

»Beim Einkaufen. Und ich glaube, sie hat auch noch einen Termin bei neuen Auftraggebern. Die kennst du vielleicht sogar, Zennor Lovell und Ben Blazey, sie haben am Hafen eine Firma für Grafik- und Werbedesign.«

»Diese beiden Goth-Kids? Sind die denn überhaupt schon mit der Schule fertig?«, fragte Anna erstaunt.

»Die sind beide Mitte zwanzig und inzwischen auch verlobt.«

»Im Ernst?« Anna schüttelte erstaunt den Kopf.

»Hör mal, Mum, lass uns doch ins Haus gehen und eine Tasse Tee trinken. Dein Gepäck können wir später noch holen.«

Anna nickte. »Klingt verlockend. Ich hatte ganz vergessen, wie lang die Fahrt hierher ist.«

»Ist es okay, wenn du das kleinere Schlafzimmer hast?«, fragte Ellie, als sie das Haus betraten. »In dem großen wohnt jetzt Scarlett.«

»Ja, kein Problem.« Anna sah sich in dem Vorraum um. »Sind die Hortensien noch aus dem Garten?«, fragte sie. Scarlett hatte einen hübschen Strauß aus blassrosa und hellblauen Hortensien und Stechpalmen in der Vase auf dem Flurtisch arrangiert.

»Ja, sind aber die letzten, fürchte ich. Weißt du eigentlich schon, wie lange du bleiben möchtest?«, erkundigte sich Ellie vorsichtig.

»Noch nicht. Aber ich werd euch nicht zur Last fallen. Ich möchte nur mit euch reden.«

»Wir freuen uns, dass du da bist«, erwiderte Ellie, die erneut ein unbehagliches Gefühl beschlich. »Wie geht's dir denn überhaupt so, Mum? Wenn ich fragen darf?«, erkundigte sie sich möglichst behutsam.

»Unter diesen Umständen so weit gut, denke ich ... mit deinem Vater ist alles unverändert seit Weihnachten. Wir leben in einem seltsamen Zwischenzustand, reden nur miteinander, wenn es nötig ist. Er fragt mich jedenfalls nicht mehr nach ... du weißt schon.«

Ellie nahm ihre Mutter in die Arme. Sie wirkte extrem angespannt. »Mum, wir wissen, dass die ganze Situation absolut schrecklich für dich sein muss. Was du uns auch erzählen möchtest … wir sind für dich da.« Allerdings fragte sich Ellie dabei, ob sie das tatsächlich auch von Scarlett behaupten konnte. »Mach's dir schon mal im Wohnzimmer gemütlich, ich komme gleich mit dem Tee.«

Während sie in der Küche alles vorbereitete, dachte Ellie darüber nach, was für Neuigkeiten womöglich drohten. Sie hoffte inständig, dass es nicht um den Verkauf des Hauses ging. Inzwischen fühlte sie sich hier nämlich so wohl, dass sie unwillkürlich an die Napfschnecken denken musste, die sich unten in der Bucht an den Felsen festsaugten. Und was sich gerade mit Aaron ereignete hatte, verstärkte ihren Wunsch hierzubleiben, ganz enorm …

Ellie hatte Scarlett rasch geschrieben und hoffte nun, dass sie sich taktvoll und diplomatisch verhalten würde. Es wäre furchtbar, wenn die beiden Streit anfangen würden, sobald Scarlett zur Tür hereinkam.

Rasch legte Ellie ein paar Mince Pies auf einen Teller und trug dann das Tablett mit Gebäck und Tee ins Wohnzimmer. Anna stand an den Terrassentüren und blickte in den Garten hinaus.

Ihre Augen leuchteten auf, als sie die Küchlein sah. »Oh, wunderbar. Ich hab furchtbaren Hunger. Du hattest immer so ein Talent fürs Backen, schon als Mädchen. Weißt du noch, wie du schon in deiner Jugend Mince Pies und den Weihnachtskuchen gebacken hast?«

»Ja.« Ellie lächelte, obwohl die Erinnerung an die heilen Familienzeiten sie wehmütig stimmte. »Ich hab im Café extra mehr gebacken, damit ich welche mit nach Hause nehmen kann. Die Kunden reißen die uns förmlich aus den Händen, vor allem warm und mit Streichrahm drauf.«

»Klingt köstlich. Du arbeitest auch gerne hier, oder?«

»Ja, hätte nie gedacht, dass ich mich mal an einem Ort so wohlfühlen würde. Die Einheimischen sind zwar ziemlich speziell, aber ich mag sie und komme bestens mit ihnen klar.«

Anna nickte. »Ich weiß, das kann einem alles sehr ans Herz wachsen.« Sie lächelte ein wenig melancholisch, blickte dann aber auf den Kuchenteller und rieb sich die Hände. »Also, nun lass uns mal deine Pies probieren. Bin gespannt, ob du in Bestform warst.«

»Hey!« Ellie stupste sie spielerisch an.

In der nächsten halben Stunde plauderten Mutter und Tochter entspannt über Klatsch und Tratsch von zu Hause und aus Porthmellow. Nachdem sie auch noch Marcus, Heidi und die Zwillinge als Gesprächsthema abgehakt hatten, hörte Ellie, wie draußen Scarletts Auto vorfuhr.

Anna stellte ihren Teebecher ab, und ein ängstlicher Ausdruck trat in ihre Augen.

Ellie ging hinaus und empfing ihre Schwester im Flur. »Wo ist Mum?«, fragte Scarlett.

»Im Wohnzimmer. Soll ich die Einkäufe verstauen?«

»Ich helf dir. Muss noch ein paar Minuten zu mir kommen.«

Sie gingen in die Küche, wo Scarlett Milch und Butter in den Kühlschrank räumte. »Hat sie schon gesagt, weshalb sie hier ist?«

»Nee, wir haben nur Small Talk gemacht bisher«, antwortete Ellie.

»Uff.« Scarlett lehnte sich erschöpft an die Arbeitsfläche.

»Bitte gib ihr eine Chance, Süße«, sagte Ellie flehend.

Scarlett verzog mürrisch das Gesicht, nickte aber dann, und Ellie drückte innerlich die Daumen, als sie ihrer Schwester ins Wohnzimmer folgte.

Anna fuhr hoch, als die beiden hereinkamen, und umarmte Scarlett zur Begrüßung, die sich dann auf dem Sofa gegenüber niederließ.

»Wie geht's dir? War die Fahrt schlimm?«, fragte Scarlett.

Ellie bereitete für Scarlett eine heiße Schokolade zu, froh, der Situation noch einen Moment entkommen zu können. Es konnte nicht mehr lange dauern, bis Anna die Katze aus dem Sack ließ.

Als Ellie ins Wohnzimmer zurückkam, stand Anna am Kamin, in Händen eins von Joans Porzellanhündchen, die seit jeher wie Wachen links und rechts auf dem Sims hockten. Niemand hatte es übers Herz gebracht, sie dort wegzunehmen, weil sie so sehr an Joan erinnerten. Ellie hielt den Atem an. Würde ihre Mutter gleich verkünden, dass sie Seaholly Manor verkaufen wollte?

»Die Hündchen sind zwar kitschig, aber Marcus hat sie als Kind sehr geliebt«, sagte Anna. »Ich könnte mich niemals von ihnen trennen.« Sie stellte die Figur zurück und wandte sich ihren beiden Töchtern zu. Dann holte sie tief Luft. »Bevor ihr jetzt auf das reagiert, was ich euch gleich sagen will, sollt ihr wissen, dass ich mir das lange und gründlich überlegt habe.«

Scarlett hielt abrupt inne, ein Pie auf halbem Weg zum Munde, und auch Ellie verfiel in eine Art Schreckstarre.

»Schaut nicht so entsetzt, Mädels.« Als Anna lächelte, sah Ellie plötzlich ihre Mutter vor sich, wie sie vor zwanzig Jahren gewesen war: eine aktive, lebhafte Frau, die sich neben ihren drei Kindern und ihrem Beruf als Kunstlehrerin auch noch ehrenamtlich für das örtliche Hospiz engagierte.

»Mum?« Scarlett legte das Stück Mince Pie auf den Teller.

»Ihr ahnt vielleicht schon, worum es geht«, fuhr Anna fort. »Dieser DNA-Test … ich muss euch gestehen, dass ich anfänglich wirklich nicht daran geglaubt habe. Aber im vergangenen Jahr bin ich zu dem Schluss gekommen … ich glaube, es gibt vielleicht doch eine winzige Möglichkeit, dass er zutreffend ist.«

Scarlett schlug die Hand vor den Mund, und Ellie biss sich auf die Unterlippe, um ihre Gefühle im Zaum zu halten. Das zuzugeben, musste ihre Mutter enorme Überwindung kosten.

»Möchtest du dich nicht lieber wieder setzen, Mum?«, fragte Ellie vorsichtig. »Alles okay so weit?«

»Danke, es geht schon. Ich habe die Worte x-mal in Gedanken geprobt, aber jetzt fühlen sie sich alle falsch an. Dieser Test … ist wohl korrekt. Zuerst stand ich unter Schock, dann wollte ich das alles nicht wahrhaben … aber es kann sein, dass Roger, dein Vater …« sie sah Scarlett an, »wirklich nicht dein leiblicher Vater ist. Es tut mir so wahnsinnig leid, Liebling. Dass ich im letzten Jahr nicht für dich da war. Ich schäme mich deshalb.«

Jetzt brach Anna in Tränen aus, und auch Scarlett entfuhr ein Schluchzen.

Ellie wusste nicht, wen sie zuerst trösten sollte. Sie trat zu ihrer Mutter, führte sie zur Couch und reichte ihr eine Packung Taschentücher. »Komm, setz dich, Mum.«

Scarlett blickte auf, kreideweiß im Gesicht. »Wer ist er?«

»Ich weiß es nicht«, antwortete Anna.

»Aber das kann doch gar nicht sein!«

»Es ist aber so.«

»Wie soll das denn gehen? Das glaub ich dir nicht!«, schrie Scarlett.

»Scarlett!«, sagte Ellie in scharfem Tonfall. »Hör auf damit! Ich weiß, dass das schwer ist für dich, aber für Mum ist es auch nicht einfach. Lass ihr Zeit.«

»Sie hatte doch schon genug Zeit!«

Anna wischte sich die Augen. »Scarlett, Liebes, ich mache dir keine Vorwürfe, dass du wütend und durcheinander bist. Aber ich kann dir einfach nicht sagen, wer er war … ist. Ganz aufrichtig: Ich habe es zunächst für unmöglich gehalten, dass Roger nicht dein Vater ist. Und mir quasi selbst eingeredet, dass … es … gar nicht passiert sein kann. Es war nur eine einzige Situation, ein Moment des Irrsinns, und ich war sehr betrunken. Und eigentlich ist es ausgeschlossen, dass *er* es ist.«

»Wer? Wer ist *er*?«

»Es war bei einer Party …« Anna blickte zu Boden, und als sie wieder aufschaute, war ihre Stimme entschieden. »Hör zu, ich möchte absolut nicht darüber sprechen, und es ist auch sinnlos, wenn du versuchst, mir weitere Details zu entlocken. Ich weiß nicht mal mehr das genaue Datum und bereue zutiefst, was damals passiert ist. Und ich wollte es euch allen nach dem Gentest nicht erzählen, weil es die Familie zerstört hätte.«

»Aber es *hat* die Familie zerstört!«, schrie Scarlett. »Glaubst du vielleicht, ich hätte nicht zutiefst bereut, dass wir diesen blöden Test überhaupt gemacht haben? Du bist es mir schuldig, mir seine Identität zu verraten! Du wirst dich doch wohl erinnern, mit wem du eine Affäre hattest!«

Ellie konnte das Gebrüll nicht mehr aushalten und mischte sich ein. »Scarlett! Das reicht! So was hilft keinem von uns.«

»Lass nur, Ellie«, sagte Anna. »Sie hat ja ein Recht darauf, wütend zu sein.«

Scarlett beachtete ihre Schwester gar nicht, sondern fauchte ihre Mutter an: »Wieso hast du das nicht gleich zugegeben, damals an Weihnachten? Das hätte uns allen jede Menge Kummer erspart. Und was ist mit Dad? Was sagt der dazu?«

»Er weiß es noch nicht. Ich wollte es zuerst euch sagen. Vor allem dir, mein Liebes.« Anna warf Scarlett einen flehentlichen Blick zu.

Auch Ellie zitterte am ganzen Körper, fühlte sich aber dafür verantwortlich einzuschreiten, bevor alles noch schlimmer wurde und womöglich Worte fielen, die man nicht mehr zurücknehmen konnte.

Sie wollte ihre Schwester berühren, aber Scarlett zog ihre Hand weg. Ellie wurde flau im Magen. Das lief alles noch viel schlimmer, als sie befürchtet hatte. Nun bekamen sie endlich eine Antwort von ihrer Mutter, aber diese Antwort erzeugte nur noch mehr belastende Fragen.

»Liebes«, sprach Anna stockend weiter. »Ich bin hergekommen, um dir etwas zu erzählen, was ich seit damals –

seit über dreißig Jahren – versucht habe zu vergessen. Euer Vater wusste es natürlich auch nicht, wird es aber jetzt erfahren, wie die Folgen dann auch aussehen werden. Aber ich möchte euch bitten zu verstehen, dass … es immer mehrere Sichtweisen gibt auf eine Geschichte. Ich will nicht rechtfertigen, was ich getan habe, aber … euer Vater …« Sie brach ab.

»Was hat Dad getan?«, warf Ellie ein.

Scarlett schnaubte verächtlich. »Na klar, die Schuld auf Dad abschieben.«

Ellie warf ihr einen warnenden Blick zu. »Sprich weiter, Mum«, sagte sie ermutigend.

»Es ging mehr darum, was er *nicht* getan hat … aber das ist nicht euer Thema, das muss ich mit ihm klären. Ich habe euch jetzt alles gesagt, was möglich ist, mehr geht nicht, tut mir leid. Aber ihr sollt unbedingt wissen, dass Roger, euer Vater, euch all die Jahre geliebt und für euch gesorgt hat. Er hat euch gesagt, dass ihr beide seine Töchter seid, und nur das zählt. Wir müssen jetzt einfach alle versuchen, mit der Situation zurechtzukommen, wie sie ist.«

»Das habe ich doch schon versucht«, murmelte Scarlett. Ihre Stimme klang tränenerstickt. »Ich liebe Dad und dich doch auch … aber ich möchte trotzdem meine ganze Herkunft kennen!«

»Das ist sinnlos, Liebes«, erwiderte Anna erschöpft. »Da gibt es nichts zu wissen. Ich war betrunken, habe mich auf etwas eingelassen, woran ich mich kaum noch erinnern kann. Damals glaubte ich, es hätte keine Konsequenzen, aber ich habe mich offenbar geirrt.« Sie stand auf. »Ich geh jetzt auf mein Zimmer. Ich muss mich eine Weile ausruhen.«

Sie strich über Ellies Hand. Scarlett hatte die Arme vor der Brust verschränkt und starrte trotzig ins Leere.

Ellie stand auch auf. »Ich bring dich hoch, Mum.«

Anna schüttelte den Kopf. »Bleib du ruhig hier. Ich glaube, Scarlett braucht dich im Moment sehr viel mehr als ich.«

11

Am nächsten Morgen war die Stimmung beim Frühstück extrem angespannt, und Scarlett hatte sich sofort danach ins Arbeitszimmer verzogen, mit der Begründung, sie müsse Texte für den Nagelhersteller schreiben. Anna erklärte, sie wolle einen langen Spaziergang machen, und verließ das Haus.

Ellie kochte heiße Schokolade und brachte ihrer Schwester einen Becher. Scarlett dankte ihr und dachte, wie glücklich sie sich schätzen konnte, Ellie wieder in ihrer Nähe zu haben. Ohne sie hätte sich Scarlett in dieser verfahrenen Situation völlig verloren gefühlt.

Sie trank einen Schluck und sagte schließlich: »Es ist ja schon gut, dass Mum endlich zum Teil die Wahrheit offenbart hat. Aber wieso, zum Teufel, will sie nicht damit rausrücken, wer der Mann war?«

»Süße, versuch doch mal, dich in sie hineinzuversetzen. Es muss Mum schon gewaltige Überwindung gekostet haben, dieses Erlebnis überhaupt zuzugeben. Sie will eindeutig nicht über Details reden … und vielleicht hat sie die sogar so weit verdrängt, dass sie nicht mal mehr weiß, wer der Typ war.«

»Das glaub ich nicht«, wandte Scarlett ein. »Ich hab mich auch schon manchmal betrunken auf Sex eingelassen. Aber ich war nie so besoffen, dass ich nicht mehr wusste, mit wem ich was hatte!«

»Es könnte doch sein, dass sie seinen Namen gar nicht kennt«, gab Ellie zu bedenken. »Sie sagte, es sei bei einer Party gewesen. Wer weiß, was sie alles intus hatte …«

»Urgh.« Scarlett schüttelte sich. »Gibt echt Angenehmeres, als sich die eigene Mutter im Rausch mit einem wildfremden Typen vorzustellen.«

»Ja, klar. Es ist nur so: Wenn wir ihr Druck machen und sie bedrängen, werden wir die ganze Geschichte garantiert nicht erfahren – falls es überhaupt eine gibt. Hör mal, ich hab heute Mittag frei«, erklärte Ellie. »Wie wär's, wenn wir drei zusammen den Weihnachtskuchen backen, so wie früher? Dann können wir Zeit mit Mum verbringen, ohne über diese stressigen Themen reden zu müssen. Und wer weiß, vielleicht öffnet sie sich ja von sich aus, wenn wir sie erst mal in Ruhe lassen.«

Ellies Vorschlag war sinnvoll, auch wenn es Scarlett in ihrem aufgewühlten Zustand schwerfiel, vernünftige Ideen zu akzeptieren. Dennoch nickte sie. »Okay. Und danke, dass du versuchst, den Frieden zu bewahren.«

Die beiden Schwestern fuhren gemeinsam ins Dorf, um die Zutaten für den Kuchen zu besorgen. In den Straßen und am Hafen wurde gerade die Weihnachtsbeleuchtung installiert. Scarlett spürte einen Anflug von Vorfreude, der aber sofort durch den Gedanken getrübt wurde, dass auch dieses Weihnachten unter belasteten Umständen stattfinden würde.

Doch als sie mit Ellie Trockenfrüchte, eine Flasche Brandy

und die weiteren Ingredienzen für die Weihnachtsspezialität im einzigen Supermarkt von Porthmellow erstand, besserte sich Scarletts Stimmung ein wenig. Vielleicht konnten sie heute Mittag einfach nur friedlich zusammen Kuchen backen.

Als Anna von ihrem Spaziergang zurückkam und den Vorschlag hörte, schien sie sich sehr zu freuen. Zu dritt werkelten sie in der Küche herum, wogen Zutaten ab, rührten Teig. Ellie buk nebenbei weitere Mince Pies. Mehl stäubte auf, und die drei lachten gemeinsam. Scarlett hatte das Gefühl, dass dieses Ritual allen guttat.

»Wir hatten immer so viel Spaß dabei«, sagte sie.

»Ja. Eigentlich macht man das ja am Sonntag vor dem ersten Advent, aber darauf haben wir noch nie geachtet«, erwiderte Anna. »Wir mussten uns immer danach richten, wann Ellie grade im Lande war.«

Anna schnitt Papier für die Backform zurecht, ein unverwüstliches Stück von Joan. Sie hatte einmal erzählt, dass sie selbst es schon von ihrer Mutter bekommen hatte, die gute alte Form hatte also sicher zahllose Kuchen erlebt. Auch die muschelförmigen Blechförmchen für die Mince Pies stammten noch aus Tante Joans Beständen, und ihre schönen Steinguttöpfe und Kupferkasserollen waren dekorativ auf der Anrichte arrangiert. Während Scarlett mit dem Teig beschäftigt war, musste sie wieder an das Buch *Schätze der Küsten von Cornwall* mit der Postkarte denken, das auf mysteriöse Weise verschwunden war.

Als sie den Kuchenteig gerade in die Backform geben wollte, klingelte das Festnetztelefon.

»Ich geh ran«, verkündete Ellie, wischte sich rasch die Hände an einem Tuch ab und stürzte hinaus.

Als sie wieder zurückkam, schienen ihre Augen zu leuchten, und Scarlett bemerkte prompt: »Lass mich raten, wer dran war.«

»Das errätst du nicht: Drew. Er wollte mir einen Vertrag als Schiffsköchin fürs nächste Frühjahr anbieten«, erklärte Ellie. »Also weit gefehlt, Schwesterherz.«

Anna betrachtete ihre Töchter prüfend. »Was entgeht mir hier?«

»Ellies neuer Typ«, antwortete Scarlett bedeutungsschwanger.

»Er ist nicht mein neuer Typ!«, protestierte Ellie. »Wir kennen uns erst seit ein paar Wochen! Aaron ist einfach nur ein netter Nachbar«, erklärte sie zu ihrer Mutter gewandt. »Der Sohn von Evie und Troy Carman, die kennst du.«

»Ja, klar. Ich dachte, ihr Sohn sei bei der Armee.«

»Bis vor Kurzem. Er hat aufgehört und möchte jetzt hier eine Firma für Sicherheitsdienste eröffnen. Und er wohnt im Cove Cottage.«

»Die beiden haben sich im Dunkeln auf der Straße kennengelernt.« Scarlett kicherte.

Ellie stöhnte genervt. »Ich hatte ein Problem mit dem Auto, und Aaron hat sich darum gekümmert und es repariert«, sagte sie zu Anna. »Er war beim Militär für die Panzer zuständig.«

Ihre Mutter lächelte erfreut. »Ist ja praktisch, so jemanden an der Hand zu haben. Ich glaube, ich erinnere mich noch an ihn als Kind. War ein netter Junge. Seine Eltern sind ja auch wunderbare Leute. Und ihr seid wirklich nur befreundet?«

»Wie gesagt: Er lebt noch nicht lange hier«, antwortete Ellie ausweichend. »Aber mir scheint, er ist auch als Erwachsener noch ziemlich nett.«

»So, so.« Scarlett grinste und leckte genüsslich Teig vom Löffel.

»Hey, meinst du, es bleibt noch was für den Kuchen übrig?«, zog Anna ihre Tochter auf.

»Und komm bloß nicht auf die Idee, was von der Füllung zu stibitzen«, warnte Ellie.

Scarlett schmollte übertrieben, und plötzlich war alles wie früher: Alle neckten sich, Scarlett war wieder der Wildfang, Ellie spielte die Rolle der »großen Schwester«, Anna versuchte mit gespielter Verzweiflung die Rasselbande im Griff zu behalten – und ganz nebenbei ihre Töchter nach deren Liebesleben auszuhorchen. Wenigstens war Anna noch nicht auf Jude aufmerksam geworden. Da gab es natürlich in puncto Liebesdingen auch nichts zu berichten … obwohl Scarlett so eine Ahnung hatte, dass sich das bei dem Schwimmausflug vielleicht rasch ändern könnte.

12

Scarletts Vermutung war nicht ganz falsch gewesen, denn Ellie hatte tatsächlich gehofft, der Anruf sei von Aaron. Sie war nicht begeistert davon, dass sich das Gespräch nun um ihr Liebesleben drehte, aber das war auf jeden Fall noch angenehmer als die familiären Stressthemen. Und die lockere Stimmung während des Backens hatte sie sehr genossen.

Durch Aaron und die Offenbarung ihrer Mutter war Ellies Leben innerhalb kurzer Zeit noch unüberschaubarer geworden. Und damit nicht genug, schien sich auch zwischen Scarlett und Jude Penberth etwas anzubahnen. Es war zwar sicher gut für Scarlett, wenn sie auf andere Gedanken kam. Solange mit der Beziehung nichts schieflief. Das Allerletzte, was Scarlett jetzt gebrauchen konnte, war noch mehr Kummer.

Ellie räumte die Spülmaschine ein, während Anna und Scarlett den Teig in die Kuchenform beförderten und mit Kirschen und Mandeln verzierten. Die Mince Pies waren schon im Ofen, und der köstliche Duft zog durchs ganze Haus. Ellie wollte gerade mit dem Abwasch der großen Schüsseln beginnen, als ihr Handy in der Schürzentasche vibrierte. Rasch wandte sie sich ab und spähte aufs Display.

Bald Termin fürs Essen machen? Ich koche, wie versprochen.

»Bin gleich wieder da«, murmelte sie. Scarlett und Anna waren mit dem Dekorieren des Kuchens beschäftigt und beachteten sie gar nicht. Sie zog die Schürze aus, eilte hinaus und schloss sich in der Gästetoilette ein. Dann schrieb sie:

Ich bring Dessert mit.

Die Antwort kam sofort:

Super :-) Mittwoch?

Ellie war so aufgeregt, dass ihr ganz heiß wurde.

Gern, freu mich.

Sie fügte noch ein Kuss-Smiley hinzu und schickte die Nachricht ab. Dann fragte sie sich, ob das Smiley zu viel gewesen war. Aber schließlich lud Aaron sie ganz bestimmt nicht nur zu einer Mahlzeit ein. Vor ihrem inneren Auge sah sie sich schon mit Aaron im warmen Feuerschein aufs Sofa sinken … wie er sein T-Shirt abstreifte, diesen fantastisch durchtrainierten Oberkörper entblößte … sie ganz langsam entkleidete … Lustvolles Verlangen durchströmte ihren Körper.

»Ellie!«

Vor Schreck ließ sie ihr Handy fallen. Klappernd landete es auf den Bodenkacheln.

»Scheiße!«

»Ellie, der Kuchen ist im Ofen. Alles okay bei dir?«

»Ja, klar, hab nur mein Handy fallen lassen.« Sie hob es auf und stellte erleichtert fest, dass es unversehrt war.

»Du bist mit dem Handy auf dem Klo?«

»Als würdest du das nie machen.« Ellie schloss die Tür auf.

Scarlett beäugte sie prüfend. »Wir wollten nur wissen, ob wir die richtige Schiene genommen haben. Du sagst doch immer, der Aga-Herd sei so speziell.«

Während sie gemeinsam die Küche aufräumten, wanderten Ellies Gedanken zu dem bevorstehenden Abend mit Aaron, und sie spürte eine Mischung aus Vorfreude und Sorge. Denn wenn man sich auf etwas einließ, bestand auch immer die Gefahr, dass einem das Herz gebrochen wurde …

13

Ein paar Tage später pellte sich Scarlett unter Judes Umkleideponcho den Neoprenanzug vom Körper. Das Ding war schwer und viel zu groß, warf Falten an Knien und Knöcheln, und sie fühlte sich darin ein wenig wie ein Seehund. Aber das Schwimmen war wunderbar erfrischend gewesen, und Jude hatte recht gehabt: Das Wasser hatte eine erstaunlich angenehme Temperatur.

Der Ausflug war auch eine willkommene Flucht aus der bedrückenden Atmosphäre zu Hause gewesen. Denn nach der kurzen Friedensphase beim Kuchenbacken waren die Spannungen zwischen Anna und Scarlett wieder deutlich zutage getreten.

Bei strahlendem Sonnenschein hatte Jude sie abgeholt, um zu der entlegenen Bucht zu fahren, und Scarlett hatte ziemlich gestaunt, als Jude schließlich an einem verwilderten Rastplatz parkte und sie durch einen Zaunübertritt zu einem gewundenen Pfad abwärts führte.

Nach einer gefühlten Ewigkeit kam schließlich das Meer in Sicht. Unterwegs zeigte Jude ihr besondere Pflanzen und holte ein Fernglas heraus, damit Scarlett die rotbeinigen Steindohlen betrachten konnte, eine seltene Vogelart. Am Ende mussten sie ihre Rucksäcke nach unten in den Sand werfen und über Klippen kraxeln, um den Strand zu erreichen.

Dort waren sie ganz alleine mit dem türkis leuchtenden Meer und dem blauen Himmel. Jude hechtete sich ins Meer, nur mit Bade-Shorts bekleidet, und Scarlett gab sofort jeden Vorsatz auf, ihn nicht begehrlich zu betrachten. Noch jetzt im November war sein sehniger schlanker Körper leicht sonnengebräunt, vermutlich auch an den nicht sichtbaren Stellen … Scarlett konnte sich gut vorstellen, dass dieser Naturbursche normalerweise nackt badete, und bei dieser Vorstellung wurde ihr sehr heiß.

Nachdem sie endlich den Kampf mit dem Gummianzug gewonnen hatte, trat sie, wieder in menschlicher Kleidung, zu dem Feuer, das Jude aus Treibholz und trockenen Algen vorbereitete. Als er Streichhölzer aus dem Rucksack nahm und das Feuer anzündete, lachte Scarlett. »Ich hätte gewettet, dass du jetzt Stöckchen reibst oder so was.«

Jude grinste. »Ist ja kein Survivaltraining hier. Ich würde es zwar schaffen, mit Feuerstein Flammen zu erzeugen, aber das kann ganz schön dauern. Du solltest dich vielleicht ein bisschen schneller aufwärmen.«

»Kaum zu glauben, dass ich hier Mitte November im Meer schwimme und am Strand rumsitze.« Scarlett wunderte sich erneut, dass sie sich so entspannt fühlte mit Jude – sogar trotz der wenig eleganten Verrenkungen mit dem Taucheranzug.

»Das Wunderbare an der Jahreszeit ist, dass man den Strand ganz für sich alleine hat.« Er stellte einen Topf mit Wasser für Kaffee auf den Gaskocher.

»Ich kann auch was beisteuern«, verkündete Scarlett und packte vier Mince Pies aus.

»Wow, super.« Sie ließen sich die Pies zum Kaffee schmecken, während Jude Suppe heiß machte, die er in einer Thermosflasche mitgebracht hatte. Scarlett war nach dem Marsch und dem Schwimmen vollkommen ausgehungert und stürzte sich begeistert auf die Suppe, die sich beide mit Brot zu Gemüte führten.

Am Himmel zogen dunkle Wolken auf, und Jude sagte schließlich: »Wir sollten lieber aufbrechen, bevor das nächste Unwetter naht. Ich möchte hier nicht in einen Regenschauer kommen.«

»Nee, ich hatte für heute auch genug Wasser«, pflichtete Scarlett ihm bei. Nachdem sie das Feuer gelöscht und alles eingepackt hatten, sagte Jude: »Wir könnten eigentlich am Meer entlanggehen bis Sennen und von da aus die Straße zurück nehmen. Wäre eine halbe Stunde kürzer.« Er sah Scarlett fragend an. »Wenn du noch für ein bisschen Kraxeln zu haben bist?«

Sie fühlte sich wohlig entspannt und nicht gerade kraftstrotzend, wollte aber nicht komplett unsportlich wirken.

»Hohe Klippenwände?«, witzelte sie.

»Nee, nur hie und da ein paar Felsen. Da droht keine Gefahr.«

Von wegen. Die Felsen waren kein Thema … aber die Gefahr bestand darin, sich Hals über Kopf in diesen hinreißenden Naturburschen zu verlieben.

»Geht klar«, sagte Scarlett grinsend. »Das werd ich wohl hoffentlich schaffen.«

Unterwegs pflückte Jude noch Alisander und Meermangold und gab Scarlett einen Teil davon ab.

»Mum wird mir niemals glauben, dass man daraus Salat machen kann.« Einen Moment lang hatte Scarlett die Lage zwischen ihr und Anna ganz vergessen.

Sie wanderten den Strand entlang, während die Wellen auf den Sand brandeten, sich aber immer weiter zurückzogen. Die Ebbe hatte eingesetzt. Als sie zu den angekündigten Felsen kamen, fand Scarlett sie enorm hoch, aber Jude kannte eine Lücke, wo man hinaufsteigen konnte. Auf den Felsen zeigte er Scarlett begeistert kleine Meereswesen in den Tümpeln, und plötzlich kam ihr das verschwundene Buch in den Sinn.

»Sag mal, Jude, kennst du zufällig einen Führer mit dem Titel *Schätze der Küsten von Cornwall*?«

Er zögerte einen Moment. »Ja, klar. Ist ein bisschen veraltet, war aber früher hier in Buchhandlungen und Geschenkläden ein Topseller.«

»Im Ernst?«, fragte Scarlett aufgeregt. »Hast du ein Exemplar davon?«

»Ähm .... ich glaube nicht ... warum?« Er warf ihr einen fragenden Blick zu.

»Ach, nur ...« Verflixt, konnte sie nicht nachdenken, bevor sie redete? »Nicht so wichtig. Ich hab das Buch mal im Bücherregal gesehen, als wir Joans Sachen aussortiert haben, und fand es damals sehr interessant. Aber jetzt ist es nicht mehr da.«

Jude zuckte die Achseln. »Ich hatte es mir nur mal aus der Bücherei ausgeliehen, sorry.«

»Kein Problem«, erwiderte Scarlett möglichst beiläufig.

Zum Glück fragte Jude nicht nach, und als sie weitergingen, kam der Hauptstrand in Sicht, eine endlose Fläche leuchtend weißer Sand. Scarlett blieb staunend stehen. Ein einsamer Windsurfer trieb auf dem Wasser, ein paar Leute mit Hunden waren unterwegs.

»Gefällt es dir?«, fragte Jude.

»Wunderschön«, sagte Scarlett und genoss die Aussicht noch ein Weilchen, während Jude bereits nach unten in den weichen Sand sprang.

Cornwall war wirklich bezaubernd, und Scarlett hoffte so sehr, hierbleiben zu können. Unwillkürlich musste sie daran denken, dass ihr Vater jetzt alleine zu Hause war. War er froh darüber, oder vermisste er Anna und fühlte sich einsam? Würde sie überhaupt zu ihm zurückgehen? Scarlett fragte sich auch, ob ihre Suche nach ihrem leiblichen Vater rücksichtslos war gegenüber Roger. Aber die Sehnsucht, ihre wahre Herkunft zu kennen, war zu stark; jetzt davon abzulassen, kam nicht in Frage.

»Scarlett?«, fragte Jude von unten. »Brauchst du Hilfe?«

»Nee, ich genieße nur die Aussicht«, antwortete Scarlett, ergriff dann aber doch Judes Hand, um von den Felsen zu steigen.

»Da, siehst du – Zivilisation«, sagte Jude und deutete auf ein Natursteinhaus mit Terrasse. »Wollen wir kurz einkehren?«

Nachdem sie mit Blick aufs Meer einen Kaffee getrunken hatten, gingen sie zum Auto zurück und fuhren nach Hause. Bei der Anfahrt auf Seaholly Manor runzelte Jude plötzlich die Stirn. Am Eingang stand sein Vater und sprach mit Anna. Die beiden schienen eher einen Disput zu haben als eine freundliche Unterhaltung und fuhren überrascht herum, als der Wagen sich näherte.

Anna hob grüßend die Hand, Hayden grinste breit.

»Keine Ahnung, was er hier zu suchen hat«, murmelte Jude verdrossen.

Auch Scarlett beschlich ein unangenehmes Gefühl, das sie sich selbst nicht erklären konnte.

»Hallo, Scarlett!«, rief Hayden, als sie ausstiegen. »Was hab ich doch für ein Glück! Mutter und Tochter im Doppelpack!«

»Dad«, sagte Jude. »Alles okay?«

»Weshalb auch nicht? Ich hab einen Spaziergang gemacht und Anna im Garten entdeckt. Da dachte ich, ich sag mal meiner neuen Nachbarin Hallo. Wir haben uns ja seit Ewigkeiten nicht mehr gesehen.«

»Stimmt«, sagte Anna. Ihr Tonfall war höflich, doch sie machte einen angespannten Eindruck. Was Scarlett angesichts der zweideutigen Bemerkungen von Hayden Penberth nicht weiter verwunderlich fand. Auch Jude wirkte unangenehm berührt.

»Anna hat mir erzählt, dass ihr zwei Turteltäubchen schwimmen wart«, redete Hayden weiter. »So nennt man das also heutzutage?«

»Ganz ehrlich, Dad …«

Ein klarer Fall für Fremdschämen, fand Scarlett.

»Wir waren in der Bucht bei Sennen«, erklärte sie, obwohl es Hayden eigentlich nichts anging. »Jude hat mir einen Neoprenanzug geliehen.«

»Im Ernst?«, erwiderte Hayden. »Normalerweise verzichtet er ja lieber auf Bekleidung, nicht wahr, mein Sohn?«

Jude schien sich mühsam beherrschen zu müssen.

»War es nicht sehr kalt im Wasser?«, fragte Anna und betrachtete Scarlett forschend.

»Nicht in einem *sehr dicken* Taucheranzug«, versetzte Scarlett gereizt.

»Na, du bist eben eine zauberhafte Wassernixe«, bemerkte Hayden darauf.

»Dad! Soll ich dich mit nach Hause nehmen?«, knurrte Jude.

»Ich hätte nichts dagegen«, antwortete Hayden schmunzelnd. »War schön, euch wiederzusehen, Scarlett und Anna. Hoffe, das lässt sich möglichst bald und oft wiederholen.«

14

Ellie versuchte, nicht in Pfützen zu treten, während sie sich mit einer Taschenlampe Cove Cottage näherte, das am Hang oberhalb des Strandes lag. Sie sah schon die Lichter im Haus, als ein heftiger Windstoß ihr die Kapuze vom Kopf fegte.

»Mist!«

Warum hatte sie nur ihre Haare so aufwändig geföhnt, anstatt sie wie üblich hochzustecken? Jetzt wurden sie in dem peitschenden Regen klitschnass, weil sie in der einen Hand eine Tasche mit Wein und Dessert hielt und in der anderen die Lampe.

Ellie ging schneller, und als sie aufs Cottage zulief, sah sie zu ihrer Erleichterung Aaron in der offenen Tür stehen und stürzte förmlich in den trockenen Flur.

»Was für ein Wetter!«, keuchte sie. »Tut mir leid, ich bin wie aus dem Wasser gezogen und mache hier alles nass.«

»Kein Problem.« Aaron nahm ihr die Tasche ab. »Gut, dass du da bist. Komm rein. Man hört das Donnern der Wellen bis hier oben. Schon ein bisschen unheimlich.« Er zuckte erschrocken zusammen, als ein plötzliches Krachen zu hören war. »Was war das?«

»Die Wellen erreichen dich hier nicht«, sagte Ellie beruhigend. »Wahrscheinlich hat der Wind irgendwas umgeweht.«

»Die Natur macht mich wohl ein bisschen schreckhaft«, sagte Aaron verlegen. »Ich hatte ganz vergessen, wie heftig die Stürme hier sein können. Und dieses Haus ist wesentlich näher am Ufer als das von meinen Eltern.«

Ellie lachte und strich ihm über den Arm. »Mach dir keine Sorgen, das Haus ist noch nie überschwemmt worden. Der vorherige Mieter ... kennst du Reg Seddon?«

»Ist das nicht der Großvater von der Verkehrspolizistin, Foxy Seddon?«

»Genau. Er ist jetzt neunzig und ins betreute Wohnen in der Nähe vom Fußballplatz gezogen. Reg hat siebzig Jahre lang hier gelebt und mir mal erzählt, dass nie was passiert sei. Nur einmal hat wohl der Sturm ein Fenster vom Schuppen zerstört.«

»Na, dann ist es ja gut.« Aaron lächelte, wirkte aber immer noch ein bisschen verstört, was Ellie wunderte.

»Was kann ich dir anbieten?«, fragte er jetzt. »Weißwein? Rotwein? Gin Tonic?«

»Gin Tonic wär super, danke.«

Während sie den Geräuschen aus der Küche lauschte, versuchte Ellie, sich zu entspannen und auf den Abend einzustimmen. Als sie jünger gewesen war, hatte sie sich oft spontan auf Abenteuer mit Männern eingelassen, die sie erst wenige Stunden kannte.

Aber nun waren zwei Jahre vergangen, seit sie zum letzten Mal Sex gehabt hatte – mit einem Mann, der in Brisbane in derselben Bar wie sie gearbeitet hatte. Sie hatten dann sogar ein paar Monate zusammengelebt, bis er Tauchlehrer geworden und in den Norden gezogen war. Wie viel ihr der Mann bedeutete, hatte sie damals erst gemerkt, als er sie vor der Abreise zum Abschied küsste und sagte: »Alles Gute für dich, meine Schöne.«

Bald darauf starb Tante Joan, und Ellie kehrte nach England zurück. Wie alt sie selbst geworden war, hatte sie damals bei der Ankunft am Flughafen angesichts von schreienden Kindern und gestressten Eltern zum ersten Mal ganz deutlich gespürt. Sie ging auf die vierzig zu.

Jetzt schüttelte sie den Kopf, um die trüben Gedanken loszuwerden. Sie hatte sich wahrlich oft genug gesagt, dass sie keine Kinder brauchte, um ein interessantes und abwechslungsreiches Leben zu führen. Das hatte Tante Joan doch auch ohne Mann und Kinder hinbekommen.

Dennoch tauchte wieder der hartnäckige Gedanke auf, wie Ellies Leben wohl ausgesehen hätte, wenn sie damals das Kind behalten hätte …

Aaron kam zurück und reichte ihr ein Glas. Für sich hatte er eine Flasche Bier mitgebracht.

»Cheers!« Ellie prostete ihm zu und trank einen großen Schluck, um die belastenden Gedanken loszuwerden.

»Cheers.« Aaron setzte die Flasche an die Lippen.

Ellie war fest entschlossen, diesen Abend nicht von ihrer Vergangenheit überschatten zu lassen. Aus der Küche wehten köstliche Düfte herein, aber Aaron schien noch nicht essen zu wollen, und so plauderten sie eine Weile über Ellies Reisen und die Orte, an denen sie sich länger aufgehalten hatte.

»Ich habe es gut gehabt«, sagte sie. »Hab viel von der Welt gesehen und lebe jetzt an einem wunderschönen Ort in einem fantastischen Haus, das ich mir ansonsten niemals leisten könnte. Und ich hab meine Familie, auch wenn da nicht immer alles rosig ist. Wie siehst du dein Leben so?«

»Ganz ähnlich.«

»Von Panzern und Lebensgefahr abgesehen, vermute ich …«

Er lächelte. »Ja, sicher. Aber ich hatte dennoch Freude daran, viel in der Welt herumzukommen. Und das Glück, unversehrt zu bleiben, körperlich zumindest. Im Gegensatz zu etlichen meiner Kameraden …«

»Das klingt schlimm«, sagte Ellie, der seine Formulierung nicht entgangen war. Indirekt hatte er gesagt, dass er psychisch nicht unversehrt war … aber vielleicht war das ohnehin unvermeidlich beim Einsatz in Kriegsgebieten.

Aaron lächelte wieder, und Ellie wollte die Stimmung nicht trüben. Deshalb lehnte sie sich zurück und hörte einfach nur entspannt zu.

»Ja, war es natürlich. Aber heute würde ich lieber nur über das Erfreuliche sprechen. Ich schätze mich glücklich, dass ich so viele wunderbare Menschen allen Alters kennenlernen durfte. Und schau nur, was ich hier alles habe. Eltern, die mich zwar früher manchmal auf die Palme gebracht haben, aber herzensgut sind. Die beiden sind nicht mehr jung, und ich habe zu wenig Zeit mit ihnen verbracht, auch mit meiner Schwester Gemma. Meine Nichte und meinen Neffen kenne ich kaum, weil ich so lange weg war.« Aaron hielt einen Moment inne. »Ich bin froh, dass ich wieder hier gelandet bin. Verglichen mit manchen Orten, die ich erlebt habe, ist Porthmellow das reinste Paradies.«

»Ja, es hat einen ganz eigenen Charme.«

»Du bist also auch der Überzeugung, dass hier niemand um die Ecke lauert, der uns grün und blau schlagen will?«

Ellie lachte. »Halte ich für sehr unwahrscheinlich.«

»Puh.« Aaron atmete übertrieben erleichtert aus, was Ellie angesichts seiner imposanten Erscheinung ziemlich lustig fand.

»Und bin ich denn in deiner Nähe sicher?«, fragte sie leichthin, aber innerlich doch ein wenig nervös.

»Abgesehen von meinen Tausenden weiblichen Fans weltweit – unbedingt.«

Sie gab einen gespielten Schreckenslaut von sich.

Aaron trank einen Schluck Bier. »Aber niemand erhebt Anspruch auf mich«, fügte er ernster hinzu.

»Das kann ich mir ja kaum vorstellen …« Ellie konnte nicht lockerlassen, weil sie sich so weit wie möglich absichern wollte.

Er drehte die Flasche in Händen. »Wie gesagt: Eine Zeit lang gab es eine feste Beziehung. Wir haben an dem Ort, wo wir stationiert waren, sogar eine Weile zusammengewohnt, sind am Ende aber dann doch gescheitert. Ich trage der Frau nichts nach.« Aaron sah Ellie an und fügte mit einem Achselzucken hinzu: »Militärleben und Bindungen gehen einfach nicht gut zusammen. Weshalb ich sie auch weitgehend gemieden habe.«

»Das kenne ich«, sagte Ellie mit schiefem Lächeln. »Weltreisen sind auch nicht gerade beziehungsfördernd.«

Aaron sah sie forschend an. »Willst du damit sagen, dass du so viel gereist bist, um keine Bindung einzugehen?«

Ellie war beeindruckt. Er hatte den Finger auf die Wunde gelegt. Nach der Katastrophe mit Julian und dem Schwangerschaftsabbruch war das natürlich das Hauptmotiv gewesen.

»Das habe ich mich selbst auch schon manchmal gefragt«, antwortete sie, weil sie nicht zu viel von ihrer Vergangenheit preisgeben wollte. »Und wie ist das bei dir? Bedauerst du, dass niemand Anspruch auf dich erhebt?«

»Es gab eine Zeit, in der ich die Frage bejaht hätte. Aber heute Abend ... bin ich froh, dass es nicht so ist.« Aaron beugte sich vor und legte seine Hand auf die ihre. Er roch wunderbar, und Ellies Herz pochte wie wild.

»Schau, es ist so.« Sie holte tief Luft. »Und bitte entschuldige, wenn das jetzt so ernsthaft klingt. Wir kennen uns noch nicht lange, und was ich ungeheuer wichtig finde, ist Ehrlichkeit. Ich habe zu oft erlebt, dass etwas sehr schmerzhaft wurde, weil Menschen nicht aufrichtig miteinander umgingen.«

Er betrachtete sie nachdenklich. »Hört sich an, als seist du mal übel verletzt worden.«

»Ja, das stimmt. Ich war damals auch selbst dafür verantwortlich – zum Teil jedenfalls. Aber erst in jüngster Zeit habe ich erleben müssen, wie viel Schaden angerichtet wird, wenn man nicht aufrichtig ist. Die Vergangenheit verschwindet nie ganz. Irgendwo lauert sie und wirft ihre Schatten, und unter Umständen bricht sie ganz plötzlich über uns herein. Wenn es also irgendetwas gibt, das ich wissen sollte ...«

Aaron ergriff ihre Hand. »Ellie, ich finde dich hinreißend. Du musst nicht …«

Plötzlich krachte etwas ans Fenster, und Aaron sprang entsetzt auf. »Großer Gott, was war das?«

Ellie stellte ihr Glas ab und horchte. Das Geräusch wiederholte sich, begleitet vom Heulen des Windes. »Keine Sorge. Das sind nur Steinchen, die durch den Sturm hochgeschleudert werden.«

Aaron setzte sich neben sie.

»Echt, mach dir keine Sorgen. Wir hatten schon weitaus schlimmere Stürme hier«, sagte Ellie, erstaunt, dass ein kraftvoller Mann, der schon so viel durchgemacht hatte, sich von ein paar Steinchen erschrecken ließ.

»Ja, klingt wahrscheinlich viel schlimmer, als es ist.« Er grinste bedauernd. »Ich bin echt ein Weichei.«

»Das würde wohl kaum jemand von dir behaupten«, sagte Ellie sanft.

Aaron beugte sich erneut zu ihr, und Verlangen durchströmte ihren Körper. Seine warmen, weichen Lippen berührten die ihren. Ellie ließ die Hände über Aarons breite Schultern gleiten und gab sich dem Kuss hin, der forschend, aber alles andere als zögerlich war.

»Ich bin ein bisschen … aus der Übung«, murmelte sie. Aaron lachte leise. »Ich war jahrelang bei der Armee, was glaubst du wohl, wie sehr *ich* aus der Übung bin.«

Ellie kicherte wie ein junges Mädchen, was ihr ein bisschen peinlich war. »Na, dann können wir ja gemeinsam trainieren …«

Aaron legte sich hin und zog Ellie auf sich. Seine Hände

umfassten ihre Taille, glitten dann unter ihr Top, strichen über ihre Haut. Es waren große, kraftvolle Hände, und Ellie fühlte sich sicher und geborgen. Nun war es an ihr zu vertrauen, und das war ihr voll und ganz bewusst.

Sie beugte sich zu ihm und küsste ihn leidenschaftlich, während seine Finger die Häkchen ihres BHs lösten. Ellie stöhnte leise, durchströmt von wilder Lust, und schmiegte sich eng an Aarons Körper.

Wieder schlugen Steinchen ans Fenster, als verlangten Sturm und Meereswogen Einlass. Doch diesmal zuckte Aaron nicht zusammen, denn er war viel zu beschäftigt. Draußen heulte der Wind wie Geisterscharen, aber die beiden hätten nicht einmal gemerkt, wenn das Haus davongeweht wäre.

15

»Dann hat Ellie also gar nicht hier gefrühstückt.«

Scarlett hatte bereits die ganze Zeit auf den Kommentar ihrer Mutter gewartet, nachdem Ellie spätabends eine Nachricht mit Zwinker-Smiley geschrieben hatte, dass sie in Cove Cottage übernachten würde.

»Nein, Mum, hat sie nicht.« Scarlett nahm sich ein Stück von dem Früchtebrot, das Ellie aus dem Café mitgebracht hatte, und bestrich es mit Butter.

»Hmm.«

Scarlett zwang sich, ruhig zu bleiben. »Sie hat ihre Sachen geholt und ist dann gleich zur Arbeit gefahren.«

»Komisch, ich hab gar nichts gehört.«

»Na, dann hast du gut geschlafen.« Scarlett vermutete, dass Ellie so leise die Treppe hinaufgeschlichen war wie früher in ihrer Jugend, wenn sie zu spät nach Hause gekommen war. Scarlett hatte damals oft heimlich mit der Taschenlampe gelesen und auf das Knarren der Treppenstufen gewartet.

»Hmm«, machte Anna erneut, während sie sich Kaffee eingoss. »Na ja, sie ist schließlich erwachsen und wird schon wissen, was sie tut.«

Scarlett fand es mehr als absurd, dass ausgerechnet ihre

Mutter sich Äußerungen zu Beziehungen erlaubte. Aber da Ellie sich nicht als Streitschlichterin betätigen konnte, versuchte Scarlett sich zu beherrschen und wechselte sicherheitshalber das Thema.

»Bleibst du bis zum Wintersonnwend-Festival, Mum?«

»Wann ist das?«

»Am einundzwanzigsten Dezember. Da ist Wintersonnwende, daher der Name.«

Anna verdrehte die Augen. »Na, ich konnte doch nicht wissen, dass man sich wirklich genau ans Datum hält. Hat es nicht in diesem Jahr schon ein anderes großes Festival gegeben?«

»Ja, im Juni, das Streetfood-Festival, wie jedes Jahr. Aber das Wintersonnwend-Festival ist das erste Event dieser Art hier in der Weihnachtszeit. Ist nicht so riesig, wird aber bestimmt sehr stimmungsvoll. Ellie ist für den Segelverein auf dem historischen Boot im Einsatz. Und ich helfe Jude bei seinem Wildpflanzenstand.«

»Wieso das denn?«, fragte Anna in scharfem Tonfall.

Scarlett sah ihre Mutter verständnislos an. »Warum nicht?«

»Er macht zwar einen ganz sympathischen Eindruck …«

»Aber?«

»Aber Jude ist doch bestimmt nicht dein Typ. Rafa war immer so gepflegt und hatte Stil und Lebensart …«

»Na und? Es hat trotzdem nicht gepasst zwischen uns. Jude ist ein total netter Mann.« Und er gibt mir das Gefühl, dass ich einfach ich selbst sein kann, dachte Scarlett. So etwas hätte sie ihrer Mutter früher noch erzählt, aber jetzt war das nicht mehr möglich.

»Ja, ja, nett ist er bestimmt … aber Natur und Wildnis und so was – das ist doch überhaupt nicht dein Ding.«

Scarlett holte tief Luft. »Wir sind nur *befreundet*, Mum. Ich kenne Jude noch nicht lange, und ganz ehrlich: Ich bin sehr froh, dass er anders ist als Rafa.« Scarlett griff nach der selbst gemachten Heidelbeermarmelade, die Jude ihr geschenkt hatte. »Zu Anfang hab ich diese Sache mit den Wildpflanzen auch für abgedrehten Humbug gehalten, offengestanden. Aber inzwischen hab ich gemerkt, wie faszinierend das Thema ist. Und ich habe nur leckere Sachen zu essen bekommen.« Vom Fichtennadeltee mal abgesehen, gestand sie sich schaudernd ein.

»Verdient er seinen Lebensunterhalt mit diesen … Wildpflanzen?«, fragte Anna.

»Nicht allein damit. Er schreibt auch Bücher über das Thema und gibt Kurse. Und hat Lehraufträge an der Uni. Er hat ja einen Doktortitel.«

»Stimmt, ich erinnere mich wieder … Joan mochte ihn sehr. Ja, er ist wohl ein ganz anständiger Kerl. Aber gib trotzdem gut auf dich acht, ja?«

Scarlett merkte, wie sie wütend wurde. Was zum Teufel hatte ihre Mutter gegen Jude einzuwenden? Und außerdem ging sie das doch überhaupt nichts an. Während sie versuchte, die Beherrschung nicht zu verlieren, wurde ihr selbst noch deutlicher bewusst, dass sie mit Jude durchaus nicht nur »befreundet« sein wollte. Aber empfand er das genauso?

Scarlett kam es vor, als habe sie seit der Familienkrise ihr Urteilsvermögen vollkommen verloren. Wenn man schon die eigene Familie falsch einschätzte, wie sollte man da fremde Menschen verstehen?

Doch da Anna nun schon das Thema aufgebracht hatte, beschloss Scarlett, die Situation für ihre Recherche zu nutzen.

»War Tante Joan eigentlich mit den Penberths befreundet?«, fragte sie und strich einen großen Löffel Heidelbeermarmelade auf ihren Toast.

Anna zuckte die Achseln. »Das weiß ich nicht so genau. Sie hat Jude erlaubt, in den Gärten herumzustöbern, und ich glaube, er war eine Art Ersatzenkel für sie. Aber ob sie mit Hayden und Fiona befreundet war ... die beiden hatten sicher kein großes Interesse an Kunst und Literatur. Warum fragst du?«

»Ach, nur so. Jude hat mir mal ein Foto von sich und seinem Vater in der Bucht unten gezeigt. Du warst auch drauf. Jude war damals fünf oder sechs. Erinnerst du dich daran?« Scarlett wusste, dass sie sich auf gefährliches Terrain begab, aber das war ihr gerade egal.

»Ach, du liebe Zeit, keine Ahnung«, antwortete Anna. »Ich war im Sommer öfter bei Joan zu Besuch. Die Penberths waren vielleicht auch mal da, Joan hatte das Haus oft voll. Wo ist dieses Foto denn?«

»Ich hab es in einem Album von Jude gesehen.«

»Ah.« Anna schürzte die Lippen und nickte. »Hmm. Da werden wir wohl einen Spaziergang gemacht haben.«

»Und war Dad nicht dabei?«

»Nein, der war auf Geschäftsreise, wie so oft.«

»Das war doch sicher nicht leicht für dich, wenn er so oft weg war, oder?«

Anna beäugte ihre Tochter prüfend. »Warum horchst du mich so aus?«

Scarlett konnte sich nicht zurückhalten und sprach ihren Verdacht aus. »Hast du meinen Vater in Porthmellow getroffen?« Im selben Moment schämte sie sich, denn jetzt traten ihrer Mutter Tränen in die Augen.

»Tut mir leid«, entschuldigte sich Scarlett hastig, wenn auch nicht ganz aufrichtig.

»Manche Dinge sollte man lieber für sich behalten«, sagte Anna leise. »Anstatt sie ans Tageslicht zu zerren und damit Schaden anzurichten.«

»Aber wenn sie nun mal zum Vorschein kommen, muss man sich ihnen stellen«, wandte Scarlett ein. »Mein leiblicher Vater sucht vielleicht nach mir.« Sie hatte jetzt Blut geleckt und wollte nicht mehr lockerlassen. So nahe war sie der Wahrheit noch nie gewesen.

»Warum sollte er? Er weiß nichts von dir.«

»Er weiß nicht mal, dass es mich gibt und dass ich seine Tochter bin?«

Anna zögerte. »Nein«, antwortete sie schließlich. »Ich habe es ihm nie gesagt.«

»Also weißt du genau, wer er ist!«, rief Scarlett aus.

Annas Stuhl scharrte über den Boden, als sie abrupt aufstand. »Bitte lass das, Scarlett. Es wird nichts ändern, wenn er von dir erfährt.«

»Aber ich bin seine Tochter! Er hat doch ein verdammtes Recht darauf, das zu wissen!«

»Nein, genau das hat er nicht. Ich habe ohnehin immer geglaubt, dass du Rogers Tochter bist. Und mehr werde ich zu diesem Thema auch nicht sagen.« Anna holte tief Luft. »Vergiss diesen Mann. Ich habe es getan. Es wird dein Leben kein bisschen besser machen, wenn du ihn aufspürst – ganz im Gegenteil, das Leben mehrerer Menschen würde sich dann zum Schlechten wenden!«

Anna wollte ihren Teller wegräumen, stieß aber dabei den Kaffeebecher um.

»Ach, verfluchte Scheiße!«, rief sie aus.

Oje, ihre Mutter fluchte sonst nie. Sie musste völlig außer sich sein. Scarlett schnappte sich rasch ein Geschirrtuch und wischte den Kaffee auf.

»Scheiße, Scheiße, Scheiße!«, schrie Anna. Auf ihrer Bluse waren Flecken, und als Scarlett sie wegtupfen wollte, schlug Anna ihre Hand weg. »Lass das! Ach, verdammt. Ich bin hergekommen, um die Beziehung zu euch beiden wiederherzustellen. Aber offenbar mache ich alles nur noch schlimmer. Ich kann das nicht ertragen.«

»Ich auch nicht, Mum!«

Anna rannte hinaus und wedelte abwehrend mit der Hand, damit Scarlett ihr nicht folgte.

Sie sank auf einen Stuhl, verzweifelt und am Boden zerstört. Dieses Gespräch war verheerend schiefgelaufen. Sie hatte ihre Mutter doch nicht verletzen wollen ... ach, von wegen. Scarlett wollte sich nichts vormachen. Sie war so gekränkt durch diese ganzen Geheimnisse, dass sie ihrer Mutter durchaus hatte wehtun wollen. Und das war das Furchtbarste an der ganzen Familienkatastrophe: Sie brachte bei ihnen allen die schlechtesten Eigenschaften zum Vorschein.

Durch ihr Drängen hatte sie jetzt womöglich ihre Mutter für immer vertrieben und würde die Wahrheit niemals erfahren. Oben knarrten Dielen, und Scarlett hörte Anna hin und herlaufen und schluchzen. Ein schreckliches Schlamassel, wie sollte sie das nur Ellie beibringen? Scarlett fühlte sich hundeelend.

Für den Rest des Tages versuchte sie zu arbeiten, konnte sich aber kaum konzentrieren, weil ihr ständig die hässliche Szene mit ihrer Mutter durch den Kopf ging. Trotz der Schuld- und Schamgefühle packte sie immer wieder der Zorn, weil Anna ihren Fragen ausgewichen war.

Als Ellie nach Hause kam, war Scarlett zutiefst erleichtert über ein fröhliches Gesicht. Anna hatte das Haus verlassen, um zu einer Galerieeröffnung im Dorf zu gehen.

»Alles okay?«, erkundigte sich Ellie, die offenbar gleich spürte, dass etwas nicht stimmte.

»Ja, schon.« Scarlett lächelte angespannt. »Oder na ja … eigentlich nicht. Mum und ich hatten Stress miteinander.«

»Oh nein.« Ellie sank erschöpft aufs Sofa. »Was war denn los?«

»Ach, ich weiß nicht. Irgendwie hatten wir plötzlich Streit wegen meines leiblichen Vaters, und Mum hat mir Vorwürfe gemacht. Sie wolle sich nur mit uns beiden vertragen, und ich würde in alten Geschichten herumwühlen.«

»Oh Gott, Scarlett!«

»Ja, ich weiß. Kaum lässt man uns fünf Minuten alleine, ist die Hölle los. Ich will natürlich gar nicht, dass sie wieder abreist. Aber es fällt mir so irrsinnig schwer, geduldig zu sein mit Mum, solange sie mir nicht die Wahrheit sagt.«

»Ich werde versuchen, mit ihr zu reden, wenn sie zurückkommt.«

Scarlett seufzte tief. »Nein, lass mal, das ist meine Aufgabe. Schließlich habe ich das angerichtet, jetzt muss ich sie auch überreden zu bleiben. Weißt du, ich versuche wirklich, mich in Mum einzufühlen und zu verstehen, was in ihr vorgeht. Vielleicht bereut sie ihr Verhalten von damals ja total. Und ich will unbedingt ein gutes Verhältnis zu ihr, aber das geht nicht, solange sie nicht offen ist. So sehr ich Dad und sie auch liebe – da ist jetzt diese Lücke entstanden, und solange ich nicht mehr weiß, finde ich auch keine Ruhe.«

Ellie hatte ruhig zugehört. »Ich wünschte, ich könnte mehr tun, um zu helfen. Aber ich glaube, du musst Mum einfach Zeit lassen.«

»Ja. Ja, du hast sicher recht. Hast du ja immer.«

Ellie schüttelte den Kopf. »Ganz und gar nicht.«

»War es denn schön mit Aaron?«, fragte Scarlett, um das Thema zu wechseln und Ellies Stimmung nicht noch mehr zu trüben.

»Das kann man so sagen, ja.« Ein glückliches Lächeln trat auf Ellies Gesicht.

»Dann wird es was Ernsthaftes, meinst du?« Scarlett freute sich sehr für ihre Schwester.

Ellie zögerte. »Mal abwarten. Ich bin noch vorsichtig damit, mich komplett einzulassen. Aber ich könnte mir schon denken, dass da etwas ganz Besonderes entstehen kann, ja.«

»Schön! Das wird dir guttun. Ich hoffe, er verdient dich.«

Ellie lächelte. »Weißt du, ich bin ja nun auch nicht gerade eine Heilige.«

»Das hab ich mir schon gedacht, als du nicht nach Hause gekommen bist …«, sagte Scarlett grinsend.

Den Rest des Abends unterhielten sich die beiden Schwestern entspannt über das Wintersonnwend-Festival und schauten fern.

Als Scarlett um halb elf Annas Auto vorfahren hörte, sprang sie auf und lief zur Haustür. Die Worte »Es tut mir leid« waren kaum über ihre Lippen gekommen, als Anna auch schon zu weinen begann und ihre Tochter umarmte.

Scarlett kämpfte selbst mit den Tränen und nahm sich in diesem Moment fest vor, ab jetzt rücksichtsvoll mit ihrer Mutter umzugehen und geduldig abzuwarten, ob sie die Wahrheit irgendwann offenbaren wollte. Aber das bedeutete natürlich noch lange nicht, dass Scarlett nicht inzwischen weitere Nachforschungen anstellen konnte.

16

Drei Wochen vor dem Wintersonnwend-Festival fuhren Scarlett und ihre Mutter ins Dorf, um an einem Laternen-Workshop im Fischerhaus teilzunehmen, zu dem Evie Carman sie eingeladen hatte. Mit den fertigen Lampions war dann ein Umzug zur Eröffnung des Festivals geplant.

Da Anna früher Kunstlehrerin gewesen war, freute sie sich sehr auf den Workshop. Auch Ellie hatte versprochen, nach ihrer Schicht im Café vorbeizukommen. Er war für sie alle eine willkommene Gelegenheit, etwas zusammen zu unternehmen, das Spaß machte.

Am Abend vorher hatte Gabe Mathias auf Wunsch des Gemeinderats offiziell die Weihnachtsbeleuchtung eingeschaltet, und die Straßen waren voller Menschen gewesen, während die Dorfkapelle für stimmungsvolle Musik sorgte. Überall in den Gassen und am Hafen leuchteten jetzt die bunten Lichterketten und erhellten die dunklen Nachmittage und Abende. Die Weihnachtsdeko von Porthmellow war nicht so prachtvoll und üppig wie in den Städten, aber Scarlett fand sie äußerst charmant. Unwillkürlich dachte sie daran, dass Roger an den Hummer-und-Krabben-Lichterketten bestimmt auch seine Freude hätte. Vielleicht sollte sie versuchen, ihn zum Herkommen zu überreden? Sie nahm sich vor, Ellie zu fragen, was sie von der Idee hielt.

In den vergangenen zwei Wochen hatte Frieden geherrscht in Seaholly Manor, aber die Anspannung zwischen Anna und Scarlett war dennoch spürbar. Scarlett war es sehr recht gewesen, dass sie eilige Abgabetermine hatte und sich mit Arbeit ablenken konnte.

Als die beiden jetzt den Werkraum im Fischerhaus betraten, stieg Scarlett durchdringender Klebstoffgeruch in die Nase. Lebhafte Gespräche und Gelächter waren zu hören, während etliche Familien aus Weidenzweigen und Buntpapier Laternen bastelten.

Evie bahnte sich einen Weg durch das Getümmel und umarmte Scarlett und Anna herzlich. »Wie schön, dass ihr kommen konntet!«

»Danke für die Einladung, liebe Evie«, sagte Anna. »Wie geht's dem Knie?«

»Ah, prächtig. Das Gelenk fühlt sich zwar nicht an wie mein eigenes, tut aber nicht weh, das ist schon mal was. Wenn das andere auch noch gemacht ist, kann ich beim Marathon antreten.«

Troy kam zu ihnen. Trotz der Hitze im Raum trug er seine heiß geliebte Fischermütze. »Ah, da kommt ein Profi zu Hilfe!«, sagte er. »Wir können hier jede Expertise gut gebrauchen, Mädchen.«

Anna lachte lauthals. »Du bist wirklich der einzige Mensch unter der Sonne, der mich noch ›Mädchen‹ nennt, Troy. Ja, ich freu mich aufs Basteln, sieht großartig aus hier.«

Scarlett dagegen konnte dem Tohuwabohu auf den Tischen nicht so viel abgewinnen. Ihr kreatives Talent beschränkte sich auf den Umgang mit dem Wort, künstlerisch war sie nicht über das Kastanienmännchen hinausgekommen. Sie zweifelte daran, dass sie hier eine brauchbare Laterne anfertigen konnte.

Anna warf einen Blick auf ihre Tochter und grinste. »Schau nicht so ängstlich, Schätzchen.«

»Wir helfen allen«, erklärte Evie beruhigend. »Guckt mal, sogar die Kleinen schaffen das.«

»Ich hab die hier gemacht!« Ein etwa sechsjähriger Junge mit karottenroten Haaren hielt stolz eine Seestern-Laterne hoch.

»Die sieht ja toll aus!«, sagte Anna. »Vor allem seine vielen Arme!«

»Das ist ein Seesternmädchen!«, erwiderte der Junge entrüstet.

»Ah, verstehe. Wie heißt sie denn?«

»Rita, du Dummi!«

Scarlett musste sich das Lachen verkneifen.

»Rita? Entschuldige, das hätte ich ja wirklich erraten können.« Anna berührte behutsam das Kunstwerk.

»So heißt die Dame aus der Wäscherei«, erklärte der Kleine. »Die besuch ich gern. Ich möcht mal in so eine große Waschmaschine steigen und rumgewirbelt werden. Hab auch einen eigenen Schnorchel.«

»Das ist keine gute Idee, junger Mann«, verkündete Troy mit Grabesstimme. »Rita hat bestimmt keine Lust, dich da wieder rauszufischen. Womöglich verstopfst du den Abfluss. Oder wirst am Ende ganz weggewaschen.«

Evie, Anna und Scarlett brachen in Gelächter aus, aber der Junge starrte Troy an, als sei er ein Außerirdischer.

»Was ist ein Abfluss? Und meinst du, ich kann da wirklich weggewaschen werden? Wie passiert das denn?« Die Mutter des Jungen trat zu ihm und sagte zu Troy: »Jetzt hast du's geschafft. Er wird mich für den Rest des Tages mit Fragen löchern.«

Troy gluckste vor Lachen.

»Also, dann macht euch mal ans Basteln«, sagte Evie und geleitete die beiden zum Workshop-Leiter, der ihnen die Grundlagen erklärte. Es gab einfache Motive wie Sterne und Glocken, aber auch aufwendige wie Rotkehlchen, Schneeflocken und Engel. Eine kleine Gruppe wagte sich sogar an eine Oktopuslaterne. Anna war sofort ganz in ihrem Element, zeichnete einen Entwurf und half Scarlett beim Anfertigen ihres Gerüsts. Sie war dann so vertieft in ihre Tätigkeit, dass die Zeit im Nu verflog, und am Ende hielt Scarlett zu ihrem Erstaunen eine recht gelungene Sternlaterne in Händen, für die sie von Evie gelobt wurde. Anna hatte einen Fisch gebastelt, mitsamt Flossen und Augen.

»Anna?« Eine rotwangige Frau in einem türkisfarbenen Kaftan trat zu ihnen. »Das ist ja witzig, dich hier zu treffen! Hazel, Hazel Guise, erinnerst du dich noch an mich? Ich bin die älteste Tochter von Lawrence.«

»Hazel! Ja, sicher, ich erinnere mich! Schön, dich zu treffen!«

»Lebst du jetzt hier?«

»Nein, ich bin nur zu Besuch in Seaholly Manor, bei meinen Töchtern.«

»Ist dein Mann auch da?«

»Nein, ich bin alleine hier.«

»Na, er kommt ja dann bestimmt an Weihnachten«, sagte Hazel lächelnd. »Tut mir übrigens so leid, dass Joan nicht mehr ist.«

Anna seufzte. »Ja, uns allen fehlt sie auch sehr.«

»Kann ich mir denken. Hätte meinem Dad das Herz gebrochen, aber er hat's ja zum Glück nicht mehr miterlebt.«

»Sein Tod war ganz schlimm für Joan.« Zu Scarlett gewandt sagte Anna: »Hazels Vater war Joans Gärtner und Hausmeister.«

»Ah ...« Das war also die Tochter des Mannes, der Joans Geliebter gewesen sein sollte.

»Ja, der Ärmste ist eines Tages einfach im Gemüsebeet tot umgefallen, aus heiterem Himmel. Joan war untröstlich. Wir alle.« Hazels Augen glitzerten. »Sie hat ihn so sehr gemocht.«

Scarlett fragte sich, ob Hazel über das Verhältnis der beiden Bescheid gewusst hatte.

»Ich weiß«, erwiderte Anna. »Es war schrecklich.«

»Obwohl es über zehn Jahre her ist, vermissen wir ihn täglich«, fuhr Hazel fort. »Nach dem Tod meiner Mum waren Joan und er sich sehr nah. Tja.« Sie seufzte wehmütig. »Ein Jammer, dass jetzt nie mehr solche rauschenden Feste in Seaholly Manor stattfinden wie früher. Da kamen viele Künstler und Stars, und es ging wohl ziemlich wild zu. Mein Dad hat immer dafür gesorgt, dass alles lief wie am Schnürchen und die Gärten wunderschön dekoriert waren. Die Musik hat man bis unten im Dorf gehört, und Mum hat mal erzählt, was für pikante Sachen Dad am nächsten Morgen im Gartenschuppen fand.«

Hazel blickte um sich und raunte dann verschwörerisch: »Einen roten G-String! Aus Seide! Und …«, sie hielt inne und zog bedeutungsvoll die Augenbrauen hoch. »Ein *Kondom.*«

»Das klingt spannend«, sagte Scarlett, damit Hazel weitersprach, und warf einen Seitenblick auf ihre Mutter. Aber Anna blieb stumm und hatte die Lippen zusammengepresst.

»Das kann man wohl sagen!«, redete Hazel weiter. »Ich selbst war leider nie dabei, das war ja vor meiner Zeit, aber ich hab mal gehört, wie Dad ein paar Kumpels davon erzählte. Spärlich bekleidete Leute, die durch den Garten rannten und Zeug rauchten, das man nicht im Laden kaufen kann. Und einmal hat Dad im Gartenschuppen sogar eine berühmte Filmschauspielerin beim Stelldichein mit einem Minister gesehen!«

»Wirklich? Solche Promis kannte Joan?«, fragte Scarlett. »Wer war denn da noch so?«

»Hauptsächlich Schriftsteller«, warf Anna hastig ein. »Die brachten vielleicht mal Freunde aus der Künstlerszene mit. Aber Leute vom Film oder aus der Politik hab ich da nie getroffen.«

»Nein? Na ja, als Joan älter wurde, ging es ein bisschen gemäßigter zu.« Hazel zwinkerte Scarlett zu. »Ihre pikanteren Abenteuer hat Joan euch Mädchen sicher nicht auf die Nase gebunden.«

»Es gab aber auch viel Klatsch«, warf Anna ein. »Obwohl dein Vater bestimmt nur wahre Geschichten berichtet hat«, fügte sie rasch hinzu.

»Namen hat er keine preisgegeben, aber ein paar Anspielungen gemacht. Wahrscheinlich gut, dass ich selbst da nie dabei war, ich wäre bestimmt in Schwierigkeiten geraten.« Hazel kicherte.

»Ach schau, da ist Ellie«, sagte Anna, sichtlich erleichtert, das Gespräch unterbrechen zu können. »War nett, dich wiederzusehen, Hazel.«

»Ja, wir sollten uns mal treffen und über die guten alten Zeiten plaudern«, sagte Hazel grinsend, bevor sie zu ihrer Enkelschar eilte, die mit dem Oktopus beschäftigt war.

In Scarletts Kopf ging es drunter und drüber. Ihre Mutter hatte es ja kaum erwarten können, Hazel zum Schweigen zu bringen. War Scarletts Vater womöglich eine berühmte Persönlichkeit? Ein Schriftsteller, Schauspieler oder – hoffentlich nicht – Politiker? Nach Hazels Bericht über die ausschweifenden Partys schien ihr plötzlich alles denkbar.

17

Ellie blickte sich in dem kunterbunten Tohuwabohu um: ein gigantischer Papieroktopus, umgeben von kreischenden, lachenden Kindern. Einige von den Kleinen flitzten mit Laternen durch den Raum und stolperten dabei vor lauter Eifer über ihre eigenen Füße.

»Hey, meine Mütze!«, polterte Troy, als sie ihm von einem Jungen, der mit einer Weidenrute herumfuchtelte, fast vom Kopf gefegt wurde.

Eltern versuchten vergeblich, ihren Nachwuchs zur Ruhe zu ermahnen, und ein Mädchen fiel auf die Laterne eines Jungen, was zu lautem Geheul und einer Debatte zwischen den Müttern führte.

»Hallo!«, rief Chloe Farrow aus dem Festivalteam Ellie zu. »Der tobende Irrsinn, oder?«

Chloes Enkelin Ruby zerknüllte gerade genüsslich Papierstücke.

»Da da.« Sie hob die kleine Faust.

»Ich weiß nicht, ob Ellie das haben möchte, Schätzchen«, sagte Chloe.

»Kein Problem«, erwiderte Ellie lächelnd und streckte die Hand aus. »Danke schön, Ruby.«

Als die Kleine sie mit ihren großen braunen Augen vertrauensvoll ansah, wurde Ellie die Kehle eng. Ruby überreichte die matschige Masse, und Ellie lachte. »Oh, schön warm und feucht.«

Chloe rümpfte die Nase, während Ruby gluckste vor Lachen.

»Du hast Glück, der ganze Zirkus ist schon fast vorbei«, sagte Chloe.

»Schade eigentlich. Das Beste scheine ich verpasst zu haben. Dieser Oktopus sieht ja grandios aus.«

»Hm«, machte Chloe. »Der Umzug wird bestimmt schön. Aber ich muss sagen: Mir ist dieser ganze heidnische Zinnober doch ein wenig unheimlich.«

Ellie lachte. »Ach, das ist völlig harmlos.«

Ruby gähnte lautstark, und Chloe sagte: »Sie ist fix und fertig, und ich auch. Wir sollten uns mal auf den Heimweg machen. Bis bald.«

Ellie drängte sich zu Scarlett und Anna durch, die bei Troy und Evie standen.

»Guck mal, ich hab wirklich eine Laterne hingekriegt«, sagte Scarlett stolz wie ein kleines Mädchen und hielt ihren Stern hoch.

»Die sieht ja … erstaunlich gelungen aus.«

»Hey, das war jetzt echt gemein von dir!«

»Sie ist wunderhübsch«, warf Anna beruhigend ein.

»Verflixte Gören«, grummelte Troy und rückte seine Mütze zurecht. »Einer der Bengel hat mir fast den Schädel eingeschlagen!«

»Ach, Unsinn, Troy.« Evie verdrehte die Augen. »Ich muss los, ihr Lieben. Hazel braucht mich in der Küche.« Für jemanden mit einem künstlichen Kniegelenk entfernte sich Evie erstaunlich flotten Schrittes.

»Alles kleine Tunichtgute. Weiß der Bär, was die anrichten, wenn erst noch Kerzen in den Laternen sind«, brummte Troy und blickte auf die umhersausenden Kinder. »Ein Glück war Aaron nicht hier. Die Rasselbande würde ihn zum Wahnsinn treiben.«

»Ach ja?«, fragte Ellie.

»Ja, ich weiß noch, wie er mal sagte, er sei zur Armee gegangen, damit er nicht in jungen Jahren schon mit einem Blag gestraft sei.«

Ellie lachte, war aber in Wahrheit vollkommen bestürzt. Sie war zwar weit entfernt davon, mit Aaron über dieses Thema zu sprechen. Aber wenn er Kinder nicht ausstehen konnte, brauchte sie sich gar nicht erst auf ihn einzulassen.

»Hey!« Troy schnaubte. Der rothaarige Junge hatte ihn mit Karacho angerempelt, worauf die Mütze nun wirklich herunterfiel. »Kannst du nicht aufpassen, du Rabauke!«

Ellie hob die Mütze auf und reichte sie Troy. Er murmelte noch irgendetwas von »Höllenbrut«, bevor er von Evie in die Küche beordert wurde.

»Sollen wir mal los?«, fragte Scarlett. »Du siehst müde aus.«

»War ein langer Tag«, sagte Ellie.

»Ich bin auch ganz schön alle. Basteln ist echt anstrengend. Außerdem hab ich Kopfschmerzen von diesen ganzen Kleberdämpfen.«

»War zwischen dir und Mum heute alles okay?«, erkundigte sich Ellie, die Scarlett lange nicht mehr so fröhlich erlebt hatte.

»Ja. Gab jedenfalls keine Streitereien.« Sie blickten zu Anna hinüber, die umringt von aufgeregten Kindern bei dem Oktopus saß.

»Sie sieht glücklich aus«, stellte Ellie fest. »Ganz in ihrem Element. Sie liebt Kinder.«

»Ein Jammer, dass ihre eigenen ihr so viel Schwierigkeiten machen«, bemerkte Scarlett selbstironisch.

Ellies Gedanken waren auch mit dem Thema Kinder beschäftigt, aber in ganz anderem Zusammenhang. Troys Kommentar, so übertrieben er vielleicht auch war, hatte ihr klargemacht, dass sie rein gar nichts über Aarons Lebenshaltung und seine Wünsche wusste.

Scarlett stupste sie an. »Schau mal, da ist Aaron.«

Er winkte ihnen und versuchte durchs Getümmel zu ihnen zu gelangen. Ellie hatte ihn erwartet und sich noch vor ein paar Minuten riesig darauf gefreut, ihn zu sehen.

Plötzlich entstand höllischer Lärm, weil der rothaarige Junge und zwei andere beim Rennen mehrere Laternen anstießen, die auf den Boden fielen. Etliche Kinder brachen in Tränen aus. Anna versuchte zu trösten, aber die Eltern mischten sich auch ein, und der Krach war monströs.

Aaron hielt sich die Ohren zu, als er Ellie endlich erreichte. »Herr im Himmel, ich bin schon halb taub. Zum Glück war ich nicht vorher hier. Kinder, ganz ehrlich. So was tut man sich doch nicht freiwillig an, oder?«

Ellie zwang sich zu einem Lächeln, aber das Herz tat ihr weh, als sie sagte: »Tja, wohl eher nicht …«

18

Die erste Dezemberwoche verging im Nu, und Porthmellow stand nun ganz im Zeichen des baldigen Weihnachtsfestes. Am Hafen wurde musiziert, im Fischerhaus gab es einen Kunsthandwerksmarkt.

Anna hatte erklärt, dass sie mindestens bis nach Weihnachten in Seaholly Manor bleiben wolle, was bedeutete, dass Roger das Fest mit Marcus und seiner Familie verbringen würde. Und Anna hatte einen Aquarellkurs in Porthmellow begonnen, was auch darauf hinwies, dass sie längerfristig hier wohnen wollte.

Scarlett war innerlich hin- und hergerissen. Einerseits war ihr größter Wunsch, dass ihre Eltern sich versöhnten und »alles wie früher« war. Andererseits fragte sie sich, ob eine klare Trennung nicht vielleicht das Beste für die beiden wäre.

Früher hatte sie immer viel Spaß daran gehabt, in der Vorweihnachtszeit in Geschäften zu stöbern, um passende Geschenke für Freunde und Familie aufzutreiben. Dieses Jahr hatte sie keine rechte Lust dazu, obwohl ihr die originellen Lädchen von Porthmellow zur Verfügung standen. Aber es musste ja trotzdem erledigt werden.

Bislang hatte Scarlett eine Flasche Gin aus Cornwall und ein Foto auf Leinwand vom St Michael's Mount im Mondlicht für Roger gekauft. Ellie würde einen Gutschein für ein Essen im Net Loft bekommen, Marcus und Heidi ein stimmungsvolles Gemälde von Strand und Meer. Für die Zwillinge buchte sie Segelstunden auf den historischen Schiffen, in der Hoffnung, die beiden damit nach Porthmellow zu locken.

Für ihre Freunde aus Birmingham hatte Scarlett ein paar witzige Kleinigkeiten entdeckt, aber für ihre Mutter noch nicht die geringste Idee gehabt. Noch schwieriger war die Frage, ob sie Jude etwas schenken sollte. Scarlett wusste nicht, ob sie etwas von ihm bekommen würde. Und außerdem hatte er so spezielle Interessen, dass ihr beim besten Willen nichts einfallen wollte.

Jude war in letzter Zeit sehr mit der Uni beschäftigt gewesen, aber sie hatten sich mal auf einen Drink getroffen, und Scarlett hatte ihm geholfen, die Korrekturabzüge für sein Buch zu lesen. Einmal hatten sie einen Ausflug zu einem berühmten festlich beleuchteten Schlosspark gemacht, in dem die Lichterketten wie Juwelen in Bäumen und Sträuchern funkelten.

Sie hatten sich jedes Mal super unterhalten und zusammen gelacht, aber dabei war es auch geblieben. Doch sogar im romantischen Ambiente des Schlossparks blieb Jude auf Abstand, was Scarlett ziemlich verunsicherte.

Ihre Gedanken begaben sich auf merkwürdige Abwege, wie sie feststellen musste. Am liebsten hätte sie Jude eine recycelbare Geschenkschachtel überreicht, einziger Inhalt eine Karte mit dem Text: *Bitte Sex, bevor ich durchdrehe.*

Da in zwei Wochen das Wintersonnwend-Festival stattfinden würde, musste man sich allmählich Gedanken über ein geeignetes Kostüm machen. Scarlett war eigentlich auch dazu nicht in der richtigen Stimmung, wollte aber kein Spielverderber sein. Deshalb ging sie mit Ellie auf den Dachboden. Scarletts Erinnerung nach standen dort noch immer etliche Truhen und Kisten, die man damals nicht weggegeben hatte, vielleicht würden sie etwas Passendes entdecken. Tante Joan hatte bis zuletzt größten Wert auf schicke Kleider und Schmuck gelegt.

Die Schwestern schalteten das Neonlicht ein und sahen sich um. Dann begannen sie in Kisten und Truhen zu spähen und wirbelten dabei jede Menge Staub auf. Spontan beschloss Scarlett, mit ihrer Schwester über Jude zu sprechen.

»Keine Ahnung, was mit dem los ist«, sagte Scarlett. »Ich finde, da sollte jetzt mal körperlich was laufen, aber nichts tut sich, und ich dreh bald durch. Vielleicht steht er gar nicht auf mich.«

»Oder er wartet einfach darauf, dass du den ersten Schritt machst«, mutmaßte Ellie und klappte eine alte Holzkiste auf.

Scarlett musste heftig niesen. »Auf keinen Fall mache ich das. Dann riskier ich doch, abgewiesen zu werden«, schniefte sie.

»Ja, ich kann das nachvollziehen. So ging es mir mit Aaron auch.« Ellie zog eine schwarze Samtjacke aus der Kiste.

»Und wie hast du das dann … hingekriegt?«

»Ich kam zu ihm, als er grade im Schuppen Holz hackte …« Ellies Blick wurde träumerisch. »Und dann ist es … einfach passiert. Ich weiß nicht mal mehr genau, wer eigentlich angefangen hat.«

»Verstehe.« Scarlett beschloss, auf weitere Schilderungen doch lieber zu verzichten. »Aber ich habe bei Jude das Gefühl, dass er sich vorsätzlich zurückhält, und ich verstehe überhaupt nicht, warum.«

»Ach, das wird schon. Er ist bestimmt einfach nur ein bisschen schüchtern.«

»Ganz im Gegensatz zu seinem Vater«, erwiderte Scarlett und beäugte argwöhnisch ein großes Spinnwebnetz über Ellies Kopf.

Ellie verzog das Gesicht. »Stimmt. Also sei lieber froh, dass Jude dieses Benehmen nicht geerbt hat.« Sie hielt die Jacke hoch, die sich als Reitfrack entpuppte. »Wie findest du den hier für dich? Mir ist er zu klein, und Drew will sowieso, dass wir uns als Piraten verkleiden.« Sie verdrehte die Augen. »Juhu.«

Scarlett hielt sich den Frack vor den Oberkörper. Er roch ein bisschen muffig, sah aber toll aus.

»Jude wird begeistert sein«, sagte Ellie.

»Na, schauen wir mal«, erwiderte Scarlett skeptisch.

Sie durchstöberten weiter den Dachboden, entdeckten aber keine weiteren Schätze mehr, bis Ellie aus einer dunklen Ecke rief: »Hey, Wahnsinn, schau dir das mal an!«

Sie hielt einen Dreispitz, ein rot gestreiftes Piratenhemd und eine schwarze Pluderhose hoch und schrie: »Bereit zum Entern!«

Scarlett lachte schallend. »Oh, hab ich jetzt aber Angst!«

»Sieht garantiert albern an mir aus«, bemerkte Ellie, »aber Drew wird begeistert sein und alle Kinder bestimmt auch.«

Nach dem nächsten Niesanfall schlug Scarlett vor, die Suche zu beenden, und sie kehrten mit ihrer Beute in die warme Küche zurück. Die Sachen rochen wirklich sehr muffig und mussten erst mal in die Reinigung gebracht werden.

»Wirst du beim Festival den ganzen Abend auf der *Marisco* sein?«, erkundigte sich Scarlett, als sie gemütlich Kaffee tranken.

»Ja. Bei uns gibt es Rumpunsch und Truthahn-Pies. Die lassen wir von Sam bei Stargazey Pie backen, wir haben keine Zeit dafür. Tina hat zum Glück fürs Festival genügend Personal und kann im Hafencafé auf mich verzichten. Wie läuft's mit euren Vorbereitungen für den Stand?«

»Jude meint, während er mit seiner Kochshow beschäftigt ist, soll ich den Stand hüten und seine Bücher verkaufen. Er will mir auch zeigen, wie man den Weihnachtspudding aus Nüssen machen kann, die er gesammelt hat.«

»Urgh, klingt grässlich.« Ellie verzog angewidert das Gesicht. »Aber um mit Jude zusammen zu sein, nimmst du bestimmt so allerhand in Kauf …« Sie grinste. »Und wenn er dir den Stand anvertraut, mag er dich doch garantiert.«

»Hmm … schon. Aber weißt du, was mir auch Gedanken macht? Mum scheint was gegen ihn zu haben, und ich verstehe überhaupt nicht, wieso.«

»Im Ernst?« Ellie runzelte die Stirn. »War mir bislang nicht aufgefallen. Vielleicht ist sie einfach zurzeit generell nicht gut auf Männer zu sprechen.«

»Aber Jude ist doch total nett, was kann sie denn an ihm auszusetzen haben?«

»Keine Ahnung. Ich glaube allerdings, dass sie die ganze Familie Penberth nicht mag, vor allem Hayden.«

»Ja, den finde ich auch total unangenehm. Irgendwie ein Widerling.«

Ellie verzog das Gesicht. »Ich weiß, was du meinst. Er kommt manchmal zum Lunch ins Café. Scheint sich für den Brad Pitt von Porthmellow zu halten. Tina kann ihn nicht ausstehen, muss aber höflich zu ihm sein. Und einige der jüngeren Bedienungen würden immer am liebsten das Essen über ihn schütten.«

Scarlett rümpfte die Nase. »Wieso, begrapscht er sie etwa?«

»Nee, er hat noch nie irgendwas direkt Anstößiges gemacht oder gesagt, ist aber trotzdem einfach unangenehm«, antwortete Ellie. »Seine Frau kann einem leidtun.«

»Und irgendwie scheint der doch auf Mum zu stehen«, sagte Scarlett. »Vielleicht lehnt sie ihn deshalb ab. Jude kommt übrigens gar nicht mit seinem Vater klar. Sobald der auftaucht, ist Jude völlig verspannt und verschlossen.«

»Armer Kerl. Schämt sich wahrscheinlich für den«, mutmaßte Ellie. »Jude ist ja total anders. Aber jedenfalls – lass dich von Mum nicht beeinflussen. Sie ist zurzeit nicht in romantischer Stimmung, im Gegenteil. Und wir wissen ja auch immer noch nicht, was damals vorgefallen ist. Konzentrieren wir uns lieber aufs Festival. Das wird bestimmt schön, vor allem, wenn kein Sturm kommt.«

Scarlett nickte und nahm sich einen Mince Pie aus der Blechdose auf dem Tisch. »Hör mal, Ellie … ich finde das ganze Weihnachtsthema gerade so schwierig. Geht das nur mir so? Ich versuche in die richtige Stimmung zu kommen, aber es klappt einfach nicht.«

»Ja, geht mir genauso«, bestätigte ihre Schwester. »Ist einfach schwer. Dad wird mir so sehr fehlen. Gestern Abend hab ich übrigens mit Marcus gesprochen, das wollte ich dir ohnehin erzählen.«

Scarlett war erleichtert, dass Ellie ihre Gefühle auch offen zeigte. »Und? Hat er mir inzwischen verziehen?«

»So allmählich wird es besser. Er war eben den Eltern immer so nah. Es fällt ihm wahnsinnig schwer zu akzeptieren, dass wir nicht die perfekte Familie sind.«

»Ja, das kann ich gut verstehen«, sagte Scarlett. »Ich überlege mir selbst manchmal auch, ob ich das ganze Thema einfach ruhen lassen soll. Die Suche nach meinem leiblichen Vater aufgeben. Vielleicht würde sich dann die ganze Situation in der Familie entspannen. Was meinst du?«

»Mag sein, aber würdest du das wirklich schaffen?«, fragte Ellie. »Und wärst du dann zufrieden?«

»Ich weiß es nicht. Es kann schon sein, dass mich die Wahrheit am Ende erst recht unglücklich macht. Mum scheint davon überzeugt zu sein. Aber das Problem ist tatsächlich: So sehr ich mich bemühe, nicht an das Thema zu denken – es gelingt mir einfach nicht.« Scarlett trank einen Schluck Kaffee. »Bei dem Laternen-Workshop kam die Tochter von Joans Gärtner zu uns und hat von den verrückten Partys hier erzählt. Und Mum wollte unbedingt, dass sie damit aufhört, das hab ich ganz genau gespürt.«

Ellie ließ ihren Becher sinken. »Hat sie Details erzählt?«

»Dass berühmte Persönlichkeiten da waren. Filmleute, Schriftsteller, sogar Politiker. Das hört sich vielleicht versponnen an … aber was, wenn mein Vater berühmt ist?«

Ellie lachte.

»Überleg doch mal! Wenn er ein Minister oder ein bekannter Schauspieler ist, wird Mum das niemals preisgeben.«

»Entschuldige. Stimmt natürlich«, räumte Ellie ein. »Ich bezweifle es zwar irgendwie, aber möglich wäre es.« Sie legte ihrer Schwester die Hand auf die Schulter. »Tut mir wirklich leid für dich, dass du diese ganze Unklarheit aushalten musst. Ich wünschte, ich könnte dir helfen.«

»Danke.« Scarlett seufzte. »Aber Themenwechsel! Zumindest mit deinem Liebesleben läuft's gut. Du siehst glücklich aus, Ellie, und ich freu mich so für dich.«

»Hm«, machte Ellie und stand auf. Sie räumte die Becher in die Spülmaschine und kehrte Scarlett den Rücken zu. Doch die spürte die Anspannung ihrer Schwester, auch ohne deren Gesicht zu sehen. Offenbar war keineswegs alles so eitel Sonnenschein, wie Scarlett das gerne geglaubt hätte.

19

Nach der Arbeit traf Ellie sich mit Aaron zum Christbaumkauf beim Hofladen. Sie hatte sich sehr gefreut, als er gefragt hatte, ob sie beim Aussuchen dabei sein wolle.

Anna schien keinerlei Wert auf einen Baum zu legen, und Scarlett konnte sich angesichts der Umstände auch nicht dafür begeistern. Ellie fand das ziemlich traurig, aber es sah wirklich so aus, als würde die schöne Christbaumdeko von Tante Joan in diesem Jahr auf dem Dachboden bleiben.

Aaron hingegen schien das ganze Programm durchziehen zu wollen, nachdem er Weihnachten so viele Jahre im Ausland verbracht hatte.

Sie brauchten eine Ewigkeit, um die richtige Tanne auszusuchen. Nachdem sie sich schließlich entschieden hatten, karrten sie das gute Stück in Aarons Kombi zu ihm nach Hause. Ellie machte Feuer im Kamin und bereitete Whiskypunsch mit Honig und Zitrone zu, während Aaron den Baum bearbeitete und in den Ständer bugsierte.

Als die Tanne in der Zimmerecke aufgestellt war, setzten sich die beiden aufs Sofa und bewunderten das Ergebnis ihrer Arbeit. Aaron hatte die unteren Äste und ein gutes Stück vom Stamm abgeschnitten, aber der Baum reichte immer noch bis zur Decke. Es duftete herrlich nach Harz, Kaminfeuer und den würzigen Aromen von Honig und Whisky.

Aaron stellte sein Glas auf den Couchtisch und nahm Ellie in die Arme. »Der Baum ist viel zu groß für das Zimmer.«

Ellie lächelte. »Ach, das ist doch immer so.«

»Bei euch bestimmt nicht, wegen der hohen Decken. Ich muss noch mehr absägen, aber ich hab jetzt keine Lust mehr, in die Kälte rauszugehen. Es muss schon noch ein Stück weg, sonst passt kein Engel obendrauf.«

»Oh, hast du wirklich einen Engel?«

»Ich glaub, ja. Meine Mum hat mir ihre alte Weihnachtsdeko übergeben. Offenbar hätte Dad sonst der Anschaffung von was Neuem nicht zugestimmt. Ist alles in dem Karton auf dem Küchentisch.«

»Wollen wir ihn auspacken?«

»Klar. Ich bin auch gespannt, was da zum Vorschein kommt.«

Aaron brachte die neu erstandene Lichterkette an, während Ellie den Karton holte und im Wohnzimmer auf den Teppich stellte. Dann packte sie behutsam die in vergilbtes Papier gehüllten Christbaumanhänger aus, die zum Teil Jahrzehnte alt sein mussten: ein angestoßener Pinguin, Glitzerkugeln aus den Achtzigern, ein Schaukelpferd.

Aaron betrachtete die Deko lächelnd. »Ein paar von den Sachen hab ich meinen Eltern geschenkt. Das Schaukelpferd habe ich zum Beispiel aus den Staaten geschickt. Ich war ganz selten an Weihnachten hier.«

Ellie nickte. »Ja, ich auch.«

Sie hatten etwa die Hälfte der Deko aufgehängt, als Ellie auf eine alte Bonbondose aus Blech stieß. Darin lag etwas, das vollständig in weiche Papiertücher gehüllt war. Als Ellie sie behutsam entfernte, kam ein kleiner dickbackiger Glasengel mit fransigen Federflügeln zum Vorschein. Sie lächelte gerührt und fragte sich, wie viele Weihnachten diese kleine Putte wohl mitgemacht hatte.

Aaron trat zu ihr. »Was hast du gefunden?«

Sie zeigte ihm den Engel in seinem Papiernest. »Ist der für die Baumspitze?«

Aaron ging neben ihr auf die Knie und sagte ergriffen: »Wow. Das ist er! Der war in meiner Kindheit jedes Jahr auf dem Baum. Kann sein, dass meine Mum ihn sogar schon von ihrer Mutter geerbt hatte.«

Ellie betrachtete die kleine Figur. »Ich finde ihn wunderschön. Hat den Zauber vergangener Zeiten. Ich trau mich kaum, ihn zu berühren.«

»Ach, der hat so lange überlebt, der ist sicher viel robuster, als wir glauben.« Aaron nahm die Figur in die Hand und betrachtete sie sinnend. »Weißt du, ich hab so das Gefühl, dass meine Mum mir ihre Schätze aus einem bestimmten Grund vermacht hat … vielleicht, damit ich hierbleibe?«

»Sie will bestimmt, dass du glücklich bist.«

»Auf jeden Fall. Aber sie will mich auch unbedingt verheiratet sehen, glaube ich.«

Ellie lächelte in sich hinein.

»Familie ist meiner Mutter ungeheuer wichtig«, sprach Aaron weiter. »Sie kann das große Familienweihnachten mit uns allen, auch Gemma und deren Kindern, kaum erwarten.

Dann gibt's garantiert einen großen Topf Shrimp Creole nach Mums legendärem Rezept. Das hat mir echt gefehlt.«

Ellie küsste ihn auf die Wange. »Ich kann gut verstehen, dass deine Mum dich hierbehalten möchte, nachdem du so lange weg warst. Und Shrimp Creole klingt sehr verlockend.«

»Das Rezept stammt von meinem Großvater aus New Orleans.«

Ellie wusste, dass Evies Vater während des Zweiten Weltkriegs als Soldat in Cornwall stationiert gewesen war. »War dein Großvater nach dem Krieg wieder in den USA?«

»Nur ganz kurz, dann kehrte er nach Cornwall zurück und blieb hier. Er liebte meine Oma zu sehr und wollte sie nicht aus ihrer Heimat wegreißen. Und das Leben in den Staaten wäre ohnehin sehr schwierig für die beiden gewesen. In Louisiana hätten sie erst ab 1967 heiraten dürfen, weil er schwarz war. Hier in England war das damals schon möglich.«

»Aber allzu leicht hatten die beiden es hier bestimmt auch nicht, oder?«

»Nein, sicher nicht, aber sie haben durchgehalten, und die Zeiten haben sich geändert, zum Glück. Obwohl es auch noch für meine Eltern alles andere als einfach war. Aber meine Mum wusste sich immer schon zu wehren, und mein Dad hätte jedem eins auf die Nase gegeben, der fies zu Mum war. Hat früher ganz gut geboxt, weißt du.«

Das konnte sich Ellie bei Troy gut vorstellen. Er war nicht groß, aber noch immer drahtig und sehnig und bestimmt in seiner Jugend eine Sportskanone gewesen. Aaron kam vermutlich im Körperbau eher nach seinem Großvater, der auch bei der Armee gewesen war.

»Ich finde deine Eltern sehr liebenswert«, sagte Ellie.

Aaron lächelte. »Dad ist schon ein Kauz, aber ich liebe die beiden auch, und sie wollten immer das Beste für mich und Gemma. Mum war stolz, als ich zur Armee ging, hat mir aber jetzt gestanden, dass sie auch traurig war, weil ich so weit weg war. Und dass sie und Dad jeden Tag gebangt haben, wenn ich irgendwo in einer schwierigen Gegend im Einsatz war.«

Das Wort »schwierig« war wohl seine Form der Untertreibung für »extrem gefährlich«, dachte Ellie.

»Kann ich mir vorstellen«, sagte sie leise. Sie war froh, dass sie das nicht hatte durchmachen müssen.

»In dieser Zeit habe ich nicht über Zukunft nachgedacht, man weiß ja ohnehin nie, ob man eine hat.« Aaron verstummte und verlor sich in seinen Gedanken. »Aber jetzt ist das anders«, fügte er schließlich hinzu und sah ihr in die Augen.

Ellie wollte etwas erwidern, aber ihr fiel nichts ein. Dabei konnte sie seine Worte so gut nachvollziehen.

»Wir kennen uns noch nicht lange, Ellie«, fuhr Aaron fort, »aber ich bin total gerne mit dir zusammen und hoffe, dass es dir auch so geht. Ich will dich nicht erschrecken, aber ich weiß eben, dass das mit uns etwas ganz Besonderes ist. Das hab ich vom ersten Moment an gespürt. Und aufgrund meiner Vergangenheit ist mir sehr bewusst, wie kostbar die Zeit ist.«

Ellie holte tief Luft. Ihr ging es genauso. Ihre Gedanken

kreisten ständig um Aaron, ihr Herz schlug höher, sobald sie ihn sah. Sie war zwar keine zwanzig mehr und hatte zu viel erlebt, um sich dem Rausch der Verliebtheit einfach so hinzugeben. Doch letztlich konnte sie gar nichts mehr an ihren Gefühlen für Aaron ändern, sie waren jetzt schon viel zu stark.

»Ich mag dich auch sehr«, sagte sie schließlich. »Und für mich war es auch etwas ganz Unbekanntes, an einem Ort sesshaft zu werden. Aber Porthmellow bedeutet mir sehr viel, ich denke, dass ich hierbleiben möchte. Sogar, falls meine Mutter Seaholly Manor verkaufen will, würde ich hierbleiben und mir etwas anderes suchen. Vielleicht auch zusammen mit Scarlett, falls sie das möchte.«

»Porthmellow ist dir ans Herz gewachsen, wie?«, fragte Aaron.

»Und nicht nur Porthmellow«, murmelte Ellie.

»Das freut mich, denn mir geht es genauso. Du bist mir auch ans Herz gewachsen.« Er beugte sich vor und küsste sie zärtlich.

Ellies Herz schlug schneller. Sie spürte, dass sie sich in jeder Hinsicht näherkamen, und sie musste jetzt auch mit ihm ehrlich sein.

»Aaron …«, begann sie. »Das ist nicht leicht für mich – aber ich möchte dir etwas aus meiner Vergangenheit erzählen, was du wissen solltest. Es gab da mal jemanden …«

»Ah.« Aaron nickte langsam. »Irgendwie hab ich gespürt, dass da ein ›Aber‹ lauert. Und zwar ein recht großes. Oder?«

»Nein, nicht unbedingt, aber ich möchte, dass du darüber Bescheid weißt. Es ist lange her – und in der Zwischenzeit habe ich übrigens nicht wie eine Nonne gelebt.«

»Das beruhigt mich«, sagte er lächelnd.

Ellie lachte. »Ich hatte etliche Beziehungen, die zwar kurz, aber dennoch schön waren. Wie du habe ich auch sehr im Moment gelebt, weil ich immer schon wusste, dass ich irgendwann weiterziehen würde. Aber bevor ich so viel in der Welt unterwegs war, gab es eine sehr ernsthafte Beziehung.«

Aaron nickte und wartete ab.

»Ich habe den Mann kennengelernt, als ich neunzehn war. Er war mein Professor an der Uni und verheiratet.«

»Au Scheiße«, murmelte Aaron und sah sie entsetzt an.

»Traust du mir keine Affäre zu?«, sagte Ellie, in dem Versuch zu scherzen.

»Ach was, es geht doch eher darum, dass man manchmal Dinge tut, die man später bereut. Entschuldige, ich wollte kein vorschnelles Urteil fällen.«

»Nein, nein, du hast schon recht, ich habe es später tatsächlich bereut. Aber anfänglich fand ich alles goldrichtig.«

»Ja, ich kenn mich auch aus mit Reue im Nachhinein.« Seine Stimme hatte einen bitteren Unterton, und Ellie wartete ab, ob er sich weiter dazu äußern wollte. Doch Aaron sagte: »Okay, du hast dich also in deinen Professor verliebt. Wie kam es dazu?«

»Völlig dem Klischee entsprechend. Julian sagte, seine Ehe stecke in der Krise und er wolle seine Frau verlassen, obwohl sie ein Kind zusammen hatten, das noch klein war. Das habe ich ihm geglaubt, weil ich bis über beide Ohren in ihn verliebt war und es glauben wollte. Ich bin genauso verantwortlich dafür, dass wir zusammenkamen. Dann wurde ich schwanger von ihm, und weil er nichts mit dem Kind zu tun haben wollte, hatte ich einen Abbruch. Ich habe keine Zukunft für mich und das Kind gesehen.«

»Oh Gott, Ellie. So ein Dreckskerl. Du musst doch völlig traumatisiert gewesen sein von dieser Erfahrung.«

»War ich auch, ja. Und ich wollte weit weg von Julian. Deshalb hab ich mein Studium abgebrochen und bin durch die Welt gereist. Bis letzten Sommer, als Tante Joan starb.«

Aaron fluchte leise vor sich hin. »Das tut mir schrecklich leid für dich. Dieser Mistkerl hat dich offenbar extrem verletzt.«

Sein Mitgefühl wirkte so echt, dass Ellie spürte, wie sie immer offener wurde. »Aber die Verletzung ist abgeheilt, und ich war ja auch ein Stück weit selbst schuld.«

»Das sehe ich nicht so«, widersprach Aaron. »Du warst noch sehr jung, und er hat dein Vertrauen missbraucht. Und dir überdies Lügen über seine Ehe aufgetischt.«

»Ja, das stimmt. Aber ich war offiziell erwachsen und hab mich auf ihn eingelassen. Ich habe Julians Lügen einfach akzeptiert, weil sie mir gelegen kamen.«

»Du solltest dir aber keine Schuld geben, Ellie«, wandte Aaron ein.

»Jedenfalls«, fuhr Ellie fort, »habe ich lange geglaubt, das läge alles hinter mir. Aber jetzt, seit ich hier in Porthmellow zur Ruhe komme, tauchen diese Erinnerungen plötzlich wieder auf. Und ich grüble auch über die Zukunft nach.«

Aaron zögerte, als wolle er seine Worte sehr sorgfältig erwägen, nachdem Ellie sich so vertrauensvoll geöffnet hatte.

»Das verstehe ich sehr gut«, sagte er schließlich. »Ich werde auch manche Teile meiner Vergangenheit nicht los. Die Vergangenheit sucht mich heim, wie dich auch, und ich frage mich oft, wie mein Leben heute wäre, wenn ich in bestimmten Momenten anders gehandelt hätte.«

Ellie dachte an ihre eigene Familie, bei der die ungeklärte Vergangenheit eine gewaltige Krise heraufbeschworen hatte. »Man darf das nicht zulassen. Wir müssen nach vorne schauen, damit unser Leben nicht aus den Fugen geht.«

»Dieser Typ. Der Herr ›Professor‹.« Aaron sprach das Wort mit so viel Verachtung aus, dass Ellie in sich hineinlächelte. »Wusste seine Frau von eurer Beziehung?«

»Das habe ich mich oft gefragt. Und ich denke, sie muss über sein Verhalten Bescheid gewusst haben. Ich vermute nämlich, dass er noch andere Affären mit Studentinnen hatte. Es war naiv von mir zu glauben, ich sei die Einzige.« Ellie hielt einen Moment inne. »Als ich ihm dann von der Schwangerschaft erzählt habe, wurde mir klar, dass ihm eigentlich gar nichts an mir als Mensch lag. Das war eine furchtbare Enttäuschung, und sicher bin ich auch deshalb so viele Jahre von einem Ort zum anderen gereist. Ich war nicht bereit, mich wieder auf eine längere Beziehung einzulassen.«

»Und jetzt?«

»Jetzt bin ich schon anderthalb Jahre in Porthmellow. Das ist eine ganz schön lange Zeit.«

»Ich bin seit zwei Monaten hier, was ein verdammt guter Anfang ist. Und ich möchte gerne noch viel länger bleiben. Am liebsten mit dir.« Er küsste Ellie leidenschaftlich, und sie wusste ganz genau, wo das hinführen würde …

Als sie später nackt zusammen auf einer Decke vor dem Feuer lagen, strich Ellie verträumt über Aarons Brust. Seine karamellfarbene Haut war schweißbedeckt und schimmerte im Feuerschein, und Ellie spürte das Hämmern seines Herzens an den Fingerspitzen. Sie hätte für immer und ewig so liegen bleiben können, und in diesem Augenblick wurde ihr ganz deutlich bewusst, wie sehr sie sich Aaron bereits anvertraut hatte und wie verletzlich sie deshalb war.

Schlagartig brachen die Erinnerungen mit Wucht über sie herein, liefen wie ein Film vor ihrem inneren Auge ab. Die Tränen, die einsamen Nächte, die tiefe Enttäuschung und die Bitterkeit über Julians Verhalten. Die Panik, als sie gemerkt hatte, dass sie schwanger war. Die schlimmen Gefühle nach dem Abbruch, die unerwartete Trauer darüber, dass sie ein Kind verloren hatte, was gar nicht erwünscht gewesen war.

Unvermittelt rannen ihr Tränen über die Wangen, und sie versuchte, ihr Schluchzen zu unterdrücken.

»Ellie? Was ist los?«

Sie hörte Aarons Stimme wie von fern und versuchte ihn wegzuschieben.

»Hey, ganz ruhig. Bleib bei mir, bitte.« Er beugte sich über sie und sah den Schmerz in ihren Augen. »Geister der Vergangenheit?«

»Ein ganz kleiner vor allem …«, schluchzte sie.

»Es tut mir so leid für dich, Süße.« Aaron hielt sie eng umschlungen, während sie sich an seiner Brust ausweinte, und murmelte immer wieder: »So ist es gut, lass alles raus.«

Der ganze Kummer von Jahren strömte jetzt wie eine Flut aus ihr heraus, lange angestaut, weil Ellie nie mit jemandem über diese traumatische Zeit gesprochen hatte. Auch Scarlett wusste noch immer nichts von dem Baby. Nur Aaron kannte jetzt das so lange gehütete Geheimnis.

Er sprach nicht mehr, streichelte sie nur und hielt sie liebevoll in seinen Armen. Ellie fühlte sich getröstet und geborgen.

Nach einer Weile schließlich versiegten die Tränen, und Ellie murmelte beschämt: »Oh Gott, ich hab dich ganz nass geheult. Tut mir leid …«

»Hörst du bitte auf, dich zu entschuldigen? Ich werd auch wieder trocken.«

Sie lachte unter Tränen.

»Hier.« Er zog eine Packung Taschentücher vom Couchtisch und reichte sie ihr. Ellie trocknete sich das Gesicht ab und putzte sich die Nase. Nicht gerade romantisch, das Ganze … aber sie spürte, dass sie mit Aaron ganz sie selbst sein konnte, keinen schönen Schein wahren musste.

»Danke«, murmelte sie. »So ein Chaos.«

»Das ist völlig normal, Ellie. Du bist schlimm verletzt worden und hast den Schmerz nie wirklich verarbeitet. Ist doch gut, dass er jetzt endlich rauskommen durfte.«

»Ja, ich habe wirklich nie mit jemandem darüber gesprochen. Nur Scarlett habe ich vor ein paar Wochen von der Sache mit Julian erzählt, aber nicht von dem Kind. Vielleicht war es wirklich ein Fehler, das alles so lange in mir anzustauen.«

»Mach dir keine Vorwürfe, das bringt gar nichts«, erwiderte Aaron. »Man tut, was man kann. Ich hab immer überlegt, ob ich etwas hätte ändern können, wenn Kameraden von mir gefallen sind. Hab mich gefragt: Warum er? Warum bin ich noch am Leben? Das passiert mir auch jetzt noch, aber es gelingt mir inzwischen, die Stimmen länger zum Schweigen zu bringen als früher. Ich lasse nicht zu, dass sie mein Leben dominieren.« Er strich Ellie zärtlich über die Wange. »So solltest du das auch lieber machen.«

»Ja, du hast recht. Danke, dass du diesen Ausbruch ertragen hast.« Es war ihr immer noch ein bisschen peinlich, dass sie so die Fassung verloren hatte.

»Hey, ich wirke vielleicht tough, aber unter der rauen Schale ist ein weicher Kern. Außerdem habe ich schon erlebt, wie abgebrühte Soldaten und beinharte Offiziere vor mir in Tränen ausbrachen. Ich nehm nicht so schnell Reißaus.«

Ellie lächelte. In diesem Moment erinnerte er sie an seine einfühlsame und zugleich bodenständige Mutter.

»Ich bin nicht wie dein feiger verlogener Prof«, fügte Aaron hinzu und küsste sie.

Dann stand er auf, um neue Scheite aufs Feuer zu legen, und Ellie genoss den herrlichen Anblick seines nackten Körpers. Nachdem Aaron ein paar Kissen von der Couch genommen hatte, lehnten sich die beiden an die Kaminwand und betrachteten den halb geschmückten Christbaum, der im rötlichen Licht schon wunderbar glitzerte und funkelte.

»Verbringst du den ersten Weihnachtsfeiertag mit Scarlett und deiner Mum?«, fragte Aaron, während Ellie sich an ihn kuschelte.

»Ja.«

»Ich bin bei den Eltern und muss Gemma und ihre ganze Bande ertragen.«

»Hört sich nicht an, als hättest du große Lust drauf«, sagte Ellie, sofort wieder verstört wegen des Kinderthemas.

»Der reinste Alptraum.«

Ellie keuchte entsetzt, aber Aaron grinste breit.

»Ich mach nur Quatsch. Ich liebe die beiden Kids. Sie haben mir immer Briefe und Päckchen ins Ausland geschickt. Lyra hat Bilder für mich gemalt – manchmal von mir, wie ich auf jemanden schieße, aber ich glaube, sie hat es nicht böse gemeint. Und Ronan hat seine Gummibärchen für mich aufgespart.«

Ellie lachte erleichtert.

»Als sie größer wurden, haben sie mir witzige Postkarten geschrieben oder Selfies geschickt. Die beiden sind super. Hat Gemma gut hingekriegt.«

»Das hört sich ganz so an.«

»Sollte ich doch noch Vater werden, will ich mich bemühen, das genauso gut zu machen.« Er sah Ellie an. »Irgendwann.«

Sie wusste nichts zu sagen, weil sie so glücklich war. Ihre Ängste waren verflogen, Aaron hatte ihre unausgesprochene Frage damit schon beantwortet.

»Wenn du Heiligabend noch nichts vorhast, könntest du doch zu mir kommen«, schlug er vor.

»Das klingt toll, ja. Gern.«

»Wunderbar. Kann mir keine schönere Art vorstellen, den Abend zu verbringen.« Er strich ihr übers Haar. »Du bedeutest mir so viel, Ellie, und ich wünsche mir, dass du mir vertraust. Ich will immer für dich da sein.«

»Das klingt ja sehr ernsthaft«, versuchte sie zu scherzen,

weil sich bei dem Wort »Vertrauen« ungute Erinnerungen in ihr regten.

»Weil es mir wirklich ernst ist mit dir. Ich möchte meine Zukunft mit dir verbringen und …« er hielt inne und holte tief Luft, »ich verspreche dir, dass ich alles Notwendige tun werde, um das zu ermöglichen.«

Ellie wusste nicht, was er damit meinte. Aber sie wusste, dass sie jetzt den Sprung wagen musste, in der Hoffnung, nicht in einen Abgrund zu stürzen. »Natürlich vertraue ich dir«, sagte sie.

Später aßen sie am Kamin zu Abend und schmückten dann den Baum weiter. Dabei lachten sie viel und plauderten entspannt über glückliche Erinnerungen. Ellie nahm sich vor, Anna demnächst nach ihren Plänen für Seaholly Manor zu fragen, denn plötzlich schien die Möglichkeit, mit Aaron in Cove Cottage zu leben, in greifbare Nähe gerückt. Doch was sollte dann aus Scarlett werden?

Ellie war innerlich hin- und hergerissen zwischen ihren Träumen und der Realität.

Ich wünsche mir, dass du mir vertraust, hatte Aaron gesagt. Doch ein kleiner noch immer verletzter Teil ihrer Seele wollte dieses Wagnis nicht eingehen.

Denn genau das hatte Julian damals auch zu ihr gesagt. Bevor er ihr dann das Herz gebrochen hatte.

20

Der Morgen des Wintersonnwend-Festivals war windstill und regenfrei, und über dem Meer leuchtete der Himmel sogar blau. Keine Spur von Stürmen, Orkan oder gigantischen Wellen, dachte Scarlett, als sie die Vorhänge aufzog. Zum Glück hatte Ellie mit ihrer Wetterunkerei nicht recht behalten.

In der Zwischenzeit war Scarlett ein paar Tage bei ihrem Dad in Birmingham gewesen und hatte auch ihre Freunde getroffen. Ihr Vater schien zurechtzukommen, aber Scarlett tat es trotzdem in der Seele weh, ihn ganz alleine in dem leeren Haus zu erleben. Marcus und Heidi wohnten nicht weit entfernt und luden ihn zum Abendessen ein oder beschäftigten ihn als Babysitter. Er hatte auch seine Fahrradgruppe, aber Scarlett war sicher, dass er sich ohne Anna einsam fühlte.

Den Vorschlag, Weihnachten in Seaholly Manor zu verbringen, hatte er aber entschieden abgelehnt, mit der Begründung, es fühle sich unter diesen Umständen falsch an, da sei er bei Marcus und seiner Familie besser aufgehoben.

Scarlett hatte sich zwar fest vorgenommen, nicht nach Anzeichen einer Entfremdung zwischen ihnen Ausschau zu halten, aber ganz gelungen war ihr das in diesen Tagen nicht.

Auf der langen Rückfahrt nach Porthmellow hatte sie darüber nachgedacht, wie viel sie für ganz alltäglich gehalten hatte, bis ihre Welt plötzlich so erschüttert worden war. Und sie hatte auch überlegt, ob sie vielleicht zu ihrem Vater ziehen sollte. Dieses Gefühl war durch das Treffen mit ihrer geliebten Schwimmgruppe, die Scarlett sehr vermisste, wieder stärker geworden. Andererseits fühlte sie sich in Porthmellow inzwischen auch so wohl.

Noch nie im Leben hatte Scarlett sich innerlich zerrissener gefühlt. Da kam das Wintersonnwend-Festival als Ablenkung gerade recht.

Obwohl dann mittags von der Rückkehr des Lichts, die man eigentlich an diesem Tag feiern wollte, eher wenig zu bemerken war. Den ganzen Vormittag über war nämlich eine Nebelwand näher gerückt, die jetzt allmählich die Hügel von Porthmellow zu verhüllen begann.

Nachdem Scarlett einige Texte fertiggestellt hatte, half sie nachmittags Jude beim Aufbau seines Stands. Am ganzen Hafen herrschte reges Treiben, und man hörte Rufe und eifriges Hämmern, während das Meer seltsam still wirkte. Es war Ebbe, und die zerklüfteten Felsen am Ufer sahen in der grauen Luft so unheimlich wie spitze Zähne von Ungeheuern aus.

Als Jude und sie mit Aufbau und Einrichten des Stands fertig waren, dämmerte es bereits. Scarlett fuhr nach Hause, um sich umzuziehen. Der Nebel war weiter oben schon so dicht, dass sie das Haus nur schemenhaft erkennen konnte, als sie darauf zufuhr. Die Szenerie erinnerte sie an einen Roman von Tante Joan über die Romanze zwischen einem Gentleman-Schmuggler und einer vornehmen Dame, *Herrin des weißen Nebels*. Bestimmt hatte sich Joan dazu von Tagen wie diesem inspirieren lassen.

Im Haus legte Scarlett sich ihr Kostüm zurecht, für das sie viel Zeit aufgewendet hatte.

Jude hatte ihr erklärt, dass man beim Wintersonnwend-Festival allerlei historische Bräuche aus Cornwall wiederaufleben lassen wollte. Dazu gehörten die Kostüme, aber natürlich würde auch getanzt, gesungen und ausgiebig getrunken werden.

Wie in Penzance sollten die Kostüme bunt gemixt sein. Einige Verkleidungen würden heidnische Motive aufgreifen, andere Steampunk- oder Goth-Elemente. Der Fantasie waren keine Grenzen gesetzt; was jedoch bei allen Kostümen dazugehörte, war eine Maske.

Scarletts Outfit bestand normalerweise aus Jeans, Sweatshirt und Steppjacke. Sie hatte sich seit Ewigkeiten nicht mehr elegant angezogen, und schon gar nicht mit etwas so Romantischem wie den Kleidungsstücken, die jetzt auf dem Bett ausgebreitet waren.

Tante Joan, die für ihr Leben gern lange bunte Röcke und Kleider getragen hatte und Jeans niemals angerührt hätte, wäre begeistert gewesen von dem Kostüm, und Scarlett vermisste ihre Tante wieder einmal schmerzlich.

Das Outfit bestand aus einem knöchellangen schwarzen Rock – unter dem Scarlett wegen der Kälte Leggings tragen wollte –, Joans Reitfrack und einer weißen Rüschenbluse, die Scarlett in einem Secondhandladen ergattert hatte. Dort war sie auch auf den schwarzen Damenzylinder gestoßen, den sie mit Mistelzweigen dekoriert hatte.

Nachdem sie angekleidet war, band sie ihre Haare im Nacken zusammen, umrandete die Augen mit viel Kajal und trug dunkelroten Lipgloss auf. Lange Ohrringe, die sie in Joans Schätzen aufgestöbert hatte, eine schwarze Spitzenmaske und schwarze Spitzen-Fingerlinge vervollständigten die Aufmachung. Scarlett hatte es darauf angelegt, geheimnisvoll zu wirken, und als sie sich jetzt in dem großen Spiegel betrachtete, hätte sie sich selbst kaum wiedererkannt. Ein mysteriöses Wesen aus einer anderen Zeit starrte ihr entgegen und versuchte, verführerisch zu lächeln. Was dann aber irgendwie peinlich misslang. Scarlett stöhnte und zog gerade einen Schmollmund, als hinter ihr jemand ausrief: »Wow!«

Sie fuhr herum.

Ellie stand in der Tür, die Hände in die Hüften gestützt. »Du siehst ja umwerfend aus!«

Scarlett verzog das Gesicht. »Im Ernst? Nicht zu übertrieben?«

Ellie trat ins Zimmer und musterte ihre Schwester von Kopf bis Fuß. »Nee, finde ich total passend für den Anlass. Ich hab letztes Jahr im Fernsehen einen Beitrag übers Wintersonnwendfest aus Penzance gesehen, du hast den Look super hingekriegt.«

Scarlett seufzte erleichtert. »Danke. Ich will nämlich nicht aussehen, als sei ich vom Zirkus.«

Jetzt kam Anna hereinspaziert und betrachtete ihre Tochter lächelnd. »So eine Jacke hatte ich auch mal. Erinnert mich an meine New-Romantic-Zeit, an Adam and The Ants und so.«

»Ist das jetzt ein Kompliment?«, fragte Scarlett.

»Auf jeden Fall. Der coolste Popstar aller Zeiten, fand ich damals.« Anna nickte beifällig. »Steht dir wirklich toll, das Kostüm.«

»Finde ich auch«, pflichtete Ellie ihr bei. »Du siehst hinreißend aus. Wogegen ich in meinem Piratenkostüm vermutlich etwa so sexy rüberkomme wie Captain Hook.«

»Findest du, ich sehe sexy aus?«, fragte Scarlett alarmiert.

Ellie schmunzelte. »Ich würde ja zu gern Judes Reaktion mitkriegen, wenn er dich sieht.«

Das Lächeln auf Annas Lippen erstarb, und sie sah plötzlich wieder angespannt aus. Scarlett ärgerte sich darüber, wollte jetzt aber keinesfalls eine Verstimmung riskieren.

»Es ist sehr nett, dass du Jude am Stand hilfst«, sagte Anna. »Ich hoffe, er weiß es zu schätzen.«

»Das macht mir Spaß«, erwiderte Scarlett kühl. »Und seine Eltern haben zu viel mit ihrem eigenen Stand zu tun, deshalb springe ich ein.«

Ellie legte ihrer Mutter den Arm um die Schultern, um für Entspannung zu sorgen. »Wir können immer noch schauen, ob wir ein Kostüm für dich auftreiben, Mum.«

»Danke, aber ich geh am liebsten als ich selbst, glaube ich.«

Scarlett setzte Hut und Maske ab. »Wir sollten los, es gibt garantiert bald Stau. Du auch, Mum, die Parkplätze werden schnell knapp, am Hafen stehen die Wagen der ganzen Aussteller.«

»Eine Frau aus meinem Aquarellkurs holt mich ab«, erklärte Anna. »So hab ich das Problem zum Glück nicht. Aber ich mach mich jetzt auch mal fertig.«

Als sie rausgegangen war, sagte Ellie zu ihrer Schwester:

»Ärgere dich nicht über Mums Verhalten. Du siehst fantastisch aus und wirst Jude komplett den Kopf verdrehen.«

»Hmm. Das ist aber gar nicht die Absicht.« Scarlett seufzte. »Ich versteh einfach nicht, was Mum gegen Jude hat. Oder sie hasst wegen der Lage mit Dad einfach gerade alles, was auch nur im Entferntesten nach Beziehung aussieht. Oh Gott, Ellie, wieso ist unser Leben nur so kompliziert geworden?«

»Weil nichts bleibt, wie es ist, Liebes. Aaron hat mal gesagt, so sehr sie beim Militär auch versucht haben, Gefahren vorher einzuschätzen – im Feld war immer alles anders. Das Leben folgt seinen eigenen Gesetzen.«

»Das ist so beunruhigend …«

Ellie umarmte sie. »Ja, ich weiß, das macht Angst. Aber Aaron sagte auch, er habe es deshalb gelernt, seinen Freundeskreis und seine Familie noch viel mehr zu schätzen. Menschen, die uns nahestehen … das zählt am meisten im Leben.« Sie ließ Scarlett los und sah sie an. »Entschuldige, ich wollte jetzt nicht dramatisch werden.«

»Ist okay. Du magst Aaron sehr, oder?«

Ellie runzelte die Stirn. »So sehr, dass mir meine eigenen Gefühle Angst machen. Ich habe mich seit … damals nicht mehr so auf jemanden eingelassen. Und fürchte jetzt natürlich, wieder enttäuscht zu werden.«

»Aber warum denn?«

»Ach, es gibt überhaupt keinen Anlass. Nur dass ich Aaron eben noch nicht so gut kenne und glaube, dass es irgendwo in ihm schmerzhafte Erfahrungen gibt, die er unter Verschluss hält.«

»Dann frag ihn doch einfach danach«, schlug Scarlett vor.

»Habe ich schon. Er sagt, da sei nichts. Keine Leichen im Keller.«

»Hm, eigentlich hat ja jeder irgendwas. Aber es hört sich an, als sei Aaron absolut vertrauenswürdig.« Scarlett strich ihrer Schwester beruhigend über den Arm. »Bestimmt machst du dir umsonst Sorgen.«

Ellie nickte. »Und was ist mit dir und Jude? Geht es da irgendwie vorwärts?«

Scarlett seufzte. »Irgendwas hält mich zurück, und er macht auch keine Anstalten, etwas zu verändern.«

»Ach, einer von euch beiden wird bestimmt die Initiative ergreifen, wenn der Zeitpunkt passt. Es ist doch nicht schlecht, es langsam angehen zu lassen.«

Die Standuhr schlug fünfmal, und Scarlett zuckte zusammen. »Au weia, schon fünf, ich muss los!« Sie schnappte sich Hut und Maske vom Bett und eilte zur Tür.

»Wir sehen uns beim Festival!«, rief Ellie ihr nach. »Falls ich nicht die ganze Zeit auf Deck sein muss!«

Scarlett flitzte zum Auto und fuhr los. Sie musste sich eingestehen, dass sie selbst enorm gespannt war auf Judes Reaktion. Sie hoffte inständig, dass er ihr Kostüm nicht albern finden würde, und war ziemlich aufgeregt.

Vielleicht war Jude ein zurückhaltender Mann, der wirklich klare Signale von Frauen brauchte. Scarlett wusste nicht, ob sie den Mut dazu aufbringen würde, die Initiative zu ergreifen, nahm sich aber vor, die nächstbeste Gelegenheit nicht ungenutzt verstreichen zu lassen.

Der Nebel war inzwischen so dicht, dass man die Straße kaum erkennen konnte. Scarlett war froh, dass sie den Parkplatz der Aussteller unversehrt erreichte, und setzte erst dort Hut und Maske wieder auf.

Als sie ausstieg, entdeckte sie zunächst nur alltäglich gekleidete Leute, die sie anstarrten, und fühlte sich schrecklich fehl am Platz. Doch dann tauchten andere Gestalten aus dem Nebel auf, die noch bizarrer aussahen als sie selbst. Ein Mann mit Frack und einem mit Stechpalmenzweigen geschmückten Zylinder lud einen Gitarrenkoffer aus einem Land Rover. Drei Gestalten mit Pestmasken und wehenden schwarzen Gewändern kamen an ihr vorbei, in den Händen Geige, Trommel und eine irische Blechflöte. Einer der Männer raunte ihr zu: »Lass es krachen, Süße.«

Als Scarlett weiterging, begegnete sie Einhörnern, mysteriösen Waldgeistern, Fantasietieren und Figuren, die an den venezianischen Karneval erinnerten. Es gab allerlei verrückte Kopfbedeckungen und Hüte zu sehen, zum Teil verziert mit Blattwerk und Lichterketten. Einige Leute hielten schon Drinks in der Hand, und ein biertrinkender Bär pfiff ihr anerkennend nach.

Nachdem zwei Bekannte aus dem Dorf an Scarlett vorübergegangen waren, ohne sie zu erkennen, fühlte sie sich herrlich frei in ihrer Verkleidung. Sie steuerte auf Judes Stand zu, der sich in der Nähe von Sam Lovells Pie-Wagen befand. Sam hatte dafür gesorgt, dass Jude einen Platz bekommen hatte, der mitten im Geschehen und auch in der Nähe vom Festzelt war, wo er später seine Kochshow machen würde.

Das Festzelt vom Streetfood-Festival war wie jedes Jahr im Sommer auf der Wiese hinter dem Hafen aufgebaut. Es gab allerlei Buden und Stände, und sämtliche Läden und Lokale im Dorf würden bis spätabends geöffnet sein. An den Straßenlaternen und etlichen Booten funkelten bunte Lichterketten, und Musik schallte aus großen Lautsprechern.

Scarlett beeilte sich und hoffte, Jude würde nicht böse sein, weil sie etwas zu spät dran war.

»Hoppla!«

»Oje, Entschuldigung!«

In ihrer Hast war sie mit einem maskierten Mann zusammengestoßen, der mit seinem Dreispitz und Samtfrack wie ein eleganter Wegelagerer aussah.

»Alles in Ordnung?«, fragte er.

»Ja. Tut mir leid, ich war in Gedanken woanders.«

Er hob die schwarze Maske an, und erst jetzt erkannte Scarlett die leuchtend grünen Augen.

»Jude?«, rief sie aus.

»*Scarlett?* Ich hab dich überhaupt nicht erkannt!« Er starrte sie fasziniert an, und ihr blieb bei seinem Anblick auch der Mund offen stehen.

Zu dem Samtfrack trug er eine nachtblaue Brokatweste. Die blonden Haare waren im Nacken mit einer Samtschleife zusammengebunden. Jude sah so hinreißend aus, dass es Scarlett die Sprache verschlug und sie nur noch spürte, wie sehr sie am liebsten auf der Stelle über ihn hergefallen wäre.

Auch ihm schienen die Worte zu fehlen. »Wow ... du siehst ...«, stammelte er.

»Komisch aus?«, bot Scarlett an, hoffte aber sehr, dass er ihr widersprechen würde.

»Nee, nach *dem* Wort habe ich ganz bestimmt nicht gesucht.«

»Danke.« Scarlett grinste erleichtert. »Also findest du das Kostüm nicht irgendwie … übertrieben?«

»Auf gar keinen Fall!« Jude musterte sie von Kopf bis Fuß. »Ganz im Gegenteil … absoluter Hingucker …«

»Und du siehst …« Scarlett stockte, weil ihr Worte in den Sinn kamen, die sie nicht äußern konnte. *Hinreißend gefährlich, wahnsinnig sexy, total heiß …* »Ähm … ganz anders aus«, schloss sie lahm.

»Anders gut oder blöd?« Das amüsierte Funkeln in seinen Augen war trotz der Maske zu erkennen.

»Also … gut. Sehr gut. Der Dreispitz steht dir. Aber dieses Verkleiden ist schon seltsam …« Sie kicherte, um allerlei erotische Fantasien zu überspielen, die ihr jetzt durch den Kopf schossen. »Bei diesem Fest fühlt sich das nicht nach Karneval an, sondern viel aufregender. Wirklich irgendwie wild und urtümlich.«

Jude lachte. »Ja, das ist eben das Heidnische daran. Ich bin das schon ein bisschen gewöhnt, weil ich mehrmals in Penzance war.« Sein Lächeln bekam bei diesem Outfit einen unwiderstehlichen Charme. Scarlett versuchte den Blick von seinen eng anliegenden schwarzen Reithosen und -stiefeln abzuwenden, was ihr nur mit Mühe gelang.

»Ich dachte, ich such mal nach dir, falls du den Stand im Nebel nicht findest«, erklärte Jude jetzt.

»Danke, nett von dir. Aber ich hatte mich nicht verirrt. Ich bin bloß zu spät dran.«

Am Stand hatte Jude bereits seine Bücher und Flyer ausgelegt und die Deko aus Misteln, Efeu und Stechpalme schön arrangiert.

Jude sah sie an, und seine Augen schienen vor Freude zu leuchten. »So toll, dass du dabei bist, Scarlett. Mit dir wird das viel mehr Spaß machen.«

Scarlett spürte ein aufgeregtes Kribbeln in sich. Vielleicht würde heute wirklich der Abend sein, an dem endlich etwas zwischen ihnen passierte …

Jude hob zwei Kühltaschen auf den Tisch und öffnete sie. Köstliche Düfte stiegen Scarlett in die Nase. »Wir sollten die Speisen rausstellen«, sagte Jude. »Der erste Umzug fängt in einer halben Stunde an, und die ersten Kunden kommen bestimmt gleich.«

21

»Seid gegrüßt, ihr Lieben! Wer möchte mal ein echtes Piratenschiff besichtigen? Nur Mut!«, rief Ellie einem Ehepaar mit zwei kleinen Jungen zu und schwenkte ihren Plastiksäbel.

Der Kleinere der beiden umklammerte ängstlich das Bein seines Vaters, während der Größere, der etwa sieben sein mochte, seine Mutter an Bord zu ziehen versuchte.

»Es gibt heißen Rumpunsch und Truthahn-Pie«, pries Ellie die kulinarischen Köstlichkeiten an. »Und für die Jüngeren an Bord Kinderpunsch und Kekse. Und spannende Geschichten.« Sie beugte sich zu dem Kleinen hinunter. »Die Piraten sind auch gar nicht so furchterregend.«

Der Junge starrte sie ängstlich an. Ellies Augenklappe trug offenbar nicht dazu bei, ihn zu überzeugen. Doch dann gelang es seinen Eltern, ihn zu überreden, und die ganze Familie marschierte an Bord der *Marisco*.

Ellie lockte weiterhin mit lebhaftem Geplauder Besucher auf das historische Segelschiff und freute sich über den regen Andrang. An Bord der *Marisco* hatten sich zwar nie Piraten befunden – es sei denn, man zählte die Großstadt-Banker dazu, die bei Drew Segeltörns buchten –, aber die für das Fest eigens gehisste Totenkopfflagge verlieh dem Schiff das nötige

Freibeuterflair. Und mit ihren roten Segeln und bunten Lichterketten an den Masten war die gute alte *Marisco* ein wahrhafter Publikumsmagnet.

Drew, der Vorsitzende des Segelvereins, strahlte übers ganze Gesicht, weil seine Gutscheine für die Segeltörns reißenden Absatz fanden. Ellie fragte sich allerdings, ob dieses Geschenk bei allen so gut ankommen würde, auf einem alten Boot übers Meer zu schippern war schließlich nicht jedermanns Sache. Und sie wusste schließlich nur allzu genau, dass Weihnachtsüberraschungen manchmal furchtbar schiefgehen konnten …

Nach einer halben Stunde wurde sie von ihrem Posten am Kai abgelöst und war dankbar, dem kalten Wind entkommen zu können, der ihr trotz Thermowäsche durch Mark und Bein ging. Sie eilte an Bord und schob in der Kombüse ein Blech mit Pies zum Wärmen in den Ofen. In diesem kleinen Raum hatte sie schon viele herzhafte Mahlzeiten für hungrige Segler zubereitet und für seekranke Gäste Ingwertee gekocht.

Als die Pies fertig waren, brachte sie das Blech an Deck, um die Vorräte aufzufüllen und am Stand zu bedienen. Während sie Punsch in Pappbecher füllte, entdeckte sie Aaron am Kai. Bei der Vorstellung, mit diesem unfassbar attraktiven Mann den Abend zu verbringen, fiel es Ellie sofort schwer, sich auf die Arbeit zu konzentrieren. Sie grinste in sich hinein. So erledigt sie nach diesem Tag auch sein würde – in Aarons Armen würde die Energie garantiert sofort zurückkehren. In den letzten Wochen hatte Ellie sich jung wie ein Teenager gefühlt, nur viel besser als damals.

Sie war froh, dass sie nur für Pies und Getränke zuständig war und jemand aus dem Verein das Geld kassierte, denn die Schlange wurde immer länger. Jetzt war eine Frau mit langen blonden Haaren und rotem Mantel an der Reihe. »Sind die Pies glutenfrei?«, fragte die Blondine hochnäsig.

»Ähm, leider nicht, nein.«

Die Frau guckte pikiert und warf die Haare über die Schulter. »Dann nehm ich nur ein Getränk.«

»Rumpunsch oder alkoholfrei?«, fragte Ellie, während sie bemerkte, wie ein langes platinblondes Haar auf zwei Pies sank. Mist, die musste sie jetzt wegwerfen.

»Rumpunsch natürlich«, fauchte die Blondine verächtlich. »Ich bin doch kein Kind!«

Nach ihr rückte eine Familie vor.

»Hallo, was darf's de…« Ellie verschlug es die Sprache.

Das war doch nicht möglich.

Aber es gab keinen Zweifel. Die Haare waren inzwischen mehr grau als schwarz und die kornblumenblauen Augen von Fältchen umgeben. Doch das stets präsente Lächeln, dem Ellie damals vertraut hatte, hatte sich kaum verändert. Das Lächeln eines Mannes, der davon überzeugt ist, grundsätzlich alles besser zu wissen als andere Menschen.

Julian Mallory.

Er trug eine Barbour-Jacke und eine stilvolle teure Uhr und wirkte noch immer kultiviert und eindrucksvoll. Seine perfekt frisierte Gattin Sarah hielt ein etwa vierjähriges Mädchen an der Hand, vermutlich die Enkelin. Ellie fühlte sich schlagartig zwanzig Jahre in der Zeit zurückversetzt und war wie gelähmt.

»Zweimal alkoholfrei, einmal Rumpunsch«, sagte seine Frau.

»Ich muss fahren«, erklärte Julian Ellie mit charmanter Nonchalance.

»Und ich muss mich aufwärmen.« Seine Frau blickte lächelnd auf das kleine Mädchen hinunter. »Ist dir auch so kalt wie Oma, Alisa? Magst du einen Kinderpunsch?«

Die Kleine umklammerte Sarahs Hand und nickte.

»Also zweimal Kinderpunsch und einmal von dem harten Zeug. Opa weiß, wie er sich zu benehmen hat.« Julian Mallory grinste Ellie an.

»Kommt sofort.« Sie riss sich zusammen und warf dem Mädchen ein Lächeln zu, um Julian nicht ansehen zu müssen. Tat er nur so, oder erkannte er sie tatsächlich nicht?

»Auch was zu essen dazu?«, fragte Ellie Sarah Mallory. Die Ehe der beiden hatte also gehalten. Obwohl Julian mit Ellie eine Affäre gehabt hatte und damals vielleicht Vater eines kleinen Mädchens wie Alisa geworden wäre. Beim Gedanken daran wurde Ellie fast übel, trotz der guten Düfte von Essen und Getränken.

»Nein, danke«, antwortete Sarah Mallory. »Wir haben an den anderen Ständen schon so viel gefuttert. Es gab einen herrlichen Wildpflanzenstand, wo wir einen köstlichen Pudding probiert und sogar ein Buch gekauft haben.«

»Das klingt toll.« Ellie stellte sich vor, wie ihre Schwester die beiden nichtsahnend bedient hatte.

»Was bekommen Sie?«, fragte Sarah.

»Ähm …« Ellie war in Gedanken wieder abgeschweift. »Fünf Pfund, bitte. Mein Kollege hier nimmt das Geld an.«

Sie reichte die Becher mit den Getränken über den Tisch. »Vorsicht, der Rumpunsch ist sehr heiß.«

Als Sarah sich zum Gehen wandte und Julian die restlichen zwei Becher entgegennahm, kam es Ellie vor, als habe er sie plötzlich erkannt.

»Ich hoffe, es geht gut«, sagte er rasch, bevor er seiner Frau folgte.

Was meinte er damit? Das Festival? Das Leben?

Die nächsten Kunden gaben Bestellungen auf, und Ellie musste weiterarbeiten, obwohl in ihr das reinste Chaos tobte. Hatte Julian sie tatsächlich erkannt, oder hatte sie seinen letzten Blick falsch gedeutet? Sie war immerhin zwanzig Jahre älter und trug Piratenkleidung.

Unwillkürlich stellte Ellie sich vor, wie Julian sie seiner Frau vorstellte.

»Das ist Ellie, eine frühere Studentin von mir …«

»Das ist Ellie, der ich gesagt habe, ich würde dich für sie verlassen. Und sie hat das auch noch geglaubt, das naive Mädchen …«

»Das ist Ellie, der ich Geld gegeben habe, damit sie unser gemeinsames Kind abtreibt …«

Zum Glück waren die Pies nach einer weiteren halben Stunde ausverkauft, und der Kollege am Stand schlug vor, Feierabend zu machen. Ellie konnte es kaum erwarten, sich irgendwo zurückzuziehen, um diesen Schock zu verkraften. Sie hätte nie geglaubt, dass Julian Mallory nach so langer Zeit noch immer imstande war, ihr Leben durcheinanderzubringen.

22

Scarlett hatte sich das Ganze nicht so schwierig vorgestellt. Sie kam sich vor, als sei sie ins kalte Wasser geworfen worden, ohne schwimmen zu können. Anfänglich wusste sie gar nicht, was sie tun sollte, wenn die Leute einen misstrauischen Blick auf die Auslagen warfen und weiterschlenderten. Nur Kinder, angelockt von dem großen Plakat mit der Aufschrift »Kann man das wirklich essen?«, zogen ihre Eltern gerne zum Stand.

Dann achtete Scarlett mehr auf Judes Umgang mit den Kunden. Er verwickelte die Leute unbefangen in Gespräche. Nach und nach wurde sie mutiger und selbstsicherer, und es gelang ihr, Interessierte an den Stand zu locken, indem sie Häppchen anbot und munter drauflosredete.

Nach einer Weile begann sie sich zu entspannen und die Atmosphäre zu genießen. Musik drang durch die Nebelschwaden, die Dorfkapelle spielte Weihnachtslieder, Kinder kreischten aufgeregt angesichts der fantastischen Kostüme. Herrliche Düfte zogen durch die Luft: die fruchtigen Aromen von Judes Pudding mit Kirschbrandy, geröstete Maronen, die köstlichen Gerüche von Sams Pie-Wagen gegenüber.

Eine Frau mit einer Nietenlederjacke, übersät mit Aufnähern von Heavy-Metal-Bands, spazierte am Stand vorbei und versuchte dabei, einen Rottweiler im Zaum zu halten, der sich auf die Häppchen stürzen wollte.

»Bei Fuß, Sascha!«, donnerte die Frau. »Das Zeug ist nix für dich!«

Kurz bevor das Ungetüm sich einen Pudding schnappen konnte, gelang es der Frau, den riesigen Hund weiterzuzerren. »Nein, Sascha!«, knurrte sie dabei. »Wie oft hab ich dir schon gesagt, dass dieses Menschenfutter schlecht für deinen empfindsamen Magen ist? Aber die dummen Leute müssen ja auch ständig alles herumliegen lassen!«

Scarlett musste ein Kichern unterdrücken. »Was war das denn?«, fragte sie Jude, nachdem die Frau außer Hörweite war.

»Das war Bryony Cronk.« Jude verdrehte die Augen. »Ihr gehört der Hundesalon und der Hundeladen ›Emporium‹.«

Scarlett lachte. »›Emporium‹? Wie abgedreht ist das denn.«

»Hast du immer noch nicht gemerkt, dass wir hier alle verrückt sind?« Judes Augen funkelten schelmisch, und Scarlett fand ihn unwiderstehlich.

Zunehmend mehr Leute fanden sich ein, kosteten die Proben, erkundigten sich nach Kursen und Büchern und stellten interessierte Fragen. Auch Scarlett wurde für eine Expertin gehalten, was sie zunächst nervös machte.

Aber dann merkte sie, dass sie doch schon eine ganze Menge von Jude aufgeschnappt hatte. Bei schwierigen Fragen wie »Kann ich diesen Pilz aus meinem Garten essen?« verwies sie die Leute allerdings an ihn weiter. Um giftige von essbaren Pilzen zu unterscheiden, musste man sich wirklich gut auskennen.

»Toll, dass an einem Winterabend so viel los sein kann in Porthmellow«, bemerkte Jude erfreut. »Wir haben schon mehr Bücher verkauft, als ich erwartet hatte.«

Scarlett legte weitere Exemplare auf dem Tisch aus. »Die Häppchen sind auch ein voller Erfolg.«

Jude lachte. »Ja, Essen umsonst kommt immer gut an. Ich hab eine Buchung für einen Wildpflanzenkurs angenommen und ein paar Gutscheine verkauft. Könnte schlechter sein.« Er sah Scarlett an. »Vielen Dank übrigens, dass du dabei bist.«

»Gerne. Macht mir Spaß.«

Kurz darauf kündigte die Kapelle mit alten kornischen Weihnachtsliedern den Laternenumzug an. Die kleineren Kinder wurden getragen, während die größeren stolz ihre leuchtenden Kunstwerke hochhielten.

»Oh, schau, da ist der Oktopus!«, rief Scarlett, als das große Meereswesen in Sicht kam, gestützt von mehreren Leuten.

»Kannst du deine Laterne entdecken?«, fragte Jude.

»Noch nicht … ich hab sie ja Ruby geschenkt …« Scarlett ließ den Blick über die Menge schweifen. »Ah, da ist sie!«

Ruby saß im Kinderwagen, der von Chloe geschoben wurde. Chloes Tochter Hannah trug die von Anna und Scarlett gebastelten Laternen. Und direkt dahinter entdeckte Scarlett ihre Mutter mit einigen Leuten aus ihrem Aquarellkurs.

Nachdem die Parade weitergezogen war, hörte man plötzlich weniger harmonische Klänge: dumpfes Trommeln, schrille Töne von Fiedel und Blechflöte, die klagenden Laute eines Dudelsacks.

Die unheimliche Musik kam näher und näher, und jetzt war auch ein seltsames Grollen und Brüllen zu vernehmen, und ein Geruch nach Verbranntem durchzog die neblige Luft. Die Leute hielten ihre Kinder fest oder setzten sie auf ihre Schultern, und die Menge wich zurück, als Feuerjongleure in Sicht kamen, die lodernde Bälle in die Luft warfen und sich brennende Stäbe in den Mund steckten.

Ihnen folgten kunterbunt verkleidete Gestalten, die Zylinder, Pappmaché-Masken und allerlei ausgefallene Kostüme trugen und Instrumente spielten. Ein Aufschrei ging durch die Menge, als ein gewaltiger Eisendrache auf einen Platz gegenüber ihres Stands geschoben wurde. Aus dem Maul des Ungetüms schossen knatternd und donnernd Flammen.

Ihm folgten Scharen von Kostümierten, die ausgelassen feierten und die heidnischen Bräuche sichtlich genossen. Jude deutete dann und wann auf jemanden, musste aber zugeben, dass er die meisten Dorfbewohner in ihren Verkleidungen nicht erkannte.

»Also, ich muss schon sagen«, schrie Scarlett über das Getöse hinweg, »so was kriegt man in Birmingham nicht geboten.«

Jude lachte. »Siehst du.« Er musterte sie von Kopf bis Fuß mit einem Blick, der ihr Schauer über die Haut jagte. »Du gehörst jetzt auf jeden Fall zu Porthmellow.«

Nachdem die letzten Menschen vorbeigetanzt waren, kam Judes Mutter am Stand vorbei. Bei den wenigen Begegnungen mit Fiona Penberth hatte Scarlett sie immer als angespannt empfunden, was vielleicht am merkwürdigen Benehmen ihres Mannes lag. Jetzt wirkte sie viel fröhlicher und lockerer und scherzte mit Jude, während er Bücher für künftige Kunden signierte.

Danach brach er zu seiner Kochshow im Festzelt auf, und Fiona half Scarlett am Stand. Dabei erzählte sie unbefangen von ihrem Sohn.

»Ich freu mich sehr, dass ihm die Kochshows und Auftritte jetzt so gut gelingen. Als er vor ein paar Jahren zum ersten Mal hier beim Streetfood-Festival aufgetreten ist, war er noch sehr nervös. Es liegt ja nicht jedem, auf einer Bühne zu stehen. Aber inzwischen wirkt das alles sehr professionell.«

Scarlett lächelte in sich hinein. Fiona war sichtlich sehr stolz auf Jude. Jude schien auch vom Charakter her eher nach seiner Mutter zu kommen. Zum Glück! Scarlett musste wieder daran denken, wie unwohl sie sich in Haydens Gegenwart gefühlt hatte.

Als etwas weniger los war, sagte Fiona: »Ich bin auch so froh, dass Jude wieder glücklicher zu sein scheint. Von seiner Verlobten hat er dir wahrscheinlich nichts erzählt, oder?«

Scarlett blieb fast das Herz stehen. »V-verlobten? N-nein, ich …« Sie verstummte und versuchte sich zu fassen. Jude war verlobt? Kein Wunder, dass er keine körperliche Nähe suchte …

Fiona seufzte. »Typisch für unseren Jude. Er ist oft sehr verschlossen. Nur wenige Leute wissen überhaupt von dieser Geschichte, was für Porthmellow ziemlich ungewöhnlich ist.«

»Mir hat er nichts erzählt …«, krächzte Scarlett, der beinahe die Stimme versagte.

»Das ist schon ein paar Jahre her. Die Frau war an der

Uni, wo er lehrt, und die beiden waren sehr ineinander verliebt. Sie hatten vor zu heiraten, und die Frau wollte zu Jude in sein Cottage ziehen. Aber sie hat es sich anders überlegt. Sagte, sie würde in diesem Dorf hier ersticken. Und hat ein Jobangebot in London angenommen.«

»Dann sind die beiden jetzt nicht mehr verlobt?«

»Nein, nein, das ist vorbei.«

Scarlett versuchte sich ihre Erleichterung nicht anmerken zu lassen. Die Verlobte war also eine Ex-Verlobte …

»Tut mir leid«, brachte sie hervor. »Das war sicher schlimm für Jude.«

»Er war ziemlich verrückt nach dieser Frau«, fuhr Fiona fort. »Hat sie so sehr geliebt, dass er sogar angeboten hat, mit ihr nach London zu ziehen. Aber das wollte sie nicht. Sie hat gesagt, er würde dort unglücklich sein – was auch garantiert so gewesen wäre. Dann hat sie sich offiziell von ihm getrennt, und er war am Boden zerstört.«

»Ich kann mir Jude auch nicht in einer Großstadt vorstellen«, sagte Scarlett. Er musste wirklich sehr verliebt gewesen sein, wenn er damals bereit war, so ein großes Opfer zu bringen.

»Tja, ich auch nicht. Und dann kam es noch schlimmer. Letztes Jahr hat er kurz vor Weihnachten erfahren, dass sie sich mit jemand anderem verlobt hatte. Das waren ganz und gar keine fröhlichen Tage, kann ich dir sagen. Normalerweise haben wir ein großes Familienfest im Haus meiner Schwester. Aber Jude sagte, das könne er in diesem Jahr nicht ertragen. Deshalb hat er sich freiwillig für das Festmahl der Einsamen im Smuggler's Inn gemeldet.«

Scarlett spürte, wie sie rot anlief, aber Fiona sprach unbeirrt weiter. »Da bist du Jude zum ersten Mal begegnet, nicht wahr?«, fragte sie lächelnd.

»Ähm ... ja. Waren allerdings nicht so tolle Umstände«, sagte Scarlett kleinlaut.

»So was kommt eben vor, Liebes.« Fiona strich ihr tröstend über den Arm. »Tut mir leid wegen deiner Eltern. Jude hat erzählt, dass sie eine schwierige Phase haben.«

»Kann man wohl sagen«, murmelte Scarlett. Dieses Gespräch geriet allmählich zu einer emotionalen Achterbahnfahrt.

»Keine Sorge, ich habe mit Hayden nicht darüber gesprochen. Er kann da manchmal etwas ... unsensibel sein.« Fiona stülpte die Lippen vor. »Gelinde gesagt.«

»Danke.« Scarlett fand Judes Mutter immer sympathischer, hätte es allerdings vorgezogen, nicht über ihre Eltern zu sprechen.

»Wenn Jude dir also manchmal verschlossen und bedrückt vorkommt, dann hat es mit dieser Trennung zu tun«, fuhr Fiona fort. »Ich habe dir das alles erzählt, damit du ihn vielleicht besser verstehen kannst. Du weißt ja sicher, wie das ist. Wenn wir von Menschen verlassen werden, die wir lieben, heilen die Wunden manchmal sehr langsam.« Fiona hörte sich an, als sei sie mit dieser Erfahrung auch selbst vertraut.

»Ja, ich weiß. Und es ist schwer, danach wieder jemandem zu vertrauen.« Scarlett dachte an Rafa, aber vor allem an ihre Eltern. Immerhin war Judes Ex-Verlobte ehrlich zu ihm gewesen.

»Jude ist ein sehr emotionaler und sensibler Mann, deshalb hat er es sicher noch schwerer genommen als andere.« Fiona seufzte, doch dann erhellte sich ihr Gesicht. »Aber wie gesagt, in letzter Zeit wirkt er viel fröhlicher.« Sie sah Scarlett an und zog eine Augenbraue hoch. »Woran das wohl liegen mag?«

»Vielleicht, weil seine Projekte erfolgreich sind?«, antwortete Scarlett wie aus der Pistole geschossen. »Am Stand war heute Abend ganz schön was los.«

Fionas Augen funkelten amüsiert. »Mag sein. Aber ich glaube eher nicht, dass er deshalb so schwungvoll wirkt.«

Die Lautsprecher knackten, und Evies klangvolle Stimme mit dem ausgeprägten kornischen Akzent war zu vernehmen. »Hallo, ihr Lieben alle! Jetzt haben wir einen herrlichen Leckerbissen für euch. Jude Penberth, der Wildpflanzenexperte von Porthmellow, macht gleich im Festzelt seine nächste Kochshow. Der hinreißende Jude wird dort schmackhafte Gerichte aus Zutaten kochen, die jeder in der Natur finden kann. Und wer ein ganz besonderes Weihnachtsgeschenk sucht, sollte mal an seinem Stand vorbeischauen. Da können die Köstlichkeiten gratis probiert werden.«

»Oh, jetzt wird's hier gleich wieder losgehen«, sagte Scarlett, als sofort etliche Leute den Stand beäugten.

Sie fragte sich unwillkürlich, ob Fiona darauf hinarbeitete, sie mit Jude zusammenzubringen, und konnte sich ein verstohlenes Lächeln nicht verkneifen.

Und es war wirklich hilfreich zu wissen, dass Jude sich von dieser schlimmen Trennung noch nicht erholt hatte. Scarlett nahm sich vor, besonders feinfühlig mit ihm umzugehen. Wenn er damals nicht einmal Weihnachten mit der

Familie verbringen wollte, musste er wirklich übel angeschlagen gewesen sein.

Doch das lag ein Jahr zurück, vielleicht war er inzwischen bereit für einen Neuanfang. Während Fiona und sie weitere Kunden bedienten, musste Scarlett auch an Rafa denken und war dankbar, dass sie zumindest nicht mit ihm verlobt gewesen war. Und sie hatte ihn eigentlich auch nicht wirklich geliebt, war ihr im Laufe der Zeit klar geworden.

Er war ein glamouröser Typ gewesen, und sie hatten viel Spaß zusammen gehabt. Aber ihre Lebenseinstellungen waren viel zu unterschiedlich gewesen für eine gemeinsame Zukunft. Seit Scarlett Jude kennengelernt hatte, war ihr das erst richtig klar geworden.

Nach einer Weile sah sie, wie er zum Stand zurückkehrte und dabei immer wieder freundlich Leute begrüßte. Er sah nicht nur sexy und umwerfend gut aus, sondern wirkte auch froh und glücklich. Vielleicht hatte Fiona recht, und das gebrochene Herz war inzwischen wirklich geheilt. Dann stünde ihnen beiden nichts mehr im Wege … Bei diesem Gedanken durchströmte Scarlett ein warmes Glücksgefühl.

Die Schlange am Stand wurde länger, und Fiona und Scarlett hatten alle Hände voll zu tun, während Jude mit den Leuten plauderte und weitere Bücher signierte. Dabei erklärte er, wie man aus gesammelten Esskastanien, Walnüssen und Haselnüssen einen exzellenten Nussbraten zubereiten konnte. Dann schenkte er aus kleinen Bechern den selbst gemachten rubinroten Kirschbrandy aus, worauf der Andrang prompt noch größer wurde.

»Die Leute fressen dir ja förmlich aus der Hand«, raunte Fiona ihrem Sohn zu, als er rasch einen Schluck Wasser trank.

»Na, das ist aber ein bisschen übertrieben«, erwiderte Jude etwas verlegen.

»Ich bleibe noch, bis hier weniger los ist, ja?«, sagte Fiona.

»Danke, Mum.« Jude küsste seine Mutter auf die Wange und machte sich wieder ans Signieren.

Nach einer weiteren Viertelstunde gingen Schnaps- und Büchervorräte zur Neige. Hayden hatte Fiona geschrieben, dass er sie an ihrem eigenen Stand brauche, und sie verabschiedete sich. Scarlett fragte Jude, ob noch irgendwo Nachschub zu finden sei.

»In dem Schränkchen unter der Treppe bei mir zu Hause sind noch ein paar Exemplare«, sagte Jude. »Und ein paar Flaschen Brandy und mehr Becher stehen in der Küche. Aber dann ist alles alle. Mit so einem Ansturm hatte ich, ehrlich gesagt, nicht gerechnet.«

»Ja, lief doch super. Die Häppchen waren eine gute Idee, um Leute anzulocken.«

Jude strahlte und reichte ihr den Hausschlüssel, und Scarlett drängte sich eilig durch die Menschenmenge.

In Judes Cottage nahm sie den Stapel Bücher aus dem Schrank und ging dann in die Küche, um nach einer Tragetasche zu suchen. In der begehbaren Speisekammer schaltete sie das Licht ein und entdeckte an einem Haken ein paar Jutebeutel. Als sie darauf zusteuerte, stieß sie an ein Regal, und etwas fiel mit dumpfem Knall herunter. Scarlett bückte sich, spähte unter das Regal und zog den Gegenstand hervor.

Ein Buch. Ein staubiges altes Buch, das Scarlett auf Anhieb erkannte.

Schätze der Küsten von Cornwall.

Ihr Herz pochte wie wild. Jude hatte doch behauptet, er habe keine Ahnung, wo dieses Buch sein könne. Scarlett schlug es auf. Die Postkarte war verschwunden.

Rasch ging sie auf alle Viere und schaute erneut unter das Regal. Als sie nichts erkennen konnte, streckte sie die Hand aus und tastete im Dunkeln umher. Dann stießen ihre Finger auf ein dünnes Stück Karton, das sie vorsichtig herauszog.

Scarlett richtete sich langsam auf. Ihre Hände zitterten, als sie die Postkarte betrachtete.

Die Nachricht war tatsächlich genau so, wie Scarlett sie in Erinnerung hatte.

Anna,
danke für eine unvergessliche Nacht.
In Liebe
H.

Scarlett ging in die Küche zurück und legte beide Gegenstände auf den Tisch. Die Postkarte ließ keinen Zweifel daran, dass dieses Buch das Exemplar aus Tante Joans Regal war. Doch wie kam es hierher, und weshalb hatte Jude gelogen?

Erneut betrachtete Scarlett den Text, und ihr dämmerte eine schreckliche Erkenntnis. In Windeseile fügten sich die Puzzlestücke in ihrem Kopf zu einem Bild, und ihr wurde ganz übel. Haydens schlüpfrige Bemerkungen Anna gegenüber … deren Ablehnung von Jude … das Foto am Strand und jetzt die Postkarte mit dem Absender »H« …

Scarlett hatte es schwarz auf weiß vor sich, sie konnte sich nichts mehr vormachen. Hayden Penberth hatte eine Affäre mit ihrer Mutter gehabt. Und womöglich war das Ganze auch nicht nur ein One-Night-Stand gewesen, sondern eine längere Sache, in dem Sommer, den Anna nach Marcus' Geburt in Porthmellow verbracht hatte. Darauf wies die Formulierung »In Liebe« hin, so etwas schrieb man doch nicht nach einer einzigen Nacht.

Als Scarlett daran dachte, wie ihr Vater reagieren würde, wenn er davon erfuhr, wurde ihr ganz anders. War sie verpflichtet, ihn darüber zu informieren?

Nein, den Gedanken verwarf sie sofort wieder. Aber sie konnte dieses belastende Geheimnis auch nicht für sich behalten, sie musste unbedingt mit ihrer Mutter darüber reden.

Doch jetzt musste erst einmal der Rest des Festivals durchgestanden werden. Wie sollte sie es nur schaffen, Jude und seinen Eltern gegenüber normal zu wirken? Dieser Schock war ja fast so schlimm wie das Ergebnis des DNA-Tests.

Ob Jude wusste, dass sie seine Halbschwester war? Hatte er sich deshalb ihr gegenüber so zurückgehalten? Warum hatte er ihr nichts gesagt?

Scarlett nahm sich vor, diesmal nicht so auszurasten. Sie holte tief Luft, stellte das Buch mitsamt Karte in der Kammer ins Regal zurück und begann mit zitternden Händen Bücher und Schnapsflaschen in die Taschen zu packen.

23

Während Ellie an Bord aufräumte, sah sie Aaron aufs Schiff zusteuern. Ihr Kollege sagte mit bedeutsamem Unterton, sie könne ruhig eine Pause machen. Wahrscheinlich wusste schon ganz Porthmellow, dass sie mit Aaron zusammen war.

Strahlend kam er auf Ellie zu, und sie ging mit ihm in einen abgegrenzten Bereich auf der anderen Seite des Boots.

Aaron küsste sie. »Hey, du. Wie lief's so?«

Ellie war noch so erschüttert von der Begegnung mit Julian, dass sie sich innerlich wie erstarrt fühlte. Zugleich war sie aber wild entschlossen, sich davon nicht den Abend mit Aaron verderben zu lassen.

»Super«, antwortete sie. »Alle Pies ausverkauft.«

»Wundert mich nicht, die riechen so was von lecker. Bin leider noch im Dienst, hab nur grade Pause. Aber vielleicht können wir ja nachher zusammen einen Whiskypunsch trinken.«

»Ja, vielleicht.«

Aarons Lächeln verblasste etwas wegen der matten Reaktion. »Nur wenn du Lust hast, natürlich. War sicher anstrengend, hier als Galeerensklave zu schuften. Hat Drew seine Peitsche geschwungen?«

»Er hat's versucht, aber ich hab mich nicht davon stressen lassen.« Ellie bemühte sich um ein Lächeln.

Aber Aaron spürte, dass irgendetwas nicht stimmte. Prüfend sah er sie an.

»War ein anstrengender Tag«, fügte sie hinzu, damit er glaubte, sie sei einfach nur erschöpft.

»Ich könnte uns nachher was kochen, während du dich ein bisschen ausruhst«, schlug er vor.

»Aber du wirst doch bestimmt auch müde sein«, wandte Ellie ein.

»Nicht unbedingt. Wir hatten eigentlich kaum zu tun.«

»Ah, okay.« Ellie nahm ihren Dreispitz ab, worauf Aaron bemerkte: »Steht dir übrigens toll, das Kostüm.«

»Danke.« Sie küsste ihn und dachte dabei, wie fürsorglich er doch war im Vergleich zu Julian.

»Weißt du«, sagte Aaron jetzt zögernd, »ist wahrscheinlich der falsche Zeitpunkt, um das anzusprechen, aber ... hast du dir schon mal überlegt, aus Joans Anwesen auszuziehen? Nach Weihnachten vielleicht?«

Ellie war verdattert. Fragte er sie etwa gerade, ob sie mit ihm zusammenleben wollte? Obwohl sie selbst schon darüber nachgedacht hatte, kam das jetzt sehr überraschend.

»Wusste ich's doch, zu früh, zu früh«, murmelte Aaron. »Ich wollte nichts überstürzen, entschuldige ...«

»Nein, nein, alles gut.« Ellie ergriff seine Hand. »Das ist ein sehr verlockendes Angebot. Wirklich total verlockend, und wir sollten ganz bald mal darüber sprechen. Aber lass mich erst Weihnachten hinter mich bringen.« Sie lächelte ihn liebevoll an. »Dieses Jahr war sehr anstrengend für mich, und

Weihnachten wird noch mal extrem schwierig werden für meine Familie. Lass uns im neuen Jahr in Ruhe darüber reden, ja?«

Aaron nickte. »Na klar.« Dann küsste er sie zärtlich, und Ellie sagte sich, dass sie sich der Gegenwart hingeben sollte, anstatt der Vergangenheit nachzuhängen. Die Begegnung mit Julian hatte ihr zwar einen Schock versetzt und sie an die bittere Enttäuschung von damals erinnert. Aber mit Aaron würde sie eine Zukunft haben und noch einmal ganz von vorn anfangen können.

Beflügelt von einer Hoffnung, die sie seit vielen Jahren nicht mehr gespürt hatte, ging Ellie mit Aaron ans Ufer, wo das Festival allmählich ausklang. Vor dem Tinners' saßen die Fischer vom Chor und ein paar Festivalbesucher um eine Feuerschale und tranken Bier, während die Aussteller ihre Waren einpackten.

»Hallihallo, ihr beiden!« Evie und Troy winkten ihnen vom Fischerhaus zu, das als Festivalzentrale genutzt worden war.

»Sah ja aus, als hätten die Besucher die *Marisco* regelrecht geentert«, sagte Evie, als sie zu ihnen traten.

»Ich hoffe, ihr habt die Barke nicht überladen. Bin ja von der Hafenleitung«, brummte Troy, aber seine Augen funkelten schalkhaft.

Evie haute ihm auf den Arm. »Achte nicht auf ihn, Ellie, er meint's nicht ernst. Alles lief prima, vor allem fürs erste Mal.«

»Keinen Ärger gehabt, Sohn?«, erkundigte sich Troy.

»Keinerlei Zwischenfälle zu vermelden.«

»Würde doch sowieso keiner wagen, sich mit Aaron anzulegen«, warf Evie ein, drückte den Arm ihres Sohnes und zwinkerte Ellie dabei zu.

»*Mum* …«, murmelte Aaron.

Troy lachte gackernd. »Jetzt hast du den Jungen vor seiner Herzensdame verlegen gemacht.«

Evie sah ihren Mann empört an. »Ach so, und wer hat sie beide in Verlegenheit gebracht? Entschuldige bitte, Ellie, mein Mann tritt liebend gern mit beiden Füßen in Fettnäpfchen.«

»Solltet ihr nicht lieber heimgehen? Ist ziemlich kalt geworden«, bemerkte Aaron.

»Wir sind noch nicht altersschwach, Junge!«, polterte Troy.

Evie zupfte ihn am Ärmel. »Ich glaube, die beiden wollen uns loswerden, und das kann ich gut verstehen.«

Troy schmunzelte. »So wird's wohl sein, ja.«

»War schön, euch getroffen zu haben«, sagte Ellie.

»Ja, und komm doch mal zum Essen«, erwiderte Evie. »Wann immer du magst.«

Ellie freute sich riesig über die Einladung und hoffte, dass Aaron nichts dagegen einzuwenden hatte. »Sehr gern.«

»Wie wär's, wenn du am zweiten Weihnachtsfeiertag nach dem Sprung ins Meer zu uns kommst?«, schlug Evie vor. »Gemma und ihre Familie sind dann auch da und ein paar Nachbarn. Dann gibt's Shrimp Creole, nach einem traditionellen Rezept der Familie.«

»Das kann nur meine Evie so gut. Hat sie von ihrem Vater gelernt«, verkündete Troy stolz.

»Aaron würde sich bestimmt darüber freuen, nicht wahr?« Mit erwartungsvollem Lächeln sah Evie ihren Sohn an.

Ellie hielt unwillkürlich die Luft an, als sie seine Reaktion abwartete.

Ein breites Lächeln trat auf Aarons Gesicht. »Ja, Ellie, ich würde mich wirklich sehr freuen. Wäre schön, wenn du Zeit hättest.«

»Außer dem Sprung ins Meer hab ich noch nichts vor«, sagte Ellie und hoffte dabei, dass Anna und Scarlett einverstanden sein würden. »Ich würde sehr gern kommen, danke.«

»Schön!«, erwiderte Evie. »Dann koche ich ein bisschen mehr.«

»Ist doch eh immer viel zu viel«, warf Aaron lachend ein.

Ellie spürte seine Finger leicht an ihrem Handgelenk. Er wollte wohl andeuten, dass sie aufbrechen sollten.

»Danke euch und schönen Abend«, sagte sie zu seinen Eltern.

»Wir sehen uns«, erwiderte Troy. »Haben gleich noch Abschlusssitzung mit Sam und dem Festivalkomitee. Wer rastet, der rostet.«

Die Carmans betraten das Fischerhaus, und Aaron legte Ellie den Arm um die Schultern, als sie am Kai entlanggingen. Ihr kam plötzlich der Gedanke, dass Julian sie sehen könnte, was sie sehr befriedigend gefunden hätte. Aber der war sicher längst anderswo und brachte seine Enkelin zu Bett.

Bei der Erinnerung an das kleine Mädchen klopfte einen Moment lang wieder das Gespenst der Bitterkeit ans Fenster, aber Ellie ließ es nicht ein. Es war noch nicht zu spät für sie. Die Geschichten von Aarons Eltern und Großeltern waren sehr anrührend und zeigten, dass man ein Leben lang zusammen glücklich sein konnte. Das konnte auch für sie und Aaron Wirklichkeit werden.

»Ellie?«, fragte Aaron und strich ihr über die Wange. »Alles in Ordnung? Du wirkst so abwesend.«

»Alles gut. Ich bin nur ein bisschen müde.«

»Auch zu müde für einen kleinen ›Schlummertrunk‹ bei mir nachher?«

›Schlummertrunk‹ sprach er so sexy aus, dass Ellie sofort Lust auf ihn bekam. »Ach, das geht bestimmt noch.«

Seine Augen leuchteten auf, und er blieb stehen und küsste sie. »Großartig. Bis später, Süße. Wird nicht mehr lange dauern hier.«

»Ja, bis später.« Ellie wanderte zu ihrem Auto, erschöpft, aber zugleich aufgewühlt von den Ereignissen des heutigen Tages. Das verstörende Wiedersehen mit Julian war quasi wettgemacht worden durch Aarons Vorschlag, zu ihm zu ziehen. Dieser Tag brachte eine Botschaft für Ellie: die Vergangenheit zu verabschieden und sich neuen Horizonten zu öffnen.

24

Als Scarlett Judes Cottage abschloss, zitterten ihre Finger immer noch so sehr, dass sie den Schlüssel kaum halten konnte. Dann nahm sie die beiden schweren Taschen hoch und machte sich auf den Rückweg. Obwohl es nicht weit war, schmerzten ihr bald Schultern und Arme von dem Gewicht.

Um sie her wimmelte es von Familien, die lachten und miteinander Spaß hatten, wie sie und ihre Familie auch, bevor der furchtbare Test alles zerstört hatte. Scarlett kam sich vor, als treibe sie hilflos auf offener See einem ungewissen Schicksal entgegen. Als habe sie keinen Boden mehr unter den Füßen.

Vorher hatte sie die laute Musik von überallher genossen, aber jetzt dröhnte ihr der Kopf davon, und vom Geruch der Räucherstäbchen, Grillbuden und Speisen wurde ihr übel. Am liebsten wäre sie sofort nach Hause gefahren, aber sie zwang sich zur Beherrschung. *Ein* dramatischer Auftritt in Porthmellow reichte für alle Zeiten aus.

Noch nie im Leben hatte Scarlett sich innerlich so zerrissen gefühlt. Bei der Vorstellung, dass sie mit Jude verwandt war, dass Hayden Penberth ihr Vater sein könnte, drehte es ihr fast den Magen um.

Als Scarlett zum Stand kam, sah sie, dass ihre Mutter in der Signierschlange stand und sich mit einigen Leuten unterhielt. Mit gezwungenem Lächeln nickte Scarlett allen zu und brachte die Taschen zu Jude. Er blickte dankbar zu ihr auf. »Hast du alles gefunden?«

»Ja, war kein Problem.«

»Super. Ich weiß gar nicht, was ich heute ohne dich täte. Seit Gabes Kochshow zu Ende ist, tobt hier der Irrsinn.«

»Das seh ich. War gar nicht einfach, sich durchzudrängeln.«

Jude nahm ihr die Tasche mit den Büchern ab. »Oje, ist die schwer. Ich hätte selbst gehen sollen.«

»Alles gut«, erwiderte Scarlett mechanisch.

Anna beendete ihre Unterhaltung und trat zu den beiden. »Hey, hier ist ja was los. Wie geht's?«

»Gut. Wir haben tierisch viel zu tun.« Scarlett nahm die Flaschen aus der Jutetasche.

»Ja, ich seh's. Kann ich euch helfen?«

»Wenn du magst ... unter dem Tisch ist noch ein Karton mit kleinen Bechern. Die könntest du rausholen.«

Scarlett öffnete die Flaschen und goss Schnaps in die kleinen Probierbecher, war aber mit ihren zittrigen Fingern so ungeschickt, dass sie fast etwas verschüttete.

»Kalte Hände?«, fragte Anna.

»Ja, irgendwie schon. Vielleicht kannst du eingießen? Dann stelle ich neue Puddingpröbchen hin.«

»Na klar, mach ich.« Anna lächelte. Sie wirkte fröhlicher als seit Wochen, Scarlett dagegen fühlte sich wie in eine Watteschicht gepackt, die sie von der Welt trennte.

Sie konzentrierte sich darauf, Pudding in die essbaren Schälchen zu füllen, die sie dann den Leuten mit einem kleinen Holzlöffel überreichte.

»Hier geht's ja zur Sache. Aber wenn's was umsonst gibt, sind die Leute immer dabei, wie?«

Scarlett blickte auf und sah Hayden vor sich stehen. Als sie ihn entsetzt anstarrte, fiel ihr auf, dass seine Augen ebenso hellbraun waren wie ihre eigenen, und sie hatte das Gefühl, als würde sie gleich umkippen.

»Hallo, Anna«, sagte er jetzt.

»Hallo, Hayden.« Anna lächelte, aber ihre Stimme war kühl.

»Schön wie immer. Wie geht's eigentlich meinem alten Freund Roger?«

Seinem alten *Freund*? Scarlett war fassungslos, aber Anna antwortete einsilbig: »Gut.«

»Aber wieso ist er eigentlich nicht hier?«, bohrte Hayden weiter. »Er ist im Ruhestand, da hat er doch jede Menge Zeit, die er mit seiner zauberhaften Familie verbringen könnte.«

Scarlett wand sich innerlich vor Peinlichkeit, biss aber die Zähne zusammen und konzentrierte sich auf den Pudding. Und ihre Mutter schien zum Glück ruhig zu bleiben.

»Hat zu Hause zu tun«, sagte Anna nur.

»Ah, wahrscheinlich hauptsächlich im Pub. Wenn die Katze aus dem Haus ist und so.« Hayden lachte lauthals, worauf einige Leute zu ihm herüberschauten. Scarlett hätte ihn am liebsten angeschnauzt, damit er die Klappe hielt. Fiona hatte zwar gesagt, dass sie nicht mit ihm über die Eheprobleme der Lathams gesprochen hatte. Aber vielleicht hatte Hayden anderswo davon gehört, was in einem kleinen Ort wie Porthmellow mehr als wahrscheinlich war. Das war eindeutig der Nachteil davon, in einem Dorf zu leben.

Hayden kam jetzt ungebeten um den Tisch herum und stellte sich zu ihnen, und Scarlett wäre am liebsten auf der Stelle im Erdboden versunken. Jude schaute auf, und sein Lächeln erstarb, sobald er seinen Vater sah.

»Aber Weihnachten verbringt der gute alte Roger doch bestimmt mit euch in Seaholly Manor?« Hayden ließ nicht locker.

»Wir haben noch keine Pläne gemacht, Hayden«, antwortete Anna.

»Na, wenn ihr hier seid, müssen wir uns aber unbedingt mal auf einen Drink treffen. Mit unseren besseren Hälften natürlich. Und deinen wunderhübschen Töchtern, wenn die nichts anderes vorhaben, so wie Jude.« Hayden zwinkerte grinsend, und Jude warf Scarlett einen fast verzweifelten Blick zu.

Scarlett war auch am Rande der Verzweiflung, aber aus anderen Gründen. Hayden hatte offenbar nicht die geringste Ahnung, dass sie vielleicht seine Tochter war. Sonst würde er doch nicht solche anzüglichen Bemerkungen machen. Oh Gott, was für ein grauenhaftes Schlamassel.

»Danke für den Vorschlag«, sagte Anna. »Wir melden uns bei Gelegenheit.« Sie klang jetzt so gepresst, als sei sie mit ihrer Geduld am Ende. Das konnte Scarlett gut nachvollziehen. Jede weitere Minute in Anwesenheit dieses Mannes war eine Tortur.

Jetzt rieb er sich die Hände und verkündete: »Tja, meine

Damen, kann leider nicht mehr bleiben, muss zurück zu unserem Wagen. Fiona ist bestimmt schon fuchsteufelswild, aber ich wollte zumindest mal kurz schauen, wie's bei Jude so läuft. Das Fest neigt sich ja sowieso dem Ende entgegen. Wir sehen uns.«

Nachdem er verschwunden war, atmete Scarlett erleichtert auf. Anna verabschiedete sich auch, und Scarlett bediente die wartende Kundschaft. Sie verkaufte noch ein paar Bücher und schenkte den restlichen Kirschbrandy aus, aber die meisten Besucher machten sich auf den Heimweg. Nur wer in den Pubs weiterfeiern wollte, blieb noch vor Ort.

Schließlich packten Jude und sie alles ein, und Scarlett war dankbar, dass sie nicht reden mussten, weil sie Taschen und Kartons zum Auto schleppten und ständig hin- und herliefen. Schließlich brachte Jude eine letzte Kiste weg, und sie mussten nur noch gemeinsam die Plane entfernen.

Scarlett trank einen Schluck Wasser und versuchte, Ordnung in ihre Gedanken zu bringen. Selbst wenn die Postkarte darauf hinwies, dass Hayden und Anna eine Affäre gehabt hatten, bedeutete das noch lange nicht, dass er wirklich ihr Vater war. Aber andererseits hatte Anna doch wohl keine Affäre mit *zwei* Männern zur gleichen Zeit gehabt …

Weil Jude auf sich warten ließ, beschloss Scarlett, inzwischen die leeren Flaschen in den Recyclingcontainern hinter dem Stand zu entsorgen. Als sie gerade die erste Flasche einwerfen wollte, hörte sie plötzlich die Stimme von Hayden hinter den Containern.

»Ich mein das mit den Drinks ernst, auch wenn Roger keine Zeit hat – oder nicht will. Wir könnten über alte Zeiten reden. Würde dich bestimmt aufmuntern. Zwischen euch stimmt was nicht, sonst wärst du doch nicht ohne ihn hier. Du weißt ja, was passiert ist, als du zum letzten Mal länger alleine in Porthmellow warst.«

»Und was würde Fiona wohl dazu sagen, wenn du mit mir ausgehen willst?« Annas Stimme klang eisig.

»Ach, das spielt keine Rolle. Wir sind keine siamesischen Zwillinge, weißt du. Sie hat bestimmt nichts dagegen, wenn ich eine gute alte Freundin treffe, und außerdem ... was sie nicht weiß, macht sie nicht heiß.« Er lachte anzüglich, und Scarletts Magen krampfte sich zusammen. »Du siehst genauso schön aus wie damals bei der Strandparty, Anna«, fügte Hayden hinzu. »Bist immer noch eine verdammt erotische Frau.«

»Hayden. Ich bitte dich.«

»Ich denke oft daran, was zwischen uns hätte sein können.«

»Sei doch lieber dankbar für das, was du hast«, entgegnete Anna.

Hayden seufzte dramatisch. »Ach, Anna, ich frage mich so oft, ob wir nicht die falschen Partner geheiratet haben. Du kannst nicht leugnen, dass damals etwas zwischen uns gefunkt hat. Es ist so schade, dass wir das Feuer nicht schüren konnten.«

»Einmal hat vollständig gereicht!«, erwiderte Anna.

Scarlett ließ vor Schreck die Flasche fallen, die sie in der Hand hielt. Das Klirren von zerbrechendem Glas war nicht zu überhören, und im nächsten Moment kam Anna herbeigestürzt.

»Scarlett! Ist alles in Ordnung, Liebes? Hast du dich geschnitten?«, fragte sie besorgt.

»Nein, nein, alles gut«, wehrte Scarlett ab.

Hayden kam angeschlendert, ein herablassendes Grinsen auf dem Gesicht. »Soll ich mal schauen? Ich bin Ersthelfer.«

»Nein! *Es ist alles in Ordnung*!«, fauchte Scarlett. »Aber die Scherben müssen da weg.«

Jetzt kam auch noch Jude angelaufen. »Ist was passiert? Alles okay mit dir, Scarlett?«

»Ja, es ist alles okay! Könnt ihr bitte alle aufhören, mich das zu fragen?«

»Wir machen uns doch nur Sorgen, Liebes«, sagte Anna erschrocken.

»Ich hab kalte Hände, deshalb ist mir die Flasche entglitten«, erklärte Scarlett. »Muss jetzt die Scherben aufräumen.«

Sie ging in die Hocke, um den Blicken der anderen auszuweichen. Jude beugte sich zu ihr herunter. »Mach das nicht mit den Händen, sonst schneidest du dich.«

»Wartet, ich hole Besen und Zeitungspapier«, verkündete Anna und eilte davon.

»Kann ich auch irgendwas tun?«, fragte Hayden.

Jude schien zu spüren, dass die Anwesenheit seines Vaters nicht erwünscht war, und antwortete knapp: »Die Plane vom Stand abnehmen. Falls es dir nichts ausmacht«, fügte er dann etwas weniger schroff hinzu.

Hayden zuckte grinsend die Achseln. »Für meinen Sohn tu ich doch alles.« Er spazierte davon, und Scarlett richtete sich wieder auf und sah Jude an. »Gott, ich bin so ungeschickt.«

»Ach, das kann doch jedem passieren.« Er sah sie so liebevoll und fürsorglich an, dass Scarlett fast die Tränen kamen. Jude war ein toller Mann, sie verstanden sich wunderbar, und sie fand ihn so anziehend, aber jetzt wurde ihr bei diesem Gedanken ganz flau. Vielleicht hatten sie von Anfang an nur deshalb so einen guten Draht zueinander gehabt, weil sie in Wahrheit verwandt waren? Scarlett hatte einmal etwas über Halbgeschwister gelesen, die sich ineinander verliebt hatten, weil sie nichts von ihrem Verwandtschaftsgrad wussten. Schwindel erfasste sie, und ihr wurde furchtbar übel.

Anna tauchte mit Besen und alten Zeitungen wieder auf. »So, kann losgehen. Lehn dich irgendwo an und atme tief durch, Liebes, du bist furchtbar bleich.«

Scarlett war nicht in der Verfassung zu widersprechen, sondern sah nur zu, wie Anna die Scherben in das Papier kehrte und alles in einen Mülleimer warf. Danach verabschiedete sie sich, um mit einer Bekannten aus dem Kurs nach Hause zu fahren. Hayden war zu Fiona und seinem eigenen Stand zurückgekehrt.

Als Scarlett mit Jude alleine war, fühlte sie sich hundeelend und hätte ihm am liebsten die ganze Geschichte mit der Postkarte und dem belauschten Gespräch erzählt. Aber die Konsequenzen waren so grauenhaft, dass sie gar nicht daran denken mochte.

Nach einem letzten Blick auf den aufgeräumten Stand schlenderten die beiden zum Hafen.

»Wow, was für ein Abend«, sagte Jude. »Hat viel mehr Spaß gemacht, als ich erwartet hatte. Und war auch viel erfolgreicher. Das ist nicht zuletzt dir zu verdanken.« Er blieb stehen und sah sie mit leuchtenden Augen an. »Ganz lieben Dank für deine Unterstützung.«

Scarlett fürchtete plötzlich, dass er sie küssen wollte, und wich zurück. »Keine Ursache«, murmelte sie.

Jude sah betroffen aus und betrachtete sie forschend.

»Noch so viele Leute hier«, fügte sie mit einem Lächeln hinzu, um ihre Reaktion abzumildern.

Er runzelte verwirrt die Stirn. »Na und?«

»Entschuldige, ich bin müde, und mir ist so kalt. Bin wahrscheinlich ganz durchgedreht im Kopf«, stammelte sie.

»Kalt? Komm, ich leg dir meinen Mantel um.« Er begann ihn auszuziehen.

»Nein, nein, nicht nötig«, sagte Scarlett hastig. Sie wollte so schnell wie möglich weg, damit die Situation nicht noch komplizierter wurde. Obwohl Jude jetzt so bestürzt aussah, dass er sie sicher ohnehin nicht mehr küssen würde.

Er zuckte die Achseln. »Okay. Wann sehen wir uns?«

»Also, morgen bin ich bei meinem Kunden in Exeter, da bin ich den ganzen Tag unterwegs.«

Judes Miene wurde zusehends verschlossener, weil er ihre Abwehr spürte. »Na, dann kann ich dich ja morgen Abend mal anrufen«, sagte er zögernd.

»Könnte sein, dass es sehr spät wird. Und wenn ich heimkomme, bin ich bestimmt völlig fertig.«

Jetzt starrte Jude sie prüfend an, und Scarlett wäre am liebsten im Erdboden versunken. »Na gut, dann warte ich ab, bis du dich bei mir meldest«, sagte er kühl.

»So machen wir's.« Sie lächelte flüchtig.

Diese Situation war der reinste Horror, und Scarlett überlegte aufs Neue, ob sie Jude die Wahrheit sagen sollte. Aber dabei war ja alles noch immer unklar. Wenn Anna damals so bekifft oder betrunken gewesen war, dass sie nicht mehr wusste, mit wem sie Sex gehabt hatte … dann würde Scarlett auch niemals erfahren, ob Hayden Penberth ihr Vater war oder irgendein Wildfremder.

»Scarlett«, sagte Jude. »Bist du wirklich nur müde, oder stimmt irgendwas nicht?«

»Nein, nein, nur erschöpft, wirklich. War ein toller Tag, aber lang war er auch.« Sie täuschte ein Gähnen vor. »Hut ab vor dir, solche Festivals sind echt anstrengend.«

Er lächelte ein wenig. »Apropos Hut: Deiner sieht echt toll aus. Hübsche Idee, der Mistelzweig. Bringt einen auf romantische Gedanken …«

Scarlett stöhnte innerlich. »Den hatte ich schon ganz vergessen.«

»Im Ernst?« Er zog amüsiert die Augenbrauen hoch.

Sie fühlte sich hundeelend. »Ja, im Ernst. Hör mal, tut mir leid, dass ich so kaputt bin, aber ich muss jetzt dringend nach Hause.«

»Versteh ich. Ich möchte jetzt trotzdem noch was sagen, bevor ich den Mut nicht mehr dafür habe. Dieser Tag war wunderschön für mich, und das lag an dir.«

Scarlett entfuhr beinahe ein entsetztes Keuchen, während Jude weitersprach.

»In diesen letzten Wochen war ich glücklicher als seit ganz langer Zeit. Ich glaube, ich muss dir jetzt nicht erklären, weshalb. Ich konnte mir gar nicht mehr vorstellen, dass ich mich noch mal auf jemanden so ... intensiv einlassen könnte. Mir ist klar geworden, wie verschlossen ich lange war.«

Er lächelte warmherzig, und Scarlett starrte ihn voller Grauen wortlos an. Jude jedoch deutete ihr Schweigen scheinbar als Zustimmung und ergriff ihre Hände.

»Durch dich wurde das alles anders. Es wäre schlimm, wenn wir beide unsere Chance versäumen würden.« Unter anderen Umständen wäre sein Lächeln verführerisch gewesen, und unter anderen Umständen hätte Scarlett ihm auch gestanden, dass sie ihn hinreißend, großartig und sagenhaft attraktiv fand. Aber jetzt stand sie nur stocksteif da, und ihr schoss der Gedanke durch den Kopf, dass Jude sich gerade fast wie sein Vater angehört hatte.

25

Am nächsten Morgen trällerte Ellie fröhlich Weihnachtslieder aus dem Radio mit. Sie war direkt vom Cove Cottage aus zum Hafencafé gefahren. Die Frühstückszeit war vorbei, jetzt füllte Ellie die Verkaufstheke mit Stollen und Früchtebrot aus der Bäckerei, einem hausgemachten Strudel und anderen saisonalen Köstlichkeiten. Bei den würzigen Düften lief einem das Wasser im Munde zusammen, und Ellie war sicher, dass das Gebäck wie üblich im Nu ausverkauft sein würde.

Tina erschien mit einem Blech voller Mince Pies.

»Na, du bist ja heute mal gut gelaunt«, bemerkte sie. »Ich nehm auch das, was du zum Frühstück hattest.«

Ellie kicherte. »Ach, eigentlich bin ich echt müde.«

»Wenig Schlaf gehabt, wie?« Ihre Chefin zog vielsagend die Augenbrauen hoch.

Ellie nahm ihr schmunzelnd das Blech aus den Händen. »Glaubst du, wir haben genug davon?«, fragte sie, um vom Thema abzulenken.

»Mince Pies kann man nie genug haben«, antwortete Tina. »Und obwohl es mich ja nichts angeht: Ich denke, dieser Mann tut dir richtig gut.«

Ellie wurde ein bisschen rot und lächelte in sich hinein.

Sie war durchaus Tinas Meinung. Und hatte tatsächlich wenig Schlaf bekommen, aber aus erfreulichen Gründen. Erst beim Aufwachen war ihr die Begegnung mit Julian Mallory wieder in den Sinn gekommen.

Tina ging in die Küche zurück, um Sandwiches für die Lunch-Zeit vorzubereiten, Ellie blieb am Verkaufstresen. Die Frauen von der Strickgruppe trafen ein und setzten sich an einen Tisch in der Ecke, um bei Cappuccino ihre neuesten Projekte zu erörtern. Danach war wenig los, sodass Ellie sich in Gedanken mit Aarons Weihnachtsgeschenk beschäftigen konnte. Sie hatte in einem der Läden am Hafen etwas entdeckt, was sie nach längerem Überlegen für geeignet hielt: einen edlen Füller. Ihr war nämlich aufgefallen, dass Aaron immer nur einen alten Kugelschreiber benutzte. Sie fand, dass diese Idee genau der richtige Mix aus praktisch und persönlich war, und nahm sich vor, den Füller später gleich zu kaufen, auch wenn sie nicht wusste, ob Aaron ihr etwas schenken würde.

Sie dachte auch an die Einladung zum zweiten Weihnachtsfeiertag bei den Carmans, wo die ganze Großfamilie versammelt sein würde. Obwohl Ellie Evie und Troy sehr gerne mochte, war sie doch ein wenig nervös. Aber dass Aaron sich so sehr über ihre Zusage gefreut hatte, gab ihr ein gutes Gefühl, obwohl sie immer wieder daran denken musste, dass ihre eigene Familie an Weihnachten nicht vollzählig sein würde.

Jetzt kamen weitere Gäste, und Ellie servierte Latte Macchiato mit Lebkuchengewürz, heiße Schokolade, Mince Pies mit Streichrahm und anderes Weihnachtsgebäck. Nach und nach füllte sich das Café, und Ellie wollte gerade Tina zur Unterstützung holen, als die Tür erneut aufging.

Eine gertenschlanke Frau mit langen platinblonden Haaren, kirschrotem Mantel und hochhackigen schwarzen Lederstiefeln blieb auf der Schwelle stehen, als wolle sie das Lokal erst begutachten, bevor sie es betrat. Eine eisige Windbö fegte durch die offene Tür herein, und die Strickdamen beäugten die Frau empört.

Schließlich traf sie ihre Entscheidung, schloss die Tür und ging auf den Tresen zu. Sie betrachtete die Auslagen und zog dabei die von der Kälte gerötete Nase kraus. Plötzlich sah Ellie vor ihrem inneren Auge, wie ein langes blondes Haar auf das Gebäck sank, das sie auf der *Marisco* verkauft hatte … das war die Frau, die glutenfreie Pies verlangt hatte.

»Guten Morgen. Was darf's denn sein?«, fragte Ellie munter, in der Hoffnung, dass die Blondine bei der reichlichen Auswahl hier etwas Passendes finden würde.

Die Frau warf einen Blick auf Ellies Namensschild. »Sie sind Ellie?«, fragte sie.

»Ja, die bin ich«, sagte Ellie lächelnd.

»Eleanor Joan Latham?«

Jetzt beschlich Ellie ein unbehagliches Gefühl. »Darf ich fragen, weshalb Sie das wissen möchten?«, fragte sie höflich. Tina brachte gerade weitere Stollenstücke auf einer Platte herein.

»Sie sind also Ellie«, lautete die Antwort der Blondine.

Ellie fing an, sich aufzuregen, aber Höflichkeit im Umgang mit Kundschaft war das Allerwichtigste. »Ja. Kennen wir uns irgendwoher? Womit kann ich Ihnen helfen?«

Die Blondine schürzte die Lippen. »Hmm. Ich hätte eigentlich erwartet, dass Aaron von mir erzählt hat … aber es wundert mich auch nicht, dass er es nicht getan hat.« Sie streckte die Hand über den Tresen. »Ich bin Liza. Liza Carman, Aarons Frau.«

Ellie kam sich vor wie vom Blitz getroffen. »Seine *Frau*?«, brachte sie mühsam hervor.

»Ja. Und ich beabsichtige, Sie als Scheidungsgrund anzugeben.« Liza ließ die Hand sinken, als klar war, dass Ellie sie nicht ergreifen würde. »Ich vermute, Sie haben Sex mit Aaron.«

Ellie blieb die Luft weg. Die Strickdamen waren mucksmäuschenstill, damit ihnen nur ja nichts entging. Wahrscheinlich verrenkten sie sich alle den Hals, weil sie so angestrengt lauschten.

»Sie wirken schockiert«, konstatierte Liza. »Vielleicht hätte ich Ihnen das etwas schonender beibringen sollen. Aaron wollte, dass wir uns einvernehmlich scheiden lassen, weil wir schon lange getrennt leben. Ich war auch bereit einzuwilligen, aber dann habe ich Sie mit ihm beim Festival gesehen und dachte mir, man könnte das Ganze doch etwas interessanter gestalten, indem ich ihn des Ehebruchs bezichtige.« In ihrer Stimme waren Bitterkeit und Verletztheit zu hören, aber nach diesem Auftritt hatte Ellie keinerlei Lust auf Mitgefühl.

»Augenblick mal.« Sie fand ihre Stimme wieder. »Sie können nicht einfach so an meinem Arbeitsplatz auftauchen und mich irgendwelcher … Dinge beschuldigen.«

»Sie leugnen es also?« Liza zog die Augenbrauen hoch.

»Nein. Doch. Hören Sie, unter keinen Umständen werde ich an diesem Ort weiter mit Ihnen reden. Warten Sie, bis meine Schicht zu Ende ist. Wobei ich überhaupt nicht verpflichtet bin, mit Ihnen über mein Privatleben zu sprechen.«

»Kann ich irgendwie helfen, Ellie?« Tina betrachtete Liza mit vernichtendem Blick. »Ich muss Sie bitten zu gehen, Madam. Ich werde nicht zulassen, dass jemand mein Personal belästigt oder beleidigt.«

Liza lachte spöttisch. »Beleidigt? Ich hab nur die Wahrheit gesagt. Und ich würde im Traum nicht daran denken, in so einem schäbigen Café was zu essen.«

Tina richtete sich kerzengerade auf. »Das reicht. Wenn Sie nicht augenblicklich verschwinden, rufe ich die Polizei.«

»Es ist okay, Tina«, warf Ellie ein. »Ist meine Schuld, ich werd mich der Sache annehmen.«

»Erst, wenn diese *Dame* das Café verlassen hat«, sagte ihre Chefin bestimmt.

Tina war sehr beeindruckend, aber Ellie verging trotzdem beinahe vor Scham. Es wunderte sie, dass sich die Strickdamen nicht den Kiefer ausrenkten, weil ihnen der Mund so weit offen stand. Auch die anderen Gäste beobachteten die Szene entsetzt und fasziniert zugleich.

»Keine Sorge, ich werde Ihre Zeit nicht weiter beanspruchen«, konterte Liza. »Aber«, fügte sie zu Ellie gewandt hinzu, »Sie werden von meinem Anwalt hören. Bei Aaron wird er sich schon gemeldet haben. Angesichts Ihres Zustands vermute ich, dass Sie bislang nichts von meiner Existenz wussten.«

Sie hob beide Hände, weil Tina jetzt entschlossen auf sie zutrat. »Ich bin schon weg. Sie müssen die Polizei nicht bemühen.«

Und damit rauschte Liza hinaus und ließ die Tür sperrangelweit offen stehen. Ellie war zur Salzsäule erstarrt, sodass Tina zur Tür eilte, sie zumachte und anschließend freundlich zu dem Strickzirkel sagte: »Die Show ist vorbei. Möchten Sie vielleicht alle eine Tasse Kaffee aufs Haus?«

Die Damen nickten eifrig und wandten sich rasch wieder ihrem Strickzeug zu. Tina eilte zur Theke und raunte Ellie zu: »Geh nach hinten und erhol dich erst mal, ich übernehme hier. Sobald ich kann, schau ich nach dir.« Sie stupste Ellie sachte an, um sie aus ihrer Schockstarre zu wecken.

»Es tut mir so leid …«, stammelte Ellie.

»Später. Ab mit dir.«

Im Aufenthaltsraum versuchte Ellie ihre Schürze abzunehmen, konnte aber nicht einmal die Schleife lösen, und sank kraftlos auf einen Stuhl. Was sich da gerade ereignet hatte, war der reinste Alptraum.

Ich bin Aarons Ehefrau. Liza Carman. Ich beabsichtige, Sie als Scheidungsgrund anzugeben. War das ein Bluff? Oder war diese Person tatsächlich mit Aaron verheiratet? Aber wieso hatte er das Ellie verschwiegen? Sie hatte ihm vertraut, ihm ihr größtes Geheimnis offenbart … und er hatte sie vorsätzlich getäuscht.

Ein paar Minuten später kam Tina hereinmarschiert.

»Solche Dramen kriegt man ja in Porthmellow eher selten zu sehen.«

»Und ich lege gar keinen Wert drauf, dabei mitzuspielen. Ich schäme mich in Grund und Boden.«

»Musst du nicht. Ich will dir auch nicht auf die Pelle rücken, aber … das hat sich wirklich so angehört, als hättest du nichts von dieser Person gewusst …«

»So ist es auch«, sagte Ellie. »Und jetzt fühle ich mich wie der größte Idiot unter der Sonne.«

»Immer diese Männer, ey.« Tina klopfte ihr tröstend auf die Schulter. »Obwohl ich jede Wette eingegangen wäre, dass Aaron einer von den guten ist. Seine Eltern sind so reizende Leute.«

»Er hat mir ein bisschen was über seine Armeezeit erzählt, die Frau aber nicht erwähnt.« Ellie stand noch so unter Schock, dass ihr Gedächtnis auch nicht zu funktionieren schien. Aber sie wusste noch genau, dass Aaron gesagt hatte, es gäbe niemanden in seinem Leben, und sie solle ihm vertrauen. »Was für ein grässliches Chaos«, murmelte sie und musste sich angestrengt bemühen, vor Enttäuschung und Wut nicht in Tränen auszubrechen.

Tina legte ihr die Hand auf den Arm. »Möchtest du nach Hause fahren und mit ihm reden?«, fragte sie behutsam.

»Das ist lieb von dir, danke. Aber ich werd dich auf keinen Fall hier hängen lassen. Gleich ist Mittagszeit, und die Sonne kommt raus, das heißt, die Touristen können nicht mehr weit sein.« Ellie gelang es, ein Lächeln aufzusetzen. Und obwohl sie Aaron am liebsten sofort ins Kreuzverhör genommen hätte, war es sinnvoller, sich erst noch ein bisschen zu beruhigen.

»Wenn du meinst … aber lass dir noch ein bisschen Zeit,

zu dir zu kommen. Trink erst mal einen Kaffee und iss einen Happen. Komm erst raus, wenn du dich besser fühlst.«

»Danke, Tina, du bist ein Engel.«

Die Cafébesitzerin lachte. »Also, das hat noch niemand zu mir gesagt.«

Nachdem Ellie sich ein bisschen erholt und ihr Make-up aufgefrischt hatte, kehrte sie an die Theke zurück. Es war inzwischen ziemlich voll geworden, und die Strickdamen saßen auch noch da, vielleicht in der Hoffnung auf weitere Darbietungen. Großer Gott, wahrscheinlich wusste inzwischen über die Social Media schon das halbe Dorf davon, dachte Ellie, während sie bediente. Und wie peinlich, wenn womöglich Anna und Scarlett auch davon erfahren hatten …

Warum hatte Aaron ihr seine Ehe verschwiegen? Ellie würde ihn fragen müssen. Doch was er auch antworten mochte: Ihr Vertrauen in ihn würde wohl für immer zerstört sein.

26

Trotz ihrer Erschöpfung hatte Scarlett nachts kaum ein Auge zugetan, weil die düsteren Gedanken und Fragen ihr keine Ruhe ließen. Schon früh morgens stand sie auf und fuhr nach Exeter zu dem Kundengespräch. So kurz vor Weihnachten war so ein Termin eher unüblich, aber da Scarlett gleich nach den Feiertagen mit dem Projekt anfangen sollte, blieb ihr nichts anderes übrig, als ihn wahrzunehmen.

Nach Judes Verhalten am Abend waren Scarlett doch Zweifel daran gekommen, ob er ahnte, dass sie beide Halbgeschwister waren. Aber wenn er nicht diesen Verdacht hegte, warum hatte er dann das Buch und die Postkarte an sich genommen?

Es war eine Wohltat, während der Besprechung mit dem Kunden ein paar Stunden lang abgelenkt zu sein. Doch sofort danach fielen die Fragen wieder über Scarlett her wie ein Schwarm hungriger Krähen. Auf der Rückfahrt machte sie im Bodmin Moor Halt und aß im berühmten Jamaica Inn zu Mittag.

Als sie das historische Gasthaus verließ, wirbelten Schneeflocken durch die Luft, und Schafe drängten sich schutzsuchend an die Hauswände. Die Temperatur war drastisch gesunken, und Scarletts Wolljäckchen bot kaum Schutz vor dem eisigen Wind.

Die einsame Gegend und das trostlose Wetter lösten plötzlich Sehnsucht nach ihrem Dad aus. Scarlett öffnete den Kofferraum und holte Rogers abgewetzte Wachsjacke heraus. Er hatte sie ihr vor Jahren überlassen, aber bislang war sie nicht zum Einsatz gekommen. Scarlett zog sie über und stieg wieder ins Auto. Schneeflocken sanken auf die Windschutzscheibe, und Scarlett dachte zurück an die selige Zeit, als ihr Leben noch in Ordnung gewesen war. So plötzlich war ihre gesamte Welt auf den Kopf gestellt worden.

Sie griff nach ihrem Handy und tippte auf die eingespeicherte Nummer. Niemand meldete sich, und sie wollte es gerade aufgeben, als Roger plötzlich dranging.

»Dad?« Sogar dieses Wort hatte eine andere Bedeutung als früher. »Alles in Ordnung?«

»Ich war im Schuppen«, sagte er atemlos.

»Du solltest dein Handy mitnehmen.«

»Wieso? Ich geh doch da rein, um meine Ruhe vor dem Ding zu haben.«

»Verstehe.« Sie sah das Bild vor sich: ihr Vater an der Drechselbank, knöcheltief in Sägespänen stehend. »Was machst du denn Schönes zurzeit?«

»Ach, dies und jenes«, antwortete er ausweichend.

»Weihnachtsgeschenke vielleicht?«

»Schon möglich … wie geht's dir, Schätzchen?«

Scarlett zögerte. Sie fror und fühlte sich einsam, sehnte sich nach Wärme und Trost. Und sie wünschte sich so sehr, dass ihre Familie an Weihnachten vollständig sein würde. Es musste ja nicht alles eitel Sonnenschein sein, solange es Hoffnung auf Versöhnung gab …

»Dad, kannst du nicht doch über Weihnachten zu uns nach Cornwall kommen?«

Seine Antwort war ein langes Schweigen. Scarlett umklammerte ihr Handy fester.

»Ich weiß nicht, Liebes«, sagte Roger schließlich.

»Soll ich dann zu dir kommen?«, fragte sie.

»Nein, nein. Deine Mutter braucht dich jetzt.«

»Aber du doch auch«, erwiderte Scarlett kläglich.

»Natürlich, aber … schau, ich hab Marcus und seiner Familie schon versprochen, dass ich zu ihnen komme.«

Das Schneegestöber war jetzt so heftig, dass die Schafe nicht mehr zu sehen waren. Sie sollte wohl lieber aufbrechen, bevor sie nicht mehr fahren konnte.

»Dann aber nach Weihnachten«, drängte sie.

»Ja. Das wäre möglich.« Er klang entschiedener. Also hielten ihn wohl hauptsächlich die üblen Erinnerungen an das letzte Weihnachtsfest von Seaholly Manor fern.

»Danke, Dad. Ich hab dich lieb.«

»Ich dich auch, Scarlett. Ist so weit alles in Ordnung?«

»Leider nein. Ich komme mit dieser Situation nicht mehr klar. Mum hat jetzt endlich zugegeben, was sie … was passiert ist. Ich liebe dich so sehr, aber ich möchte mehr wissen und …« Scarlett brach ab. Sie konnte ihm unmöglich ihre schlimmste Befürchtung offenbaren.

Zu spät. »Wieso, was hat Anna gesagt?«, fragte er alarmiert.

»Nichts. Gar nichts. Ich weiß nicht mehr als du.« Was insofern nicht gelogen war, als Scarlett keine Ahnung hatte, was Anna ihrem Mann erzählt hatte. Es konnte zwei vollkommen unterschiedliche Versionen der Wahrheit geben. Aber vielleicht hatte ihre Mutter auch noch immer überhaupt nichts gestanden.

Die Windschutzscheibe war inzwischen vollkommen eingeschneit. Scarlett schaltete die Scheibenwischer ein, aber draußen konnte man nichts mehr erkennen außer dann und wann Scheinwerferlicht von langsam vorbeifahrenden Autos.

»Dad, ich bin gerade im Bodmin-Moor, und es schneit sehr heftig hier. Ich muss weiterfahren.«

»Im Bodmin-Moor? Bei diesem Wetter?«, fragte er erschrocken. »Fahr bitte ganz vorsichtig, Scarlett, und melde dich bei mir, wenn du angekommen bist, ja? Es wurde ein Schneesturm angekündigt, der besonders in dieser Gegend extrem werden soll.« Jetzt klang er nicht mehr müde und traurig, sondern fürsorglich und mitfühlend. Er war wieder ihr lieber Vater, der sich um sie sorgte. »Du solltest sofort losfahren. Und gib dir um Himmels willen nicht die Schuld an dieser Situation. Dafür sind nur wir selbst verantwortlich. Vielleicht nicht mal Anna, sondern ich.«

»Du? Wieso das denn, Dad? Du kannst doch überhaupt nichts dafür!«

»Es ist nie eine Person alleine schuld, wenn es Probleme in einer Partnerschaft gibt. Und ich bin alles andere als perfekt.«

Orangefarbenes Licht flackerte durch den Schnee, als ein Räumfahrzeug vorüberkroch.

»Scarlett?«

»Entschuldige. Grade kam ein Räumwagen vorbei.«

»Fahr jetzt los, bevor du dort einschneist. Ruf mich an, wenn du zu Hause bist. Und überhaupt immer, wenn du Hilfe brauchst. Ich weiß nicht, was ich von hier aus für dich tun kann, aber ich bin immer für dich da. Vergiss das nicht, was auch immer geschieht.«

»Danke, Dad.« Scarlett wischte sich Tränen vom Gesicht.

Ihr Vater hatte ihr keine Antworten geliefert, sondern im Gegenteil mehr Fragen aufgeworfen. Aber auch wenn er ihr nichts versprochen hatte, so hatte er ihr doch das Gefühl gegeben, geliebt zu werden, und das tröstete sie enorm.

Scarlett startete den Wagen und fuhr vorsichtig los. Sie war entsetzt über die Schneemassen, hatte aber nicht die geringste Lust, hier im Moor einzuschneien. Während der scheinbar endlosen Fahrt kam sie immer wieder an Lastwagen und PKW vorbei, die bereits aufgegeben hatten und am Straßenrand stehen geblieben waren. Sie hoffte, nicht als vermisstes Schneesturmopfer in den Nachrichten aufzutauchen.

Aber es tat ihr gut, daran zu denken, wie liebevoll ihr Vater geklungen hatte. Und wenn er tatsächlich auch ein Stück weit für die Misere der Familie verantwortlich war, dann musste Scarlett sich eingestehen, dass sie wesentlich weniger über ihre Eltern wusste, als sie immer geglaubt hatte.

27

Ellie quälte sich durch ihre Schicht im Hafencafé und wurde schließlich von Tina eine halbe Stunde früher nach Hause geschickt. Schneeregen hatte eingesetzt, und die meisten Gäste flüchteten ohnehin in ihre Ferienwohnungen. Es wurde auch schon am frühen Nachmittag dunkel, und Porthmellow wirkte trotz der Weihnachtsbeleuchtung und der bunt dekorierten Schaufenster düster und trostlos.

Zum ersten Mal, seit sie hier lebte, dachte Ellie mit Sehnsucht an die Palmen und weißen Strände tropischer Länder. Vielleicht war doch die Zeit gekommen, um weiterzuziehen …

Aaron hatte vor einer halben Stunde versucht, sie anzurufen, und dann eine Nachricht geschickt.

Muss dringend mit dir reden. Bitte ruf mich an.

Also war Liza wohl schon bei ihm gewesen.

Während Ellie durch die Gassen zu ihrem Auto ging, überlegte sie, ob sie zurückrufen sollte oder nicht. Einzelne Schneeflocken schwebten zu Boden, schmolzen aber gleich, und als Ellie sich dem Parkplatz näherte, hatte sich der Schnee in Regen verwandelt. Die Entscheidung über den

Anruf war ihr jedenfalls abgenommen, denn Aaron wartete bei ihrem Wagen.

Als er sie sah, lief er auf sie zu, aber Ellie marschierte an ihm vorbei, schloss das Auto auf und setzte sich ans Steuer. Als sie die Tür schließen wollte, trat Aaron dazwischen. Ellie umklammerte mit beiden Händen das Lenkrad und blickte starr geradeaus.

»Sag jetzt nicht, dass du alles erklären kannst«, knurrte sie.

»Okay, dann lass ich das, aber wie sollst du dann notwendige Antworten auf deine Fragen über Liza bekommen?«, erwiderte Aaron verzweifelt.

Ellie schaute zu ihm hoch. Regentropfen rannen über sein Gesicht.

»Hast du Liza gesehen?«, fragte sie.

»Ja. Sie ist vorhin bei mir zu Hause aufgetaucht.«

»Und davor war sie bei mir. Hat sich im Café aufgeführt wie die Axt im Walde und gesagt, sie will mich als Scheidungsgrund angeben.«

»Ich weiß«, sagte Aaron. »Und ich wünsche mir so sehr, ich hätte sie davon abhalten können. Wenn Liza wütend ist, macht sie immer Dinge, die sie später bereut. Sie ist sehr impulsiv. Aber ich kenne sie und bin sicher, dass sie sich wieder beruhigt.«

»Du kennst sie, na toll. Aber ich kenne sie nicht! Ich wusste noch nicht mal von ihrer Existenz! Was hast du dir dabei gedacht, mir deine Ehefrau zu verschweigen?«, zischte Ellie.

»Ich konnte ja nicht ahnen, dass sie hierherkommen und … sich so benehmen würde«, erwiderte Aaron kleinlaut. »Ich habe geglaubt, ich hätte … alles unter Kontrolle.«

»Alles unter Kontrolle?«, fauchte Ellie.

Er strich sich durch die tropfnassen Haare. »Nein, ich meine … ich dachte eher, ich hätte mit Liza alles geklärt. Das wirkt alles viel schlimmer, als es ist.«

»Sie war extrem wütend und verbittert.«

»Ich bitte dich, Ellie, hör mich an. Lass mich dir die ganze Geschichte erzählen.« Seine Stimme hatte einen flehenden Unterton, die übliche Selbstsicherheit war wie weggeblasen.

Ellie holte tief Luft. »Ist … ist Liza bei dir zu Hause?«

»Nein. Sie ist jetzt in ihrem Hotel und wird dich nicht mehr belästigen. Es tut mir so wahnsinnig leid«, sagte Aaron. »Weißt du, Ellie, niemand wusste von meiner Ehe mit ihr, auch meine Eltern und meine Schwester nicht. Nur ein paar Freunde von damals.«

»Was? Warum hast du deiner Familie deine Ehe verheimlicht?« Was er auch sagte – es machte nichts besser.

»Wir können bei mir zu Hause reden, wenn du möchtest«, schlug er vor.

Sie zögerte. Ihr Vertrauen in Aaron war sowieso zerstört. Aber ihn anhören sollte sie wohl zumindest.

»Am besten, wir bringen es so schnell wie möglich hinter uns«, sagte sie schroff.

Ellie war innerlich so aufgewühlt, dass sie sich während der kurzen Fahrt wie eine Anfängerin auf jede Bewegung konzentrieren musste, um keine Fehler zu machen. Aaron folgte ihr in seinem Transporter. Als sie das Cottage betraten, machte er Feuer im Kamin.

»Möchtest du was trinken? Kaffee? Whisky?«, fragte er dann.

»Nein, danke.«

»Aber setz dich doch bitte wenigstens. Wird wohl ein Weilchen dauern, bis ich dir alles erklärt habe.«

Ellie reagierte nicht auf diesen Humorversuch. Sie fühlte sich wie eine Bombe kurz vor der Explosion und nicht empfänglich für Aarons Charme. Sie setzte sich auf den Sessel gegenüber dem Sofa, auf dem er sich niedergelassen hatte. Nähe zu ihm war gerade unerträglich.

»Ich nehm doch einen Whisky«, murmelte sie. Sie konnte nachher auch zu Fuß nach Hause gehen.

»Den können wir sicher beide gut gebrauchen.«

Während Aaron in der Küche war, sah Ellie sich im Wohnzimmer um. Dass sie diese Räume, in denen sie so viel Schönes und so viel Lust erlebt hatte, künftig nicht mehr betreten würde, schmerzte furchtbar.

Aaron kam zurück und reichte ihr einen Whiskyschwenker.

»Also? Wie ist deine Frau dazu gekommen, mich so zu überfallen?«, fragte Ellie. Es fiel ihr schwer, Lizas Namen auszusprechen.

»Deinen Namen hat sie nach dem Festival über die *Marisco* bei Google gefunden und dann von jemandem im Hotel erfahren, dass du auch im Café arbeitest.«

»Oh, der verdammte Tratsch in diesem Kaff!«, fluchte Ellie.

»Liza kann sich ziemlich gut durchsetzen, wenn sie es drauf anlegt.«

Ellie schnaubte und trank einen großen Schluck Whisky. Er brannte in der Kehle und war ihr unangenehm. Sie schob das Glas von sich.

»Bevor ich dir mehr erzähle«, begann Aaron, »möchte ich noch ein paar Worte zu Liza sagen. Sie macht häufig Dinge, die sie nicht so meint. Und hat mir bereits versichert, dass ihr der Auftritt im Café leidtut. Sie wird auch in eine einvernehmliche Scheidung einwilligen.«

»Dann ist ja alles in bester Ordnung!«, erwiderte Ellie schneidend.

Aaron zögerte. Er hatte wohl gehofft, sie würde sich etwas beruhigen, aber sie kochte innerlich vor Wut. Schließlich sagte er: »Liza ist eine schwierige Persönlichkeit. Sie hat ein gutes Herz und kann sehr nett sein. Aber eben auch völlig aus der Haut fahren.«

»Ach was«, murmelte Ellie sarkastisch.

»Wir haben von Anfang an nicht zueinander gepasst, und die Beziehung war ein großer Fehler. Liza arbeitet als Sängerin auf Kreuzfahrtschiffen, und sie hat offenbar vor einiger Zeit eine Beziehung mit einem Mann angefangen, der wollte, dass sie ihre Jobs auf den Schiffen aufgibt und mit ihm zusammenlebt. Deshalb hat sie einen neuen Vertrag nicht angenommen. Aber jetzt hat ihr dieser Typ vor ein paar Tagen den Laufpass gegeben. Sie ist verletzt und wütend.«

»Kann ich nachvollziehen!«, fauchte Ellie. »Tut mir ja leid für sie, aber deshalb muss man sich trotzdem nicht so benehmen.«

»Wir wollten die Scheidung jetzt endlich auf den Weg bringen, deshalb hatte ich Liza gebeten, nach Weihnachten herzukommen, um einiges zu regeln.« Er seufzte. »Aber als der Typ sie abserviert hat, ist sie ausgerastet und direkt hierhergekommen.«

»Okay, jetzt lassen wir das mal. Das Hauptproblem ist doch, dass du mir gesagt hast, es gäbe niemand anderen in deinem Leben!«

»Und das stimmt auch!«, erwiderte Aaron. »Liza und ich hatten uns jahrelang nicht gesehen. Wir haben geheiratet, als ich Anfang zwanzig war. Hatten uns in einer Hotelbar auf Zypern kennengelernt, wo ich gerade Urlaub machte. Und eine Woche später haben wir in Las Vegas geheiratet.« Er seufzte und schloss für einen Moment die Augen. Nach einem tiefen Atemzug sprach er weiter. »Das war völlig verrückt, was uns beiden auch schnell klar wurde. Sie war überall auf der Welt unterwegs, ich auch, und außerdem passten wir überhaupt nicht zusammen. Wir wollten uns schon lange scheiden lassen, aber irgendwie haben wir es bisher nicht auf die Reihe gekriegt.«

»Warum zum Teufel hast du mir nicht einfach von ihr erzählt, anstatt mich anzulügen?«

»Ich habe doch nicht direkt gelogen. Ich habe mir einfach gedacht, es sei einfacher, wenn ich das alles für mich alleine regle, ohne dass jemand es mitbekommt. Meine Eltern wären entsetzt, wenn sie das erfahren würden. Sie nehmen die Ehe sehr ernst … ich im Übrigen auch. Ich glaube an Treue und Bindung, auch wenn das jetzt gerade nicht so scheint.« Er lächelte matt. »Wenn meine Eltern erfahren würden, dass ich aus einer Schnapsidee heraus eine völlig überspannte Frau in Las Vegas geheiratet habe, wären sie am Boden zerstört. Sie sind so stolz auf mich, und ich liebe sie und möchte ihr Bild von mir nicht zerstören.« Er strich sich über die Augen. »Ich war so ein elender Idiot.«

Ellie widerstand der Versuchung, ihm beizupflichten. »Aber wieso habt ihr das denn nicht schon vor Jahren geregelt?«

»Wie gesagt: Irgendwie kam es nicht dazu, weil wir beide ständig unterwegs sind. Dann haben wir irgendwann auch den Kontakt verloren. Aber ich wollte das jetzt endlich angehen, jetzt, nachdem ich … dich kennengelernt habe.« Er sah ihr in die Augen. »Ich hab Liza dann über Facebook aufgespürt und mich mit ihr verabredet. Aber jetzt ist alles gar nicht nach Plan verlaufen.«

»Kann man wohl sagen. Die Vergangenheit sucht einen immer wieder heim, Aaron.«

»Ja, scheint so. Es tut mir wahnsinnig leid, ehrlich.«

Ellie war völlig erschöpft von diesem ganzen Gefühlschaos, und ihr Kopf tat weh. »Gibt's sonst noch was zu offenbaren, wenn du schon dabei bist?«, fragte sie.

»Nichts, worüber ich jetzt mit dir sprechen möchte.«

»Ah. Weitere Geheimnisse also«, sagte Ellie sarkastisch.

»Nicht so sehr Geheimnisse als vielmehr Dinge, deren ich mich schäme. Ich habe früher viele Fehler gemacht.« Seine Stimme klang hart. »Und mit denen muss ich nun leben.«

Meinte er Fehler während seiner Laufbahn bei der Armee? Evie hatte einmal erwähnt, dass Aaron sogar Medaillen bekommen hatte. Ellie wurde klar, dass sie nicht einmal annähernd ahnen konnte, was Aaron durchgemacht hatte. Sie wusste noch immer so gut wie nichts über ihn.

»Aber dabei handelt es sich nicht um Beziehungsthemen.« Aaron setzte sich so kerzengerade auf, als müsse er ein Gerichtsurteil anhören. »Und du hast recht. Ich war nicht aufrichtig mit dir und bereue das zutiefst. Es ist das Dümmste, was ich jemals gemacht habe, und ich würde alles tun, um dein Vertrauen zurückzugewinnen. Denn ich liebe dich, Ellie. Auch wenn es jetzt wahrscheinlich zu spät ist, um das zu sagen.«

In seinen Augen schimmerten Tränen, und Ellie spürte, wie etwas in ihr weicher wurde. Dieser große starke Mann, in den sie Hoffnungen auf eine schönere Zukunft gesetzt hatte, war kurz davor zu weinen.

Er *liebte* sie.

Und sie glaubte ihm.

Die Mauer aus Wut, die ihre eigenen Tränen mühsam zurückhielt, bekam einen Riss. Ellie hatte selbst Fehler gemacht, mit Julian. Und Aaron hatte sich das alles angehört, ohne sie dafür zu verurteilen.

»Ich wünschte, du wärst ehrlich zu mir gewesen«, murmelte sie.

»Aber da ist nichts mehr zwischen Liza und mir. Seit Jahrzehnten! Ich habe sie seit Ewigkeiten nicht gesehen! Ich schwöre es dir bei meinem Leben!«

Die Kopfschmerzen begannen sich zu einer regelrechten Migräne auszuwachsen. Das hatte gerade noch gefehlt. Ellie verfluchte sich, weil sie von dem Whisky getrunken hatte.

»Liza trägt nur noch meinen Namen«, fügte Aaron hinzu. »Wir sind allerhöchstens lose befreundet.«

»Und woher willst du wissen, dass sie das auch so empfindet?«

»Selbst wenn nicht, das spielt keine Rolle. Ich will mit dir zusammen sein. Mehr als alles andere, Ellie. Bitte gib mir eine zweite Chance.« Er streckte die Hand aus, aber Ellie lehnte sich zurück und schlang schützend die Arme um sich.

»Es tut mir unendlich leid, dass ich dich verletzt habe«, fuhr Aaron fort. »Du bist für mich das Wunderbarste, was ich je erlebt habe, und ich wollte nicht, dass du denkst, ich würde die Ehe auf die leichte Schulter nehmen. Liebe und Treue sind dir so wichtig, und du hast diese schmerzhafte Erfahrung gemacht. Deshalb habe ich dir diesen Teil meines Lebens verschwiegen.«

»Jetzt mach *mich* nicht dafür verantwortlich. Es liegt nicht daran, wie *ich* bin.«

»Ich bin ein aufrichtiger Mensch, Ellie.«

Ellie schüttelte den Kopf, unfähig, ihre widerstreitenden Gefühle in Worte zu fassen. Schock und Enttäuschung blockierten ihren Verstand komplett. Sie konnte nicht mehr klar denken, musste auf Abstand gehen.

»Ich habe miterlebt, wie Kameraden und unschuldige Zivilisten binnen Sekunden ums Leben kamen.« Aaron sprach so leise, dass Ellie sich vorbeugen musste, um ihn zu verstehen. »Ich wusste manchmal schon in der Sekunde vor der Explosion, dass sie keine Chance mehr hatten.«

Ellie starrte ihn an, sah die Resignation in seinem Gesicht.

»Das fühlt sich gerade fast genauso an«, fügte er hinzu. »Es gibt kein Zurück mehr, oder?«

»Ich ... ich muss jetzt nach Hause. Alleine sein. Bitte melde dich nicht bei mir.«

»Wenn du das willst ...«

»Ich will das ganz und gar nicht, brauche es aber.«

Ihr Kopf hämmerte, und ihr war schwindlig und übel.

Auf dem Heimweg ließ sie ihren Gefühlen freien Lauf, stolperte tränenblind durch die Nacht. Der Mond kam hinter einer Wolke hervor und beleuchtete den Weg nach Seaholly Manor. Weit unten donnerten die Wellen ans Ufer.

Sie hätte auf ihre warnende Stimme hören und Aaron nicht arglos ihr Herz überreichen sollen. *Hier, verfüttere es an die Vögel. Ich bin die naive, vertrauensvolle Ellie, die sich gern zum Opfer verantwortungsloser Männer macht.*

Aaron war verloren für sie. Und ihre Familie war vielleicht auch für immer zersplittert. Ellies ganze bisherige Welt brach zusammen.

Und Aaron hatte wohl recht. Es gab kein Zurück mehr.

28

Als Scarlett endlich in Seaholly Manor ankam, war es schon sieben Uhr abends und stockfinster. Die Fahrt war alptraumartig gewesen, mit Schneematsch und schließlich peitschendem Regen, als sie sich Porthmellow näherte. Weil ihr Handy seit Stunden tot war, hatte sie niemandem Bescheid sagen können.

In der Sekunde, als sie vor dem Haus anhielt, kam ihre Mutter herausgestürzt und riss die Autotür auf.

»Scarlett, um Himmels willen! Was ist passiert? Wir haben uns solche Sorgen gemacht! Wieso bist du nicht an dein Handy gegangen? Ich habe schon jeden Moment mit einem Anruf der Polizei gerechnet!«

»Der Akku war leer«, erklärte Scarlett, als sie ausstieg.

Anna drückte sie so fest, dass Scarlett fast die Luft wegblieb. Seit Ewigkeiten hatte ihre Mutter sie nicht mehr so umarmt, und Scarlett wartete geduldig ab, bis Anna sie losließ.

»Der Wetterbericht war katastrophal …«

»Ja, die Fahrt war ein bisschen anstrengend. Aber ich bin noch gut davongekommen«, sagte Scarlett beruhigend. »Andere sind im Schnee stecken geblieben.«

»Komm schnell rein ans Feuer. Du bist doch bestimmt völlig durchgefroren.«

»Nein, alles in Ordnung, wirklich.«

»Ist das die alte Jacke von Roger?«

»Ja, ich brauchte was zum Überziehen.« Scarlett ging ins Haus, und als ihr Blick ins Wohnzimmer fiel, trat ein frohes Lächeln auf ihr Gesicht. »Oh, mein Gott, woher kommt denn der Christbaum? Ich wusste gar nicht, dass wir einen haben würden!«

»Ach, ich dachte, mit Baum ist doch schöner. Ein Mann aus dem Kunstkurs hat ihn mir hergefahren.«

»Der ist ja riesig!«

Anna lächelte. »Ja, er ist ziemlich groß, aber es gab nicht mehr so viel Auswahl.«

Die Tanne reichte fast bis zu der hohen Decke. Anna hatte vermutlich schon Tante Joans gesamten Baumschmuck verwendet, aber es gab immer noch leere Stellen. Scarlett nahm sich vor, noch mehr Deko zu kaufen, um das Werk zu vollenden.

Sie freute sich über den schönen Baum, musste aber auch sofort daran denken, wie gerne ihr Vater früher immer mit ihnen die Tanne ausgesucht hatte. Und wie einsam und bedrückt er sich am Telefon angehört hatte.

»Ich hoffe, es macht dir nichts aus, dass ich ihn schon geschmückt habe«, sagte Anna. »Damit konnte ich mich ein bisschen von meiner Sorge um dich ablenken.«

»Nein, alles gut … tut mir wirklich leid, Mum, dass du so beunruhigt warst. Wo ist Ellie?«

»Ich weiß nicht. Sie müsste eigentlich längst hier sein und geht auch nicht an ihr Handy. Versuch du es doch noch mal, ich mach dir inzwischen einen heißen Tee.«

Scarlett hängte Rogers Jacke auf und rief vom Festnetz aus bei Ellie an, erreichte aber nur die Mailbox. Wahrscheinlich war ihre Schwester bei Aaron. Vielleicht hatte sie ihr auch eine Nachricht hinterlassen. Scarlett lud ihr Handy an ihrem Bett auf und nahm genüsslich eine heiße Dusche, um sich von der anstrengenden Fahrt zu erholen.

Dann zog sie einen weichen Jogginganzug an, während ihr Handy piepte wie wild, als die versäumten Nachrichten eintrafen. Diverse Anrufe von ihrer Mutter und ihrem Vater. Scarlett meldete sich sofort bei Roger und versicherte ihm, dass es ihr gut ging. Ellie hatte ihr nur am Morgen einen erfolgreichen Tag gewünscht. Und dann war da noch eine Nachricht von Jude.

Will dich nicht stören, nur kurz hören, ob alles okay ist.
Deine Mutter wollte wissen, ob ich von dir gehört hab,
hat sich Sorgen gemacht wegen des Wetters. Bitte schreib
kurz, wenn du zu Hause bist.

Er hatte sich also offenbar auch so sehr Sorgen um sie gemacht, dass er die Nachrichtensperre durchbrochen hatte … das war so lieb von ihm …

Scarlett holte tief Luft. Jude hatte eine Erklärung verdient, so schrecklich und schmerzhaft das auch sein würde. Sie musste ihm anvertrauen, dass sie befürchtete, seine Halbschwester zu sein.

Rasch schrieb sie Jude und Ellie, dass sie wohlbehalten wieder zu Hause war, dann ging sie nach unten und lud das Handy im Wohnzimmer weiter auf. Ihre Mutter kam mit einem Tablett herein, auf dem dampfende Teebecher und Teller mit Gebäck standen. »So, hier gibt's ein paar warme Mince Pies und Gewürzkuchen, damit du dich stärken kannst.«

»Danke, Mum.«

Scarlett trank den Tee und genoss die Wärme und das aromatische Gebäck. Sie entspannte sich, doch beim Anblick des glitzernden Christbaums wurde sie auch sofort wieder wehmütig.

»Gefällt dir der Baum?«, fragte Anna.

Scarlett nickte, obwohl ihr die Kehle eng wurde. »Ja. Ellie wird ihn bestimmt auch toll finden.«

»Ich muss ja gestehen, dass ich mir allmählich auch um sie Sorgen mache. Wo bleibt sie nur?«

»Wahrscheinlich ist sie bei Aaron«, sagte Scarlett.

»Hmm.«

In diesem Moment hörten sie draußen Schritte auf dem Schotter.

»Das ist sie wahrscheinlich.« Anna sprang auf und spähte durch den Vorhang. »Ja. Ein Glück.«

Kurz darauf kam Ellie herein, aber nicht strahlend und schwungvoll, sondern verweint und mit hängenden Schultern.

Scarlett lief zu ihr, gefolgt von Anna. »Ellie, was ist passiert?«

»Keine Sorge, ich bin okay. Körperlich jedenfalls.« Ellie umarmte ihre Mutter und warf Scarlett einen gequälten Blick zu. »Es ist wegen Aaron. Ich habe heute erfahren, dass er ganz und gar nicht der Mann ist, für den ich ihn gehalten habe.«

29

Obwohl Ellie sich danach gesehnt hatte, nach Hause zu kommen, war es anstrengend, ihrer Mutter und Scarlett alles erklären zu müssen, vor allem mit diesen rasenden Kopfschmerzen.

»Was meinst du damit? Wieso ist er nicht der Mann, für den du ihn gehalten hast?«, fragte Scarlett schockiert.

»Er ist verheiratet. Lässt sich zwar scheiden, aber er hätte mir trotzdem davon erzählen müssen, finde ich. Heute Morgen kam seine Noch-Ehefrau ins Café marschiert und hat mir mitgeteilt, dass sie die Absicht hat, mich als Scheidungsgrund anzugeben.«

»Was? Das kann doch nicht wahr sein!«

»Wahrscheinlich weiß es inzwischen schon das ganze Dorf«, sagte Ellie resigniert.

Anna schlug eine Hand vor den Mund. »Oh, Schatz, das tut mir schrecklich leid für dich.«

»Unglaublich, dass Aaron dich so belogen hat. Das hätte ich nie von ihm gedacht!«, regte sich Scarlett auf.

Ellie fand ihre Empörung rührend, aber die änderte natürlich auch nichts an der Misere.

»Niemand wusste davon, auch seine Eltern und seine Schwester nicht. Er hat Liza vor fast zwanzig Jahren nach einer kurzen Romanze geheiratet. Sie wollten sich eigentlich schon lange scheiden lassen, haben sich aber nicht darum gekümmert und dann irgendwann den Kontakt verloren.«

»Das ist doch unfassbar, dass diese Kuh da reinspaziert und dich blamiert!«, schäumte Scarlett.

»Wirklich abscheuliches Benehmen«, pflichtete Anna ihr bei. »Muss ja eine furchtbare Person sein, diese Liza.«

»Na ja, sie ist gerade von ihrem Freund verlassen worden und ist wohl selbst in miesem Zustand. Und scheinbar auch eine ziemlich impulsive Persönlichkeit, laut Aaron.«

»Deshalb muss man sich aber noch lange nicht so aufführen«, beharrte Scarlett und gab ein verächtliches Schnauben von sich.

»Aaron meint zwar, dass sie sich wieder einkriegen und in die einvernehmliche Scheidung einwilligen wird«, fuhr Ellie fort, »aber wenn sie so unberechenbar ist – wer weiß? Doch darum geht's letztlich gar nicht. Für mich ist das Schlimmste, dass er mich in dem Glauben gelassen hat, er sei ungebunden.« Das offen zuzugeben schmerzte am allermeisten. »Ich hab mich gerade auch schrecklich mit ihm darüber gestritten«, fügte sie müde hinzu. »Tut mir leid, dass ich jetzt hier die Weihnachtsstimmung verderbe.« Ellie ließ sich aufs Sofa fallen, lehnte sich zurück und schloss die Augen. »Da glaubt man, es liefe zur Abwechslung mal alles rund im Leben«, murmelte sie. »Man wohnt an einem schönen Ort, wo man sich wohlfühlt, und findet einen Menschen, mit dem man zusammen sein möchte. Und dann, puff, zerplatzt der schöne Traum wie eine Seifenblase.«

Scarlett setzte sich zu ihr. »Das kennen wir alle«, sagte sie leise.

»Ich glaube, wir könnten jetzt alle einen großen Gin Tonic gebrauchen«, verkündete Anna. »Was meint ihr?«

Ellie schlug die Augen auf. »Danke, Mum, für mich nicht. Hab mörderisches Kopfweh.«

»Möchtest du eine Tablette?«

»Das wäre toll, ja. Und dann werd ich mich einfach ins Bett legen.«

»Ich bring dir eine. Bin gleich wieder da.« Anna ging hinaus.

Scarlett umarmte ihre Schwester sachte. »Das ist sicher das Beste. Du musst den Schock erst mal verarbeiten.«

Ellies Kopf dröhnte schrecklich, und ihr war noch immer schwindlig und übel, aber sie wollte hören, wie es ihrer Schwester ging. »Ist mit dir und Jude denn alles gut? Wir haben uns ja seit dem Festival nicht mehr gesprochen. Ihr habt sehr froh gewirkt, als ich euch zusammen gesehen habe.«

»Ich war heute den ganzen Tag unterwegs, hab noch nicht mit Jude gesprochen.«

»Aber ist alles okay?« Ellie schloss wieder die Augen.

»Ja, ja, klar.«

»Ein Glück. Ist ja nicht zum Aushalten, wie viele Probleme diese Familie mit Männern hat. Schön, dass bei dir alles gut ist.«

30

In zwei Tagen war Weihnachten, und es würde wohl genauso trübsinnig verlaufen wie letztes Jahr, dachte Scarlett, während sie am Kai ein paar Möwen zuschaute, die sich um ein Stück Truthahn-Pie stritten.

Während Anna im Postamt in der Schlange stand, spazierte Scarlett am Hafen umher. Ein Chor schmetterte Weihnachtslieder, begleitet von der Dorfkapelle. Urlauber bewunderten die Boote und tranken heiße Schokolade oder aßen trotz der Jahreszeit Eis. Es war ein milder Dezembermorgen, und am Strand jenseits des Glockenturms spielten Kinder. Ein Vater, der sogar bei diesem Wetter zur Fleecejacke Shorts trug, baute mit seinem Sohn eine Sandburg.

Scarlett lächelte. Ihr Vater hatte in den Ferien auch immer darauf bestanden, Shorts zu tragen, ob es nun regnete oder stürmte. Kurze Hosen waren für ihn gleichbedeutend mit Urlaubsgefühl. Er wäre sehr glücklich gewesen hier an diesem Morgen, an dem die Sonne alles in goldenes Licht tauchte. Nach einem tiefen Seufzer befahl Scarlett sich, Haltung zu bewahren. Sie war es Ellie schuldig, sich jetzt nicht hängen zu lassen.

Als Scarlett merkte, dass sie gerade an ihrer Lieblingsboutique vorbeischlenderte, beschloss sie, für Ellie das kostspielige Armband zu kaufen, das ihre Schwester schon so lange toll fand. Sie hatte etwas besonders Schönes verdient nach diesem schrecklichen Schock. Scarlett war immer noch zutiefst erschüttert, weil sie selbst Aaron auch für einen aufrichtigen und zuverlässigen Mann gehalten hatte.

Jude jedenfalls war das garantiert, weshalb es Scarlett fast das Herz zerriss, dass sie sich von ihm fernhalten musste. Sie hatte es immer noch nicht über sich gebracht, sich mit ihm zu verabreden, um ihm alles zu erzählen.

Anna winkte ihr von der anderen Hafenseite, und während Scarlett hinüberging, kam ihr ein Gedanke, bei dem ihr fast der Atem stockte. Der einzige Ausweg aus dieser Misere bestand darin, Anna direkt mit der Frage zu konfrontieren, ob Hayden Penberth ihr leiblicher Vater war. Bei der Vorstellung allerdings, dass Anna die Frage bejahen könnte, drehte sich Scarlett fast der Magen um.

»Was hast du denn Schönes erstanden?«, fragte Anna mit Blick auf die Tüte aus der Boutique.

»Geschenk für Ellie. Ein Armband, auf das sie schon lange ein Auge geworfen hatte.«

»Ach, wie schön. Das wird sie freuen. Hör mal, wir könnten doch im Hafencafé was essen und ihr Hallo sagen.«

»Gute Idee.«

Aber als sie auf das Café zusteuerten, blieb Anna plötzlich abrupt stehen und nahm Scarlett am Arm. »Lass uns lieber in den Seagull Coffee Shop gehen«, sagte sie unvermittelt.

»Warum denn?«

»Es sieht sehr voll aus im Hafencafé. Bestimmt kriegen wir keinen Tisch.«

Scarlett schaute verdutzt zum Eingang. Eine Familie mit drei lebhaften kleinen Jungen betrat gerade das Café, gefolgt von einem Paar mit einem Buggy. Der Mann hielt der Frau die Tür auf.

»Wollen wir nicht erst mal gucken?«, wandte Scarlett ein. Sie hätte Ellie gerne gesehen und ein paar Worte mit ihr gewechselt. »Vielleicht ist es innen ja leer.«

»Glaub ich nicht.« Anna hakte sich bei ihr ein und ging entschlossen in die andere Richtung. »Außerdem würden wir Ellie nur von der Arbeit ablenken, sie hat bestimmt alle Hände voll zu tun.«

»Okay«, sagte Scarlett achselzuckend. Sie hatte keinen Nerv für weitere Diskussionen und war außerdem abgelenkt, weil ihr Blick immer wieder zu Judes blauem Cottage auf der anderen Hafenseite wanderte. Anna marschierte im Sturmschritt zu dem Coffeeshop, wo tatsächlich viel Platz war. Sie setzten sich an einen gemütlichen Ecktisch und bestellten Cappuccino und Weihnachtsgebäck. Kurz darauf kamen weitere Leute herein.

»Ich war gar nicht mehr hier, seit der Besitzer gewechselt hat.« Scarlett betrachtete die farbig gestrichenen Wände und die Kunstwerke mit Cornwall-Motiven. Es gab ein fantastisches Bild von den Klippen am Lizard Point, das Anna bestimmt gefallen würde. »Das ist echt schön geworden, oder? Tolle Bilder, finde ich.«

Ihre Mutter starrte ins Leere und schien sie gar nicht gehört zu haben. Scarlett berührte sie am Arm. »Mum?«

Anna schreckte auf.

»Was ist los?«, fragte Scarlett leise.

»Ach, nichts. War gerade … in Gedanken woanders. Bei Weihnachten.«

»Ah ja, das verstehe ich. Ich muss auch oft daran denken.«

»Der Truthahn, den wir bestellt haben, ist viel zu groß für drei Personen«, sagte Anna.

Scarlett schluckte. »Meinst du, Dad würde vielleicht doch kommen?« Sie verschwieg wohlweislich, dass sie ihn schon gefragt hatte.

»Ich weiß es nicht. Bin auch nicht sicher, ob ich das möchte. Ist sicher richtig, dass er bei Marcus ist.«

Eine Erwiderung blieb Scarlett erspart, weil die Bedienung mit den Bestellungen kam.

Während sie über ihre Geschenke für Ellie plauderten, schaute Scarlett sich im Café um und musterte die anderen Gäste. Irgendwie wurde sie das Gefühl nicht los, dass Annas merkwürdige Reaktion mit jemandem zu tun hatte, der sich hier im Raum befand. An anderen Tischen saßen Evie Carman mit ihrer Bingo-Gruppe und Chloe Farrow mit ihrer Tochter Hannah und der kleinen Ruby. Alle hatten ihnen lächelnd zugewinkt, als sie hereingekommen waren.

An einem Tisch in der Nähe hatte das Paar mit dem Buggy Platz genommen, das sich offenbar ebenfalls gegen das Hafencafé entschieden hatte. Beide waren zu alt, um Eltern eines so kleinen Kindes zu sein, stellte Scarlett fest. Die Frau war elegant und attraktiv und musste etwa in Annas Alter sein.

Auch der Mann, der schätzungsweise Ende fünfzig war, sah sehr eindrucksvoll aus. Er erinnerte vom Typ her ein wenig an Hayden Penberth, hatte aber feinere Gesichtszüge und war so blass, als halte er sich nur in geschlossenen Räumen auf.

Scarlett vermutete, dass die beiden die Großeltern des Kindes waren. Irgendetwas an dem Mann faszinierte Scarlett, aber das Gefühl war zwiespältig und nicht sonderlich angenehm.

Schließlich konzentrierte sie sich auf ihren Möhrenkuchen, der weihnachtlich gewürzt war und sehr gut schmeckte. Dabei hörte sie, wie Chloe und Hannah mit dem älteren Paar ins Gespräch kamen.

»Wir wollten eigentlich ins Hafencafé«, sagte die Dame, »aber es war so voll da drin, dass wir mit dem Kinderwagen gleich wieder umgekehrt sind. Ich hatte gar nicht mehr in Erinnerung, wie kompliziert es ist, mit einem kleinen Kind unterwegs zu sein.«

»Das kann ich Ihnen sagen!«, rief Chloe aus und lachte. »Da braucht man einen ganzen Tourbus, nicht wahr, Ruby?«

Die Kleine kicherte und rief fröhlich: »Nana!«

»Ja, im Nu hat man eine Karawane«, pflichtete der ältere Herr ihr bei. Er hatte eine wohlklingende Stimme, und das Paar plauderte weiter mit Chloe. Scarlett warf ihrer Mutter ein vielsagendes Lächeln zu, doch die stocherte mit der Gabel an ihrem Kuchen herum.

»Schmeckt der Strudel nicht, Mum?«

»Doch, ist köstlich, aber ich habe keinen rechten Appetit.«

»Alles in Ordnung mit dir?«

»Ja, ja, alles gut. Wir können ihn doch einpacken lassen. Und vielleicht möchtest du noch ein Stück für Jude mitnehmen?«

Scarlett war erstaunt über diesen Vorschlag.

»Ähm …«, sie zögerte. »Eher nicht. Wir haben gerade keinen Kontakt.«

»Oh nein! Tut mir leid, dass ihr euch gestritten habt.«

»Gestritten haben wir uns eigentlich nicht … wir müssen nur etwas klären.«

Scarlett holte eine Kuchenschachtel vom Tresen, stellte sie Anna hin und ging anschließend auf die Toilette. Beim Rauskommen stieß Scarlett um ein Haar mit der eleganten Großmutter zusammen.

»Oh, Verzeihung!« Beide entschuldigten sich freundlich, und Scarlett ging in den Gastraum zurück, wo sie etwas beobachtete, das ihr sehr merkwürdig vorkam: Der ältere Mann warf Anna ein strahlendes Lächeln zu und sagte etwas, aber sie schüttelte heftig den Kopf, presste die Lippen zusammen und wandte den Blick ab. Im nächsten Moment bemerkte Anna, dass ihre Tochter sie beobachtete, und griff fahrig nach Tasche und Mantel. Scarlett eilte zu ihr und rettete gerade noch rechtzeitig den Kuchenkarton, den Anna in ihrer Hast fast vom Tisch gestoßen hätte.

»Hey, den Kuchen nicht vergessen, Mum.«

»Ja, ja. Ich muss nur schnell raus, es ist so warm hier drin. Brauche frische Luft.«

Sie eilte mit der Schachtel in der Hand hinaus, ohne den Mann noch einmal anzusehen. Er warf Scarlett einen Blick zu und lächelte höflich, wandte sich dann aber seiner Frau zu, die gerade zurückkam.

Anna war schon ein Stück die Mole entlanggelaufen und starrte aufs Meer hinaus, als Scarlett zu ihr stieß.

»Mum? Alles okay? Wieso bist du rausgerannt? Stimmte irgendwas nicht mit diesem Mann dort?«

Anna war kreidebleich, als sie sich zu ihr wandte. »Was? Ähm … nein. Um ehrlich zu sein, Liebling, ist mir gerade gar nicht gut. Es war so warm und stickig im Café. Lass uns nach Hause fahren, bitte.«

»Ja, na klar. Die Luft war wirklich nicht gut«, erwiderte Scarlett, die fürchtete, dass ihre Mutter umkippen würde. Auf dem Weg zum Auto hakte sich Scarlett bei ihr ein, wurde aber die ganze Zeit den Gedanken nicht los, dass nicht die Luft im Café, sondern der attraktive Großvater Anlass für Annas Unwohlsein war.

31

Scarlett war zutiefst beunruhigt, weil ihre Mutter während der ganzen Fahrt kein einziges Wort sprach. Sie mussten unterwegs den Truthahn beim Hofladen abholen, aber Anna sagte, sie wolle lieber im Auto warten.

Während Scarlett in der Schlange anstand, dachte sie, wie trist das doch alles war. Die Leute vor ihr plauderten fröhlich und ausgelassen und tranken begeistert den Glühwein, der gratis ausgeschenkt wurde, während ihre Mutter draußen kreidebleich und stumm im Wagen hockte. Scarlett musste sich zwingen, mit einigen Einheimischen Konversation zu machen und dabei so zu tun, als sei alles in schönster Ordnung.

Dazwischen kehrten ihre Gedanken immer wieder zu dem Mann im Café zurück. Sie war inzwischen ziemlich sicher, dass er der Auslöser für Annas Zustand gewesen war.

Zu allem Überfluss traf jetzt auch noch eine WhatsApp-Nachricht von Jude ein, die Scarlett in helle Panik versetzte.

Ist alles okay? Bitte sag mir doch, ob ich irgendwas falsch gemacht habe. Bleibt es bei unseren Plänen fürs Schwimmen und Essen bei mir am 2. Feiertag? Ich hab eine kleine Überraschung für dich.

Scarlett stöhnte innerlich. Sie konnte Jude nicht länger im Unklaren lassen, und sie musste jetzt endlich in Erfahrung bringen, ob Hayden Penberth ihr Vater war oder nicht.

»Bitteschön, junge Frau. Ist 'n ordentlicher Klopper.« Der Mann vom Hofladen überreichte Scarlett einen Karton, der sie fast ins Wanken brachte. »Das Gemüse ist auch mit drin. Sie erwarten wohl 'ne ganze Armee, wie?«

Scarlett warf dem Mann ein mattes Lächeln zu und suchte mitsamt dem gigantischen Truthahn das Weite. An dem absurd großen Vogel würden sie noch bis Ostern zu knabbern haben. Offenbar hatte Anna automatisch die gleiche Menge wie immer bestellt, obwohl sie diesmal nicht für eine Großfamilie kochen würde.

Nachdem Scarlett zu Hause im Kühlschrank Platz für das Riesentier geschaffen hatte, ging sie mit zwei Bechern Tee ins Wohnzimmer, wo Anna auf dem Sofa saß und in den Garten starrte.

»Geht's dir besser?«, fragte Scarlett, obwohl ihre Mutter immer noch käsebleich war.

»Ein bisschen«, murmelte Anna.

»Mum, was ist los? Ich hab gesehen, dass du mit diesem Mann im Café gesprochen hast. Was hat er zu dir gesagt?«

»Nichts.« Anna rührte den Tee nicht an.

»Okay.« Scarlett merkte, wie sie die Wut packte. »Mum, es tut mir wirklich leid, dass es dir nicht gut geht. Es ist sicher der falsche Zeitpunkt, aber ich muss jetzt unbedingt etwas loswerden, es geht nicht mehr anders.«

»Scarlett …«

»Nein, lass mich ausreden. Es ist sehr wichtig. Wegen Jude. Ich mag ihn total gern, aber ich fürchte, dass er …« Das brachte sie nicht über die Lippen, aber zumindest musste die Frage gestellt werden. »Wenn du dich an irgendetwas erinnerst, was meinen leiblichen Vater angeht, *musst* du es mir jetzt sagen! Wenn es nämlich Hayden Penberth sein sollte, werde ich Cornwall verlassen und nie mehr hierher zurückkehren!«

Anna starrte sie verständnislos an. »Hayden Penberth?«

»Ja. Ich muss das wissen! Bitte versuch dich zu erinnern. Oder wenn du sicher sein kannst, dass er es nicht ist, dann sag es mir! Warum versuchst du ständig, mir Jude auszureden? Könnte Hayden mein Vater sein?«

Anna holte tief Luft. »Scarlett, ich kann dir felsenfest versichern, dass Hayden nicht dein Vater ist. Wie kommst du überhaupt auf diese Idee?«

»Was? Ich …« Scarlett war endlos erleichtert, aber auch völlig verwirrt.

»Er ist es nicht. Warum hast du das geglaubt?«

»Weil du nicht über diese Party reden wolltest und scheinbar was dagegen hast, dass Jude und ich zusammen sind. Als wir damals Joans Sachen durchgeschaut haben, bin ich in einem Buch auf eine Postkarte gestoßen. Darauf war die Rede von einer ganz besonderen Nacht, und die Karte war mit H unterzeichnet. Und beides habe ich dann während des Wintersonnwend-Festivals in Judes Haus entdeckt. Da hab ich eins und eins zusammengezählt.«

»Schätze der Küsten von Cornwall …«, murmelte Anna und runzelte die Stirn. »Wie kommt das Buch zu Jude? Gott, viel-

leicht hat er es durch Zufall hier entdeckt und ist auf die gleiche Idee gekommen …«

Scarletts Herz hämmerte wie wild. »Dann war die Karte tatsächlich von Hayden?«

»Ja. Ich hatte sie vor vielen Jahren in das Buch gelegt und dann vergessen. Aber mit der Partynacht, bei der du gezeugt wurdest, hat das rein gar nichts zu tun.«

»Ist das wirklich wahr, Mum?«, drängte Scarlett. »Bist du ganz sicher, dass du in dieser Nacht nicht mit Hayden Sex hattest?«

»Natürlich bin ich sicher!«

»Und was war das für ein Gespräch bei den Flaschencontainern?« Scarlett war nicht mehr bereit lockerzulassen, sie wollte jetzt endlich die ganze Wahrheit erfahren.

»Bitte was?«

»An den Recyclingcontainern beim Festival. Ich hab euch gehört. Hayden hat eine Party erwähnt, bei der er mit dir zusammen war.«

»Oh Gott, dieser furchtbare Hayden!«, rief Anna aufgebracht. »Ich hasse diesen Mann! Der verursacht ständig nur Stress und Ärger! Ich schwöre dir bei meinem Leben, dass ich vor einunddreißig Jahren keinen Sex mit Hayden Penberth hatte. Ich weiß genau, wer der Mann war, und Hayden war es nicht!«

»Aber … w-warum hast du dann gelogen?«, platzte Scarlett heraus.

»Weil ich mich schrecklich schäme und es noch viel mehr Schmerz und Scham erzeugen würde, wenn ich es euch sagen würde.« Anna schlug die Hände vors Gesicht. »Es tut mir so wahnsinnig leid, dass du auf diesen Gedanken gekommen bist …«, murmelte sie.

Scarlett dachte an Judes Gesicht, als sie ihn zurückgewiesen hatte. »Mum! Ich habe Jude total gekränkt, weil ich dachte, ich sei mit ihm verwandt. Er war völlig verstört, weil er natürlich mein Verhalten nicht verstehen kann. Was hast du denn gegen Hayden? Und was meinte er mit der Anspielung auf diesen Abend, wenn du gar keine Affäre mit ihm hattest?« Scarlett stand auf und setzte sich zu ihrer Mutter aufs Sofa. »Ich will dich wirklich nicht quälen, Mum, aber ich muss jetzt endlich Klarheit haben. Bevor mein Handy auf der Fahrt den Geist aufgab, hab ich mit Dad gesprochen. Er klang traurig und sagte … das ganze Zerwürfnis sei nicht meine Schuld und auch nicht deine, sondern er trüge die Verantwortung dafür … Ich weiß nicht, was damals zwischen euch war, aber es gehören ja immer zwei dazu, das hat Dad auch gesagt, und offenbar wissen wir Kinder alle drei nichts davon.«

Anna ergriff Scarletts Hand. »Hayden hatte immer eine Schwäche für mich … aber eben auch für andere Frauen. Er sieht immer noch gut aus, war aber früher noch attraktiver und wusste das auch schon immer. Hayden hatte diverse Affären, und ich fürchte, die arme Fiona weiß das auch.«

Scarlett hörte gespannt zu. Einerseits war sie unendlich erleichtert, weil ihre größte Angst sich nicht bewahrheitet hatte. Andererseits fürchtete sie nun neue schockierende Enthüllungen …

»Lange, bevor ich euren Vater kennenlernte, als ich noch sehr jung war – siebzehn, genauer gesagt –, hatte ich mal ein kurzes Techtelmechtel mit Hayden, während ich bei Tante Joan war. Obwohl ich schon damals nicht so naiv war, mir einzubilden, daraus könne etwas Ernsthaftes werden, hatte ich doch ziemlich Liebeskummer, als ich wieder abreiste. Aber beim nächsten Mal, als ich wieder herkam, war Hayden längst mit einem anderen Mädchen zusammen.« Anna seufzte. »Ein paar Jahre später habe ich Roger kennengelernt und erst mit ihm erlebt, was wahre Liebe ist. Sie wächst und gedeiht und übersteht auch Orkane.« Anna tätschelte ihrer Tochter die Hand. »Und so einen Orkan erleben dein Vater und ich jetzt gerade.«

Scarlett wagte es kaum, die Frage zu stellen. »Und meinst du, ihr werdet ihn durchstehen?«

»Ich hoffe es und wünsche es mir sehr. Dir kann ich jedenfalls versichern, dass ich seit meiner Jugend keinen Sex mit Hayden Penberth hatte. Du bist nicht seine Tochter.«

Scarlett hätte am liebsten laut geschrien vor Freude und Erleichterung, weil sie nicht mit Jude verwandt war. »Aber diese Postkarte? Die ist doch nicht aus deiner Jugend, oder?«

»Nein, die ist etwa zehn Jahre alt. Das ist Haydens Art, sich immer wieder zu bestätigen, was für ein Frauenheld er doch ist.«

»Der Typ ist so widerlich!«

»Und außerdem furchtbar hartnäckig«, sagte Anna. »Bei den Containern hat er wieder von damals angefangen und durchblicken lassen, ich sei doch jetzt ungebunden … er ist echt unverschämt.«

»Aber du hast auch keine Ahnung, wie die Postkarte zu Jude gelangt ist, oder?«

Anna schüttelte den Kopf. »Da wirst du ihn wohl selbst fragen müssen.«

»Und von dir und Hayden erzählen? Nee, bloß nicht.«

»Also, jedenfalls .. ich mag Jude«, erklärte Anna. »Er ist ein sympathischer, gutaussehender junger Mann. Aber ich möchte eben nicht, dass du verletzt wirst. Es ist mir einfach schwergefallen zu akzeptieren, dass meine wunderbare Tochter, der ich nur das Beste wünsche, sich in den Sohn eines Schürzenjägers verliebt hat.«

»Aber Untreue ist nicht genetisch, Mum«, wandte Scarlett ein.

»Doch, das habe ich kürzlich irgendwo gelesen, nach der Sache mit dem Test. Auch Untreue kann vererbt werden.«

»Mum! Du wirst doch solchen pseudowissenschaftlichen Unsinn nicht glauben!«

»Weißt du, dass Jude sich von seiner Verlobten getrennt hat?«, fragte Anna vorsichtig.

»Wer hat dir das erzählt?«, fragte Scarlett.

»Hayden.«

»Aber das stimmt überhaupt nicht! Fiona hat mir erzählt, was wirklich passiert ist. Judes Ex-Verlobte hat ihn abserviert und extrem verletzt. Hayden verbreitet Lügen!«

»Aber warum sollte er seinen eigenen Sohn als Schuft darstellen?«, wandte Anna ein.

»Keine Ahnung. Vielleicht, weil er es peinlich findet, dass sein Sohn verlassen wurde? Vielleicht entspricht das nicht seiner Vorstellung von Männlichkeit?«

Anna strich sich über die Stirn. »Wahrscheinlich hast du recht. Es tut mir so leid, Liebling. Ich habe Hayden geglaubt.«

»Das ist doch unerträglich. Warum zum Teufel bleibt Fiona mit so einem Kotzbrocken zusammen?«, platzte Scarlett heraus.

»Weil sie ihn vielleicht trotzdem irgendwie liebt und nicht ohne ihn leben möchte? Hör mal, bitte lass dir dein Bild von Liebe und Ehe nicht durch die Dramen zerstören, die du jetzt gerade mitbekommst. Ich möchte, dass du glücklich wirst, und es tut mir sehr leid, dass ich mir so ein falsches Bild von Jude gemacht habe. Du solltest das unbedingt mit ihm klären.« Anna drückte Scarletts Hand.

»Aber wieso verheimlichst du mir weiter, wer mein leiblicher Vater ist?«

»Weil es nichts besser, sondern alles nur noch schlimmer machen wird.« Anna holte tief Luft, bevor sie fortfuhr. »Als Marcus ganz klein war, vier Monate, musste dein Dad für ein paar Monate im Ausland arbeiten. In dieser Zeit habe ich hier bei Tante Joan gewohnt, um nicht alleine zu sein. Und sie liebte es auch, die Kinder um sich zu haben.

Zwischen deinem Vater und mir war damals alles sehr schwierig, und im Nachhinein glaube ich, dass ich an einer postnatalen Depression gelitten habe. Aber damals dachte ich eben nur, ich sei müde und erschöpft. Roger war enorm beschäftigt und viel auf Reisen. Er fürchtete, seine Firma würde Pleite gehen und ihn feuern, deshalb hat er diesen Auslandsauftrag angenommen. Wir hatten Ellie und Marcus, ich konnte nicht arbeiten, und Roger hatte Angst, wir könnten das Haus verlieren. Ich glaube nicht, dass er meine Gefühle damals verstanden hat. Das konnte ich ja nicht mal selbst.«

Scarlett war entsetzt. Von Eheproblemen bei ihren Eltern und Depressionen hörte sie zum ersten Mal. »Das tut mir leid, Mum.«

Anna seufzte tief. »Ich weiß noch, wie er damals sagte: ›Ich schufte von früh bis spät, damit wir ein Dach über dem Kopf haben. Glaubst du vielleicht, es macht mir Spaß, so oft weg zu sein? In anonymen Hotelzimmern aus dem Koffer zu leben? Und ich kann mir auch keine andere Stelle suchen, das darf ich in dieser Wirtschaftslage nicht riskieren. Im Gegenteil, ich muss einfach noch härter arbeiten als alle anderen.‹ Und dann sagte er noch: ›Wenn du dich so schlecht fühlst, musst du zum Arzt gehen. Ansonsten musst du diese Stimmungen eben aushalten.‹«

Scarlett war zwar schockiert, konnte sich aber durchaus vorstellen, dass ihr Vater so etwas in einer düsteren Laune von sich gegeben hatte.

»Wie ging es weiter?« Scarlett graute zwar vor dem Rest der Geschichte, wollte aber endlich der Wahrheit ins Auge blicken.

»Während ich hier bei Joan wohnte, gab es am Strand eine große Party mit Lagerfeuer. Joan hat mich überredet hinzugehen. Sie meinte, es würde mir guttun, und sie würde auf die Kinder aufpassen. Außerdem war es ja ganz in der Nähe, und ich habe zwischendurch mal nach ihnen geschaut. Die beiden schliefen bald fest, und Joan meinte, ich könne jetzt bei der Party bleiben und unbeschwert feiern.« Anna seufzte tief. »Weißt du, ich werde niemals bereuen, was an diesem Abend passiert ist. Denn sonst gäbe es nämlich dich nicht, mein Liebes. Und das möchte ich mir gar nicht vorstellen.«

Scarlett traten Tränen in die Augen, aber sie blieb stumm und wartete ab.

»Viele junge Leute aus dem Dorf tanzten am Strand, auch Hayden Penberth, der es auch damals nicht lassen konnte, mit mir zu flirten.«

»Aber wer ist denn nun mein Vater, wenn Hayden es nicht ist?« Scarlett konnte sich nicht länger zurückhalten.

Anna starrte ein paar Momente vor sich hin. Schließlich richtete sie sich auf und sagte: »Du hast ihn vorhin gesehen. Es ist der Mann aus dem Café. Sein Name ist Julian Mallory.«

Julian Mallory? Scarlett blieb fast das Herz stehen. Ihre Intuition hatte sie also nicht getrogen. Großer Gott, wie entsetzlich. Das durfte einfach nicht wahr sein. Das war doch der Professor, mit dem Ellie …

»Er war damals ein junger Prof und hatte gerade seine erste Stelle an der Uni bekommen. Julian sprach mich an, er sagte, ich würde so traurig wirken.« Anna schien sich jetzt alles von der Seele reden zu wollen. »Er war klug und charmant und hat mir so einfühlsam zugehört wie lange niemand mehr. Und ich hatte endlich mal wieder das Gefühl, *ich selbst* zu sein. Nicht nur Ehefrau und Mutter, sondern ein eigenständiger *Mensch*. Als ich ihm gestand, wie schlecht es mir ging, sagte er mir, er habe auch Probleme. Er habe gerade herausgefunden, dass seine Frau eine Affäre hatte.« Anna verzog das Gesicht. »Heute bin ich mir nicht mal mehr sicher, ob das stimmte, aber damals habe ich ihm geglaubt. Er hat mich vorhin im Café wiedererkannt, deshalb hat er mich angesprochen, während seine Frau und du auf der Toilette waren. Heute ist mir klar, dass er nicht nur selbstverliebt und manipulativ, sondern auch feige ist, aber bei der Party damals fand ich ihn sehr anziehend. Was aber noch lange nicht heißt, dass ich Sex mit ihm wollte.«

Scarlett stützte die Stirn in die Hand, wollte nicht hören, was jetzt kam. Aber es musste nun endgültig durchgestanden werden.

»Es wurde ausgelassen getrunken und auch allerlei geraucht, und nach und nach zogen die anderen ab, meist als Paare, bis nur noch Julian und ich am Feuer saßen. Er küsste mich. Und dann ... weiß ich nicht mehr genau, wie sich alles abspielte, aber ich weiß auf jeden Fall, dass wir Sex hatten. Danach muss ich total weggetreten sein, und als ich wieder zu mir kam, habe ich mich entsetzlich geschämt, weil ich deinen Dad betrogen hatte. Julian war verschwunden, er hat mich einfach da liegen lassen, der Mistkerl.

Andererseits war ich auch froh, ihn nicht mehr sehen zu müssen. Hab mich dann im Morgengrauen nach Hause geschleppt, und als ich mich im Bad erbrochen habe, hat Joan mich gehört und ausgefragt. Ich hab gesagt, ich hätte zu viel getrunken und zu viel geraucht, aber ich habe gespürt, dass sie mir nicht glaubte.« Anna seufzte. »Joan hatte zu viel erlebt, der konnte man nichts vormachen.«

»Aber warum hast du uns das nicht schon längst erzählt?«, fragte Scarlett mit rauer Stimme.

»Weil ich mich so schrecklich geschämt habe. Und Julian war später Ellies Prof! Ich hatte auch den Eindruck, dass sie ein bisschen in ihn verliebt war. Eine Zeit lang hab ich mich sogar gefragt, ob sie nicht vielleicht wegen Problemen mit ihm ihr Studium abgebrochen hat.«

Oh Gott, wenn ihre Mutter gewusst hätte, wie recht sie damit hatte … Aber jetzt musste sie erst einmal getröstet werden. Scarlett legte ihr den Arm um die Schultern.

»Mum, wenn du damals so berauscht warst, grenzt das an eine Gewalttat. Mallory ist jedenfalls ein richtiger Dreckskerl. Du hättest ihn anzeigen sollen.« Dann hätte er vielleicht nicht noch weiteren Frauen geschadet … doch das sagte sie nicht.

»Aber sieh mal, wir hatten uns vorher gut verstanden, und ich fühlte mich zu ihm hingezogen. Außerdem konnte ich mich hinterher nicht an Details erinnern. Damit kommt man bei keinem Prozess durch. Und so was war damals auch nicht üblich, das waren noch andere Zeiten.«

»Ach, Mum, das tut mir alles so furchtbar leid. Dass Mallory dir das angetan hat. Dass Dad nicht verstanden hat, wie schlecht es dir psychisch ging. Und vor allem, dass du diese ganze schlimme Erfahrung jetzt noch mal aufwühlen musst.«

Anna lächelte ihre Tochter an und küsste sie auf die Wange. »Weißt du, Liebes, ich bin sogar richtig froh, dass du durch deine Hartnäckigkeit endlich alles ans Licht gebracht hast. Es ist eine Erleichterung, und ich werde Roger alles erzählen und auch Ellie und Marcus. Ich will endlich die Verantwortung für mein Verhalten übernehmen. Nichts kann schlimmer sein, als so viele Jahre mit diesem Geheimnis zu leben.«

»Ich hatte übrigens neulich am Telefon den Eindruck, dass Dad auch total bedrückt ist, weil er sich schuldig fühlt«, sagte Scarlett. »Diese ganzen Schuldgefühle sind aber irgendwie sinnlos und bringen keinen weiter, oder?«

Anna strich ihr über die Hand. »Du hast völlig recht, das

ist eine ganz blöde Angewohnheit von uns Menschen. Jedenfalls ist mir gerade eine gewaltige Last von den Schultern gefallen, die mir im letzten Jahr jegliche Lebensfreude geraubt hat.« Sie holte tief Luft. »Ich hoffe jetzt nur, dass Roger und ich wieder zusammenfinden. Aber das wird sich erst abzeichnen, wenn er alles weiß.«

Scarlett wünschte sich, eine gute Fee zu sein, die mit ihrem Zauberstab alles heil machen konnte. Doch stattdessen würde sie sich damit abfinden müssen, falls es für die Ehe ihrer Eltern kein Happy End gab.

»Ich wünsch dir viel Glück, Mum«, flüsterte sie und nahm ihre Mutter in den Arm.

Als die beiden sich lösten, hörten sie, wie die Haustür aufgeschlossen wurde. Statt eine Begrüßung zu rufen, warf Ellie nur die Schlüssel auf den Tisch.

Scarlett erstarrte. Sie würden nicht umhin können, Ellie jetzt einzuweihen … und wie sie reagieren würde, war nicht abzusehen. Ob sie Anna von der Beziehung mit Mallory erzählen würde? Und wenn ja, würde das hilfreich sein oder womöglich noch schlimmere Wunden verursachen?

32

Als Ellie nach ihrer Schicht vom Hafencafé zum Auto ging, sah sie, dass Aaron mehrfach versucht hatte, sie anzurufen, und etliche Nachrichten geschrieben hatte. Sie hatte einen höllischen Arbeitstag mit einem regelrechten Kundenansturm hinter sich und war völlig erledigt.

Das Gesicht tat ihr weh vom angestrengten Lächeln, und am liebsten hätte sie den Rest ihres Lebens nie wieder Weihnachtsgebäck gesehen. Von Festtagsstimmung konnte keine Rede sein.

Außerdem hatte sie ständig befürchtet, Aaron könne im Café auftauchen. Und sie war noch immer hin- und hergerissen zwischen dem Wunsch, dass er um sie kämpfen solle, und ihrer unverminderten Wut, die er am Vortag in vollem Ausmaß zu spüren bekommen hatte. Nach wie vor konnte Ellie sich nicht vorstellen, ihm zu verzeihen.

Sie war froh, dass die Fenster von Seaholly Manor erleuchtet waren, und freute sich darauf, bei einem Gläschen Weißwein mit Anna und Scarlett zu plaudern und sich zu entspannen. Scarlett hatte bestimmt irgendeinen leckeren Tropfen kalt gestellt. Aber vielleicht war sie auch bei Jude. Obwohl Ellie das Gefühl hatte, dass die Stimmung zwischen den beiden gerade auch nicht rosig war.

Scarlett kam in die Diele gelaufen, so rot im Gesicht, als habe sie geweint.

»Was ist los?«, fragte Ellie alarmiert. »Ist es wegen Jude?«

»Nein. Auch. Aber … wegen meines leiblichen Vaters … und Mum. Komm lieber rein.«

»Mum?« Mit üblen Vorahnungen folgte Ellie ihrer Schwester ins Wohnzimmer, wo Anna am Kamin stand, sichtlich aufgewühlt.

»Ellie«, verkündete sie entschieden, »ich muss dir etwas sagen.«

»Wir beide«, fügte Scarlett hinzu.

Ellies Herz hämmerte so heftig, dass sie sich setzen musste.

»Es geht um meinen Vater«, erklärte Scarlett. »Und um Julian Mallory.«

Ellie schluckte. »Was hat der denn damit zu tun?«

Anna und Scarlett warfen sich einen Blick zu, und Ellie wurde flau im Magen. Was um alles in der Welt war hier los?

»Oh Gott, ich kann das nicht.« Scarlett ließ sich auf dem Zweisitzer nieder und stützte verzweifelt den Kopf in die Hände.

Anna setzte sich zu Ellie und holte tief Luft. »Wir haben heute … Mallory im Café gesehen. Ich … konnte einfach nicht früher darüber sprechen. Bei … bei einer Strandparty hatte ich vor einunddreißig Jahren einen One-Night-Stand mit Mallory. Er ist Scarletts Vater.«

»Aber Mum konnte nichts dafür!«, fügte Scarlett hastig hinzu. »Sie hatte damals eine Depression und war außerdem betrunken, und Mallory hat das ausgenutzt. Das ist ein feiger, mieser Dreckskerl …«

Ellie hatte es die Sprache verschlagen, und sie fühlte sich wie betäubt. Julian war Scarletts Vater? Und der Vater von ihrem eigenen ungeborenen Kind. Wie sollte sie das ihrer Mutter jemals erzählen?

»Du bist völlig schockiert«, sagte Anna, »und das kann ich gut verstehen. Er war ja später dein Prof. Aber ich war wirklich betrunken und bekifft und …«

»Sodass es quasi eine Vergewaltigung war«, warf Scarlett ein. »Und dir ging es psychisch vorher schon so schlecht. Ich hasse diesen Kerl! Und der soll mein Vater sein?«

»Julian?«, stammelte Ellie. »*Julian*?«

Benommen hörte sie zu, wie Anna die ganze Geschichte erzählte. Scarlett rannen Tränen übers Gesicht, und sie fluchte immer wieder vor sich hin, während bei Ellie wieder ihre eigenen Erinnerungen wach wurden. Wie ihre Mutter war sie Julian Mallorys Charme erlegen, nur um dann zu spät zu merken, dass dieser Mann Menschen einfach benutzte, wie es ihm gefiel.

»Du warst damals in ihn verliebt, oder, Ellie?«, fragte Anna jetzt.

Ellie spürte, wie ihr die Tränen kamen.

»Hast du deshalb dein Studium abgebrochen? Ich hätte dich vor diesem Mann warnen sollen, aber dann hätte ich ja erklären müssen, warum, und dazu war ich nicht imstande. Es tut mir so leid! Ich habe so viel falsch gemacht …«

»Bitte mach dir keine Vorwürfe, Mum.« Ellie richtete sich auf. »Ja, ich war wahnsinnig verliebt in ihn. Und ich habe damals geglaubt, er würde für mich das Gleiche empfinden. Als ich gemerkt habe, dass es nicht so ist, wollte ich ihn nicht mehr sehen. Ich bereue aber nichts, denn wäre mein Leben anders verlaufen, dann wäre ich sicher nicht jahrelang durch die Welt gereist. Das hat mich aber zu dem Menschen gemacht, der ich jetzt bin. Ich bin dankbar, dass du es mir erzählt hast, und hoffe, dich jetzt besser zu verstehen. Und vor allem bin ich entschlossen, dass Mr Julian Mallory keinerlei Einfluss mehr auf unser aller Leben haben soll.«

Anna schluchzte auf, und Ellie nahm sie in die Arme. Scarlett setzte sich zu den beiden und umarmte sie. Über den Kopf der weinenden Anna hinweg blickte Ellie auf ihre Schwester und traf eine Entscheidung.

Scarlett sollte jetzt alles wissen, auch dass Mallory nicht nur ihr leiblicher Vater war, sondern Vater eines Kindes, das niemals zur Welt gekommen war. Das würde noch einmal heftige Schmerzen auslösen, aber Ellie wollte endlich reinen Tisch machen mit ihrer Schwester. Anna aber sollte nichts von dem ungeborenen Kind erfahren. Sie hatte wahrlich genug gelitten, und manchmal war es zum Schutze aller wirklich besser, etwas im Dunkeln zu lassen.

33

Die Sterne funkelten am Himmel und wetteiferten mit der Weihnachtsbeleuchtung, als Scarlett am Kai entlang zu Judes Cottage eilte. Die Geschäfte hatten schon geschlossen, und warmes Licht drang aus den Fenstern der Häuser. Im Net Loft war festliche Musik zu hören, und vor dem Tinners' standen ein paar Einheimische mit Gläsern in der Hand.

Was für ein Abend. Nach der Offenbarung über Mallory hatte Anna sich erschöpft und mit Kopfschmerzen früh schlafen gelegt. Doch ein weiterer Schock hatte auf Scarlett gewartet: Ellies Enthüllung, dass sie ein Kind von Mallory abgetrieben hatte. Der Mann war wirklich ein Scheusal. Aber einen Vorteil hatte das alles: Jude war eindeutig nicht mit Scarlett verwandt, und jetzt wollte sie ihm möglichst rasch erklären, warum sie sich so abweisend benommen hatte.

Über dem ganzen Drama hatte Scarlett beschlossen, nicht mehr dauernd mit dem zu hadern, was nun einmal passiert war. Die Vergangenheit – auch der DNA-Test – ließ sich nun mal nicht rückgängig machen. Stattdessen war Scarlett entschlossen, positiv in die Zukunft zu blicken und sich um die Menschen zu kümmern, die sie liebte und die gerade schlimme Krisen durchmachten: Roger, Anna und Ellie.

Die beiden Schwestern hatten noch ein Glas Wein zusammen getrunken, dann war Scarlett zu Jude aufgebrochen. Sie wollte ihn lieber persönlich sprechen, anstatt sich vorher anzukündigen.

Er starrte sie verblüfft an, als er die Tür öffnete, und Scarlett verschlug es auch die Sprache, weil Jude so umwerfend aussah. Er war barfuß, trug Jeans und ein verwaschenes Sweatshirt, das die Farbe seiner schönen grünen Augen betonte.

»E-entschuldige«, stammelte sie, »d-dass ich so reinplatze. Aber ich muss dir was sagen. Was Wichtiges.«

»Okay. Komm rein.« Jude klang vorsichtig, was nach dem Festivalabend auch kein Wunder war.

Er ging ihr voraus ins Wohnzimmer, wo an einem kleinen Christbaum Lichterketten leuchteten. Über dem Kaminsims waren an einer Schnur Weihnachtskarten aufgehängt.

Scarlett hatte sich eigentlich überlegt, was sie sagen wollte, aber jetzt kam es ihr plötzlich nicht mehr über die Lippen. Und die ganze absurde Geschichte konnte sie eigentlich auch nicht erzählen, obwohl sie zur Erklärung natürlich nötig war.

Das Schweigen zog sich hin, und Scarlett brach der kalte Schweiß aus, aber dann sprach Jude als Erster.

»Hör zu, Scarlett. Wir kennen uns noch nicht lange, ich denke, du weißt auch, dass ich dich sehr mag und dass da mehr zwischen uns ist als eine gewöhnliche Freundschaft. Das hab ich zumindest geglaubt … bis zu diesem Abend neulich.«

»Jude …«, begann Scarlett.

»Bitte lass mich aussprechen, bevor ich den Mut verliere.«

Er atmete tief ein. »Wir haben uns unter ziemlich speziellen Umständen kennengelernt, was für dich bestimmt nicht einfach war. Deshalb habe ich mich anfänglich sehr zurückgehalten, als wir uns näherkamen. Weil ich wusste, dass ihr in einer Familienkrise steckt und du auch deine letzte Beziehung noch nicht verarbeitet hattest.«

Scarlett schwieg, weil sie spürte, dass sie diesen für Jude untypischen Redefluss jetzt auf keinen Fall bremsen durfte.

Jude steckte die Hände in die Hosentaschen. »Ich muss dir auch etwas über mich erzählen. Bei mir ist eine Beziehung katastrophal geendet – für mich jedenfalls. Ich bin darüber hinweg, aber so was hinterlässt eben trotzdem Spuren. Ich war verlobt, und meine Verlobte hat mich ziemlich überstürzt verlassen.«

»Das hat deine Mutter mir beim Festival erzählt«, sagte Scarlett leise.

Jude schnaubte. »Ganz im Ernst, hat man gar keine Intimsphäre mehr?« Er runzelte die Stirn. »Warst du etwa deshalb so abweisend nach dem Festival?«

»Nein, nein, um Himmels willen … damit hatte das gar nichts zu tun«, versicherte ihm Scarlett hastig. »Aber ich muss dir jetzt erklären, warum ich so anders war … und das ist echt nicht leicht. Es hat mit diesem Familiendrama letztes Jahr an Weihnachten zu tun … aber da steckt eben noch viel mehr dahinter. Und vielleicht denkst du dann, ich sei verrückt. Oder du bist sehr gekränkt … deshalb weiß ich nicht, wie ich anfangen soll.«

»Also, meiner Erfahrung nach ist Aufrichtigkeit meistens das Beste.«

Scarlett lächelte in sich hinein, weil ihr bei diesem Satz wieder auffiel, wie wunderbar sie Jude fand und wie sehr sie sich mehr Nähe zu ihm wünschte, in jeder Hinsicht …

»Ich weiß nicht«, sagte sie schließlich. »Manchmal ist es vielleicht auch besser, wenn Dinge ungesagt bleiben, damit Beziehungen nicht zerstört werden. Aber grundsätzlich bin ich schon deiner Meinung.« Sie nahm ihren ganzen Mut zusammen. »Also, ich mag dich wirklich sehr gern.« Oh Gott, wie albern klang das denn, so kindisch. »Und was ich jetzt erzählen muss, hat damit zu tun, aber auch mit meiner Mutter und … deinem Vater.«

»Was?« Jude starrte sie fassungslos an.

»Ja. Nein! Also: Der Auslöser für das Chaos letzte Weihnachten war ein DNA-Test, den Ellie und ich gemacht haben«, redete Scarlett tapfer weiter. »Ahnenforschung und so … Wir dachten, das sei ein tolles Geschenk, aber dann hat es im Handumdrehen die ganze Familie zerstört. Weil sich dabei nämlich herausstellte, dass ich nicht die Tochter meines Vaters bin. Meine Mutter hatte einen One-Night-Stand.«

Jude brauchte einen Moment, um das zu verdauen. »Das tut mir sehr leid. Ich kann gut verstehen, dass dich das aus der Bahn geworfen hat«, sagte er dann mitfühlend. »Aber … was hat das mit *meiner* Familie zu tun, Scarlett?«

»Meine Mutter wollte nichts über meinen leiblichen Vater erzählen, deshalb habe ich im Alleingang versucht rauszufinden, wer er war. Ich hatte Grund zu der Annahme, dass er aus Porthmellow kam. Und beim Wintersonnwend-Festival … habe ich – aus allerlei Gründen, von denen ich inzwischen weiß, dass sie falsch waren – geglaubt, dass …« Sie verstummte.

»Was hast du geglaubt?«

»Ähm … ich habe vermutet, dass wir verwandt sein könnten, du und ich. Dass du mein Halbbruder sein könntest.« Scarlett wäre am liebsten im Erdboden versunken.

Jude schwieg ein paar Sekunden. Dann sagte er so leise, dass er kaum zu hören war: »Verstehe.«

»Ich gebe zu, das klingt verrückt. Aber inzwischen weiß ich, dass es nicht stimmt. Meine Mutter hat das geklärt.«

Jude runzelte verwirrt die Stirn. »Aber wie bist du überhaupt darauf gekommen?«

»Dieses Strandfoto, das ich bei dir gesehen habe, wo meine Mutter mit deinen Eltern zu sehen ist … das ist etwa zu dem Zeitpunkt entstanden, als ich gezeugt wurde. Und dann habe ich noch zufällig ein Gespräch zwischen meiner Mum und deinem Dad gehört. Er hat mit ihr geflirtet.«

»Okay …« Jude sah irritiert und irgendwie verletzt aus.

»Ja, und … ich hatte bei Joan nach ihrem Tod in einem Buch eine Postkarte gefunden, die nach einer Liebesnacht klang. Später hatte ich die Vermutung, dass dein Vater sie für meine Mutter geschrieben hatte. Was auch stimmte, wie ich inzwischen weiß.« Scarlett zögerte. »Als ich beim Festival deine Bücher hier geholt habe, ist mir die Karte in die Hände gefallen.«

Jude blieb der Mund offen stehen.

»Und dann kam ich eben auf diese Idee, dass die beiden eine Affäre gehabt haben könnten, und habe meine Mutter danach gefragt. Sie hat mir erzählt, dass sie als Jugendliche mal kurz zusammen waren … und …« Sie kam ins Stocken, weil Jude total gekränkt und abwehrend die Arme vor der Brust verschränkte.

»Und was?«, fragte er schneidend.

»Ich hab mich getäuscht. Ich habe einen Fehler gemacht.«

»Ziemlich großer Fehler«, murmelte er.

»Es war ein Missverständnis. Versuch dich doch mal in meine Lage zu versetzen.« Scarlett ärgerte sich, dass er so aggressiv reagierte. »Ich habe vor einem Jahr erfahren, dass mein Vater nicht mein wirklicher Vater ist. Die Familie ist zerrüttet, und meine Mutter kam nicht mit der Wahrheit raus. Ich musste doch was unternehmen! Versteht du das nicht?« Sie war atemlos, weil sie sich so aufregte.

Judes Gesicht wirkte wie versteinert. »Doch, ich verstehe, dass du verstört und verunsichert warst. Aber wieso hast du dich so an dem Verdacht festgebissen, dass mein Vater auch deiner ist? »

»Ich habe mich nicht an dem Verdacht festgebissen …« Scarlett stöhnte gequält. »Oh Gott, ich bin hergekommen, um etwas zwischen uns zu klären, aber jetzt wird alles noch schlimmer … Du hattest doch das Buch mit der Postkarte hier bei dir im Haus, das war schon seltsam … Ich habe dich sogar danach gefragt, erinnerst du dich nicht?«

»Doch.« Jude fixierte sie. »Hast du dich nur mit mir verabredet, um rauszufinden, ob mein Vater auch deiner ist? Hast du mich benutzt?«

»Nein!«, rief Scarlett verzweifelt aus. »Natürlich nicht! Ich mag dich richtig gern, Jude. Und es tut mir leid, dass ich auf diese falsche Idee gekommen bin. Aber du hast doch auch wegen des Buchs gelogen! Was sollte ich denn da denken?«

Er zögerte. »Ja, das stimmt. Ich habe es immer geliebt, und nach Joans Beerdigung stand das Haus eine Weile leer ... da hab ich das Buch an mich genommen. Was natürlich eigentlich Diebstahl ist, deshalb war es mir peinlich, als du mich danach gefragt hast.«

»Wann war das? Bevor Ellie eingezogen ist?«

»Ja, natürlich, sonst wäre ich ja nicht einfach ins Haus gegangen. Als ich eines Tages Wildpflanzen auf dem Gelände gesammelt habe, sah ich, dass im Schlafzimmer ein Fenster offen stand und im Wind hin- und herschlug. Ich wollte verhindern, dass es kaputtgeht, und bin mit dem Ersatzschlüssel, der immer im Gartenschuppen lag, ins Haus gegangen. Als ich das Fenster zumachte, fiel mein Blick auf das Bücherregal ...« Jude verstummte.

Scarlett sah ihn gespannt an und hoffte inständig, dass er weitersprechen würde.

»Weißt du, ich konnte nicht an Joans Beerdigung teilnehmen«, fuhr er schließlich fort, »weil ich bei einer Konferenz in den USA einen Vortrag halten musste ... und deshalb habe ich mir das Buch als Erinnerung an sie mitgenommen. Joan wusste, dass ich es immer schon geliebt hatte, und ich dachte mir, niemand würde es vermissen, und sie würde sich bestimmt freuen, wenn ich es hätte. Aber das war natürlich nicht richtig.« Er blickte zu Boden. »Deine Großtante war immer so lieb zu mir, wenn es zwischen meinen Eltern Streit gab. Ich bin als Kind oft in die Gärten von Seaholly Manor geflüchtet, und sie hat mich zu Tee und Kuchen eingeladen, und wir haben über Pflanzen und Bücher gesprochen …«

»Es ist gar nicht schlimm, dass du das Buch als Erinnerungsstück behalten ist«, sagte Scarlett sanft. »Da hätte bestimmt niemand von uns was dagegen. Aber warum hast du nichts davon gesagt, als ich dich danach gefragt habe?«

»Das ist persönlich.« Jude presste die Lippen zusammen. »Ich habe mir eingebildet, dich ein bisschen zu kennen, Scarlett. Und ich habe geglaubt, dass wir uns richtig gut verstehen …« Er seufzte. »Aber ich hab mich offenbar geirrt. Jetzt müssen wir uns erst mal beide abregen.« Er sah aus, als würde er gleich in Tränen ausbrechen, und öffnete die Wohnzimmertür.

Scarlett war fassungslos. Im Ernst, er warf sie raus? »Also, ich war ehrlich zu dir, und du willst deine Geheimnisse für dich behalten?«

»Bitte geh jetzt einfach.«

Scarlett tat es zwar leid, ihn so verletzt zu sehen, aber sie hatte auch ihren Stolz und war außerdem wütend.

»Aber gerne doch«, fauchte sie. »Du brauchst mich auch nicht zur Tür zu bringen. Und falls du doch noch mal auf die Idee kommst, die Wahrheit erzählen zu wollen, dann weißt du ja, wo du mich findest.«

Sie rauschte an ihm vorbei nach draußen. Eigentlich hatte sie nicht vorgehabt, die Haustür zuzuknallen, aber das passierte dann doch, weil ein Windstoß sie ihr aus der Hand riss.

Als Scarlett ins Auto stieg, lehnte sie den Kopf zurück und rang um Atem. Sie kam sich vor wie ein Ballon, aus dem man die Luft abgelassen hatte. Die Turbulenzen der letzten

Stunden hatte ihre ganze Energie aufgebraucht, und jetzt rannen ihr wieder Tränen übers Gesicht. Tränen der Enttäuschung, aber auch der Wut. Warum wollte Jude ihr nicht die Wahrheit sagen?

Sie hatte damit gerechnet, dass er überrascht und vielleicht auch schockiert sein würde. Doch seine aggressive und abwehrende Reaktion hatte sie eiskalt erwischt. Vielleicht wäre ein anderer Zeitpunkt besser gewesen für dieses Geständnis. Vielleicht hätte sie sich lieber eine Lüge einfallen lassen sollen, anstatt ihn mit dieser Mutmaßung über Hayden zu konfrontieren, sagte sie sich. Offenbar litt Jude extrem unter seinem Vater, und sie hatte den Finger voll auf die Wunde gelegt.

Als Scarlett sich einigermaßen beruhigt hatte, ebbte ihre Wut ab, und Reue und Mitgefühl überwogen. Im wirklichen Leben war es viel schwieriger mit den Männern als in Tante Joans Büchern! So oder so, vermutlich hatte sie Jude wehgetan. Er hatte gesagt, sie sei nicht der Mensch, für den er sie gehalten habe. Unwillkürlich fragte sich Scarlett jetzt, ob sie sich nicht vielleicht auch grundlegend in ihm getäuscht hatte.

34

Heiligabend

Während Ellie im Hafencafé die letzten Aufgaben erledigte, bevor das Lokal über die Feiertage schließen würde, dachte sie daran, wie sie im vergangenen Jahr die Stimmung bei der Arbeit genossen hatte. Die Vorfreude auf das große Fest war bei allen Gästen und auch bei ihr in der Familie so spürbar gewesen.

Und dieses Jahr? Ellie wusste, dass Marcus sich gut um ihren Vater kümmern würde, Heidi würde ihr Bestes geben, und die Jungs würden sich freuen, dass der Opa bei ihnen war. Aber Roger hätte bestimmt gerne seine ganze Familie um sich gehabt, trotz allem. Scarlett hatte berichtet, dass ihr Dad sich einsam und traurig angehört hatte am Telefon. Aber sämtliche Versuche, ihn nach Cornwall zu locken, waren dennoch gescheitert.

Und das Weihnachtsessen mit Aarons Familie schien für Ellie auch flachzufallen. Seit dem Streit hatte er mehrmals versucht anzurufen, aber sie hatte nicht reagiert. Sie wusste einfach nicht, ob sie sich weitere Entschuldigungen anhören wollte. Und ob sie überhaupt imstande sein würde, ihm zu verzeihen. Außerdem hielt sich Liza womöglich noch in

Porthmellow auf, und der wollte Ellie nun um keinen Preis begegnen.

Um drei Uhr drehte sie das Schild in der Tür auf »Geschlossen«. Erst am siebenundzwanzigsten Dezember würde wieder geöffnet sein, und in den ersten beiden Januarwochen machten sie Betriebsferien, weil Tina für zwei Wochen in die Sonne fliegen wollte. Diese Zeit wollten Ellie und Scarlett bei Roger verbringen. Anna hatte sich dazu noch nicht geäußert. Würde sie mitkommen? Oder alleine in Seaholly Manor bleiben?

Ellie umarmte Tina herzlich zum Abschied und beschloss beim Rausgehen, noch eine lustige Kleinigkeit für Scarlett und Anna zu kaufen.

Die witzigen Geschenke hatten immer allen Spaß gemacht, und heitere Stimmung konnten sie alle drei gut gebrauchen. Ein paar wenige Geschäfte hatten noch geöffnet, und als Ellie am Hafen entlangschlenderte, überlegte sie, was sie jetzt mit dem Füller für Aaron machen sollte. Marcus oder Roger schenken vermutlich.

In einem Geschenklädchen entdeckte sie einen Korb mit bunten Fingerlingen und kaufte zwei Paar, eines mit einem Rotkehlchen und eines mit Katzenohren. Diese Handschuhe waren ideal, um in der Kälte Fotos zu machen, zu zeichnen oder sein Handy zu checken. Das war wirklich ein Einkauf in letzter Minute, denn als Ellie den Laden verließ, wünschte die Besitzerin ihr schöne Weihnachtstage und schloss hinter ihr die Tür ab.

Als Ellie auf die Straße trat, bemerkte sie aus dem Augenwinkel etwas leuchtend Rotes und sah ein paar Häuser weiter zwei vertraute Gestalten: Liza in ihrem auffallenden Mantel und an ihrer Seite Aaron.

Er hielt ein großes Paket in den Armen, Liza war mit Einkaufstüten beladen und lächelte ihn strahlend an. Die beiden hatten offensichtlich zusammen Weihnachtseinkäufe gemacht und schienen sich pudelwohl zu fühlen. Sie wirkten ganz und gar nicht wie zwei Menschen, die nichts mehr miteinander zu tun haben wollten. Sondern wie ein glückliches Ehepaar.

35

Bedrückt räumte Scarlett das Wohnzimmer auf und dachte, dass dieses Weihnachtsfest wohl so trist wie noch nie geraten würde.

Sie war allein im Haus, Ellie arbeitete im Hafencafé, Anna wollte noch ein paar Einkäufe erledigen. Als Scarlett am Vorabend von Jude zurückgekommen war, hatte sie versucht, ihren Zustand zu vertuschen, was ihr aber mit den rot geweinten Augen natürlich nicht gelungen war.

Heute grübelte sie weiter über das schreckliche Gespräch mit Jude nach und hätte ihn zu gern angerufen, wusste aber nicht, was sie sagen sollte. Sie war hin- und hergerissen zwischen Wut wegen seiner abwehrenden Überreaktion und Ärger über ihre eigenen ungeschickten Äußerungen.

Ein weiterer Streit würde ihnen beiden auch nicht helfen, und Scarlett beschloss, sich wegen Weihnachten zusammenzureißen und so heiter wie irgend möglich zu sein. Es war ein sonniger Tag, und sie raffte sich auf, in den Gärten draußen nach Zutaten für das Essen zu suchen, das sie abends kochen wollte.

Die frische Luft tat ihr gut und lenkte sie ab, wenn sie auch beim Sammeln an die glücklicheren Zeiten mit Jude denken musste. Scarlett wollte gerade ihren erbeuteten

Meermangold in eine Tüte stecken, als ein Rascheln sie aufblicken ließ.

Jude kam auf sie zu. Er trug eine dunkelblaue Seemannsjacke und einen schwarz-weiß karierten Schal, war unrasiert und hatte dunkle Ringe unter den Augen. Scarlett wollte lieber nicht daran denken, wie sie selbst nach der ruhelosen Nacht aussah.

Jude wies mit dem Kopf auf die grünen Blätter in ihrer Hand. »Ist der Mangold fürs Weihnachtsessen?«

»Nein, für heute Abend«, antwortete Scarlett vorsichtig. »Am Feiertag will Mum garantiert nicht auf ihren Rosenkohl verzichten.«

»Der Mangold ist natürlich nicht traditionell, schmeckt aber besser, meiner Ansicht nach. Aber damit würde ich bei meiner Mum auch nicht durchkommen. Man hat eben so seine Gewohnheiten, nicht wahr?« Er lächelte sie herzlich an, und Scarlett spürte einen Anflug von Hoffnung.

»Ja, aber man kann Traditionen schon auch mal verändern ...«

Jude trat einen Schritt auf sie zu. »Scarlett, ich möchte mich für mein Benehmen gestern Abend entschuldigen. Als Erklärung kann ich vielleicht höchstens anführen, dass die Wahrheit manchmal eben wehtut.«

»Ich war bestimmt auch nicht so sensibel«, erwiderte Scarlett. »Hab leider die Angewohnheit, in Fettnäpfchen zu treten.«

Ein Lächeln huschte über sein Gesicht. »Also, auf jeden Fall tut es mir leid, dass ich dir unterstellt habe, du wolltest nur in meiner Nähe sein, weil du deinen Vater gesucht hast.

Da habe ich einfach total überreagiert, und … manchmal bin ich auch echt ein launischer Idiot. Und ja, mein Dad hatte Affären. Ich hoffe, nicht mit deiner Mutter.«

»Nein, jedenfalls nicht zum fraglichen Zeitpunkt. Tut mir leid, dass ich mich da reingesteigert hatte, aber ich war mir so sicher …«

»Ich kann das jetzt verstehen, nachdem ich die Hintergründe kenne«, sagte Jude. »Und ich war auch nicht wütend auf dich, sondern auf meinen Vater. Er hat meiner Mutter mit seiner notorischen Untreue immer wieder sehr wehgetan. Ich bin bestimmt nicht über alles im Bilde, aber von drei Affären weiß ich auf jeden Fall. Und«, fuhr er fort, »über die Postkarte wollte ich gestern nichts sagen, weil ich mir tatsächlich so was Ähnliches gedacht hatte wie du.«

»Dein Vater wollte damit wohl meine Mum an die alten Zeiten erinnern.«

Jude schnaubte erbost. »Du meinst, um sie wieder anzugraben?«

Scarlett zuckte innerlich zusammen. »Das kann ich nicht einschätzen«, wich sie aus, um diesmal diplomatischer zu sein.

»Wahrscheinlich schon. Und seit sie hier ist, hat er es bestimmt auch schon probiert, oder?«, fragte Jude grimmig.

»So oder so wird er damit keinen Erfolg haben.«

»Ganz ehrlich, Scarlett: Er ist zweifellos mein Vater, aber ich denke trotzdem manchmal, ich sei bei der Geburt vertauscht worden. Ich hatte tatsächlich vor, ihn mit der Postkarte zur Rede zu stellen, weil ich solche Angst hatte, dass er die Ehekrise deiner Eltern ausnützen würde. Aber da hätte er sicher nur gelogen. Ich war gestern so wütend, weil ich die Wahrheit nicht ertragen konnte. Bitte verzeih mir, Scarlett.«

»Ist okay. Ich weiß doch, wie schwer es ist, den eigenen Ängsten ins Gesicht zu schauen.«

»Mein Vater hat so viele Menschen verletzt«, sagte Jude leise und schluckte.

»Aber so schlimm wie mein leiblicher Vater ist er auf gar keinen Fall, das kann ich dir sagen. Ich weiß jetzt, wer es ist, und habe ihn inzwischen sogar gesehen, aber er weiß nicht, dass ich seine Tochter bin.«

Jude sah sie mitfühlend an. »Oh Gott, das klingt ja schlimm. Willst du darüber reden?«

»Ist lieb, dass du fragst, aber ich glaube, das kann ich noch nicht. Ich kann seinen Namen nicht preisgeben, außer Ellie und Mum weiß noch niemand davon, auch Roger nicht. Aber …« Sie zögerte. »Der Mann kommt jedenfalls aus der Gegend hier.«

Jude bohrte natürlich nicht weiter nach, sondern fragte nur: »Wie geht es dir jetzt mit dem Thema, seit du weißt, wer er ist?«

»Ich bin mir nicht sicher«, sagte Scarlett langsam. »Es ist leider ziemlich scheußlich, dass es ausgerechnet dieser Mann ist. Ich habe nicht viel Gutes über ihn gehört.« Das war zweifellos die Untertreibung des Jahres.

»Tut mir leid für dich, dass so was Unerfreuliches dabei rausgekommen ist«, sagte Jude sanft

»Tja, meine Mum hatte mich von Anfang an gewarnt, dass uns allen die Wahrheit nicht guttun würde. Aber ich wollte das nicht akzeptieren und habe sie so lange bearbeitet, bis sie zumindest offenbart hat, dass es nicht dein Vater ist. Das war schon mal eine große Erleichterung.« Scarlett spürte, wie sie rot wurde. »Aber dann«, fuhr sie fort, »hat meine Mum den Mann zufällig in Porthmellow gesehen. Das hat sie so erschüttert, dass sie mir und Ellie abends alles erzählt hat. War natürlich ein Riesendrama.«

»Wollen wir einen Spaziergang machen?«, schlug Jude vor.

Scarlett nickte. »Sehr gern.«

Sie wanderten zum Strand und blickten übers Meer. Der Wind peitschte gischtende Wellen heran, und Scarlett fühlte sich klein und ein bisschen verloren unter dem weiten Himmel. Jude stand dicht neben ihr, und ohne lange zu überlegen, ergriff sie seine Hand und hielt sie fest. Die Wärme fühlte sich tröstlich und stärkend an, und ein Lächeln trat auf Scarletts Lippen.

»Die ganze Zeit habe ich gedacht«, sagte sie, »mein leiblicher Vater hätte ein Recht darauf, von mir zu erfahren. Aber jetzt bin ich mir nicht mehr sicher. Er ist ziemlich verantwortungslos, obwohl er selbst eine Familie hat … und außerdem ist das alles noch viel komplizierter, als ich dir erklären kann.« Sie sah Jude von der Seite an. »Nicht, weil ich dir nicht vertraue, sondern weil noch mehr Menschen betroffen sind.«

»Fühl dich bitte nicht gedrängt, du musst mir gar nichts erzählen. Nur, was du möchtest. Deine Welt muss doch völlig auf den Kopf gestellt sein. Tut mir echt leid, dass ich mich wie ein Idiot aufgeführt und dir noch mehr Stress gemacht habe.«

Scarlett lachte leise. Er war so anders als Rafa. »Finde ich super, dass du so was zugeben kannst. Das können nicht viele Männer, glaube ich. Und mit der Welt hast du natürlich recht. Schlagartig war nichts mehr wie vorher.«

»Aber ich könnte mir denken, dass deine Familie jetzt einen Neuanfang schafft. Ihr wart euch doch vorher nah und hattet einen guten Zusammenhalt. Vielleicht könnt ihr da wieder ansetzen.«

Scarlett seufzte. »Dazu müssten meine Eltern sich erst mal richtig aussprechen und ehrlich zueinander sein.«

»Und du meinst, das wird nicht passieren?«

»Mal sehen. Mum sagt, sie will es im neuen Jahr probieren. Aber erst mal müssen wir Weihnachten durchstehen.«

»Vielleicht kann ich dazu auch was beitragen …« Jude zog sie behutsam in die Arme und küsste sie leidenschaftlich und zärtlich zugleich. Dieser wunderbare Kuss entschädigte Scarlett für das lange bittere Warten, und die beiden lösten sich erst voneinander, als ihnen die Luft ausging.

»Wow«, hauchte Jude in ihr Haar.

»Du kannst dir nicht vorstellen, wie sehr ich mich danach gesehnt habe«, flüsterte Scarlett glücklich.

»Doch, das kann ich«, lachte Jude.

»Möchtest du mit zu mir kommen?«, fragte Scarlett. »Ellie ist noch im Café, meine Mum einkaufen.«

»Nichts lieber als das. Ich kann auch deinen Mangold zubereiten, wenn du möchtest.«

Scarlett kicherte. »Na, das hat mir auch noch keiner angeboten.«

Jude grinste sie liebevoll an, und sie spürte seinen Blick bis in die Zehenspitzen. Was sie für Jude empfand, hatte sie noch mit keinem anderen Mann erlebt. Es kam ihr vor, als öffne sich für sie beide das Tor zur Liebe, und sie mussten nur eintreten …

Hand in Hand gingen sie zum Haus zurück. In der Küche legte Scarlett den Mangold in den Kühlschrank, wobei Jude den gigantischen Truthahn entdeckte. »Du lieber Himmel, was ist das denn? Ein Vogelstrauß?«

»Nee, unser Riesentruthahn. Komm doch morgen zu uns und hilf uns beim Aufessen.«

»Würde ich gerne, aber ich hab mich wieder für das Festmahl der Einsamen im Pub gemeldet. Inzwischen kannst du dir wahrscheinlich auch denken, warum«, sagte Jude trocken. »Familie vermeiden. Abends muss ich aber trotzdem zu meinen Eltern.«

Scarlett grinste. »Ich würde dir ja Gesellschaft leisten im Pub, aber ich kann Ellie und Mum nicht alleine lassen.« Sie schloss den Kühlschrank. »Das wird ohnehin ein schwieriges Fest, aber schlimmer als letztes Jahr kann es gar nicht werden.«

Jude nahm sie in die Arme. »Ihr werdet das schon hinkriegen, es euch einigermaßen nett zu machen. Beim Schwimmen am zweiten Weihnachtsfeiertag bist du aber dabei, oder? Danach gehen alle in den Pub, und hinterher könntest du mit zu mir kommen. Damit wir endlich Zeit für uns haben …«

Seine Stimme klang kehlig und verführerisch, und als er zärtlich ihren Hals küsste, begehrte Scarlett ihn so sehr, dass sie seine Hand ergriff und ihn mit nach oben in ihr Zimmer zog. Und was dann folgte, war wilder und erotischer als alles, was sie jemals in Tante Joans Romanen gelesen hatte, sogar in den ganz speziellen mit dem rotschwarzen Einband …

36

Am ersten Weihnachtsfeiertag stand Ellie früh auf, nachdem sie sich die halbe Nacht ruhelos im Bett herumgewälzt hatte. Scarlett schlief noch, sogar als Ellie schon den Truthahn in den Ofen schob. Das Gemüse stand zum Garen auf dem Herd bereit, Pastinaken und Würstchen im Schlafrock harrten im Kühlschrank ihrer Verwendung.

Ellie wanderte mit einem Becher Kaffee ins Wohnzimmer. Der Geschenkeberg unter dem Baum war natürlich kleiner als letztes Jahr. Im Radio liefen wie üblich Weihnachtslieder, aber man hörte keine kleinen Füße, die aufgeregt die Treppe hinuntertrampelten, keine Heidi, die ihre Jungs zu gutem Benehmen ermahnte, keinen Marcus, der sich beschwerte, weil er seine Rentier-Boxershorts nirgends finden konnte.

Keinen Roger, der mit einem Becher Tee in der Hand auf der Terrasse stand und die Ruhe im Garten genoss, bevor der »Weihnachtszirkus« losging, wie ihr Vater immer zu sagen pflegte. Ellie erinnerte sich an ein Gespräch mit ihm im letzten Jahr.

»Bereit fürs Gefecht?«, hatte er damals gefragt.

»Gefecht? Ach, komm schon, Dad, du hast doch auch Freude daran.«

»Mit euch zusammen zu sein, das auf jeden Fall. Das Fest selbst … gemischte Gefühle.«

Aber er hatte dabei gelacht, und Ellie hatte seine Bemerkung nicht so ernst genommen. Sie hätte jetzt gerne mit ihm Witzchen gerissen und freute sich darauf, im Januar mit Scarlett bei ihm zu sein. Ellie hoffte auch, dass es ihr gelingen würde, ihre Eltern auszusöhnen und Frieden zu stiften in der Familie.

Aber die Vorstellung, nicht in Porthmellow zu sein, war auch mit bitteren Gefühlen verbunden. Eigentlich hatte sie viel Zeit mit Aaron verbringen wollen. War er jetzt bei seinen Eltern und tat so, als sei alles in bester Ordnung? Oder verbrachte er Weihnachten etwa mit Liza? Sie fragte sich auch, ob er Troy und Evie inzwischen von seiner Ehe erzählt hatte oder ob er das noch immer geheim hielt.

Unwillkürlich musste Ellie an Julian Mallory denken, obwohl ihr das gar nicht passte. Wahrscheinlich würde er sich heute ungeachtet all seiner Leichen im Keller als perfekter Großvater aufspielen. Sie schauderte.

»Guten Morgen!« Scarlett kam herein, noch im Morgenmantel, gefolgt von Anna, die eine hübsche neue Bluse trug und ein strahlendes Lächeln aufgesetzt hatte. Sie hatte sich vermutlich vorgenommen, das Beste aus dem Tag zu machen.

»Bescherung jetzt oder nach dem Frühstück?«, fragte Anna.

Ellie warf einen Blick auf die Geschenke und war gerührt über die Bemühungen ihrer Mutter.

»Danach?«, fragte sie.

Es war nie einfach, die wahren Wünsche der anderen zu

erraten, aber das gehörte eben zum Familienleben dazu. Es war immer eine Art Gratwanderung im Namen der Liebe.

»Ich mache uns Frühstück«, verkündete Scarlett und verschwand in die Küche, aus der sie erstaunlich schnell wieder auftauchte, in Händen ein Tablett mit drei Eisbechern voller Birchermüsli.

»Ta da! Festtagsstärkung!«

»Alle Achtung!«, sagte Ellie anerkennend.

»Sieht köstlich aus«, bemerkte Anna. »Aber wie hast du das so schnell hingekriegt?«

»Hab ich gestern Abend schon vorbereitet und in der Speisekammer versteckt, da ist es schön kühl.«

Sie verspeisten Scarletts Kreation mit Genuss, aber danach war niemand in der richtigen Stimmung für Sekt, weshalb sie einen speziellen Weihnachtskaffee aus dem Präsentkorb von Marcus und Heidi tranken. Dann packten sie ihre Geschenke aus, wobei Ellie daran denken musste, wie es jetzt wohl bei Marcus zuging. Waren da auch alle bedrückt und hielten die Fassade nur wegen der Jungs aufrecht?

Obwohl den drei Frauen der Rest ihrer Familie fehlte, hatten sie die Geschenke mit Sorgfalt und Liebe ausgesucht. Ellie war zu Tränen gerührt, als sie das Armband von Scarlett in Händen hielt.

Nach der Bescherung räumten sie gemeinsam auf und schauten nach dem Truthahn, dessen köstlicher Duft durchs Haus zog. Scarlett sagte unvermittelt: »Ich muss ständig dran denken, dass Jude beim Festmahl der Einsamen ist.«

Anna schüttelte verwundert den Kopf. »So heißt das aber nicht offiziell, oder?«

»Nein, offiziell ist es das Gemeinde-Weihnachtsfest. Aber offenbar haben Troy und Evie den Namen irgendwann eingeführt, und die freiwilligen Helfer haben ihn übernommen.«

»Wer kommt da eigentlich so hin?«, fragte Anna.

»Alle möglichen Leute«, antwortete Scarlett. »Einsame ältere Menschen, Obdachlose, Gastarbeiter. Ab und zu eine kopflose Irre, die das Weihnachtsfest ihrer Familie mit einer absurden Nachricht gesprengt hat.«

Anna umarmte Scarlett. »Oder eine wunderbare Tochter, die sich zum Glück ihren Humor bewahrt hat.«

Scarlett verdrehte die Augen. »Jaja. Ihr dürft mich Heilige Scarlett nennen. Danke, Mum.«

Ellie lachte. Dann blickte sie auf den Christbaum und die Geschenke, und ein Schweigen trat ein.

»Irgendwie ist das alles seltsam«, sagte Ellie schließlich.

»Ja, und auch ein bisschen traurig«, pflichtete Anna ihr bei. »Wisst ihr, was? Klingt etwas verrückt, aber wie wäre es, wenn wir den Truthahn mit in den Pub nehmen? Er ist ja ohnehin viel zu groß für uns, und es wäre doch schön, ihn mit anderen zu teilen …«

Scarlett blieb vor Erstaunen der Mund offen stehen, dann trat ein breites Grinsen auf ihr Gesicht. »So eine super Idee, Mum!«

Ellie nickte begeistert. »Ja, perfekte Lösung. Zum Glück haben wir uns dieses Jahr noch keinen Eierpunsch eingepfiffen«, fügte sie lachend hinzu.

Scarlett rief Jude an und fuhr mit dem Gemüse und den Beilagen voraus, während Ellie und Anna den Truthahn beaufsichtigten. Da er so früh im Ofen gelandet war, würde er rechtzeitig zum mittäglichen Festmahl fertig sein.

Eine Stunde später fuhren die beiden mit dem gegarten Riesenvogel zum Smuggler's Inn. Im Dorf sahen sie Leute, die sich in den Lokalen ein Gläschen genehmigten, bevor sie zum Essen nach Hause gingen. Am Hafen waren Familien mit Kindern unterwegs, die ihre neuen Roller oder Fahrräder ausprobierten.

Anna und Ellie schleppten gemeinsam den in Folie gewickelten Truthahn in einem Wäschekorb in den Pub. Man würde ihn kalt essen müssen, aber mit heißer Soße und warmen Beilagen würde das dem Genuss keinen Abbruch tun.

Ellie war unendlich froh über den lauten und fröhlichen Trubel im Pub und spürte deutlicher denn je, dass Seaholly Manor einfach zu groß war für sie drei. Und nicht Christbaum, Essen und Geschenke machten Weihnachten aus, sondern das Zusammensein mit Menschen ... sogar mit Fremden.

Der Raum platzte fast aus allen Nähten. Die Tische waren für etwa vierzig Personen gedeckt, Helfer inklusive. Ellie entdeckte Sam und Gabe, Zennor und Ben im Getümmel. Scarlett verteilte mit Jude Knallbonbons und bunte Hütchen an den Plätzen. Die beiden lachten und berührten sich immer wieder, und Ellie freute sich riesig, ihre Schwester so fröhlich zu sehen.

Anna und Ellie schleppten den Vogel in die Küche, wo sie auf Gabe und Sam stießen.

»Sind Evie und Troy dieses Jahr nicht dabei?«, fragte Anna.

»Nein, die Carmans feiern diesmal zu Hause, weil Aaron da ist«, antwortete Sam. »Und Gemma mit ihrer Familie. Evie ist eine fantastische Köchin und bewirtet für ihr Leben gern Leute. Kommst du morgen zum Schwimmen, Ellie?«

Sam konnte eigentlich nichts von dem Zerwürfnis mit Aaron wissen, aber die Frage erwischte Ellie eiskalt. Sie hatte sich so sehr auf die Feier bei den Carmans gefreut und wusste jetzt gar nicht, wie sie ihre Enttäuschung verbergen sollte.

»Ähm, also … mal schauen …«, stammelte sie, wurde aber durch einen verzweifelten Ausruf vom Küchenchef gerettet. »Sam! Gibt es hier irgendwo Cranberry-Soße?«

»Entschuldigt, ich werd gebraucht«, sagte Sam hastig und eilte durch die Küche. »Bin schon da, Gabe!«

37

Scarlett und Jude genehmigten sich Häppchen und Sekt und unterhielten sich mit den Gästen. Hier im Pub zu feiern war eine der besten Ideen seit ewigen Zeiten, und alle drei Frauen fanden die Gespräche mit den Gästen gleichermaßen interessant und berührend.

Manche hatten unlängst liebe Menschen verloren, andere konnten nicht zu ihren Verwandten fahren. Ein ehemaliger Drogensüchtiger war inzwischen clean und lebte nicht mehr auf der Straße, hatte aber keinen Kontakt zu seinen Angehörigen. Scarlett dachte bei sich, dass sie wohl dankbar dafür sein sollte, trotz aller Spannungen zumindest noch mit allen Familienmitgliedern in Verbindung zu stehen.

»Wenn ich all diese tragischen Geschichten höre, sehe ich meine eigene Situation mit ganz anderen Augen«, sagte Scarlett zu Jude, während sie gemeinsam die Geschenke, die von Geschäften und Firmen in Porthmellow gestiftet worden waren, in einen großen Jutesack packten.

»Geht mir auch so«, erwiderte Jude. »Und man weiß auch nie, wer auftauchen wird. An Weihnachten allein zu sein ist für viele unerträglich.«

»Zumindest gab's bislang noch keinen so dramatischen Auftritt wie meinen letztes Jahr …«

»Wart's ab. Wir haben den Truthahn ja noch nicht auf dem Teller.« Jude grinste. »Aber ich bin sehr froh, dass du damals hergekommen bist.«

»Ihr müsst mich doch für wahnsinnig gehalten haben.«

»Nein, nur für einsam. Wir geraten alle mal aus der Bahn und wissen nie, was das Leben mit uns vorhat. Und dann landet man eben plötzlich hier.« Er grinste schief. »Oder entschließt sich freiwillig dazu.«

»Jedenfalls bist du dieses Jahr nicht als Elf am Start. So hab ich dich insgeheim genannt, bis wir uns wiedergesehen haben: der Elf.«

»Im Ernst jetzt? Ist mir das peinlich!«

Scarlett berührte lächelnd seine Ohren. »Ich fand dich wahnsinnig süß.«

»Wahnsinnig süß?«, wiederholte Jude entsetzt.

»Klar.« Scarlett grinste verschmitzt, und Jude war gerade im Begriff, sie zu küssen, als die Musik verstummte und Sam mit einer Gabel an ihr Glas klopfte. »Ihr Lieben, ich möchte euch bitten, Platz zu nehmen, das Essen wird gleich serviert.«

Nur ungern trennte sich Scarlett von Jude, aber es gehörte zu den Aufgaben der Freiwilligen, sich mit den fremden Gästen zu unterhalten. Scarlett setzte sich zwischen eine Frau aus Porthmellow, die in diesem Jahr ihre alte Mutter verloren hatte, und eine Studentin aus Neuseeland, die hier lebte und nicht zu ihrer Familie reisen konnte.

Die vielfältige Menschenmischung erinnerte Scarlett an ihre Schwimmtreffen in Birmingham, und sie beschloss, sich öfter bei ihren alten Freundinnen zu melden. Mit ihren Tischnachbarinnen kam sie auf das Thema Schwimmen zu sprechen und überredete beide, sich morgen den Sprung ins Meer anzusehen oder ihn sogar selbst zu wagen.

Ein Stück weiter hinten saß eine junge Frau mit Heavy-Metal-Shirt neben einem knochigen jungen Mann mit Vollbart, Goldohrring und Fischermütze.

»Das sind doch Bryony Cronk und ihr Freund, was machen die denn hier?«, fragte Scarlett Sam beim Weineinschenken. Es war allgemein bekannt, dass Bryony Gemeindeveranstaltungen normalerweise mied wie der Teufel das Weihwasser.

»Die beiden haben wohl eine Ausrede gesucht, um nicht beim Bruder ihres Freundes feiern zu müssen. Der Bruder hat nämlich einen Mops, den Sascha nicht ausstehen kann, weshalb er den ganzen Tag hätte zu Hause bleiben müssen. Kannst dir sicher vorstellen, wie das bei Bryony ankommt. Deshalb haben sie sich als freiwillige Helfer angeboten. Nicht, dass sie bisher einen Finger gerührt hätten …«

Sascha lag unter dem Tisch und nagte geräuschvoll an einem gigantischen Kauknochen, der aussah wie von einem Mordtatort entwendet.

»Ich kann gar nicht fassen, dass Sascha wegen dem Truthahn bisher nicht ausgerastet ist«, sagte Sam grinsend. »Kann natürlich noch kommen. Vorerst wurde er mit Truthahn-Hundefutter de luxe und diesem Riesenknochen ruhiggestellt.«

Scarlett lachte lauthals. Sie fühlte sich so froh wie seit Ewigkeiten nicht mehr.

Knallbonbons machten einen Höllenkrach, und begeisterte Rufe wurden laut, als Gabe und Ellie die Platten mit Truthahn, Gemüse und Beilagen hereintrugen. Alle füllten sich vorfreudig ihre Teller und begannen mit dem Festschmaus, als plötzlich die Tür aufging und ein Mann hereinkam. Er blieb stehen und blickte sich unsicher um.

Jude, der schräg gegenüber von Scarlett saß, stand auf. »Oh, ein später Gast. Ich heiße ihn willkommen.«

»Lass mich das machen«, sagte sie. »Ich weiß genau, wie dem zumute ist.«

Mit etwas zittrigen Beinen ging Scarlett zur Tür und fiel dem Mann um den Hals. »Dad? Was machst du denn hier?«

»Anna hat mir vorhin Bescheid gesagt, dass ihr im Pub seid.« Roger umarmte seine Tochter.

»Aber … seit wann bist du denn in Porthmellow?«, fragte Scarlett fassungslos, nachdem sie Roger losgelassen hatte.

»Seit gestern Abend. Ich habe in einer Pension übernachtet. Habe doch beschlossen, dass ich an Weihnachten hier sein sollte, nach allem, was letztes Jahr passiert ist.«

»Das ist so schön!« Scarlett strahlte. »Hat Mum das eingefädelt?«

»Nein, aber ich habe sie eingeweiht, und sie hat mir dann heute Morgen Bescheid gesagt, dass ihr mittags hier sein würdet. Und ich weiß ja, wie lieb sich die Menschen hier letztes Jahr um dich gekümmert haben.«

Scarlett schaute sich nach ihrer Schwester und ihrer Mutter um und entdeckte sie an der Küchentür. Beide wirkten sehr gerührt und winkten Roger zu.

»Dann bleibst du bei uns in Seaholly Manor?«

Roger lächelte. »Wenn ihr das wollt und ein Plätzchen für mich findet …«

»Ach, Dad! Ich würde im Garten schlafen, wenn's nötig wäre!« Sie umarmte ihn wieder und hielt ihn ganz fest, und er erwiderte die Umarmung.

»Aber sind Heidi und Marcus jetzt nicht enttäuscht?«, fragte Scarlett.

»Ich war in letzter Zeit oft mit ihnen zusammen. Und Marcus war unbedingt dafür, dass ich versuche, mit Mum ins Reine zu kommen. Ich feiere dann mit ihm und seiner Familie noch ein bisschen nach, wenn sie aus dem Skiurlaub zurück sind.«

Scarlett nickte und war ihrem Bruder dankbar, dass er so verständnisvoll reagiert hatte.

»Ich möchte dir jemanden vorstellen, Dad«, sagte sie dann und winkte Jude zu sich.

»Jude, das ist mein Vater«, sagte sie und spürte dabei, wie viel ihr dieses Wort bedeutete. »Dad, das ist Jude.«

»Freut mich, Sie kennenzulernen«, sagte Roger und schüttelte dem jüngeren Mann die Hand.

»Setzen Sie sich zu uns, Mr Latham? Wir haben gerade erst mit dem Hauptgang begonnen.«

»Sehr gern, wenn das Essen für alle reicht. Und bitte nenn mich einfach Roger.«

Scarlett wusste, dass ihr Vater sich inmitten so vieler Menschen normalerweise nicht wohlfühlte. Nur für sie nahm er an diesem Essen teil, und bei diesem Gedanken kamen ihr vor Rührung fast die Tränen.

»Danke fürs Kommen, Dad«, sagte Scarlett, als sie ihn zum Tisch geleitete. »Du sollst neben mir sitzen.«

»Ich werd es doch nicht versäumen, Weihnachten mit

meinen Töchtern zu verbringen«, erwiderte Roger, während alle beiseite rückten und Jude einen zusätzlichen Stuhl brachte. Einige Gäste blickten neugierig auf, aber die meisten waren zu sehr mit Essen beschäftigt.

Als beide sich gesetzt hatten, drückte Roger Scarlett liebevoll die Hand, und sie hätte fast in die Cranberry-Soße geweint, die ihr von der neuseeländischen Studentin gereicht wurde.

Ihr Dad nahm sich ein Knallbonbon, Scarlett zog an der anderen Seite, und eine rosa Papierkrone fiel heraus, die Roger entfaltete und aufsetzte. Dann ließ er es sich schmecken, und Scarlett blickte zu Jude hinüber. Er hob lächelnd sein Glas und prostete ihr zu, und sie erwiderte die Geste mit glücklichem Strahlen.

Ein paar Stunden später, nachdem der Gastraum aufgeräumt war, wurde den Lathams strengstens untersagt, den Abwasch zu machen, und man entließ sie nach Hause.

Für Scarlett war das Festmahl der Einsamen in diesem Jahr ein wunderbares Erlebnis gewesen, aber sie freute sich jetzt auch darauf, mit ihrer Familie alleine zu sein.

Die Sonne näherte sich schon dem Horizont, als Jude sie vor dem Pub küsste. Ellie und Anna waren schon vorausgefahren, Roger bedankte sich noch im Pub bei den freiwilligen Helfern für die Gastfreundschaft.

»Danke«, murmelte Scarlett in Judes Armen.

»Wofür denn?«

»Einfach fürs Dasein. Dass du da bist und dass du du bist.«

»Ist mir eine Freude. Jetzt wünsche ich dir, dass für dich

und deine Familie alles gut wird.« Er küsste sie noch einmal zärtlich. »Ruf mich an, wenn es für dich passt.«

»Mach ich.«

Es fiel Scarlett nicht leicht, ihn loszulassen, aber sie wusste ja jetzt, dass sie ihn bald wiedersehen würde.

Als sie sich abwandte, sagte Jude: »Warte noch! Unter diesen Umständen machst du wohl morgen nicht beim Schwimmen mit, oder?«

Scarlett legte den Finger an die Lippen, als müsse sie angestrengt überlegen. Angesichts von Judes bedröppelter Miene platzte sie laut heraus vor Lachen. »Nichts und niemand wird mich davon abhalten!«, versicherte sie ihm.

Als Roger und sie in sein Auto stiegen, ließ er den Motor nicht gleich an. Sie sahen zu, wie nach und nach in der Dämmerung die Lichter in den Fenstern der Cottages angingen und die bunten Ketten zu funkeln begannen. In dieser Stimmung wirkte das kleine Fischerdorf wie ein Ort aus einem Märchenbuch.

Vater und Tochter spürten beide, dass jetzt wohl die einzige Gelegenheit war, ungestört zu reden.

»Dad«, sagte Scarlett schließlich. »Ich freu mich riesig, dass du hergekommen bist. Und Ellie und ich wünschen uns natürlich nichts so sehr, wie dass ihr wieder zusammenkommt, Mum und du. Aber …« Scarlett holte tief Luft. »Wir wollen beide nicht, dass ihr nur wegen Weihnachten und wegen uns alles Mögliche unter den Teppich kehrt.«

»Das tun wir nicht«, versicherte ihr Roger. »Im Gegenteil: Wir wollen versuchen, unser vorheriges Leben wieder aufzunehmen. Deine Mutter war gestern bei mir, und wir haben lange geredet. Ich kenne jetzt die ganze Geschichte und weiß, wer *er* ist. Und ja, ich habe mich sehr darüber aufgeregt, aber ich weiß auch, dass ich selbst einen Teil Schuld trage an allem, was da passiert ist.«

»Aber wenn ich diesen blöden Test nicht gemacht hätte, hätte es das ganze Drama doch gar nicht gegeben.«

»Wer weiß«, erwiderte Roger. »Vielleicht wäre es irgendwann anderweitig ans Licht gekommen, bei einem Streit oder so.«

Er ergriff Scarletts Hand und hielt sie fest. »Du hast die Familie nicht zerstört, Liebes. Du hast den Test in aller Unschuld gemacht, weil du allen eine Freude bereiten wolltest. Ich dagegen habe mich damals nach Marcus' Geburt falsch verhalten. Hab mich nur auf meinen Beruf und das Einkommen konzentriert und mich nicht genügend um Anna gekümmert. Deshalb hab ich gar nicht mehr gemerkt, wie schlecht es ihr wirklich ging.«

»Die Arme. Aber du warst damals auch arm dran«, sagte Scarlett kopfschüttelnd.

»Und du hattest jetzt so unter den Folgen zu leiden. Natürlich war das Testergebnis ein übler Schock und sehr schmerzhaft, gerade weil ich dich so liebhabe. Aber ich bitte dich um Verzeihung für jede einzelne Sekunde, in der du dich nicht so geliebt gefühlt hast wie im ersten Moment nach deiner Geburt.«

Tränen standen in seinen Augen.

Scarlett nahm ihn in die Arme. »Okay, Dad, kannst du jetzt bitte damit aufhören?«

Er runzelte die Stirn. »Warum?«

»Weil du nicht fahren kannst, wenn du in Tränen ausbrichst.«

»Stimmt, das wäre gar nicht gut. Aber bei deinem Fahrstil war mir auch immer schon zum Heulen zumute.«

»Dad!« Scarlett haute ihm mit gespielter Empörung auf den Arm, und dann lachten sie beide schallend, während Roger losfuhr und sie zum Anwesen chauffierte.

38

Spätabends saßen Ellie und Scarlett in behaglichen Sesseln im Salon vor dem Kamin und tranken genüsslich den selbst gebrannten Kirschbrandy, den Jude den Lathams als Weihnachtsgeschenk überreicht hatte.

Nach der Rückkehr aus dem Pub hatten sich alle eine Weile im Wohnzimmer unterhalten und mit Marcus und seiner Familie geskypt. Die Zwillinge freuten sich, ihre Großeltern und Tanten zu sehen, und zeigten ihnen begeistert all ihre Geschenke. Und Marcus war die Erleichterung über den wiederhergestellten Familienfrieden ins Gesicht geschrieben. Er wirkte regelrecht ausgelassen, was sicher auch dem exzellenten Wein zu verdanken war, den er an Weihnachten immer kredenzte. Sogar Heidi war außergewöhnlich fröhlich und charmant. Nach dem schönen Erlebnis hatten die Schwestern ihre Eltern im Wohnzimmer alleine gelassen und sich in den Salon verzogen. Jetzt schaute Ellie sinnend in die Glut des Feuers und fragte sich, wo Aaron gerade war. Saß er im Cove Cottage einsam am Kamin, oder war er noch bei seinen Eltern? Und hatte er ihnen wohl gesagt, dass Ellie nicht kommen würde am nächsten Tag? Oder war er womöglich bei Liza im Hotel, weil die beiden festgestellt hatten, dass sie doch wieder ein Paar sein wollten?

»Hihi, wir könnten wirklich zwei alte Tanten sein, wie wir hier gerade so am Feuerchen sitzen«, riss Scarlett sie aus ihren Gedanken.

Ellie war froh, von ihrer Grübelei abgelenkt zu werden. »Hey, gegen alte Tanten ist nun wirklich nichts einzuwenden. Tante Joan zum Beispiel hatte doch bis zum Schluss ein herrliches Leben. Die ist um die ganze Welt gereist, hatte jede Menge Liebhaber und hat genug Geld verdient, um sich dieses grandiose Haus zu kaufen. Und das noch mit der Tätigkeit, die sie am liebsten machte, nämlich Schreiben.«

»Du hast recht. Lass uns auf sie trinken.« Die Schwestern hoben ihr Glas und sagten wie aus einem Munde: »Auf Tante Joan!«

Ellie behielt den Brandy einen Moment im Mund und schluckte ihn dann langsam herunter. Der Geschmack war ausgewogen und aromatisch, und sie betrachtete die rubinrote Farbe im Glas. »Richte Jude bitte aus, dass dieses Zeug hier wahnsinnig gut schmeckt.«

»Ja, oder?«

»Wolltest du den Abend nicht mit ihm verbringen?«

»Nein, heute möchte ich mit euch allen zusammen sein, und Jude hat dafür volles Verständnis. Wir nehmen uns dann nach Weihnachten ausgiebig Zeit füreinander.«

»Willst du bleiben?«, fragte Ellie, der die leuchtenden Augen ihrer Schwester nicht entgingen.

»Ja, will ich. Selbst wenn Mum das Haus verkaufen sollte … vielleicht kann ich ja zu Jude in sein Cottage ziehen. Aber das will ich erst mal in Ruhe mit dir besprechen.«

Ellie lachte, gerührt über die Fürsorglichkeit ihrer Schwester. »Das ist süß von dir, aber an deiner Stelle würde ich da nicht zögern.« Sie trank einen größeren Schluck Brandy, als sie vorgehabt hatte, und keuchte ein bisschen, weil er heftig im Hals brannte.

»Was ist eigentlich mit dir und Aaron?«, fragte Scarlett prompt.

»Was soll da sein?«

»Willst du nicht mal mit ihm reden? Du hast doch erzählt, dass er alles bereut und sich entschuldigt hat. Willst du ihm nicht einfach verzeihen?«

Ellie dachte an die unbeantworteten Nachrichten von Aaron und holte tief Luft. »Also, es ist so: Ich hab ihn gestern mit Liza zusammen gesehen.«

»Autsch. Wo?«

»Sie hatten offenbar gemeinsam Weihnachtseinkäufe gemacht. Und sahen sehr fröhlich aus.«

»Aber das muss vielleicht nichts heißen, Ellie. Man muss sich ja nicht hassen, wenn man getrennte Wege geht …«, wandte Scarlett ein.

»Ja. Aber um das rauszukriegen, muss ich wohl mit ihm reden, wie?«

»Da führt kein Weg drum herum, Ellie. Ganz ehrlich: Für mich war es auch furchtbar, Jude zu erklären, warum ich so abweisend zu ihm war. Und ich hab's auch gründlich vermasselt, offengestanden. Aber es war trotzdem richtig und nötig, die Wahrheit zu sagen und alles zu besprechen. Wie auch bei uns in der Familie. Selbst wenn's dir irrsinnig schwerfällt: Sprich mit ihm. So kann's ja nicht weitergehen. Danach fühlst du dich garantiert besser.«

Ellie lächelte. »Ah, offenbar ist aus der kleinen Schwester die große geworden? So viele gute Ratschläge …«

Scarlett grinste vergnügt. »Ich mach uns heiße Schokolade.«

Während Scarlett sich in die Küche verzog, trank Ellie ihr Glas aus und genoss das wohlige Gefühl, dass ihre Schwester glücklich war mit Jude. Offenbar hatte sie auch die Offenbarung, dass Julian Mallory ihr Vater war, inzwischen recht gut verkraftet.

Und Roger und Anna hielten sich jetzt zumindest im selben Raum auf, nachdem sie wochenlang getrennt gewesen waren. Sie sprachen sich aus und bemühten sich um einen Neuanfang. Dieses Weihnachtsfest war nicht perfekt, aber auf jeden Fall harmonischer als letztes Jahr. Alle in der Familie waren besser dran – bis auf Ellie selbst, die Aaron wahrscheinlich verloren hatte.

39

»Bitte sag mir noch mal, warum ich mich auf diesen Irrsinn eingelassen habe«, raunte Ellie zähneklappernd ihrer Schwester zu und zog den Bademantel fester um sich.

Sie standen am Strand von Porthmellow, umgeben von anderen Leuten, die offenbar genau wie sie selbst den Verstand verloren hatten. Einige trugen Taucheranzüge, andere absurd altmodische Badekleidung.

Scarlett schlug die Arme um sich und hopste auf der Stelle, um sich zu wärmen. »Ist d-doch g-gar nicht so schlimm. Jude s-sagt, das W-Wasser ist n-nicht kälter als im Mai.«

»Ach ja, und wieso klappern uns dann die Zähne?«, erwiderte Ellie. »Und warum fühlen sich meine Finger und Zehen taub an? Und wieso war ich zu dumm, mir einen Neoprenanzug zu organisieren?«

»Weil du Angst hast, darin dick auszusehen. Stimmt aber gar nicht.«

»Und an eine gerupfte Gans zu erinnern ist auch nicht besonders sexy«, murrte Ellie, die bereits am ganzen Körper Gänsehaut hatte.

»Es gehört aber dazu, das in Badekleidung zu machen«, erwiderte Scarlett. »Alles andere ist geschummelt. Und du bist doch immerhin noch ein bisschen braun von deiner Arbeit auf dem Boot im Sommer. Ich hingegen hab diese bescheuerte Selbstbräunungslotion benutzt und jetzt die ganzen Beine voller Streifen.«

Aber Ellie zitterte nicht nur wegen der Kälte, sondern auch wegen der Vorstellung, Aaron bei diesem sonderbaren Ereignis wiederzusehen. Weiter hinten entdeckte sie Troy und Evie, die auf einem Klemmbrett die Namen der Teilnehmer notierten. Scarlett und Ellie hatten sich schon vor Weihnachten online registriert. Damals hatten sie die Idee noch witzig gefunden …

Jetzt kam Jude angesprintet. Er trug einen Surfer-Poncho und sah mit seinen zerzausten blonden Haaren und den muskulösen gebräunten Beinen wirklich zum Anbeißen aus. Ellie konnte ihre Schwester gut verstehen.

»Guten Morgen!«, sagte er strahlend und küsste Scarlett auf die Wange. »Wie geht's euch? Bereit zum großen Sprung?«

»Bisschen angekatert. Muss an deinem Kirschbrandy liegen«, antwortete Ellie grinsend.

»Schicker Vintage-Style«, bemerkte Jude und zupfte an einem der Gummiblümchen auf Scarletts grellrosa Badekappe.

Scarlett verzog das Gesicht. »Wir hätten uns fast nicht getraut, die Dinger anzuziehen. Mum hat sie gefunden, die haben Tante Joan gehört. Sie hat die Teile angeblich in St Tropez getragen.«

»Wundert mich ohnehin, dass sie nicht längst zerfallen sind«, sagte Ellie zwischen zusammengebissenen Zähnen.

Die quietschgelbe Badekappe mit weißen Gänseblümchen zu tragen gehörte sicher zu den größten Fehlentscheidungen ihres Lebens.

Jude war sichtlich bemüht, sich das Lachen zu verkneifen. »Ihr seht beide toll aus. Genau der richtige Style, die altmodischen Badesachen gehören hier ja dazu. Und die Kappen wärmen sicher auch ein bisschen, oder?«

»Ach ja, und warum trägst du dann keine?«, konterte Ellie.

Jude zog die Augenbrauen hoch. »Ich konnte meine einfach nicht finden …«

»Du flunkerst doch!«, sagte Ellie entrüstet.

Jude lachte. »Ihr wisst ja noch nicht, was sich unter meinem Poncho verbirgt«, sagte er bedeutungsvoll.

»Ach so, was ist denn da drunter?« Scarlett hob den Saum an.

»Später, meine Süße«, sagte Jude mit verführerischer Stimme.

Ellie stöhnte. »Oh Mann, Leute, nehmt euch doch ein Zimmer!«

»Tschuldigung«, murmelte Scarlett.

Auch Jude wirkte etwas verlegen. »Äh, ja … Dann bis später im Wasser. Ich soll mit gutem Beispiel vorangehen und als Erster springen.«

»Entschuldigt mich mal, ich muss aufs Klo«, sagte Ellie und wandte sich ab. So sehr sie Scarlett ihr Glück auch gönnte – es war doch schwer zu ertragen, mit zwei Frischverliebten zusammen zu sein.

»Hey! Du läufst jetzt aber nicht weg!«, rief Scarlett empört.

»In diesem Aufzug? Wohl kaum.« Ellie steuerte die Toiletten an. Sie hätte sich natürlich schon verdrücken können. Aber dann hätte sie in Bademantel und Flip-Flops zu Fuß gehen müssen, weil ihre Eltern Scarlett und sie am Strand abgesetzt hatten und sie nachher wieder abholen wollten. Auch das schien anfänglich eine gute Idee gewesen zu sein …

Unterwegs hielt sie in der Menschenmenge nach Aaron Ausschau, konnte ihn aber nirgendwo entdecken. Vielleicht hatte er sich entschlossen, doch nicht an dem Spektakel teilzunehmen.

An der Toilette reihte sich Ellie in die lange Warteschlange ein. Als sie vor sich eine Dame mit einem Entenschwimmring um die Taille und vor dem Männerklo einen Mann in einem gestreiften Einteiler sichtete, fühlte sie sich in ihrem Aufzug immerhin ein bisschen weniger lächerlich.

Auf dem Weg zurück zum Strand hörte Ellie Evie Carmans klangvolle Stimme aus den Lautsprechern.

»Euch allen frohe Weihnachten, ihr Lieben! Ich hoffe, ihr seid frisch und munter für das fünfundfünfzigste Weihnachtsschwimmen! Herzlichen Dank an die Wasserwacht und die anwesenden Rettungssanitäter, ich hoffe, niemand wird sie benötigen. Und bevor ihr euch jetzt alle entblättert, hier noch ein paar Sicherheitshinweise.«

Ellie steuerte gerade auf Scarlett zu, als plötzlich eine gertenschlanke Blondine in scharlachrotem Mantel auf sie zugeeilt kam.

Oh Gott, das fehlte gerade noch. Liza Carman, die vor allen Leuten eine Szene machte.

»Wow, starkes Outfit«, sagte Liza, als sie bei Ellie ankam.

»Ich hab jetzt keine Zeit für so was. Werde ich auch nie haben«, erklärte Ellie entschieden und ging unbeirrt weiter.

»Bitte warten Sie. Ich will keinen Streit anfangen, ganz im Gegenteil.«

Widerstrebend blieb Ellie stehen. »Fünf Minuten. Ich muss gleich ins Wasser.«

»Das sehe ich.« Liza schmunzelte, und Ellie wäre fast davongestürmt.

»Es ist mir sehr wichtig«, fuhr Liza fort. »Ich möchte mich entschuldigen für die Szene im Café. Ich bin eben eine ziemlich impulsive Person und sage gern offen meine Meinung.«

Ellie schnaubte. »Ist mir nicht entgangen. Übrigens habe ich Sie an Heiligabend mit Aaron am Hafen gesehen. Sie schienen sich ja blendend zu verstehen.«

»Wir haben nur Einkäufe gemacht. Genauer gesagt: Ich habe die Einkäufe gemacht, und Aaron hat mich begleitet, weil wir wegen der Scheidung noch ein paar Dinge zu klären hatten.«

Ellie hätte um ein Haar in die Luft geboxt vor Freude. »Und wieso soll ich Ihnen das glauben?«, fragte sie schroff.

»Das müssen Sie eben einfach. Ich habe mich danebenbenommen, kann das aber auch zugeben. An diesem Tag war ich furchtbar wütend, weil mein Freund sich als mieser Schuft erwiesen hat. Aaron meinte, er hat Ihnen davon erzählt. Die Scheidung wollten wir ja schon lange angehen, aber nach dieser Nachricht bin ich auch hierhergekommen, weil ich eine Schulter zum Ausweinen brauchte, ehrlich gesagt …«

»Ach so?«, fiel Ellie ihr ins Wort. »Und Sie hatten nicht

zufällig die Absicht, wieder mit Aaron zusammenzukommen?«

»Nee. Ich bin einfach spontan hierhergefahren und hab mir ein Hotel genommen. Als ich an der Rezeption nach Aaron fragte, hat man mir gesagt, dass er bei dem Festival Sicherheitsdienst macht. Deshalb hab ich mich in diesem albernen Hokuspokus auf die Suche nach Aaron gemacht.«

»Sie haben auf dem Schiff Glühwein bei mir gekauft.«

»Ja, aber da hatte ich Sie beide noch nicht zusammen gesehen. Kurz darauf hab ich Sie mit Aaron rumknutschen sehen. Und ich muss gestehen, dass ich da schon neidisch wurde. Frisches Liebesglück, und ich war von diesem Dreckskerl sitzen gelassen worden. Hab die ganze Nacht geschäumt vor Wut und sie dann am nächsten Tag an Ihnen abreagiert.«

»Tut mir ja leid für Sie, aber das war trotzdem nicht richtig«, erwiderte Ellie. Derartig launisches und selbstsüchtiges Benehmen fand sie unerträglich.

»Natürlich nicht. Ich bereue es ja, wie gesagt, auch. Und vielleicht ist es Ihnen ein Trost, dass Aaron am Boden zerstört ist, weil Sie ihn abserviert haben.«

»Das geht Sie überhaupt nichts an«, fauchte Ellie. So ein Gespräch fröstelnd inmitten einer Menschenmenge zu führen war eine echte Tortur.

»Doch, in gewisser Weise schon. Weil ich die Krise ja ausgelöst habe, indem ich hier aufgetaucht bin.«

»Nein. Sie wurde ausgelöst, weil Aaron mich angelogen hat, was Sie betrifft.«

Evie war wieder über Lautsprecher zu vernehmen, sie bat alle Teilnehmenden, sich bereit zu machen.

»Ich muss los«, sagte Ellie.

»Warten Sie, bitte. Ich möchte noch sagen, dass ich Sie natürlich nicht als Scheidungsgrund angeben werde. Aaron meint, Sie seien ein guter Mensch.«

»Hmm. Nett von ihm.«

»Ja, also ... und ich will Ihnen das Leben nicht weiter schwer machen. Kann zwar sein, dass ich demnächst wieder ein paar Monate auf Kreuzfahrt bin, aber ich werde mich bemühen, dass wir die Scheidung so schnell wie möglich auf die Reihe kriegen.«

»Und wieso sagen Sie das jetzt mir?«, fragte Ellie.

»Weil es bedeutet, dass Aaron frei ist. Ihnen beiden steht nichts im Weg, wenn Sie ein Paar sein wollen.«

»Davon kann im Moment nicht die Rede sein«, erwiderte Ellie kühl. Diese Person brauchte schließlich nicht zu wissen, dass Ellie unter diesen Umständen sehr wohl erwog, Aaron zu verzeihen.

»Also, er ist jedenfalls fix und fertig, weil Sie den Kontakt abgebrochen haben. Ist offenbar völlig verrückt nach Ihnen. So verliebt war er in mich nie.« Liza grinste, aber Ellie war überhaupt nicht nach Humor zumute.

»Warum haben Sie dann überhaupt geheiratet?«, fragte sie.

»Weil wir jung und dumm waren.« Liza starrte Ellie durchdringend an. »Sie haben wohl nie irgendwas Dummes gemacht, als Sie jung waren?«

Ellie räusperte sich und blieb stumm.

»Verstehe.« Liza lächelte süffisant. »Aber glauben Sie mir, Sie versäumen was. Geben Sie Aaron noch eine Chance. Er ist wirklich ein total netter und verlässlicher Typ, und auch sonst nicht so schlecht.« Sie zwinkerte. »Wir haben uns kennengelernt, als er vorher eine ziemlich üble Zeit gehabt hatte. Er hat gern alles perfekt und unter Kontrolle … ist furchtbar hart gegenüber sich selbst.«

Die Leute ringsum pellten sich nach und nach aus ihrer Kleidung, aber jetzt war Ellies Interesse geweckt. »Was meinen Sie damit?«

»Ich habe ihn auf Zypern kennengelernt, nach seinem Einsatz in Afghanistan. Er hat dort furchtbare Dinge erlebt, über die er damals nur mit mir gesprochen hat. Lassen Sie sich nicht von dieser vermeintlichen Gelassenheit täuschen. Damals war er ein psychisches Wrack.«

Ellie lief ein eiskalter Schauer über den Rücken, und sie zog ihren Bademantel noch fester um sich.

»Was ist da passiert?«, fragte sie schließlich.

»Wenn Sie ihn darauf ansprechen, wird er vielleicht darüber reden. Ich weiß auch nur, dass er damals bei einem Bombenentschärfungskommando dabei war. Und einer seiner Kameraden wurde von einer Sprengfalle zerfetzt, direkt vor Aarons Augen. Eigentlich hätte Aaron an dessen Stelle sein sollen, war es aber aus irgendwelchen Gründen nicht. Er hat überlebt, der andere nicht.«

Ellie sah wieder vor sich, wie erschrocken Aaron damals aufgesprungen war, als die Steine ans Fenster geflogen waren. »Oh Gott. Ich hatte keine Ahnung davon. Er hat nur angedeutet, dass er Schlimmes erlebt hat, aber nie darüber gesprochen.«

»Die Einheit hat danach auf Zypern Urlaub gemacht,

und wir haben uns in einer Bar kennengelernt. Er war ein junger Offizier, ich fand ihn hinreißend und cool und hab mir eingebildet, wir würden super zusammenpassen. Und dann ist er eines Nachts schreiend aufgewacht und hat das alles erzählt.« Liza schauderte. »Ich will jetzt nicht ins Detail gehen. Hatte schon selbst Mühe, das alles wieder aus meinem Kopf rauszukriegen. Weiß der Himmel, wie ihm das jemals gelingen kann.« Sie seufzte und fuhr fort: »Er sagte jedenfalls auch, dass er verstanden habe, wie schnell das Leben vorbei sein kann. Eine Woche später haben wir in Las Vegas geheiratet. Ich war jung und verliebt und fand das romantisch, warum also nicht, dachte ich mir.«

Ellie schüttelte betroffen den Kopf. Allmählich verstand sie die Hintergründe dieser Ehe. Aaron musste all die Jahre so vieles in sich verborgen haben, um niemanden zu belasten – und wahrscheinlich auch, um selbst vergessen zu können.

»Aber es hat eben nicht funktioniert«, fügte Liza hinzu. »Weil es gar keine wirkliche gemeinsame Basis zwischen uns gab. Das kann bei Ihnen beiden ganz anders sein.«

»Nur noch fünf Minuten, ihr Lieben«, ertönte Evies melodiöse Stimme. »Ich hoffe, ihr seid alle bereit!«

»Wenn Sie mir nicht glauben, fragen Sie ihn selbst«, sagte Liza. »Aber ich möchte zwischen Ihnen beiden wirklich nichts zerstören. Bitte geben Sie Aaron noch eine Chance.«

»Ich … ich werd's mir überlegen. Aber jetzt muss ich wirklich los.«

»Ja.« Liza blickte kopfschüttelnd um sich. »Das ist doch der reinste Irrsinn. Dieses ganze Dorf ist komplett verrückt, wenn Sie mich fragen. Ich gönn mir jetzt einen großen Drink am Kaminfeuer.«

Sie machte sich auf ins Hotel, während Ellie Scarlett suchte. Die Leute schnatterten so aufgeregt, dass sie sich anhörten wie eine Gänseschar. Aaron war nach wie vor nirgendwo zu sehen.

»Elliiiiieeee!«, hörte sie Scarlett kreischen. Ellie entdeckte sie und versuchte, sich zu beeilen, was aber mit Flip-Flops nicht so einfach war. Als sie außer Atem ankam, stellte sie erstaunt fest, dass ihre Eltern auch da waren. Ihr Vater zog gerade seine Jeans aus, unter der eine sehr betagte Badehose zum Vorschein kam. Anna trug einen Badeanzug aus den Fünfzigern mit orange-violettem Muster.

»Wo warst du denn?«, fragte Scarlett aufgeregt.

»Erzähl ich später«, keuchte Ellie. »Was macht ihr denn hier, Mum und Dad?«

»Ach, wir hatten auch Lust mitzumachen«, erklärte Roger munter.

Ellie starrte ihren Vater fassungslos an. Sein Oberkörper war weiß, Arme und Nacken dagegen noch gebräunt vom Sommer. Auf dem Kopf trug er eine Schwimmbrille.

»Ich wollte das immer schon mal ausprobieren«, fügte Anna strahlend hinzu. »Und Roger hat angeboten mitzumachen. Da kann man doch nicht Nein sagen.«

»Ist das ein Versöhnungsritual?«, fragte Ellie.

»So ein bisschen«, murmelte Roger. »Wobei ich mir eigentlich nicht den Allerwertesten abfrieren wollte.«

Anna warf ihm einen amüsierten Blick zu. »Aber du bist doch noch nicht mal im Wasser, Roger.«

»Genau das macht mir Sorgen. Wer weiß, was mir da sonst noch alles so abfriert.«

»Roger!«, rief Anna entrüstet aus. »Alle können dich hören! Übrigens fällt mir ein: Vielleicht können wir Marcus überreden, nächstes Jahr auch mitzumachen. Alle zusammen, das wäre doch lustig.«

Roger schnaubte. »Nee, ohne mich. Diesen Irrsinn mach ich nur ein einziges Mal mit. Nächstes Jahr sitze ich gemütlich mit einem Buch am Kamin, wie gewöhnlich an Weihnachten.«

Scarlett und Ellie warfen sich einen frohen Blick zu.

Eine Hupe ertönte, und Evie bestieg ein Podest, das Mikro in der Hand.

»Es geht los, ihr Lieben! Der Moment der Wahrheit ist gekommen! Ich beginne gleich den Countdown, und wenn die Hupe zum zweiten Mal ertönt, seid ihr alle im Wasser! Langsam oder schnell, ganz wie ihr wollt. Aber wenn ihr einen Tipp von einer erfahrenen Weihnachtsschwimmerin wollt, ich persönlich bringe es am liebsten immer rasch hinter mich und stürze mich gleich ins kalte Nass!«

Lautes Stöhnen und grölendes Gelächter waren zu hören.

Evie sprach weiter, aber Ellie war abgelenkt, weil sie in der Menge einen Mann mit dünnen Beinen entdeckt hatte, der ein Sweatshirt abstreifte und es einer Frau zuwarf. Sein grau meliertes Haar war zerzaust, und er verzog säuerlich das Gesicht.

Julian Mallory. Panisch überlegte Ellie, ob die anderen ihn wohl auch bemerkt hatten.

»Es ist okay«, murmelte Anna, die zu ihr getreten war

und sich bei ihr einhakte. »Mach dir keine Sorgen, Roger hat ihn vorhin schon gesehen und wird ihn nicht verprügeln. Wir sollten uns von diesem Individuum keine einzige Sekunde unseres Lebens mehr verderben lassen. Dieser Tag gehört uns.« Ellie umarmte ihre Mutter.

»Der Countdown beginnt!«, rief Evie.

»Herrje, was ist das hier, James Bond?«, brummte Roger fröstelnd.

Ellie holte tief Luft, zog den Bademantel aus und warf ihn zu ihren anderen Sachen auf die Picknickdecke am Boden.

»Zehn …«

Alle zappelten aufgeregt herum und johlten. Julian schien sich mit seiner Frau zu streiten.

»Neun. Acht …«

Jude drängte sich durch die Menge nach vorne.

»Sieben, sechs …«

»Herr im Himmel, warum habe ich mich nur darauf eingelassen?«, stöhnte Roger.

»Fünf, vier …«

Plötzlich tauchte Aaron in dem Getümmel auf und starrte zu Ellie herüber. Er schien etwas zu rufen, was sie aber in dem Lärm nicht hören konnte.

»Drei …«

Ellie fühlte sich wie gelähmt und konnte den Blick nicht von Aaron abwenden.

»Zwei, eins …«

Trööööt! Die Hupe ertönte.

Wildes Geschrei setzte ein, und Jude stürmte voraus ins Wasser, gefolgt von Horden schrill kreischender und johlender Menschen. Roger watete knietief ins Wasser und sah dabei ausgesprochen gequält aus. Anna und Scarlett folgten ihm.

Julian Mallory streckte seine bleichen Zehen ins Wasser und grimassierte.

Aaron hatte sich in die Fluten gehechtet, schwamm und winkte Ellie zu sich, aber sie konnte sich nicht rühren. Scarlett, die mit Anna schon nach vorne gegangen war, bemerkte das und lief zurück.

»Ellie! Was ist denn? Komm!« Sie ergriff die Hand ihrer Schwester.

Auch Anna trat zu ihnen. »Willst du nicht ins Wasser, Liebes?«

»Irgendwie geht's nicht …« Wie gebannt starrte Ellie auf Julian, der jetzt zwischen ihr und Aaron am Meeressaum stand.

Ihre Mutter und Scarlett nahmen sie zwischen sich. »Los, Ellie!«, sagte Anna. »Jetzt oder nie! Nicht kneifen!«

»Bereit?«, fragte Scarlett.

Aaron winkte ihr zu und rief etwas, das Ellie noch immer nicht hören konnte, aber sie spürte eine große freudige Wärme in sich aufsteigen.

»Und ob!«, rief Ellie. »Eins, zwei, drei, loooooos!«

Mit Gebrüll rannten die drei Frauen vorwärts. Ellie achtete nicht auf die harten Kiesel unter ihren Füßen, nicht auf das eiskalte Wasser und den schneidenden Wind. Sie umklammerte nur fest die Hand der beiden von ihr so geliebten Menschen.

»Ja, Ladies, weiter so, ihr schafft es!«, schrie Aaron.

»Zeigt mir, was in euch steckt, Mädels!«, rief Roger.

Als die erste eiskalte Welle sie erwischte, kreischten alle drei Frauen lauthals. Noch hatten sie Boden unter den Füßen und wateten weiter ins Wasser.

»Nächste Welle!«, schrie Anna. »Springt!«

Sie ließen los, warfen sich der Woge entgegen und begannen zu schwimmen. Die Kälte war mörderisch.

Plötzlich zerriss ein schriller Aufschrei vom Strand die Luft. Ellie drehte sich um und sah, wie Julian mit erhobenen Armen von einer riesigen Welle verschluckt und kurz darauf auf den Kies geschleudert wurde.

Troy und Bryony Cronk wateten knöcheltief ins Wasser und zerrten Mallory heraus wie einen gestrandeten Fisch.

Die Hupe trötete erneut, und Evie verkündete: »Oje, es sieht aus, als hätten wir einen Notfall!«

Die Sanitäter sprinteten zu Julian, aber er wedelte wütend mit dem Arm, um sie fernzuhalten. Bryonys Hund Sascha begann wie wild zu bellen. Julians Frau ergriff seinen Arm, um ihm beim Aufstehen zu helfen, aber er geriet ins Schwanken und stürzte. Der Mann machte eindeutig keine gute Figur.

Einige Teilnehmer wateten bereits ans Ufer, aber Jude, Scarlett und die Eltern tummelten sich noch munter im Wasser. Ellie sah, dass Aaron mit kraftvollen Bewegungen auf sie zu kraulte, und schwamm ihm entgegen. Er hatte schon Boden unter den Füßen, als sie sich begegneten, Ellie musste Wasser treten.

»Es ist s-so kalt … ich m-muss doch verrückt sein«, sagte sie zähneklappernd, als sie sich trafen.

»Toll, dass du überhaupt ins Wasser gegangen bist, Ellie«, erwiderte Aaron. »Hör zu, es tut mir so leid. Ich habe ein furchtbares Chaos angerichtet, das ich für den Rest meines Lebens bereuen werde. Es sei denn, du erlaubst mir, dass ich versuche, alles wiedergutzumachen. Bitte, bitte, gib mir noch eine Chance.«

Es war ihm anzusehen, wie sehr er litt, und seine Bitte war so aufrichtig, dass Ellie sich nicht mehr länger weigern wollte. Es war doch vollkommen sinnlos, sich selbst und ihn zu quälen und zu bestrafen, obwohl sie beide eindeutig zusammen sein wollten. Eher sollte sie es ihren Eltern gleich tun, sich mit Aaron aussprechen und versuchen, seine Probleme und seine Vergangenheit zu verstehen.

»Fast wäre ich heute nicht hergekommen«, sagte sie leise. »Aber da bin ich. Mit dir.«

»Das ist wunderbar.« Aaron sah so hoffnungsvoll aus, dass ihr beinahe die Tränen kamen. Er zog sie in seine Arme.

»Hab vorher Liza gesehen«, murmelte Ellie. »Sie hat mir von deinen Erlebnissen in Afghanistan erzählt.«

»Was? Was bildet sie sich ein? Sie weiß genau, dass ich darüber eigentlich nicht spreche.«

»Das weiß ich auch«, sagte Ellie. »Aber es wäre vielleicht hilfreich, wenn du es versuchen würdest. Wir sollten keine Geheimnisse mehr voreinander haben. Niemals mehr.«

Als sie die Erleichterung in Aarons Augen sah, wurde Ellie trotz der Kälte warm ums Herz, und die Zukunft erschien ihr plötzlich voller wunderbarer Verheißungen.

»K-können wir jetzt mal aus dem W-wasser, bevor wir erfrieren?«

Aaron lachte. »Gute Idee. Du hast schon ganz blaue Lippen.«

Er trug sie durchs Wasser, bis sie selbst stehen konnte. Dann nahmen sie sich an der Hand und trotzten gemeinsam den Wellen, bis sie das Ufer erreichten.

Danksagung

Zwei Personen, die zur Entstehung dieses Buches beigetragen haben, möchte ich ganz besonders danken.

Zum einen David Hamilton, Wildpflanzenexperte, Historiker und Autor des Buches *Family Foraging*. Man findet Dave beim Meermangold unter www.davehamilton.co.uk und @ davewildish bei Twitter.

Zum anderen meiner Tochter, Dr. CJ, Dozentin und Spezialistin für Genetik und genetische Genealogie, die mich während eines Familienspaziergangs an Weihnachten auf die Idee zu diesem Buch brachte. Durchaus möglich, dass ich vor Freude auf- und abgehopst bin, weil ich es kaum erwarten konnte, mit dem Schreiben zu beginnen.

Doch viel Arbeit ist notwendig, bis aus einer Idee ein Buch wird, und so gilt mein herzlicher Dank dem großartigen Team bei Avon Books, besonders den Programmleiterinnen Rachel Faulkner-Willcocks und Tilda McDonald, meiner Lektorin Jo Gledhill und Sabah, Sophie und Dom von Presse, Marketing und Vertrieb, die dafür sorgen, dass meine Bücher in die Hände der Leserschaft gelangen.

Wer schreibt, tut das meist ganz alleine. Deshalb bin ich sehr, sehr froh über meinen Freundeskreis, der mich immer unterstützt und aufmuntert, wenn es mal nicht so gut läuft.

Ganz herzlichen Dank an die Buchhändlerin Janice Hume, an Nell Dixon, Liz Hanbury, Bella Osborne, Sarah Bennett, Rachel Griffiths und Jules Wake. Ihr seid einfach wunderbar.

Größter Dank gilt auch meiner fantastischen Agentin Broo Doherty und meiner Familie, ganz besonders Mum, Dad, Charles, James, CJ und John. Ich liebe euch alle.

Von Phillipa Ashley sind bei DuMont außerdem erschienen:

Hinter dem Café das Meer
Weihnachten im Café am Meer
Hochzeit im Café am Meer
Sommer in Porthmellow

FSC
www.fsc.org
MIX
Papier aus verantwortungsvollen Quellen
FSC® C083411

Deutsche Erstausgabe
September 2020
DuMont Buchverlag, Köln

Die englische Originalausgabe erschien 2019 unter dem Titel
›A Perfect Cornish Christmas‹ bei Avon, a division
of HarperCollins*Publishers* Ltd, London.

Übersetzung: Sibylle Schmidt
Umschlaggestaltung: Lübbeke Naumann Thoben, Köln
Umschlagabbildung: © Lee Avison / Trevillion Images
Redaktion: Johanna Schwering
Satz: Angelika Kudella, Köln
Gesetzt aus der Meridien
Druck und Verarbeitung: CPI books GmbH, Leck
Gedruckt auf säurefreiem und chlorfrei gebleichtem Papier
Printed in Germany
ISBN 978-3-8321-6547-5

www.dumont-buchverlag.de